傲慢與偏見

Pride & Prejudice

A Novel By

Jane Austen

珍·奧斯汀——著 張思婷——譯

追求幸福

馮品佳（交通大學外文系特聘教授）

珍．奧斯汀（Jane Austen 1775-1817）的小說以描寫十八、十九世紀英國的社會風態見長，以輕快而常常語帶譏諷的筆調描寫中產階級仕紳男女的愛情與婚姻大事，從而探討當時中產階級女性所面臨的種種問題。《傲慢與偏見》是奧斯汀最受歡迎的小說，也是風態小說（novel of manners）最經典的代表。慧黠又自尊心強的女主角伊莉莎白．班奈特對於愛情與婚姻的抉擇與處理都耐人尋味，也令讀者永誌難忘。儘管談情愛、道婚姻，奧斯汀的小說卻絕不濫情，而是透過敏銳的觀察反映出社會現實的面貌。同時，她的作品也反映當時一些深度的哲學性思考，其中最重要的關鍵字應該就是幸福（happiness）。翻開《傲慢與偏見》，幸福二字處處可見，也是衡量小說中各個角色道德品行的基準。

幸福不只是來自金錢上的滿足，雖然作為中產階級的一份子，奧斯汀十分清楚的了解金錢與婚姻關係的密切。《傲慢與偏見》的著名的開場白——「有條人人信以為真的真理：凡是有錢的單身漢，總覺得自己缺個太太。」——就開宗明義地點出婚姻與經濟背景的主題。然而，在接下去的數百頁故事，我們必須透過不同角色的抉擇，觀察在這個經濟背景的前提下，穿梭於小說中的未婚男女是否能夠超脫金錢束縛，找到真正屬於自己的幸福。

小說中字字珠璣、句句雋永，但是細心的讀者卻可以感受到奧斯汀幽默典雅的文字下所隱藏的暗潮洶湧。因為在那個時代婚姻可以說是一生的賭局，只要打錯了一張牌，就可能是終生的遺憾。伊莉莎白父母的婚姻就最好的負面教材。班奈特先生年輕時因為被美色所迷惑娶妻，所付出的代價是必須與一個膚淺無知的女人終老一生。而且班奈特太太不擅於持家，平日無甚積蓄，在連生五個女兒、沒有男性繼承人後，班奈特家的產業在班奈特先生死後都將不保。此處我們可以看到奧斯汀以男女繼承權的不平等委婉地批判當時的父權社會與法律，這也是小說中情節發展的重要環節。如何在嫁妝微薄的情況下覓得美好姻緣，求得終極幸福，就成了班奈特家女兒最大的挑戰。

此外，現實世界也充滿各種表裡不一的陷阱，成為追求幸福的絆腳石。夢幻的白馬王子往往最後成了只是金玉其表、敗絮其中的偽君子。《傲慢與偏見》原本的書名叫做《第一印象》（*First Impressions*），主要就在強調表面與實際之間的差距。女主角伊莉莎白幸運之處，就在於她能體會到男主角達西先生傲慢外表下的善良，克服自己的偏見，又能逃過小人韋翰的誘惑與抗拒達西勢利姨媽的威脅，終於與達西結成良緣，也順利成為美麗莊院的女主人，同時擁有愛情與金錢。她雖然稱不上是灰姑娘，但是能找到多金而又心靈契合的伴侶，得到有如童話故事的主人翁一般幸福。

讀過《傲慢與偏見》，必定會為這位終身未嫁的作家對於愛情與婚姻深刻的描寫與犀利的分析擊節讚賞，奧斯汀的作品從十九世紀初以來一直廣受讀者喜愛，其來有自。精彩的情節安排與人物塑造，再加上不同文字的翻譯與電影及電視媒體不斷的改編，使得奧斯汀成為英國文學與好萊塢最受歡迎的作者之一，也賦予她筆下的角色永恆的生命。奧斯汀的小說現在依然以不同的影像與翻譯版本與英語系以外的讀者見面，不但證明奧斯汀文字與時俱增的魅力，也形成文字與影像饒有趣味的古今對話。有人認為奧斯汀在好萊塢的受歡迎應當歸功於她小說故事的精采，可改編性強。好的故事固然重要，更重要的或許是奧斯汀對於人性觀察的深刻入微，不受時空所限。現代的讀者觀眾應該相當慶幸。因為藉由跨文化翻譯的實踐與電影藝術的影像詮釋，我們更能深切感受到奧斯汀這位閨秀女作家對於人生敏銳與恆久的洞見，也因而更能領會到她小說文字的奧妙。能夠閱讀《傲慢與偏見》，也可以說是讀者的幸福。

再讀《傲慢與偏見》：文字間的撞擊！

陳超明（實踐大學應外系講座教授）

「又是《傲慢與偏見》！」一提到英國經典小說，很多人心中浮起的，好像永遠是這本書。根據美國某些書商的非正式統計，《傲慢與偏見》大概可以榮登二十世紀賣得最好的英文小說。

小說的魅力到底在哪？一個好的故事，總是吸引人！

女人如何在愛情、婚姻上「征服」男人，不僅在十九世紀蠻有噱頭，到了二十、二十一世紀，仍是男女調情、鬥智的好材料。然而，故事性絕對不是一本好小說能流傳的唯一原因。

個人教了二十幾年的《傲慢與偏見》，一直覺得珍・奧斯汀的語言功力，才是這本小說中的迷人之處：「男女之情借重的是恩惠與虛榮，隨緣是不會有結果的。」（引用本書p. 37）。短短的兩句，點出了長久以來，介於男女之間的緊張關係，令人拍案叫絕！語言文字有力、精確，也帶點幽默嘲諷的口氣。

閱讀此本小說，不僅可以近距離地體會男女之間的微妙，更可以咀嚼文字間所撞擊出的智慧。以上的例子，隨手可得，再聽聽男女主角的針鋒相對：

「我相信一個人不管是怎樣的脾氣，多多少少都有些短處——這是與生俱來的缺陷，即使是受教育也無法根除。」

「你的短處就是看誰都不順眼。」

「而妳呢，」他笑著說，「就是喜歡誤解別人。」

想要將奧斯汀這種帶有機智的語言（witty language），轉換成對等的中文，需要的，不僅是解讀原文的能力，更要牢牢掌握這兩種語言的口氣與用詞。

與之前眾多譯本不同，這本中文譯本，從一開始，譯者就緊緊抓住那幽默、輕快、又處處顯露機伶的文字風格，試圖拉近十九世紀英國與台灣讀者的距離。閱讀此經典，不僅是跨越時空，與達西及伊莉莎白一起談情說愛，更是一場品嘗文字的饗宴。

於是，我們都會帶著喜悅的心，呼喊一聲：「又是《傲慢與偏見》！」

終於可以開懷暢遊奧斯汀姑娘優雅俏皮的年代

黃裕惠（世新大學英語學系系主任）

有些女生會常常播放《傲慢與偏見》影集，從頭到尾連續看三遍。

有些女生會常常拿起《傲慢與偏見》小說，從頭到尾連續讀三遍。

有些女人從小到大一次一次觀看各國逐年重新翻拍的《傲慢與偏見》電影。

有些女人從小到大逐年閱讀《傲慢與偏見》各種版本：中文兒童版、中文少年版、中文青少年版、英文青少年版、英文原版、法文版、日文版、德文版、西文版……。

有些女人拿《傲慢與偏見》小說當作網友見面的信物。

有些女人聽到「達西先生」幾個字，彷彿符咒作用，開始微笑、傻笑、恍神、甚至尖叫。

這樣很容易讓人誤會珍・奧斯汀小說重現義大利喜劇式的雙生雙旦故事，啟動女人天生那種無可救藥的浪漫迷情。可是，這些奧斯汀姑娘的粉絲到了生命某一階段，忽然驚覺自己著迷的其實是《傲慢與偏見》裡頭活靈活現的人物觀察、複雜多樣的人際溝通，以及各個角色舌尖吐出的話語。這些言語或誠摯、或虛偽、或直白、或曖昧、或歹毒、或愚蠢，幫我們這些受禮教強烈約束的達西先生和達西小姐說出心內話。

兩百年來，這部長年暢銷排行榜龍頭小說已經形成超級巨大的產業，先不算所有小說改編影音圖像輸出產品，仿寫、續寫、戲寫小說也夠令人眼花撩亂：朗堡系列、尼德斐莊園系列、若馨莊園系列、龐百利莊園系列，還有偵探、吸血鬼和殭屍系列。

兩百年來，這個奧斯汀產業假如沒有與時俱進的翻譯官則萬萬不能成事。這幾十年，未諳英文的閱聽眾假如沒有特別發達的想像力，面對詰屈聱牙翻譯書，大概常有棄書廢卷衝動。克服「譯者三難：信達雅」不易，「臻於化境」是譯者心中的理想，難得本書譯者張思婷以其豐富學養與專業訓練，已做到「形似神似」的境界。

思婷老師活潑、有創意、無論教學或翻譯工作從不自我設限。她中英文造詣深厚，博覽古今群書，譯筆貼近年輕讀者「重口味」調性。她適時引領讀者時空穿梭，模擬兩百年前中文優雅含蓄語言世界，讓每種身分的角色按照奧斯汀調配說出妥當「時代話語」。例如，呆板蠢笨的柯林斯先生在信中說班奈特家小妹麗迪亞私奔那件事是"sad business"，可是思婷要他在信上寫出「淫奔」語詞來。迪堡夫人指責同一件事用的詞是"infamous elopement"，也用「淫奔」來表達鄙夷和憤怒。

思婷中英文出入嫻熟，大量使用成語卻自然合度，讀來笑沁脾肺，彷彿站在奧斯汀面前聽本人說書。她對於「工整的對仗」近乎自我苛求。例如達西先生說自己“I have been a selfish being all my life, in practice, though not in principal.”思婷譯為「我雖以博愛立身，卻以自私處世。」又如“first raptures of her joy”and“first vehemence of her disapprobation”就譯成「笑得花枝亂顫」對「氣得破口大罵」……等等。

《傲慢與偏見》譯本何其多！終於找到一本可以捧書開懷大笑的譯本。唯一擔心是怕這篇序文太白話，壞了整本譯文優美協調的調性。

找回古靈精怪的珍・奧斯汀

賴慈芸（師範大學翻譯所教授）

《傲慢與偏見》是那種誰都聽過，可能電影電視也看過，但就是沒讀過的世界名著。原因很簡單：譯本不夠好看。要是譯本像《飄》那麼好看，自然另當別論。可憐《傲慢與偏見》沒能遇上傅東華那般技高膽大的好手，珍・奧斯汀好好一本青春洋溢、古靈精怪的喜劇，總是翻得規矩冗長，不夠俐落爽快。這個書的好處就在於幾個主角伶牙利齒，緊鑼密鼓，你來我往的，對話絕對不能帶一絲翻譯腔，否則就好像把一個小快板硬是唱成慢板了。

但十九世紀的英國腔要怎麼讓二十一世紀的台灣人感同身受？這就跟演戲一樣，重要的是要全劇聲口一致，觀眾自然可以入戲。思婷這部譯作，就是在細節下足功夫，對白尤其符合口語習慣。舉個例子來說，第三章結尾，班奈特太太罵達西先生：「實在太可惡了這個人。」活靈活現，如聞其聲。但原文不過是" I quite detest the man"。如照字面規矩譯為「我很討厭這個人」，聲勢就弱了。思婷在序中說自己學紅樓夢，的確也是如此，隨手摘出幾句來看，「看這話不對頭」、「能添的都添上了」、「好生伺候」、「說了幾句場面話敷衍了事」、「益發捧得她目中無人」，就看得出譯者的確是把紅樓看熟了的，難怪譯起富貴公子小姐們鬥嘴能夠如此得心應手。

我們過去數十年的譯者養成與英語教學脫不了關係，講究忠於原作，難免過於拘謹，殊不知文學作品的翻譯，風格決定一切。伍光建的《俠隱記》那麼好看，就是因為學了水滸筆法。我自己跟著恩師英譯金庸小說時，老師的第一個要求就是要我先熟讀《基督山恩仇記》的英譯本。文學翻譯是一種表演，原作是劇本，演出是否成功則要靠導演和演員；但翻譯和戲劇不同的地方，在於演員和導演都是譯者自己一把抓。就像演員要為每個角色設計小動作和神態氣勢，譯者也必須設計筆下眾人物的聲口，以及決定敘事的節奏。翻譯小說的成敗，就繫諸聲音與節奏。思婷這本譯作，節奏輕快俐落，找回了古靈精怪的珍．奧斯汀，是很精彩的一次演出。恭喜！

【譯序】哪來那麼多傲慢與偏見？

你手上這本《傲慢與偏見》，至少是台灣一九四九年以來出版的第80種譯本。真是的，到底哪來那麼多《傲慢與偏見》？身為譯者，這種感覺好比參加指定曲目歌唱比賽，結果抽到80號，同樣一首歌，評審和觀眾已經聽了79遍，想要脫穎而出，勢必得與眾不同。《孫子兵法》有言：「知己知彼，勝乃不殆」，趕緊看看前79位參賽者表現如何？

這一看之下，太好了！原來有31位參賽者沒唱齊全，是節譯本[1]。剩下48位當中，有位叫「東流」的來頭不小，總共有31家出版社出過他的譯本，但他或施展隱身術（署名「編輯部」或「佚名」），或化名東毓、束毓、陳慧玲、李思文、羅威明、吳庭芳、鍾斯，只以真面目出現過6次。因此，除去東流不算，目前參賽者銳減為17位。但這17位當中，又有位「王科一」善於隱身，並曾化名錢漢民及夏穎慧。所以，真正的全譯本只有11種，其中東流[2]和李素[3]來自香港，王科一[4]、孫致禮[5]、雷立美[6]、樂軒[7]、倩玲[8]、張玲和張揚[9]來自大陸，陳玥菁[10]、劉珮芳和鄧盛銘[11]、吳妍儀[12]來自台灣。

啊！突然從編號80號跳到12號，簡直比中了樂透還要高興！這下可以在「唱功」上下功夫了。文學翻譯就像演唱，同一支曲子，作者先唱一遍，譯者再唱一遍，兩位歌手的音色雖然不可能一樣，但是音準可以要求，唱腔可以模仿，情味可以再現。譯者身為演唱者，當然有自己的傲慢與偏見。

珍．奧斯汀並非晦澀的作家，《傲慢與偏見》更非難懂的小說，但兩百年前的語言和風俗畢竟與今日不同，為了不唱得荒腔走板，我使用了David M. Shapard的註解本。該書左頁為原文，右頁為註解，原文以原作初版為準，再以二、三版輔助校訂，註解則解說當時用字及風俗習慣，點評寫作技巧，指出言外之意，附上當時服裝、建築、庭園、室內裝潢、交通工具等插畫，書末則附錄地圖及小說大事年月表。有了這麼厲害的歌唱老師，便曉得stupid要唱成「無聊」（dull），morning應唱作「白天」，supper則唱作「消夜」，相信縱使歌手再音痴，也絕不會唱得五音不全。

如今音準有了，可以來琢磨唱腔了。比起台面上新生代偶像，珍姑（1775-1817）的唱腔無疑老派些。為了模仿珍姑，我從曹雪芹（1715-1762）細說《紅樓夢》開始，一路聽到文康（ca.1821-1875）演義《兒女英雄傳》，待柯林斯先生出場，便請出諸葛亮先生來「臨表涕泣，不知所云」一番，碰上達西先生振振有詞，則請顧炎武先生來示範說之以理、曉以大義，唱到破音處，則得吳佳珍和謝孟蓉兩位編輯指導。因此，雖不敢說唱得像《老殘遊記》裡的王小玉「有如花塢春曉，好鳥亂鳴」，至少也像王小玉的妹妹那般「字字清脆，聲聲婉轉」。

音準和唱腔都到位了，只差再現珍姑的詼諧和諷刺，這兩點從開篇第一句即展露無遺：It is a truth

universally acknowledged, that a single man in possession of a good fortune, must be in want of a wife. 珍姑以寥寥數筆，點出全書婚姻和財產兩大主題，並奠定詼諧和諷刺的基調。在詼諧方面，珍姑利用突降（Bathos）修辭，先莊後諧，原以為她要說什麼崇高的真理，孰知卻是有錢單身漢要娶太太這種假語村言，令人不禁莞爾。在諷刺方面，有錢單身漢要娶太太分明是反話（irony），依照當時的社會現實，缺錢的小姐亟需有錢的丈夫，有錢單身漢壓根不缺太太。珍姑巧妙利用語序，先一本正經，後詼諧諷刺，為這部幽默喜劇定了調，類似的手法在原作中屢見不鮮，因此，我亦步亦趨跟隨原文語序，以求再現原唱的情味。

好啦，不過區區一介天涯小歌女，哪來這麼多傲慢與偏見？還是少說幾句，請各位觀眾聽歌吧。

---

1 這31種節譯本當中，有14種是中英對照節譯本，10種中文譯述本，5種兒童文學改寫本，2種青少年文學改寫本。中英對照節譯本和中文譯述本的剽竊情形猖獗，譯品良莠不齊。

2 東流譯本原於一九五一年由香港時代書局出版，台灣曾經翻印過31次，包括：時代書局（1956）、新陸書局（1957）、普天出版社（1957）、北星出版社（1958）、新亞書局（1958）、經緯書局（1959）、大東書局（1962）、台北書局（1965）、新世紀出版社（1973）、哲志出版社（1973）、復漢出版社（1974）、學海書局

（1974）、青山出版社（1974）、立文出版社（1977）、遠景出版社（1978）、廣城出版社（1979再版，初版年不詳）、東海出版社（1980）、喜美出版社（1980）、五洲出版社（1981）、名家出版社（1981）、復文圖書（1981）、晨光出版社（1985）、嘉鴻出版社（1985）、書華出版社（1986）、漢風出版社（1990）、雷鼓出版社（1990）、文國出版社（1991）、遠志出版社（1991）、錦繡出版社（1999）、桂冠出版社（2000）、世一書局（初版年不詳）。

3 李素譯本原於一九五四年由香港四海書局出版，原書名《驕傲與偏見》，台灣曾經翻印過2次，分別是東亞書局（1957）和文翔圖書（1976）。

4 王科一譯本原於一九五六年由上海新文藝出版社出版，台灣曾經翻印過6次，包括文友書局（1972）、志文出版社（1983）、陽明出版社（1988）、文國書局（1990）、輔新書局（1993）、華威國際（2009）。

5 孫致禮譯本原於一九九〇年由南京譯林出版社出版，台灣於一九九二年由林鬱文化出版。

6 雷立美譯本原於二〇〇二年由北京燕山出版社出版，台灣於二〇〇五年由商周出版。

7 樂軒譯本於二〇一一年由台灣商務出版，根據資料，譯者係浙江舟山人，現為寧波大學副教授。

8 倩玲譯本於二〇〇六年由台灣遊目族出版，並未提供譯者資料，但徐州師範大學外國語學院論文〈《傲慢與偏見》漢譯本句法規範的歷時研究〉提到倩玲譯本，於一九九九年出版，時間較台灣早，故研判為大陸譯本。

9 張玲和張揚合譯本原於一九九三年由上海人民文學出版社出版，台灣於一九九八年由光復書局出版。

10 陳玥菁譯本於一九九六年由希代出版，二〇〇六年由高寶重出，譯者現職中國科技大學副教授。

11 劉珮芳和鄧盛銘合譯本於二〇〇九年由好讀出版，根據譯者簡介，劉佩芳是台灣南投人，東海外文系畢業，鄧盛銘則是美國威斯康辛大學碩士。

12 吳妍儀譯本於二〇一三年由商周出版，譯者是中正哲研所碩士，現為專職譯者。

卷一

「你的短處就是看誰都不順眼。」

「而妳呢，」他笑著說，「就是喜歡誤解別人。」

第一章

有條人人信以為真的真理：凡是有錢的單身漢，總覺得自己缺個太太。

至於這單身漢怎麼想、心裡是什麼感覺，大家也不去管，只要方圓百里內出現這麼一號人物，這條真理立刻在附近人家心裡活動，理直氣壯把對方當成自家女兒的財產。

「班奈特先生，」這天太座開口了，「你聽說沒有，尼德斐莊園終於租出去了。」

班奈特先生回說沒有。

「但真的租出去了，」她又說，「隆格太太剛才來家裡坐，一五一十告訴我了。」

班奈特先生沒搭理她。

「你不想知道是誰租的嗎？」太座不耐煩了。

「**妳**想告訴我，我也不反對。」

這就算是歡迎她說下去了。

「哎呀，親愛的，我跟你說，隆格太太說啊，這尼德斐莊園，是給個有錢的青年租去了，聽說是北方人，禮拜一乘著私家馬車下來看房子，看得高興了，當場就跟莫里斯先生談妥，說是九月底以前入住，下週末先差家僕過來打掃。」

「姓什麼？」

「賓利。」

「結婚了還是單身？」

「哎！是單身哪，親愛的，我都打聽清楚了！是個有錢的單身漢！每年光利息收入就有四、五千鎊。這下我們家丫頭可好了！」

「怎麼說？這跟我們家丫頭有什麼關係？」

「班奈特先生，」太座回他，「你這人也真討厭！難道你不知道我是在想他娶我們家丫頭嗎。」

「原來他搬來打的是這個算盤。」

「打什麼算盤！胡說八道！不過人家是真的有可能看上我們家丫頭哪，所以他人一到你就去走動走動吧。」

「我看沒這個必要。妳跟幾個丫頭去就好，不然叫她們自己去更好，否則妳這麼漂亮，跟丫頭不相上下，說不定賓利先生最中意妳呢。」

「親愛的，你太抬舉我了。我漂亮是漂亮過，但現在也無心假裝出眾了。女人家啊，女兒都大了，就不該只想著自己的美貌了。」

「到了這節骨眼，女人家也沒多少美貌好想了。」

「反正親愛的，你非去見賓利先生不可，他一到你就去。」

「我才不攬這事兒呢，我跟妳說真的。」

「你也替那幾個丫頭打算打算吧。要是這婚事真的成了，那可不得了。盧卡斯爵士和夫人都打定主意要去了，為的不就是這個？你哪次看過他們拜訪新來的了？真的你非去不可，你不去，**我們**怎麼去。」

「妳想太多了。我敢說賓利先生一定很樂意接見妳；我還會寫幾句話讓妳帶去，好讓他安心，知道我是打從心底歡迎他娶我女兒，不管看上哪一個都好；不過我要多幫我的莉西美言幾句。」

「我看不要吧；莉西哪裡比其他丫頭強了？她不及珍一半漂亮，也不及麗迪亞一半好脾氣，偏偏你最疼她。」

「那幾個丫頭，看來看去都差不多，沒什麼好誇獎的，」他接著說，「既沒腦筋、又沒心眼，跟外邊的女孩沒什麼兩樣；但是莉西就不同了，她比那幾個丫頭伶俐多了。」

「班奈特先生，你怎麼可以這樣說自己的親生女兒？你就是愛氣我。也不體諒體諒我神經衰弱。」

「妳誤會我了，親愛的。我怎麼敢不尊重妳的神經？我跟妳的神經認識那麼久了，又常常聽妳煞有其事地提起，少說也聽了二十年有了。」

「唉，你哪裡知道我難受。」

「知道也好、不知道也罷，但我是真心希望妳好起來，這樣才能看著年收入四千鎊的青年一個個都搬來做妳的鄰居。」

「那有什麼用，就算來了二十個，你也不會去拜訪人家。」

「你聽我一句，親愛的，要是真的搬來二十個，我一定一個一個都去拜訪。」

班奈特先生這人就是這麼複雜，為人機伶，說話諷刺，寡言內斂，難以捉摸。班奈特太太跟他做了二十三年的夫妻，還是摸不透他的個性。她的個性倒是不難了解。這女人家頭腦不好，見識淺薄，陰晴不定，一有不如意，就假想自己神經衰弱。她每天為了幫女兒作媒而奔忙，最高興的就是拜訪鄰居和道聽塗說。

第二章

班奈特先生還算是打了個頭陣，早早就去拜訪賓利先生。他一直有這個打算，只是嘴巴上拗著太座，說什麼還是不去的好；那天晚上拜訪回來，太座還蒙在鼓裡。當時事情是這樣的，班奈特先生看著二女兒在一旁裝飾帽子，突然來了這麼一句：

「莉西，妳這頂帽子真漂亮，要是賓利先生喜歡就好了。」

「我們哪裡知道賓利先生喜歡**什麼**，」孩子的媽忿恨地說，「連面都見不到哪。」

「不過妳忘啦，媽，」伊莉莎白說，「舞會上就見得到了，隆格太太答應說要幫忙引介呢。」

「我才不相信隆格太太那麼好心，她自己有兩個姪女，人又自私，說一套、做一套，像她那種人，不說也罷。」

「我對她也是無話可說，」班奈特先生說，「真慶幸妳不用靠她幫忙。」

班奈特太太不打算理他，但是又管不住自己的嘴，這下倒罵起女兒來了。

「別再咳了吧，凱蒂，我拜託妳！妳也體諒體諒我衰弱的神經，簡直要給妳咳壞了。」

「凱蒂咳得不知好歹，」孩子的爸說，「也不知道要挑時機。」

「我又不是咳來尋開心的。」凱蒂沒好氣地說。

「舞會什麼時候，莉西？」

「半個月後。」

「唉，可不是嘛，」孩子的媽說，「隆格太太要等到舞會前一天才回來，我看也別指望她引介了，她連他的面都沒見過呢。」

「唔，親愛的，這下妳倒占便宜了，不如由妳引介賓利先生給隆格太太認識吧。」

「想得美喔，班奈特先生，你想得美，我跟賓利先生又沒交情；哪來你這種促狹鬼？」

「我很佩服妳能這樣審慎。只認識兩個禮拜確實稱不上交情。要認清一個人的真面目，兩個禮拜是不夠的。不過就算**我們**不冒這個險，別人也是肯的；畢竟也要給隆格太太和人家姪女一個機會啊；隆格太太知道妳是一片好意，所以如果妳不幫忙，我只好親自出馬了。」

幾個丫頭都拿眼睛盯著父親。班奈特太太直嚷：「胡說八道！胡說八道！」

「這樣嚷嚷是什麼意思呢？」他也提高了音量。「是說妳認為這引介的規矩、和對於規矩的講究，全都是胡說八道？我可不**這麼**想。妳說呢，梅蕊？爸知道妳這丫頭思想深，專看磚頭書，還做摘錄筆記呢。」

梅蕊想說幾句聰明漂亮的話，但力有未逮。

「趁梅蕊整理思緒的時候，」他繼續講，「我們回到賓利先生的話題上。」

「我受夠賓利先生了。」太座嚷起來。

「**妳這麼說**真是太令我難過了；妳也不早說？要是妳早上就告訴我，我也用不著去拜訪他了。真不湊巧。這下去都去了，想撇清關係也來不及了。」

眼前太太小姐的詫異正好稱了他的意。班奈特太太的詫異或許更勝一籌。等到最初的歡天喜地一過，她立刻改口說她早料到事情會是這樣。

「這才是我的好老爺嘛，班奈特先生！就知道我遲早能說動你的。你這樣寵女兒，怎麼捨得放過這樣一個好人家。哎呀我真是太高興了！你這人也真好玩，既然早上就去了，怎麼現在才說。」

「好啦，凱蒂，這下妳愛怎麼咳就怎麼咳啦。」班奈特先生一邊說一邊走出交誼廳，真累人啊，看這女人高興成這樣。

「爸爸真好呢，丫頭，」門一關上，班奈特太太立刻接口。「我真不曉得妳們以後要怎麼報答他，或是怎麼報答我，畢竟這事我也是出了力的。我們活到這把年紀，這可不是好玩的告訴妳們，還要我們天天出去交際應酬；但是為了孩子，爸媽什麼都肯做。麗迪亞，我的心肝寶貝，妳雖然排行老么，但是賓利先生肯定會邀妳共舞的。」

「喔！」麗迪亞篤定地說，「我才不擔心這個。我年紀雖然小，但個子比姊姊都還高。」

整個下半夜，幾個女人家都在推算賓利先生什麼時候會回訪，議論著什麼時候可以邀請他來家裡用晚膳。

第三章

這件事，班奈特太太能問的都問了，五個丫頭也在一旁敲邊鼓，但還是沒辦法從老爺口中套出個所以然，無從得知賓利先生的德行樣貌。太太小姐發動各式各樣的攻勢，大剌剌的也有，旁敲側擊的也有，捕風捉影的也有，全給老爺一一化解。女人家最後不得不向鄰近的盧卡斯夫人打探二手消息。夫人對賓利先生讚譽有加。盧卡斯爵士對他很是滿意，說賓利是個相貌俊美的青年，待人極為和氣，而且錦上添花的是，他打算下次舞會要帶一群先生小姐來。這真真是件可喜的事！熱愛跳舞是戀愛的前兆。人人懷著熱望，都想擄獲賓利先生的心。

「要是大丫頭能當上尼德斐莊園的女主人，」班奈特太太對老爺說，「剩下幾個也都嫁得同樣風光，我這個當媽的就別無所求了。」

過了幾天，賓利先生到班奈特府上回訪，和班奈特先生在書房裡坐了十分鐘。原本他期待獲准見到小姐，盛傳五姊妹花容月貌，到頭來卻只見到班奈特先生的面，反不如幾位小姐好運氣，從樓上窗戶能看見他穿藍色外套、騎黑色駿馬。

邀宴的請柬不久就發了出去，班奈特太太張羅好菜色，勢在贏得賢慧的美名。這時回柬來了，一切只得順延，賓利先生次日得去倫敦一趟，恕難接受府上邀宴盛情云云。班奈特太太心裡很不是滋味，他才剛到赫福德郡沒幾天，在倫敦那邊能有什麼要事？她開始擔心他行蹤不定、來去翩翩，不肯安分在尼德斐莊園定居。盧卡斯夫人一席話讓她寬了心，說他這趟上倫敦，為的是要接人下來參加舞會；不久便有傳聞說，賓利先生會帶十二位小姐和七位紳士回來；女人家聽了心裡一沉，這人數會不會太多了點；但到了舞會前夕又放心了，聽說不是十二位——賓利先生這趟去倫敦，只會帶六位小姐下來，五位是自家姊妹，另一位則是表親。待到這一行人走進會場，前前後後加起來也不過五位：賓利先生和賓利家兩位小姐，另外則是大小姐的丈夫和一位青年。

賓利先生是位儀表堂堂的紳士，面容和藹可親，舉止隨和大方。賓利家的小姐雍容閒雅，一派大家閨秀風範。至於另外兩位男士，姊夫賀世特先生徒具紳士外表，而友人達西先生卻迅速抓住全場目光。達西先生溫文儒雅，體格修長，相貌英挺，氣質高尚，抵達不過五分鐘，場內便盛傳其家業利息超過一萬鎊。鄉紳誇他英姿煥發，太太小姐讚他俊美更在賓利先生之上，他受人垂青了大半夜，下半夜卻因不懂禮數而人緣盡散。大家說他驕傲自負、難以取悅。饒是他在德貝郡的家業再大，也免不了要惹人非議，說他面目可憎，不配與其友人相提並論。

賓利先生三兩下就跟會場上的要人熟稔起來；他的個性直爽活潑，跳起舞來是一支接著一支，還惱舞會散場得早，說來日要在尼德斐莊園再辦，為人厚道自不在話下，和其友人南轅北轍。達西先生只和賓利先生的姊妹跳舞，先和已出嫁的賀世特太太跳，再和未出嫁的賓利小姐跳，對於人家介紹其他女賓的好意一概回絕，整個晚上就在舞會廳裡閒逛，偶爾和賓利一家人聊個一兩句。這下大家都認清他的為人了。世界上怎麼會有人像他這麼陰陽怪氣、不可一世，最好永遠都別再踏進赫福德郡一步。群情憤慨之中，又以班奈特太太最為激動，她本來就看不慣達西先生的舉止，後來對他的態度更是從厭惡轉為怨恨，誰教他冷落她女兒呢。

伊莉莎白・班奈特因為男賓少，只得休息兩支舞，坐下來的時候，達西先生剛好站在附近，正在那邊跟賓利先生搭話，湊巧讓她聽見。賓利先生暫離舞池勸他朋友下場跳舞。

「來吧，達西，」他說，「你非跳不可，我看你一個人站著也無聊，不如跳支舞吧。」

「真的不用了。你知道我討厭跳舞，熟人另當別論，像這樣的場合我實在沒理由跳。你兩個姊妹都有舞伴了。其他女人要我跳簡直是處罰我。」

「誰像你這樣講究，」賓利先生朗聲道，「挑肥揀瘦的！說真的，我生平第一次在舞會遇上那麼多可愛的小姐，其中還有好幾位絕代佳人。」

「**你**的舞伴是全場唯一稱得上漂亮的。」達西先生看了看班家的長女。

「喔！她是我見過最美麗的小姐！她妹妹就坐在你後面，長得也很漂亮，而且，我敢保證，人見人愛。我請我的舞伴幫你引介引介。」

「你說哪一位？」說著他回過頭，瞧了瞧伊莉莎白，和她對上了眼，便收回視線，冷冰冰地說：「她還可以；但沒有漂亮到讓我**心動**；我也沒心情去抬舉受人冷落的小姐。你還是回舞池欣賞你舞伴的笑臉，別在這裡跟我窮耗時間。」

賓利先生回到舞池；達西先生走遠了。伊莉莎白坐著不動，對這個人無甚好感，不過還是興高采烈地把這段經過跟親朋好友說了。她生性開朗活潑，但凡好笑的事情都不放過。

班奈特一家稱得上過了一個愉快的夜晚。尼德斐莊園那家人對大女兒的賞識，班奈特太太都看在眼裡。賓利先生邀珍跳了兩次舞，賓利小姐對珍也是另眼相看。珍因此很得意，稱得上跟班奈特太太一樣得意，只是不像班奈特太太那樣露骨而已，連伊莉莎白也感染到她的歡愉。梅蕊聽見人家在賓利小姐面前提到自己，說她是鄰近一帶的才女。凱瑟琳和麗迪亞運氣不錯，整個晚上都有人邀舞，在她們看來，參加舞會最要緊的不就是這麼一回事嗎？於是太太小姐歡歡喜喜地回到朗堡，班奈特府上就住在這個村子裡，還是這地方的名門。到家時，班奈特先生還醒著。這人平常只要一拿起書就忘了時間，這天晚上則是因為太想知道舞會的結果，畢竟大家期望那麼高。本來以為太座會對賓利先生失望透頂，但他隨即發現事實和他想的完全兩樣。

「喔！班奈特先生，」她一進門就嚷嚷，「今天晚上真是太好玩了！舞會真是太棒了！要是你也在就好了。看看我們家珍多受歡迎，我簡直不知怎麼說才好。大家都誇她漂亮；賓利先生也覺得她很美，還邀她跳了兩次舞。**兩次耶**，親愛的！他真的和她跳了兩次！場子裡人那麼多，他就只和她跳了兩次。他最初先邀請盧卡斯家的大小姐，我氣得肺都要炸了，看他們兩個在那裡跳的！不過，但是，他根本不中意她，誰有辦法喜歡她啊，你說是不是。接著珍和舞伴從排頭跳到排尾，他一見驚為天人，四處請教珍的芳名，託人幫忙引介，邀請珍跳了接下來的兩支。再來兩支他和金恩小姐跳；接下去兩支他和瑪利亞・盧卡斯跳；然後他又邀珍跳了兩支；再邀莉西跳了兩支；接著的法國快舞——」

「這人也不可憐可憐**我**，」老爺不耐煩了，「好歹也少跳幾支嘛！我的天，別再跟我說他的舞伴了！他怎麼不跳個一支就扭傷腳踝呢？」

「喔，親愛的，」班奈特太太繼續說，「我好喜歡賓利這孩子，長得好生俊俏！姊姊妹妹也漂亮，身上穿的禮服是我看過最華麗的，我敢說賀世特太太禮服上的蕾絲——」

說到這裡她又給打斷了。班奈特先生對華服不感興趣，她不得不另外找話茬兒，於是便加油添醋地刻薄起達西先生的無禮惡行。

「不過我告訴你，」末了她又補上一句，「我們家莉西也沒損失，不合**他**的意又怎樣？再沒見過這麼面目可憎的人，用不著拿熱臉貼他的冷屁股。那麼高傲又那麼自負，誰受得了！整個晚上這裡逛逛，那裡走走，自以為高高在上！不夠漂亮不屑共舞是吧？要是你在就好了，親愛的，可以好好羞辱他一頓！實在太可惡了這個人。」

第四章

珍本來不輕易稱讚賓利先生，和伊莉莎白私下獨處時，卻對妹妹說出對賓利先生的愛慕。

「好男人就該這樣，」她說，「明理、風趣、開朗；他是我見過禮數最周到的——跟誰都處得來，家教又好。」

「而且外表又出色，」伊莉莎白接下去講，「不過哪個青年不想出色？除非是沒辦法。看來他的個性確實無可挑剔。」

「而且他也太恭維我了，居然請我跳了兩次舞。沒想到他這麼抬舉我。」

「妳沒想到？我倒替妳想到了。這就是我跟妳不一樣的地方。對於人家的恭維，妳總是受寵若驚，我就不是這樣。他邀妳跳舞不是理所當然嗎？妳比全場的小姐美上五六倍，想不注意到都難，何必為了這點殷勤感謝他？話說回來，他人確實不錯，我允許妳喜歡他。比他蠢的人妳都喜歡過了。」

「莉西！」

「唉，妳這個人……不是我要說妳，妳實在是太容易喜歡人了。妳從來就看不到別人的缺點。從妳眼裡看出去，這世上哪有什麼不合意不順眼的？我這輩子從沒聽妳說過別人一句壞話。」

「我確實不隨便批評人，但我說的都是真心話。」

「這我知道；就是這樣才奇怪。妳這麼明理，別人愚蠢糊塗妳倒真的看不出來。濫好人我見多了——上哪兒都碰得到。但若說到真心待人，不算計、不討好，別說只看見優點了，而且還放大優點，絕口不提缺點，這就只有妳才做得到。所以妳也喜歡賓利的姊妹嘍，是不是？她們做人可不如他啊。」

「乍看的確不如，但是聊起天來非常愉快。賓利小姐也會一起下來，好幫忙賓利持家；除非我看走眼，否則她一定會成為我們的好鄰居。」

伊莉莎白默默聽著，心裡頗不以為然；看賓利姊妹在舞會上的舉止，是不打算親近人的意思。她的心思比姊姊敏銳，脾氣比姊姊執拗，看事情的眼光不偏不倚，不因別人待她不同而改變，因此她是不會替賓利家姊妹說話的。她們確實是大家閨秀，要她們爽朗也可以，前提是要她們高興；要她們親切也可以，前提是要她們願意。可是這兩人既驕傲又自負，有的是漂亮的外表，上的是倫敦的名校，手裡握的是兩萬鎊的資產，因此出手闊綽，只和有地位的人家來往，也難怪她們有資格目中無人了。賓利家是英格蘭北方的望族，這點兩姊妹記得倒仔細，至於手上繼承的是做生意發跡的臭錢，她們的印象可就模糊了。

賓利先生從父親手上繼承了十萬鎊，這筆錢原是要置產，只是賓利老爺過世得早，賓利先生原本想繼承父志，偶爾也在郡裡各處看看，不過既然現在宅邸有了，遊獵的地方也不缺，知道他個性隨遇而安的人都懷疑，他該不會就要這樣在尼德斐莊園度過餘生，把置產的事留給下一代？

他的姊姊妹妹著急他怎麼還不置產，不過儘管他只是尼德斐莊園的房客，但說到替哥哥掌家，賓利小姐是決計不會不肯的，至於賀世特太太，她嫁的夫家空有排場，情願把賓利這裡當成自己家比較方便。賓利先生慶祝二十一歲成年不過兩年，前些日子聽說尼德斐莊園好，便親自下來看一趟，裡裡外外瞧了半個鐘頭，對於周遭環境和幾間廳室都很滿意，房東的吹捧聽了也順耳，當場就租了下來。

他和達西是多年的好友，不過兩人的個性卻有著天壤之別。達西欣賞賓利溫柔敦厚、隨和開朗，跟自己恰成對比，但是對於自己的性格倒沒有什麼不滿的地方。賓利承蒙達西看重，對於達西的見解推崇備至。要論聰明才智，達西在賓利之上；並非賓利短人一截，而是達西聰明過人，只是高傲冷漠、難以取悅。要論待人接物，達西教養雖然好，但總是不夠親切，反不如賓利吃香，所以賓利到處結緣，達西卻四處結怨。

他們談及梅里墩舞會的態度，充分展現了兩人的個性。舞會上可愛的人物、美麗的少女，都是賓利生平僅見，這裡的人對他既友善又熱心，大家不拘禮、不造作，一下子全都混熟了，再說那班家大小姐，簡直是美過天仙。至於達西所見，則和賓利完全兩樣，說是場子裡黑壓壓一群人，個個庸俗又難看，沒有一個看得上眼，也沒有哪個對他獻殷勤。班家大小姐儘管漂亮，但未免太愛笑了一點。

賀世特太太和賓利小姐不置一詞——但還是欣賞班家大小姐，直說她不錯，多認識也無妨。於是，班家大小姐成為賓利姊妹口中的好女孩，而賓利先生聽到這番讚美，便以為是獲准得以對她起念了。

第五章

距離朗堡村不遠的地方住了一戶人家，這家子跟班奈特家是世交。盧卡斯爵士在梅里墩做生意時發了筆小財、當上了鎮長，在任內對國王歌功頌德，受封為爵士。或許是這份殊榮讓他太有感觸，他開始嫌惡做生意，嫌惡住在小市鎮，最後索性關門大吉、舉家遷移，搬到梅里墩一哩之外，當地從此得名盧家莊。在這裡，他心滿意足於自己顯赫的地位，少了俗務纏身，他大可一心一意地和氣待人。儘管他對自己的頭銜很是得意，但是從未因此目中無人，反而更是殷勤周到。他這個人性情溫和，處世向來儒雅，自從在聖詹姆斯宮冊封爵士後，益發有紳士風範。

盧卡斯夫人善良賢慧，為人少算計，正是班奈特太太不可多得的好鄰居。盧家有好幾個孩子，長女聰慧懂事，年約二十七，跟伊莉莎白是知己。

每回舞會過後，盧家和班家小姐總得碰面聊一聊。果然翌日一早，盧家小姐便上朗堡來打聽，交換交換意見。

「夏洛特，**妳**開舞開得真好，」班奈特太太沉住氣跟盧家大小姐客氣道，「**妳**是賓利先生最先看上的。」

「不錯，但他中意的似乎是第二位。」

「喔！妳說珍啊，我想，是因為賓利先生同她跳了兩次舞吧？這樣看來，他好像**真的**對她有意思——老實說，我看也是**八九不離十**。這是我聽來的，內容倒是不太清楚，只記得好像跟魯賓先生有關？」

「妳是指我從他和魯賓先生那邊聽來的談話吧？我沒跟妳提過？魯賓先生問他，喜不喜歡我們梅里墩的舞會？場子裡漂亮小姐多不多？覺得**哪一位**最漂亮？他直接答了最後一個問題，『喔，當然是班家大小姐，這還用說嗎。』」

「哎呀！這話說得還真直接——這樣看來，他好像……不過，但是，現在說什麼都還太早，妳說是不是？」

「**我**聽到的比妳聽到的中肯吧，伊莉莎？」夏洛特說，「達西先生說的話根本不用放在心上，他跟他朋友根本不能比，妳說是不是？可憐的伊莉莎，竟然被人說**還可以**。」

「快別讓我們家莉西想起這件事了，省得她跟那沒口德的人生氣；這人這麼難相處，誰被他看上誰就倒楣。隆格太太跟我說，昨晚他在她旁邊坐了半個鐘頭，嘴脣連掀都沒掀一下。」

「這是真的嗎，媽媽？是不是哪裡弄錯了？」珍說，「我明明看見達西先生跟隆格太太說話呢。」

「這妳就不知道了，那是因為她問他覺得尼德斐莊園怎麼樣，他不得已才回她的。聽她說，他似乎很不高興人家找他攀談呢。」

「賓利小姐告訴我，」珍接口，「說他話本來就不多，但若是跟熟人在一處，那可就隨和了。」

「我才不信這種鬼話。他要是真的隨和，早就跟隆格太太聊開了。我知道這其中必定有鬼；大家都說他眼睛長在頭頂上，我想他一定聽說了隆格太太家沒馬車，是雇車來參加舞會的。」

「他不找隆格太太說話我不管，」盧家大小姐說，「但他怎麼不跟伊莉莎跳舞呢。」

「我說莉西呀，下一次，」她母親說，「換做我是你，我絕不跟**他**跳。」

「媽，我可以跟妳保證，**絕對**不會跟他跳舞。」

「他驕傲歸驕傲，」盧家大小姐說，「但總不像一般人驕傲到讓我動氣，他是有理由驕傲的。你想想，像他這樣斯文的年輕人，出身高貴，富甲天下，人生一帆風順，也難怪他自視甚高。容我這麼說吧：他是有**權利**驕傲的。」

「那倒是，」伊莉莎白說，「要我原諒他的驕傲沒問題，前提是請他不要來踐踏我的驕傲。」

「驕傲，」梅蕊說話了（她很是得意，自認為說話有憑有據），「對我來說是一種通病。我看過書上說：驕傲這種毛病非常普遍，人天生就驕傲，誰的心裡沒有一絲自滿？只是有人自滿得有道理，有人自滿的只是幻影。虛榮和驕傲完全是兩回事，偏偏常常被混著用。驕傲的人不一定虛榮。驕傲關乎對自己的看法，虛榮則牽涉到別人對自己的看法。」

「如果我跟達西先生一樣有錢，」盧家小弟嚷嚷道，他是跟姊姊一起來的，「誰管他什麼驕傲不驕傲。我要養一群獵犬，還要天天喝一瓶酒。」

「那你就喝得太凶啦，」班奈特太太說，「要是讓我瞧見，一定馬上把你的酒瓶搶走。」

盧家小弟說不准，班奈特太太說她偏要，兩個人就這樣你來我往，直到散會才罷休。

第六章

朗堡的小姐不久便上尼德斐莊園拜候小姐太太。人家也客客氣氣地回了禮。班家大小姐很得人疼，教賀世特太太和賓利小姐愈看愈喜歡，不過班奈特太太可就令人不敢恭維，幾位小妹妹說話也沒多大意思；雖說是願意多跟**她們**親近，但這話其實只講給班家兩位大小姐聽而已。對於這份盛情，珍自然是高高興興地領受了；但是伊莉莎白看出那兩位還是一樣目中無人，幾乎沒把珍擺在眼裡，教她實在沒辦法喜歡。就算她們真的對珍好吧，那也要看賓利先生的意思。看他們相處的樣子，他對珍**確實**有意思。在她看來，珍也對感情繳了械——本來她就對他一見鍾情，此時可說是一往情深了。不過，想到這裡她可高興了——珍這一段心事，外人是難以察覺的，因為珍感情自持，性格沉穩，對誰都是笑臉盈人，那幫三姑六婆自然不疑有他。她把這番心思跟好友盧家大小姐說去了。

「高興歸高興，」夏洛特回她，「這件事能瞞著大家自然好；不過防心這麼重，偶爾也是要吃虧的。女人家對於心上人要是也像這般遮遮掩掩，恐怕會讓煮熟的鴨子飛走；到時候只能安慰自己——好在其他人也蒙在鼓裡。男女之情借重的是恩惠和虛榮，隨緣是不會有結果的。雖說最初憑的全是緣分，畢竟感情也不能勉強湊合，但若是不這麼順水推舟一下，又有誰敢貿然追求呢？女孩子十之八九還是坦率的好，喜歡一分不如就表現兩分。賓利確實喜歡妳姊姊，但或許也就僅止於喜歡，要是妳姊姊再不幫他一把的話。」

「她幫得還不夠嗎？以她的個性來說簡直是厚臉皮了。我都看出來她垂青於他，他要是看不出來就是傻子了！」

「伊莉莎，妳要記住，他可不像妳這麼了解珍的脾氣。」

「女人鍾情男人，又不刻意隱瞞，他有眼睛總該看得出來啊。」

「就算真是這樣，他也得見得到她的面才行。但是賓利先生和珍雖然時常碰面，時間卻都不長，閒雜人等又一堆，想借一步說話都難。所以珍要時時留心，多多勾引，等到手到擒來之後，再一往情深也不遲啊。」

「妳這辦法好極了，」伊莉莎白回她，「什麼都不必考慮，只要想飛上枝頭就成。要是我非有錢人不嫁，或是非把自己嫁出去不可，我一定採用這條辦法。可是珍不是這番心思，她做事絕少算計；再說她還不確定自己的感情，也不知道自己愛得有沒有道理。她認識他不過兩個禮拜，先是在梅里墩跟他跳了四支舞，那天早上又在尼德斐莊園見了一次面，後來又吃了四次飯，不過總有其他人在場。這教她怎麼能夠了解他呢？」

「事情不像妳說的這樣。要是她只是跟他**吃吃飯**，頂多只知道他胃口好不好；但是妳別忘了，他們是共度了四個晚上啊——四個晚上可以做很多事哪。」

「是啊，經過了這四個晚上，他們彼此確定了一件事，就是他們都喜歡玩二十一點，不喜歡換牌遊戲。但是講到個性等等，我看多半都還有欠了解。」

「這……」夏洛特說道，「我衷心祝福珍；不管她是明天就出閣，還是觀察一年之後才嫁，我想她的幸福都不會短少。美滿的婚姻全憑運氣。如果婚前就摸透了對方的脾氣，或是兩人的個性十分相似，都對婚姻幸福一點幫助也沒有，只會導致婚後愈走愈遠，把該吵的都吵完了才算呢。既然是要攜手共度一生，缺點當然是知道得愈少愈好。」

「聽妳說得我都笑了，夏洛特，但是妳這話真不正經，我想妳心裡也明白。況且，妳也不打算草草嫁人吧。」

伊莉莎白只顧著談論賓利先生對姊姊的殷勤，卻沒發覺自己成了賓利先生朋友的心上人。達西先生起初根本不承認她漂亮，舞會上見了，半點也不欣賞，第二次再見到，看一看也只是挑剔。可是，他才在朋友面前挑明了說她的五官一無可取，立刻驚覺她那雙靈動的烏溜大眼襯得她那張臉何其慧黠。此後他心裡愈是明白，不由得窘迫起來。儘管他目光犀利，嫌她身段不夠勻稱，卻也不得不承認她輕盈悅人。即使他斷定她舉手投足並非大家閨秀，卻又為她的活潑大方所折服。這一切種種，伊莉莎白渾然不察，只覺得這個人四處結怨，還嫌她不夠漂亮不屑共舞。

他開始想多了解她，而攀談的第一步，就是留心聽她和別人說話的內容。這番舉動引起了她的注意。當時是在盧家莊，主人盧卡斯爵士設席宴客。

「達西先生是什麼意思？」她對夏洛特說，「為什麼聽我跟福斯特上校說話？」

「這只有達西先生自己才知道。」

「要是他再這樣，我可要拆穿他啦。他這人就愛挖苦人，如果我不給他點顏色瞧瞧，遲早會爬到我頭上來。」

正說著，他就朝她們的方向走來，雖然擺明了無意攀談，但是盧家大小姐慫恿伊莉莎白拿剛才的話問他，她給這麼一激，立刻掉頭過去，說：

「達西先生，你覺不覺得我這話說得很漂亮，就是剛才我揶揄著要福斯特上校在梅里墩辦場舞會的時候？」

「說得是挺活潑的——不過小姐談起舞會不都是這樣？」

「你這話未免刻薄了些。」

「接下來該輪到**她**被揶揄了，」盧家大小姐說，「伊莉莎，我去開琴蓋，妳自己看著辦吧。」

「妳這種朋友還真是世間少有！老是要我彈琴唱歌，也不管來客是誰！要是我希望大家賞識我的音樂才華，那妳還真是個不可多得的朋友；但是看這場面，我還真不想坐下來獻醜，來客都是聽慣一流演奏的人啊！」可是她拗不過盧家大小姐三催四請，只道：「好好好，獻醜就獻醜吧。」她沉沉地看了達西先生一眼，說：「俗話說得好，我想在場的人也都知道，有道是『留口氣吹粥』，我想我也少說幾句，鼓足氣好唱歌。」

她的歌喉娓娓動人，但是琴藝絕非一流；唱了一兩曲，還沒來得及回應賓客的盛情，鋼琴就急急忙忙讓妹妹梅蕊搶了去。班家這五姊妹，就屬她姿色平庸，所以書念得最多，才藝也練得最勤，無時無刻不想露個幾手。

不過梅蕊這孩子，資質既駑鈍，品味也庸俗，雖然因為愛慕虛榮彈得一手好琴，可是也因此染上老氣橫秋的神氣，對她的傷害遠大過造詣。伊莉莎白的琴藝雖不及她一半，但是態度落落大方，沒半點矯揉的習氣，大家聽著也高興。梅蕊奏了一首長長的協奏曲，接著為了博得讚美和感激，又彈了幾支蘇格蘭和愛爾蘭小調——是兩個妹妹央求她彈的，她們和盧家幾個孩子連同兩三位軍官，正在房間另一頭興高采烈地跳著舞。

達西先生悶悶不樂地站在他們附近，對於這種消遣十分不屑。他一語不發，埋頭想著心事，沒發覺盧卡斯爵士就站在旁邊，盧卡斯爵士只好自己先開口。

「這點消遣對於年輕人來說真是好極了，達西先生！世上再沒什麼比得上跳舞了！我個人認為這是上流社會第一流的享樂。」

「的確，盧卡斯爵士。而且跳舞好就好在即使是中等人家也興這一套——就是粗人也會跳舞的。」

盧卡斯爵士微微扯了一下嘴角，沉默了半晌，見到賓利先生也來跳舞，這才說道：「看你朋友挺能跳的，想來你對跳舞這門學問也是得心應手吧，達西先生。」

「我能不能跳，相信你在梅里墩就見過了，盧卡斯爵士。」

「可不是嘛，看你跳舞真是生平一大樂事。你常在聖詹姆斯宮跳舞吧？」

「未曾，盧卡斯爵士。」

「難道你不認為，既然進了宮，總得跳支舞才算賞臉？」

「我從來不賞這種臉，不論去哪裡總是能免則免。」

「你在倫敦也有房子吧，我想？」

達西先生欠了欠身。

「我也想過要在倫敦置產——因為我喜歡上流社會的生活。只是不曉得倫敦的空氣是否能讓內人住得慣。」

他頓了一下，希望對方接話，可是達西先生根本沒這個意思。這時，伊莉莎白正好朝他們走來，他靈機一動，想藉機獻一下殷勤，便喊道：

「親愛的伊莉莎小姐，妳怎麼不跳舞呢？達西先生，務必讓我介紹這位年輕的小姐給你認識，要找舞伴，這位再可人也沒有——這下你想拒絕都不成了，誰教眼前就有這麼一位美人呢。」說著他挽起她的手，分明是要達西先生牽的意思，他雖然訝異，卻也不會不肯接受，就在這時，她突然縮手，神色倜促地對盧卡斯爵士說：

「盧卡斯爵士，其實我一點也不想跳舞，請你別以為我是來這裡找舞伴的。」

達西先生鄭重邀請她，卻也徒勞。伊莉莎白是鐵了心，就連盧卡斯爵士也奈何不了她，左勸右勸都沒有用。

「伊莉莎，妳舞跳得這麼好，不容我欣賞真是太見外了。我們這位先生雖然不喜歡跳舞，但是絕不會反對陪我們消遣半個鐘頭的。」

「達西先生的禮數最周到不過了。」伊莉莎白笑盈盈地說。

「周到當然是周到的，這麼誘人的條件，也難怪他要客氣了。誰會婉拒這麼一位舞伴呢？」

伊莉莎白俏皮地瞄了他一眼，掉頭走了。這番拒絕絲毫無傷她在他心中的地位，他興味盎然地懷念著她，引得賓利小姐前來搭訕。

「我知道你在胡思亂想什麼。」

「諒妳也想不到。」

「你在想：要是以後常常都要這樣，跟這些人瞎攪和，那還得了。老實說，我也有同感，這裡簡直煩死人了！又無聊，又吵！還要看一群小人物自以為是——我倒想聽聽你挑剔他們幾句。」

「我敢說，妳錯得離譜了。我這心事很有意思。我正在玩味我心中的雀躍——好一對妙眸，生在好一位佳人臉上。」

賓利小姐立刻盯著他，倒要聽他說說是哪位小姐，竟然讓他這樣想入非非。達西先生大膽回答道：

「伊莉莎白・班奈特小姐。」

「伊莉莎白・班奈特小姐！」賓利小姐複述了一遍。「我好意外！你喜歡她多久了？——什麼時候向你道喜啊？」

「我就知道妳一定會這麼問。女人家腦筋動得還真快。一下就從欣賞跳到戀愛，轉眼又從戀愛跳到結婚。就知道妳一定會向我道喜。」

「哼，你要是動了真情，我當然以為大事底定。話說你將來的岳母可真迷人，對了，她還會在龐百利莊園跟你住上一輩子呢。」

他淡淡地聽著，她則伶牙利嘴地說得正高興，看他神態自若，想來不礙事，於是愈發滔滔不絕了。

第七章

班奈特先生的財產全來自土地，每年收入大約兩千鎊，不過幾個女兒以後可沒那麼好福氣，因為班家沒有男丁，土地只能由遠房堂兄繼承。至於班奈特太太的家私，嫁進班家是綽綽有餘，但是等到肥水落入外人田，恐怕也是不濟事。班奈特太太的父親生前在梅里墩當事務律師，身後留給她四千鎊。

班奈特太太的妹妹嫁給了一位姓菲利普的，以前是她父親的書記，後來繼承了她娘家的事業；另外還有個弟弟住在倫敦，生意做得有聲有色。

朗堡村離梅里墩不過一哩，對這幾位年輕小姐來說真是再方便也不過，三番兩頭就往梅里墩跑，到阿姨家走動走動，順道去服飾店逛一逛。班家那兩個小的——凱瑟琳和麗迪亞——最是熱衷此道。這兩個丫頭不比三個姊姊，腦筋裡沒什麼想法，閒得發慌時，就到梅里墩走一趟，既可消磨白天，晚上也有談興。鄉下地方沒什麼新鮮事，她們卻總有辦法從阿姨那裡套出消息，最近每次去，總是歡歡喜喜滿載而歸。原來近日民兵團到附近駐紮，說是要待上一整個冬天，而且團本部就在梅里墩。

這些日子只要到阿姨家問安，就有打探不完的有趣情報。每去一趟，對這些軍官的出身就又更了解一些，甚至連他們的住處都曉得了，不久雙方便熟稔起來。這批軍官菲利普姨丈一個個都去拜訪，替甥女疏通疏通，幾個小妮子樂得不得了，成天張口閉口都是軍官。賓利先生殷實的家業，她們的母親一提到就眉飛色舞，不過看在兩位小小姐的眼裡，萬貫家財也比不上少尉的制服漂亮。

班奈特先生聽她們東一句軍官、西一句軍官，聽了一整個早上，終於冷冷地抛下一句：

「看妳們說話時那副嘴臉，簡直愚蠢到了極點。從前我還只是疑心，現在是完全篤定了。」

凱蒂面露慚色，沒有接話；麗迪亞卻只當耳邊風，繼續說自己有多崇拜卡特上尉，還說希望當天能見他一面，不然人家隔天就要上倫敦去了。

「親愛的，我簡直不敢相信自己的耳朵，」班奈特太太說，「你怎麼老覺得自己的孩子蠢呢？誰家的孩子我都可以瞧不起，但我絕對不會瞧不起自己家孩子。」

「要是我生的孩子果真那麼蠢，我想還是有自知之明比較好。」

「是是是——但是我們家的孩子，哪個不是聰明伶俐呢。」

「這就是我們唯一意見不合的地方了，謝天謝地。本來我也希望我們能情投意合一輩子，但是此後勢必要分道揚鑣了，因為我們家這兩個小的真不是普通地蠢。」

「班奈特先生，她倆都還那麼小，何必跟她們一般見識。等她們到了我們這個年紀，自然不會滿腦子盡想著軍官的事了。記得我以前也喜歡過紅色軍裝——其實到現在也還是喜歡的。要是有個年輕漂亮的上校，年薪五、六千鎊，隨便他想娶我哪個女兒，我都不會拒絕。前幾天在盧家莊的晚宴上看到福斯特上校全副軍裝，哎，還真是俊俏哪。」

「媽媽，」麗迪亞嚷嚷，「聽阿姨說，最近福斯特上校和卡特上尉很少到沃森小姐家走動，不像剛來的時候跑得那麼勤，說是到柯樂流動書攤『站衛兵』去了。」

班奈特太太正要接腔，卻見一位門僕走了進來，手裡拿著要給大小姐的短柬，說是尼德斐莊園送來的，門僕在一旁等著，準備帶話回去。班奈特太太眼睛一亮，面露喜色，嘴裡不住嚷嚷，也不管女兒還在讀信：

「哎，珍，是誰寄來的？信裡面寫些什麼？是怎麼說的？哎唷，珍，快一點啊，怎麼都不說話，快一點啊，心肝寶貝。」

「是賓利小姐。」珍說著，把信念了出來：

親愛的，

　　妳行行好，發發慈悲來陪我和露薏莎吃飯吧，否則我和她恐怕要反目成仇了；兩個女人家，大眼瞪小眼了一整天，難保不會吵架。妳一接到信就趕快過來吧。我哥跟他幾位朋友上軍官那兒吃飯了。

摯友　卡洛琳．賓利筆

「上軍官那兒吃飯！」麗迪亞嚷道，「阿姨怎麼沒有告訴我們，**這可是大事啊**。」

「不在家吃飯啊，」班奈特太太道，「怎麼這麼不巧。」

「我可以坐馬車去嗎？」珍說。

「不可以，心肝寶貝。最好呢，是騎馬去。這天看起來快要下雨了；要是真下了，妳就可以在那邊過夜了。」

「這招真不錯，」伊莉莎白說，「只是妳確定那邊不會差人送她回來？」

「哎，這賓利先生的馬車，定是送他和朋友到梅里墩去了。再說這賀世特夫婦吧，空有馬車，卻沒有馬。」

「我想還是坐馬車去吧。」

「心肝寶貝，可是我知道妳爸爸是勻不出馬來的。這馬呢，要留給農地用的，班奈特先生，你說是不是？」

「農莊那裡太常要馬去用了，我時常也是要用卻用不著。」

「但如果你今天要用，」伊莉莎白說，「就稱了媽媽的意了。」

她逼得父親終於承認：那幾匹拉車的馬已經另作他用。珍不得已只好翻上馬背，孩子的媽送她到門口，興高采烈地祈求變天。最後果真讓她如願以償，珍剛走，立刻下起了滂沱大雨。幾個妹妹都很擔心，只有孩子的媽最高興。這雨一下就是整個晚上，珍肯定回不來了。

「說下雨就下雨，我這張嘴還真靈！」班奈特太太說了一遍又一遍，彷彿天上下雨全是她的功勞。待到隔天一早，她才知道這條妙計到底有多妙。早餐還沒散，尼德斐莊園那邊就遣家僕給伊莉莎白送信來了：

親愛的莉西：

今早起床，頓覺身體不適，敢情是昨天淋了雨。賓利一家要我留住，等身體好了再走，還堅持要請瓊斯藥師過來一趟。所以如果聽說他來幫我看診，千萬不要擔心，不過就是頭痛、喉嚨痛，不礙事的。

姊字

「好啊，親愛的，」伊莉莎白一念完信，班奈特先生立刻開口：「要是妳女兒生了重病，有了三長兩短，都是受妳教唆、倒追賓利先生惹出來的，想想還真安慰啊。」

「哎，我才不擔心她有什麼三長兩短呢！哪有傷風就送命的道理。再說，那邊自會有人伺候她，她只要好好待著就行了，如果能用馬車的話，我也會去探望她的。」

伊莉莎白心急如焚，決定親自去一趟，不過沒有馬車可以用，她又不會騎馬，只剩步行一途。她把心裡的打算說了出來。

「妳這人怎麼這麼蠢，」孩子的媽嚷起來了，「還真虧妳想得到，地上那麼泥濘！等妳走到了，那模樣能見人嗎。」

「能見珍就好──我只求這樣。」

「這是在暗示我什麼嗎，莉西？」孩子的爸說，「要我勻出馬來嗎？」

「不用了，真的。我一點也不介意走路，只要有心，這點路程根本算不了什麼，不過三哩路。我還來得及回來吃晚飯呢。」

「儘管妳懿行可嘉，」梅蕊說，「但還是不要感情用事的好。依我看，需要出幾分力，就出幾分力，以免進退失據。」

「我們陪妳走到梅里墩吧。」凱蒂和麗迪亞異口同聲道。伊莉莎白接受兩位妹妹的好意，一行人出門去了。

「如果我們加快腳步，」三個人一邊走，麗迪亞一邊說，「說不定可以趕在卡特上尉動身前見上他一面。」

三姊妹在梅里墩分了手，兩個小的上一位軍官夫人的家裡去，伊莉莎白則繼續往前走，穿過一片田野接著一片田野，絲毫不曾慢下腳步。她越過一個梯磴又一個梯磴，急急忙忙跳過一個水窪接著一個水窪，尼德斐莊園終於臨在眼前。只是她腳踝也痠了，襪子也髒了，一張臉更是熱得通紅。

家僕領她進了早餐廳──大家圍坐在餐桌旁邊，唯獨不見珍。她一出現，立刻引來一陣驚奇。一大清早的，她一個人，地上又泥濘，竟然大老遠走了三哩路來，真是太不可思議了——賀世特太太和賓利小姐心裡都這麼想。伊莉莎白料定她們準會為此鄙夷她，不過賓利一家上下倒是非常客氣，賓利先生的舉止除了客氣之外，更有一份溫情在裡頭。達西先生的話不多，賀世特先生則是連開口也沒有。前一位是因為心裡五味雜陳，又是愛她步行後紅潤的臉色，又是不安女人家無故單獨遠行；另一位則是只知埋頭吃早飯的緣故。

她問起姊姊的病情，答案令人憂心，說是一夜沒睡好，早上醒是醒了，可是燒還沒退，無法下床。伊莉莎白慶幸眾人立刻領她到姊姊那裡去。珍因為怕驚擾大家，忍著不敢請家人來探望，眼前看到妹妹來了，高興自不在話下，只是沒什麼力氣說話。賓利小姐先行告退，留她們姊妹獨處，她也感激人家待她多好又多好，此外再也無話。伊莉莎白沒說什麼，只是靜靜守著。

早餐過後，賓利姊妹來了。伊莉莎白看她們對珍那麼關心又那麼殷勤，不由得心生好感。瓊斯藥師來了一趟，看了看——跟大家猜的一樣，說是重感冒，叮囑要悉心照顧，又勸珍躺好，另外開了幾瓶藥水給她。病人謹遵吩咐，實在是燒得厲害，頭都痛起來了。伊莉莎白片刻不離病床，兩位小姐也不時來探看。幾位先生出門去了，反正他們不管在不在都幫不上忙。

鐘響三下，伊莉莎白心想不走不行，只得勉強向主人告別。賓利小姐勸她坐馬車，她本想先婉言推辭，再接受這番美意，不料珍說捨不得她走，賓利小姐只好打消送客的念頭，改口邀她在尼德斐莊園小住幾日。伊莉莎白一邊道謝一邊答應下來，家僕立刻上朗堡通報，回程順道帶了幾套衣服過來。

第八章

五點鐘，賓利姊妹回房更衣，六點半，家僕請伊莉莎白用晚膳。在一片客套的問候聲中，她聽出賓利先生的掛心，聽著心裡固然高興，可惜回答未能盡如人意——珍依舊不見好轉。賓利姊妹聽了，便拿同一套話反覆說上三、四遍，什麼真是急死人啦，重感冒好嚇人啦，生病最討厭了等等，然後就把話題擱著，再不提及珍。人一不在眼前就原形畢露，伊莉莎白又打從心底討厭起這對姊妹來了。

她們的兄弟，是這群人當中她唯一看得順眼的。他為珍掛心自不待言，就是對伊莉莎白也是百般殷勤，她開心之餘，也覺得少了些隔閡。她知道其他人都拿她當外人看，對她愛理不理，唯獨他是特例。賓利小姐的眼裡只有達西先生，賀世特太太也是半斤八兩。至於賀世特先生，他就坐在伊莉莎白隔壁，這人生性懶散，眼睛睜開就只知道吃喝打牌，看到伊莉莎白專揀清淡的菜吃，對於法式燉肉興趣缺缺，也就話不投機半句多了。

吃過晚飯，伊莉莎白回房看珍，前腳剛走，賓利小姐立即刻薄起來，嫌她不懂禮數，既傲慢，又自負，話也不會說，儀表也不佳，品味又不好，長相也平庸。賀世特太太深表同感，還不忘補上幾句：

「簡單說來，就是一無可取，不過倒是挺能走的，我這輩子再忘不了她早上那副德性，簡直是瘋婆子來著。」

「可不是嘛，我差點忍不住要笑。沒頭沒腦這樣大老遠跑來！**她幹嘛**要在這鄉下地方跑來跑去，就因為姊姊生病？弄得蓬頭亂髮的，邋遢死了。」

「就是說啊。還有，妳看見她那襯裙沒有？但願妳看到了才好，我敢說她下襬那層污泥，足足有六吋！就算是把外頭那件的裙襬放下來，也是遮不住。」

「露薏莎，妳這話或許不錯，」賓利說，「但怎麼我都沒瞧見哩？伊莉莎白．班奈特小姐美極了，就是今早她走進早餐廳的時候，也沒見她襯裙哪裡髒了。」

「你瞧見了吧，達西先生，」賓利小姐道，「我左想右想，想你總不希望令妹以那副模樣見人。」

「當然是不要的好。」

「她走了多遠？三哩，四哩，還是五哩？哎，管她幾哩！走得腳踝都是泥！而且還一個人走，就她一個人嗳！真搞不清楚她在想什麼？我看這人未免太自以為是，土包子就是土包子，完全不把規矩放在眼裡。」

「依我看，這表示她們姊妹情深，再好也沒有。」賓利先生說。

「達西先生，」賓利小姐壓低聲音道，「像這樣四處闖蕩，恐怕會動搖你對那雙妙眸的愛慕吧。」

「怎麼會，」他回答，「她這樣一走動，雙眼更有神了。」說完是一陣短暫的沉默，接著賀世特太太開口道：

「我對珍呢，是又敬又愛，這女孩好得沒話講，真希望她嫁個好人家。只是遇上那樣的父母，身邊又一堆窮親戚，怕是沒指望了。」

「記得上回聽妳說，她姨丈在梅里墩當律師？」

「不錯。另外還有個舅父，住在倫敦街市——器鋪街附近呢。」

「那敢情好。」兩姊妹一搭一唱，縱情大笑起來。

「就算整條器鋪街都住滿了她們的舅父，」賓利提高了音量，「也絲毫無損她們的可愛。」

「但要嫁進豪門可就難了。」達西說。

賓利沒有接話，不過兩姊妹倒是欣然同意，兩人嘻嘻哈哈了一陣，拿好友家的庸親俗戚取樂。

也不知是哪來的體貼，兩人一出晚宴廳，又到珍那兒去坐了一會兒，直到家僕來請，說是餐後咖啡備妥了才走。珍的病情依舊沒有起色，伊莉莎白寸步不離地守著，晚一點見她睡了，這才寬了心，心想再不下去恐怕要失禮，縱使百般不願，也還是到樓下去了。一進交誼廳，大夥兒正在玩盧牌戲，看她來了，立刻邀她上桌玩一把；她怕他們賭太大，便謝了謝，推說是擔心姊姊，一會兒就要上去，還是在一旁看書的好。賀世特先生盯著她，眼神很是詫異。

「寧可看書，也不打牌嗎？」他說，「這可真是奇了。」

賓利小姐道：「我們伊莉莎小姐啊，打牌這種事她看不上眼的。人家是女學究，別的不愛，只愛看書。」

「我擔不起這個美名，也無須受這種指責，」伊莉莎白提高了音量。「我**不是**什麼女學究，高興做的事情也很多。」

「妳一定很高興能來照顧姊姊，」賓利說，「只希望她早日康復，那妳就會更高興了。」

伊莉莎白打從心底感謝他，接著看見一張桌上放了幾本書，便走了過去。賓利急忙要再找幾本來，說是書房的書隨便她挑。

「要是我的藏書再豐富一點，不僅對妳有好處，我的面子也掛得住。但我這人實在懶，藏書不多，讀過的就更少了。」

伊莉莎白要他放心，這些書夠她看了。

「這就怪了，」賓利小姐說，「爸爸留下的書怎麼就這幾本。你們龐百利莊園的藏書好極了，達西先生！」

「好是一定好的，」他回道，「那可是世世代代累積下來的。」

「傳到你手上又添了好些，老看見你在買書。」

「這年頭疏忽家裡的藏書，實在說不過去。」

「疏忽？還說疏忽呢！但凡能讓龐百利莊園錦上添花的，能添的你都添上了。哥，將來你蓋莊園的時候，我只求有龐百利一半美就行了。」

「要是真的這樣就好嘍。」

「我倒是真心建議你買在那附近，多跟人家龐百利莊園學學。這德貝郡真是全英國最美的郡了。」

「我也很想。我是願意買龐百利的，只要達西肯賣。」

「哥，人家跟你說正經的。」

「我也是說正經的啊，卡洛琳。要想擁有龐百利那樣的莊園，與其模仿，不如買下來。」

伊莉莎白聽牌桌上你來我往，聽得出了神，書也看不下，索性把書擱著，走到牌桌旁邊，站在賓利先生和他姊姊之間，看他們幾個人玩牌。

「從春天見面到現在，達西小姐想必長高了不少？」賓利小姐說，「將來應該會比我還高吧？」

「應該會。她現在身高跟伊莉莎白．班奈特小姐差不多，恐怕還高一點。」

「我真想再見見她！看過的人當中，就屬她最讓我高興。眉清目秀的，家教又好！小小年紀就多才多藝！聽她彈得那一手好琴。」

「我愈想愈覺得不可思議，」賓利說，「怎麼年輕小姐都這麼有耐性，一個個都把自己訓練得多才多藝，沒有一位不是才女。」

「沒有一位不是才女？親愛的哥哥，你這話是什麼意思？」

「真的是人人都是才女啊！既會彩繪桌飾，也會在屏風上刺繡，還會用勾針勾小包。我認識的小姐裡頭，沒有一位不是樣樣精通，每逢聽人談起哪位小姐，也沒有一位不是多才多藝的。」

「你方才列舉的那些庸俗才藝，」達西說，「真是太精闢了。才女這個詞，現在可以用來形容一票女人，她們憑什麼呢？不過勾個小包、刺個繡罷了。但是你和我看女人的眼光，實在是相差甚遠。保守估計，我大概只認識五、六位——我只算我真正認識的——只有五、六位稱得上是才女。」

「跟我認識的差不多。」賓利小姐說。

「那麼，」伊莉莎白道，「你心目中的才女，可是要琴棋詩畫樣樣精通？」

「沒錯，確實要樣樣精通。」

達西的忠實黨羽喊著：「這是一定的嘛，要能稱得上是才女，不比尋常女子強怎麼行？女人家必須懂音律、善歌舞、工繪畫、精通法文或義大利文，才當得起才女的美名。除此之外，才女還得氣質出眾，步步生花，話音輕柔，談吐不俗，否則頂多也只是個半調子。」

「真正的才女必須以上皆備，」達西接口，「此外還須得有些真才實學，多讀書以增廣閱聞。」

「這也難怪你只認識六位才女了。我還懷疑你其實半個也不認識呢。」

「妳既身為女子，何苦看不起女子，竟認為世上沒有這樣的才女？」

「**我呢**，從來沒見過這樣的才女，既要見多識廣，又要品味脫俗，而且多才多藝，更兼儀態出眾，就像你所形容的那般樣樣精通。」

賀世特太太和賓利小姐嚷了起來，直說她話中的質疑並不公允，還說自己就認識好幾位這樣的才女。賀世特先生刮了她們一頓，要她們好好打牌，上了牌桌還這樣漫不經心。眾人一時沒了談興，伊莉莎白不久也離開了。

「伊莉莎白．班奈特小姐，」賓利小姐看門關上了，便說，「就是那種喜歡在異性面前自抬身價、說其他女人不是的年輕小姐，很多男人哪，我敢說都吃她那一套。但是依我看，這是耍心機、鬥城府，未免下作了。」

「確實如此。」達西接道。剛剛那番話，多半是說給他聽的。「這些手段確實卑鄙，女人家為了勾引男子，有時竟作賤自己，什麼手段都使得出來。不論是何手段，但凡耍詐就該鄙夷。」

賓利小姐看這話不對頭，也就沒繼續說下去了。

伊莉莎白又到他們這裡來了一次，說是姊姊病情加重，她得隨時守著。賓利先生差人去請瓊斯藥師，賓利姊妹則斷定鄉下藥師的話不中用，建議發快信到倫敦另請高明。伊莉莎白謝絕兩姊妹的好意，但卻不便辜負賓利先生的盛情，於是說定如果姊姊的病再沒起色，明日一早便去請瓊斯藥師過來。賓利先生一臉忐忑，兩姊妹也說害愁，不過為了排憂，吃完消夜姊妹倆便玩起了四手聯彈，賓利先生無處解悶，只能再三吩咐女管家好生伺候著班家兩姊妹。

第九章

伊莉莎白大半夜都在姊姊的臥房裡候著，隔天一早才寬了心，總算能給外邊一個像樣的答覆。賓利先生天一亮就差了女僕過來，不久賓利姊妹也打發了兩位貼身女僕前來問安。不過儘管病情已經好轉，伊莉莎白還是託人送信到朗堡，請母親過來一趟，看看這病礙不礙事。信立刻送了出去，信上說的事也立刻照辦，班奈特太太帶著兩個女兒，早飯過後便上尼德斐莊園來。

要是珍真有個什麼三長兩短，班奈特太太不難過死才怪，但是看到女兒沒什麼大礙，心滿意足之餘，反倒不希望她康復得太早，否則就不能在尼德斐莊園長待下去；珍說想乘馬車回家她也不聽，不久藥師來了，也說不要外出以免傷風才好。班奈特太太陪珍坐著，一會兒賓利小姐親自上來請，這才帶著三個女兒，尾隨賓利小姐進了早餐廳，賓利先生迎上來，直說希望班家大小姐的病情不如夫人料想的嚴重。

「比我想的還嚴重啊，先生，」她回答道，「病得那麼厲害，看來是不能載她回去了，瓊斯藥師也說不要出門才好。這下不得不在府上叨擾了。」

「回去？」賓利先生的聲音略顯大了點。「想都不用想。我妹妹也決計不肯的。」

「您放心吧，太太，」賓利小姐淡淡地客氣著，「班奈特大小姐就先在我們這邊住下來，我們會派人好生伺候。」

班奈特太太連聲道謝。

「我說啊，」班奈特太太又添上一段，「多虧府上夠交情，否則我真是想都不敢想，看她病成這樣，吃了這麼多苦頭，好在她個性溫順——這孩子向來就是這樣，再沒見過哪個像她這樣好脾氣的。我常常跟其他幾個丫頭說，妳們跟**姊姊**差得遠嘍。我說賓利先生，你這宅子真是好，視野極佳，望出去就是石徑小路。我們這一帶看來看去，還真沒地方能跟你這尼德斐莊園比，你總不至於急著搬走吧？你的租期似乎短了點。」

「我這人做事向來風風火火，」他答道，「倘若我真要搬，大約不用五分鐘。不過眼下我想我是定居下來了。」

「跟我猜想的一樣。」伊莉莎白說。

「妳倒知道我了？」他提高了嗓門，掉頭過來看她。

「噢，對啊，我再了解你不過。」

「但願妳這是在恭維我才好；這麼容易給人看穿，恐怕也是挺悲哀的。」

「那倒要看情況。深沉複雜的人，未必就比你值得敬重。」

「莉西，」做母親的提高了嗓子，「別忘了妳是在人家家裡作客，由不得妳這麼胡來，都怪平常在家讓妳撒野慣了。」

「原來，」賓利先生接過話頭，「妳熱中於研究人的性格。這門學問想必很有意思。」

「是啊，個性複雜的人**尤其**有意思，這是他們唯一的優點。」

「在這鄉下地方，」達西說，「可供研究的對象大概不太多，周遭遇到的人有限，性格也不會相差太遠。」

「不過人是會變的，每天觀察都有新的發現。」

「就是說啊，」班奈特太太道，她不高興達西提到鄉下地方時那副嘴臉，「我告訴你，**這種事**不管在鄉下還是城裡都是一樣的。」

大家都詫異極了。達西看了她一眼，默默走開。班奈特太太自以為占了上風，索性一鼓作氣道：

「我就看不出來倫敦比我們這裡好上多少，總歸就是店鋪，人多熱鬧罷了。鄉下才真真是宜人，你說是嗎，賓利先生？」

「我一到鄉下，」他回道，「就離不開鄉下；一到城市，就離不開城市。鄉下和城市各有好處，我在鄉下開心，在城市也開心。」

「唉——敢情是你性情好。可是那邊那位先生，」她看了達西一眼，「似乎覺得鄉下地方算不了什麼呢。」

「媽媽，妳誤會了，」伊莉莎白一邊說，一邊替母親臉紅起來，「妳誤會達西先生的意思了。他只是說鄉下不比城市，可以碰到各式各樣的人，這話倒也是事實啊。」

「是啊，乖寶貝，誰說不是了。不過要說這附近遇不到人家，我說比這附近大的鄉里也沒幾個哪，平常跟我們吃飯應酬的就有二十四家。」

要不是顧及伊莉莎白，賓利早就笑出來了，兩姊妹心思沒那麼細膩，直拿眼睛盯著達西看，臉上掛著意味深長的笑容。伊莉莎白想講點什麼，好讓母親分心，便問起自從**她**出門以後，夏洛特．盧卡斯到過朗堡沒有。

「有的，昨天才跟她父親上我們那裡去。真真是和藹可親哪，我說盧卡斯爵士這個人——賓利先生，你說是不是？又有地位，又會做人，又好相處！我說**這**才是有禮貌嘛！有**些**人自以為是，見了人也不開口，完全不懂什麼叫禮貌。」

「夏洛特留下來吃飯嗎？」

「沒有，她回家了，我猜是要回去做肉餅。至於我呢，賓利先生，**我**家下人都是各司其職，**我**家女兒的家教也不一樣。不過各人有各人的想法，盧家那幾個丫頭也都非常好，只可惜不夠漂亮！不是**我**要嫌夏洛特**相貌平庸**，她跟我們家的交情好著呢。」

「我看她倒是位年輕可愛的小姐。」賓利說。

「喔，她可愛是可愛——但你不得不承認她確實相貌平平，盧卡斯夫人也常常這麼說，還羨慕我們家珍天生麗質。不是我愛自誇，但是說句老實話，要比我們家珍漂亮的還真不多，這可是大家說的，不是我偏心。她十五歲那年，在我弟弟葛汀納先生倫敦家裡，有位紳士對她一見鍾情，我弟媳還以為對方準會在我們離開前向珍求婚，不過，但是，後來倒也沒有，可能是覺得她年紀還小吧。但是他為她寫了好幾首詩，寫得真美喔。」

「寫一寫後來就淡掉了，」伊莉莎白不耐煩地接口，「許許多多的情關，我想就是這樣過的。只不知是誰最先發現寫詩有這種特效，竟能把愛情趕跑！」

「我向來以為詩是愛情的食糧。」達西說。

「若是美好的愛、堅貞的愛、健康的愛，那麼或許吧。但凡本身底子好，怎麼樣都滋養。倘若只是一點點心動，只消一首商籟就足以教愛情活活餓死。」

達西笑了笑，接著是一陣沉默，伊莉莎白生怕母親又要出醜，急著想先開口，偏偏又找不到話說。班奈特太太再度向賓利先生道謝，虧得他照顧周到，只不好意思讓莉西也給府上添麻煩了。賓利先生的回答極為客氣，半點不見虛假，賓利小姐只得跟著客套，說了幾句場面話敷衍了事。不過班奈特太太這下滿意了，不久便叫預備馬車，才吩咐完，小丫頭倒有話要說了。這兩個小小姐從進門就開始交頭接耳，說了這老半天，原來是要賓利先生實現承諾，說他剛來梅里墩的時候，答應過要在尼德斐莊園開舞會。

班家的老么麗迪亞是個豐滿的十五歲少女，膚如吹雪，笑顏常開，深得母親寵愛，早早便帶她出來社交。麗迪亞活潑好動，又自以為是，尤其新近那一班軍官，嘴裡吃著她姨丈的酒席，眼裡看著她浪蕩的風情，一個個益發捧得她目中無人。也難怪她好大的膽子，竟敢要求賓利先生開舞會，不僅唐突長輩，拿人家之前的話來說嘴，還說如果他食言，以後面子要往哪裡擺。面對這突如其來的挑釁，賓利先生的回答聽在班奈特太太耳裡，可真是熨貼極了。

「要開舞會，我隨時奉陪。等妳姊姊康復，日子隨便妳挑。但是姊姊的病還沒好，我想妳也沒心情跳舞吧。」

麗迪亞這下滿意了。「喔！也對，等大姊康復了更好，到時候卡特上尉大概也回梅里墩了。等你開完舞會，」麗迪亞繼續往下說，「我去叫那些軍官也辦一場。我來找福斯特上校，叫他一定要辦，如果不辦，看他以後面子要往哪裡擺。」

班奈特太太帶著兩個女兒先行告辭，伊莉莎白立刻上樓照顧珍，把她和她母妹的言行，留給賓利小姐和達西說去。不過達西先生不管旁人怎麼慫恿，也不肯批評**她**半個字，任憑賓利小姐怎麼拿「妙眸」調侃他都沒用。

第十章

這天跟前天差不多。白天賀世特太太和賓利小姐陪病人坐了幾個鐘頭，珍的病雖然漸有起色，但就是好得慢。天黑之後，伊莉莎白到交誼廳陪主人。這天盧牌桌倒是沒有抬出來，只見達西在寫信，賓利小姐在邊上坐著，不時出聲打擾，要他代為問候達西小姐。賀世特先生和賓利先生在打皮克牌，賀世特太太觀戰。

伊莉莎白一面做針線活，一面津津有味地聽達西先生和賓利小姐說話。小姐這邊是滿嘴恭維，誇他字寫得漂亮，字跡也工整，信又寫得那樣長；那位卻始終漠然以對。兩人一來一往，煞是有趣，恰好展現伊莉莎白對這兩個人的看法。

「收到這樣一封信，達西小姐不知道會有多高興！」

他沒作聲。

「你寫信寫得真是快！」

「妳誤會了。我寫得挺慢的。」

「看你常常需要寫信，真不曉得一年要寫多少封！那些地產、投資的信，想到就討厭！」

「那還真是好險，幸虧這些信是落在我手裡，要不就栽在妳手上了。」

「請幫我轉告令妹，說我真想見她。」

「我前文已經說過了——還是妳叫我寫的呢。」

「你那管筆寫起來恐怕不太順手吧？拿來我幫你削一削。我可會削鵝毛筆了。」

「妳的好意我心領了——我向來自己削筆。」

「你怎麼有辦法寫得這麼整齊？」

他沉默以對。

「請告訴令妹，說我很高興她的豎琴進步了。還有，請轉告她，我真的好喜歡好喜歡她做的桌飾，比葛蘭麗小姐的不知好上幾萬倍。」

「能不能請妳通融一下，把妳的這樣高興、那樣高興留到下次再寫？我看這次是寫不下了。」

「喔！不要緊不要緊！明年一月就能見到她了。不過你寫給令妹的信，向來都這麼長又這麼動人嗎，達西先生？」

「通常都很長；至於動不動人，輪不到我來說。」

「我是這樣想的：一個人要是能寫長信，而且一氣呵成，文筆總是不會太差。」

「這句話可就恭維不到達西身上了，」她哥哥提高了嗓門，「他寫信**哪裡**一氣呵成了？他這人下筆總是再三推敲，而且好用難字。是不是啊，達西？」

「你我文風不同。」

「喔！」賓利小姐嚷道，「我哥寫信再草率不過！這裡少一筆、那裡少一畫，還把墨水滴得到處都是。」

「我的思緒飛得太快，根本來不及寫，有時候人家看完我的信，半點意思也沒讀到。」

「賓利先生，你這人那麼謙虛，」伊莉莎白說，「人家總不好責備你。」

「世界上最狡猾的事，」達西說，「莫過於假裝謙虛。這種人往往把人家的意見當耳邊風，有時候則是拐個彎自誇。」

「那我剛才小小謙虛了一下，要算是哪一種呢？」

「你那是拐個彎自誇——其實你很得意自己的缺點，覺得自己才思敏捷、不拘小節，雖然稱不上可敬，但至少很有意思。做事風風火火的人老愛沾沾自喜，至於事情辦得怎樣，很少會留心。白天你跟班奈特太太說，倘若你真要搬走，大約不用五分鐘，其實你那是在臭美，往自己臉上貼金——不過急躁有什麼好說嘴的？只落得該辦的事情沒辦好，於人於己都沒有多大的好處。」

「唉唷，」賓利哀號，「這太過分了，天都黑了，還提白天那些蠢話幹嘛。還有，天地良心，我說自己五分鐘就會搬走是真的，我是真的說搬就搬。所以呢，至少我這樣風風火火，不是只想在小姐面前逞威風。」

「誰說你講假的了？我只是不相信你會一走了之，多半會跟一般人一樣見機行事。這麼說吧，如果你剛跨上馬背，朋友卻說：『賓利啊，再待一個禮拜吧。』我想你大概會翻下馬背不走了；要是朋友再囉嗦幾句，恐怕會再待上一個月也說不定。」

「照你這樣說，」伊莉莎白提高了嗓子，「賓利先生不像他本人說的那麼急躁嘛。你這才真的是往他臉上貼金呢。」

「我真是大感欣慰，」賓利說，「經妳這麼一轉，我老友那番話倒像在恭維我做人隨和了。只是妳這樣解釋，恐怕有違那位先生的本意。若要贏得他敬重，受人挽留時，應該要斷然拒絕、策馬長去才是。」

「所以說，達西先生認為，就算你原先的打算輕率魯莽，只要堅持到底，就能將功抵罪了？」

「說實在的，這我也解釋不清。讓達西自己說吧。」

「妳說我是這個意思，要來問問我的意思，但我可沒承認自己是這樣想。不過，就算事情真如妳所說，妳也別忘了，班奈特小姐，這位朋友要賓利留下來，不要說走就走，只不過是心裡想想，隨口問一下，並沒有講出一段道理，說明留下來比一走了之好到哪裡去。」

「所以耳根子軟，太容易聽朋友的**勸告**，在你看來不是優點？」

「不問是非就聽勸？這對雙方的聰明才智都不算是恭維啊。」

「在我看來，達西先生，你似乎不讓交情和感情左右你的決定。凡人要是敬重對方，多半會直接聽勸，用不著講什麼大道理。我這話並非衝著你對賓利先生的假設，那得等到他真的要搬走了，我們才能討論他的作法到底明不明智。不過，一般說來，朋友和朋友之間，如果一位希望另一位改變主意，而這主意又無關緊要，你會怪他不問是非就聽人家的勸嗎？」

「妳看這樣好不好——妳這個問題我們先擱著，先仔細說說這勸告有多重要，而這兩人的交情又有多深？」

「那敢情好，」賓利嚷道，「我們洗耳恭聽，別忘了連他們的高矮胖瘦一起討論進去，這在爭論的時候可重要了，班奈特小姐，我猜這妳可能沒想到吧？我告訴妳，要不是達西比我高上許多，我才不會那麼尊敬他呢。在某些場合和某些地方，想找到比達西更令人敬畏的人物還真不容易，尤其是禮拜天晚上在他府上，又碰上他閒得發慌的時候。」

達西先生笑了笑；伊莉莎白自認看出他的不悅，只好暗笑在肚子裡。賓利小姐見人家拿他開玩笑，火冒三丈，狠狠訓了哥哥一頓，誰要他這樣亂說話。

「賓利，我明白你的用意，」達西說，「你不喜歡辯論，所以要我們不要辯下去。」

「或許吧。辯論簡直像在吵架。如果你和班奈特小姐可以先休兵，等我走了再戰，那我真是感激不盡，你們愛怎麼說我都可以。」

「你這要求，」伊莉莎白說，「對我來說無妨；我看達西先生也該去寫信了吧。」

達西先生聽從她的意見，真的把信寫好了。

他擱下筆，問問賓利小姐和伊莉莎白小姐賞臉不賞臉，能否彈支曲子來聽聽？賓利小姐欣然走到鋼琴前面，先跟伊莉莎白客氣了一番，請她先奏一曲，伊莉莎白真心推辭、客氣婉拒，賓利小姐便在琴椅上坐下來。

賓利小姐彈琴，賀世特太太伴唱，伊莉莎白翻著鋼琴上的琴譜，忍著不去注意達西先生不時投來的目光。不管她再怎麼想，都不認為這樣一位大人物會看上自己；但要說他是因為討厭她才看她，那就更說不過去了。最後她也只能這麼想：她之所以吸引他的目光，是因為依據他的是非觀念，她是在場最離經叛道的對象。這也沒什麼好難過的。她根本就不喜歡他，自然也不希罕他褒獎。

賓利小姐彈了幾首義大利歌曲，便改奏了一支輕快的蘇格蘭小調來活絡氣氛，彈了幾個小節，達西先生走到伊莉莎白面前，說：

「班奈特小姐有沒有這個雅興，趁機跳一支蘇格蘭舞？」

她笑了笑，沒有回答。他又問了一次，有點訝異她竟然沉默不語。

「喔，」她說，「我聽見你問話了，只是一時之間不曉得該怎麼回答。我知道你想聽我回答『好』，好讓你高高興興地鄙視我品味庸俗。可我偏偏喜歡戳破人家的詭計，讓人家自討沒趣。因此，我決定回答你：我毫無跳蘇格蘭舞的雅興，這下看你還敢不敢鄙視我。」

「不敢不敢。」

伊莉莎白本是有意冒犯，怎料他這般有雅量，登時愣住了。不過伊莉莎白的言行素來逗趣討喜，要得罪人也不容易；而達西早已為她神魂顛倒，心想，幸好她出身低微，否則可就危險了。

賓利小姐見了，大吃飛醋，由疑生妒。她那顆希望好友早日康復的心愈加熾熱，恨不得珍立即好轉，好方便她下逐客令。

她不時挑撥達西對這位客人的情感，說是有情人終成眷屬，祝福他婚後美滿幸福。

時間來到第二天，賓利小姐和達西先生在樹籬間散步，她說：「我希望，等到喜事臨門後，你能勸一勸你岳母，有道是言多必失；還有呢，就是要勞煩你管管你那兩個小姨子，不要成天追著軍官跑。最後這事我也不太好說，就是尊夫人有個小毛病，說是自負也不是，說是傲慢也不像，但還是請她改了吧。」

「為了我一家和樂，敢問足下還有什麼高見？」

「喔，多著呢！你們龐百利莊園不是有個畫廊？別忘了掛上你岳母那邊親戚的畫像，要是能掛在你叔公旁邊更好，你叔公不是當法官的嘛，兩邊算起來也是同行，只是職位不一樣。至於伊莉莎白的畫像，我看還是不畫的好，世上有哪枝彩筆，能捕捉到那雙妙眸的神韻？」

「要捕捉那靈氣確實不容易，但若只是描繪顏色和形狀，以及那美麗的睫毛，或許還可以。」

她才說完，便撞見賀世特太太和伊莉莎白從另一條林蔭小徑走過來。

「妳們也來散步啊。」賓利小姐心裡有點慌，只怕剛才那番話給偷聽見了。

「妳真是待客不周，」賀世特太太說，「只顧自己出來，也不打聲招呼。」

說著賀世特太太便挽起達西先生空著的手肘，把伊莉莎白一個人留在身後，而這條小徑又只容三個人並行。達西先生察覺她們舉止失禮，便說：

「這裡太窄了，大家不好走，我們還是繞到大路上吧。」

可是伊莉莎白根本沒有要陪主人的意思，便笑著回答：

「不用了，不用了，你們走你們的吧，三位走在一起非常好看，簡直如畫一般，再多一位可就煞風景了。先走一步啦。」

說完她滿心歡喜地跑開了，一邊信步閒逛，一邊高興地想：再過一兩天就能回家了。珍已經好了一大半，晚上還想下床走走呢。

第十一章

吃過晚飯，太太小姐先離開晚宴廳，伊莉莎白上樓看姊姊，見她包得密不透風，才陪她下來到交誼廳走走。賓利姊妹看她來了，自然是有說有笑，在幾位紳士進來之前，真真是親切得不得了，伊莉莎白住了這幾天，還是頭一回看到，方才見識了這兩位能言善道的本領，一點芝麻小事也說得這樣栩栩如生，談笑起來更是妙趣橫溢，說到嘲笑人那就更是起勁了。

不過幾位紳士的前腳一踏進來，珍立刻退居二位。賓利小姐的眼睛滴溜溜地轉到達西身上，他還來不及上前打招呼，她就急著要開口。達西先向班家大小姐問安，恭喜她玉體安康，賀世特先生欠了欠身，說這真是「太好了」，不過要比嘮叨，誰也比不上賓利那幾聲真切的問候。他喜出望外，眼裡除了珍沒有別人，一見面就忙著添柴火，一添就是半個小時，說是怕交誼廳冷，她要受風寒；珍也依了賓利的意思，坐到壁爐另一邊去，說是離門口遠一點；接著他便在她身邊坐下，簡直無視於其他人存在。伊莉莎白在房間另一頭做針線活，看得高興極了。

喝過晚茶，賀世特先生提醒小姨子牌桌該抬出來了，卻落得自討沒趣，她早已打聽出達西先生不想玩牌。賀世特先生這下乾脆直接要求，竟然也遭到拒絕，理由是根本沒有人想上牌桌，大家一片沉默，彷彿是默認了。賀世特先生閒得發慌，索性找張沙發躺下來打瞌睡。達西拿起一本書，賓利小姐也依樣畫葫蘆。賀世特太太把玩著手上的戒指和鐲子，偶爾跟弟弟和班家大小姐搭搭話。

賓利小姐的心思一半放在自己的書上，一半放在達西先生的書上，要不就問東問西，要不就直接探頭過去看他讀到哪裡，可是兩人怎麼也聊不起來，她問一句，他就答一句，答完又繼續看書。最後她假裝陶醉裝到累了；要曉得她之所以拿起書，只因為她拿的這一本是他那一本的續集。她打了個大呵欠，說：「看書消磨夜晚真是寫意！閱讀的樂趣真是無窮！不像別的玩樂容易乏味，看書是怎麼也不會乏味的！等我有了自己的家，一定要有一間上等的書房，不然人生多無趣啊。」

沒人搭理她。她又打了個呵欠，把書本扔在一旁，眼睛骨碌碌地轉，想找點樂子來玩，忽而聽到哥哥跟班家大小姐說要開舞會，立刻掉頭過去，說：

「對啦，哥，你真的打算在尼德斐莊園開舞會嗎？我建議你在做決定之前，先問問在場所有人的意見吧。除非是我搞錯了，不然我想有人可能認為跳舞是沒事找罪受，一點意思也沒有。」

「如果妳指的是達西，」賓利提高嗓門，「他大可睡他的覺去，連開舞都不必。這場舞會是開定了，等尼可斯太太備妥杏仁奶油湯，我就下請帖。」

「要我喜歡舞會也可以，」她回道，「前提是要有新花樣；舞會開來開去都是那一套，膩都膩死了。我看我們那天別跳舞了，聊天就好，這樣是不是比較合理。」

「合理是合理，可是親愛的卡洛琳，那就不像舞會啦。」

賓利小姐沒接話，過了一會兒便起身，在交誼廳裡繞來繞去。她體態優雅，步履翩翩，有心在達西面前賣弄，可他就只知道埋頭看書，她灰心之餘，決定再加把勁，便轉身對伊莉莎白說：

「班奈特小姐，我勸妳學一學我，起身在房間裡轉一轉。同一個姿勢坐久了，走動走動可以提振精神。」

伊莉莎白先是訝異，但是很快就答應了。賓利小姐這般好客，總算是達到了目的，達西先生抬起了眼皮。看見賓利小姐突然換了獻殷勤的對象，他跟伊莉莎白一樣訝異，竟在不知不覺中闔上了書本。他受邀陪兩位小姐繞一繞，但是婉拒了，說兩位小姐在屋子裡伸腿，不外乎兩個目的，不論是哪一個，他都還是不要打擾的好。這話是什麼意思？她很想知道他所指為何，於是便問伊莉莎白明不明白。

「一點也不明白，」伊莉莎白回答，「但是照這樣看來，他是存心想整我們，如果要讓他失望，最好的辦法就是什麼都不要問。」

可是賓利小姐沒辦法讓達西先生失望，所以執意要他解釋那兩個目的是什麼。

「我一點也沒有不想解釋的意思，」她一給他說話的機會，他立刻開口，「妳們之所以散步來消磨夜晚，要不就是有衷腸密語要訴說，要不就是自認走路時儀態最為優美。倘若兩位密友要說體己話，我加入豈不打擾；倘若兩位要顯一顯姿儀，我坐在這火爐旁才好欣賞啊。」

「喔，你這人也真貧嘴！」賓利小姐說，「沒聽過哪個人講話這麼討人厭的。妳說我們怎麼罰他呀？竟敢說這種話。」

「那還不簡單，如果妳存心要罰他的話。」伊莉莎白說，「人與人之間不就是互相罰來罰去，你折磨我，我折磨你。好好激一激他，嘲笑他。你們這麼熟，一定知道怎麼對付他才是。」

「我敢對天發誓，我是**真的不曉得**。我們熟是熟，但是要說到**作弄**，那還真的沒學到。性子又平穩，腦子也清楚，這是要怎麼激！不成不成，只怕到時候被反咬一口。至於嘲笑，妳也行行好——既沒把柄，是該從何嘲笑起，豈不是自曝其短。達西先生儘管自鳴得意吧。」

「達西先生開不起玩笑啊！」伊莉莎白驚呼。「這還真是希罕，但願能一直希罕下去才好，否則要是我的朋友都學他的樣，**我**可就虧大了。我這個人最喜歡開玩笑了。」

他接口道：「賓利小姐過獎了。一個人不管再好再聰明——不，應該說一個人的行為不管再好再聰明，要是碰上了淘氣精、促狹鬼，也會變得滑稽可笑了。」

「那當然，」伊莉莎白回答，「淘氣精有是有，促狹鬼也是有，只願我都不是才好。但凡好的聰明的，我從不嘲笑；但若聽見蠢話、碰上蠢事，或是反覆無常、自相矛盾，我**就要**覺得好笑，能嘲笑就盡量嘲笑。但是，我想這些毛病，你正好都沒有吧。」

「凡人總會有毛病。不過我這輩子研究的學問，就在避免那些容易落人口舌的毛病。」

「譬如虛榮，還有驕傲。」

「不錯，虛榮確實是毛病。但是說到驕傲——倘若品性過人，就算驕傲起來也有個分寸。」

伊莉莎白背過臉去偷笑。

「你拷問達西先生拷問完了吧？」賓利小姐說，「問出了什麼沒有？」

「這下我相信達西先生真是一位完人，他自己也坦承了，而且毫不掩飾呢。」

「哪裡的話，」達西說，「我什麼時候假裝聖人了？我也有我的缺點，只希望不是才智上的缺點。我的脾氣我就不敢擔保了——我想是因為我很難委曲求全，尤其不能為了媚俗而妥協。人家犯了錯、做了蠢事、得罪了我，我應該及早忘掉才是，但偏偏忘不了。我脾氣大，沒辦法說改就改，有人要忿恨儘管忿恨吧，我對人的好感一旦沒了，就永遠都沒了。」

「**這**還真是個缺點！」伊莉莎白嚷了起來。「愛記仇這種個性真的不好。但你選這缺點選得真好，選得我不敢拿來開玩笑，你只管放心吧。」

「我相信一個人不管是怎樣的脾氣，多多少少都有些短處——這是與生俱來的缺陷，即使是受教育也無法根除。」

「**你的**短處就是看誰都不順眼。」

「而妳呢，」他笑著說，「就是喜歡誤解別人。」

「我們聽聽音樂吧。」賓利小姐提高了嗓門，聽這兩人抬槓了老半天，自己卻插不上話，心裡也有些乏了。「露薏莎，妳不介意我吵醒賀世特先生吧？」

賀世特太太毫不介意，琴蓋便打開了。達西回味了一陣，心想這樣也好，自己似乎放太多心思在伊莉莎白身上了。

第十二章

伊莉莎白和姊姊商量過後，隔天一早寫信給母親，請她當日派馬車來接。可是班奈特太太原本盤算兩個丫頭會在尼德斐莊園待到下週二，好讓珍住滿一個禮拜，眼下要提前回來，她怎麼也高興不起來，回信也就不太令人稱意，至少不稱伊莉莎白的意。她一心只想回家，班奈特太太信上卻說要到下禮拜二才勻得出馬車，信末還附了一筆，說如果賓利先生和賓利小姐出言挽留，那就隨他們去吧。伊莉莎白說什麼也不肯再待下去，更不指望主人出言挽留，還怕人家覺得她們賴著不肯走。她勸珍儘快向賓利先生借馬車，姊妹倆商討了一陣，決定向主人告辭，再順道提起借馬車一事。

主客一席話，各人有各人的心思。賓利一家百般挽留，力勸珍隔天再走，兩姊妹答應再耽擱一晚，此言一出，賓利小姐立即後悔，心中對伊莉莎白的妒恨，早已遠勝過對珍的喜愛。

賓利先生聽到她們這麼快就要走，滿面愁容，一遍又一遍力勸班家大小姐，說這麼早走不安全，她身子還沒完全好。但是珍很堅決，認為自己的主張沒有錯。

達西先生倒覺得這是好消息——伊莉莎白在尼德斐莊園待得夠久了，害他傾心得過分——賓利小姐對她又如此無禮，對他更是調侃得緊。睿智如他，自然決心要加倍小心，別在這節骨眼露出半分愛慕，以免她心生希望，自以為能影響他終身幸福。倘若他前幾天的言行讓她起了疑心，這天的表現更是事關重大，不是證實她的懷疑，就是粉碎她的美夢。他吃了秤砣鐵了心，禮拜六一整天和她說不到十個字，期間兩人還獨處了半個鐘頭，他只是埋頭苦讀，看也不看她一下。

禮拜天晨禱過後，班奈特姊妹依約辭別，這下可謂皆大歡喜，賓利小姐立刻跟伊莉莎白親熱起來，對珍則是愈看愈順眼。兩家人分手之前，賓利小姐還對珍說，期待兩人在朗堡或尼德斐莊園重逢，接著親暱地摟了她一下，甚至還跟伊莉莎白握手道別。伊莉莎白興高采烈地回家去了。

到家後，孩子的媽反而不太熱心。班奈特太太奇怪兩人怎麼回來了，還怪她們給人家添麻煩，直說珍又要傷風了。孩子的爸表面上淡淡的，其實很高興兩個丫頭回家；幾天下來，他才知道這兩個丫頭對家裡有多重要，晚上全家聚在一起談天，只覺無精打采、言語無味，原來是少了珍和伊莉莎白。

梅蕊還是老樣子，埋首研究和弦及人性，不僅將新近抄的句子拿給姊姊欣賞，還背了一些對於舊道德的新見解。凱蒂和麗迪亞就不一樣了。自從上禮拜三以來，軍團那邊又出了好多事，添了好些談資。哪些軍官又到姨丈家吃飯啦，哪個士兵挨了鞭子啦，還聽說福斯特上校要結婚了等等。

第十三章

「親愛的，」翌日吃早飯時，班奈特先生跟太座說，「吩咐下人晚餐準備得豐盛些，晚上家裡多一個人吃飯。」

「怎麼會？我怎麼不知道家裡有客人，難道是夏洛特．盧卡斯要來？那我想**平常的**菜色就夠豐盛了，她在家很少見到這些好菜吧。」

「我說的這位是個紳士，而且是生客。」

班奈特太太眼睛一亮。「是位紳士，而且是生客！那豈不就是賓利先生嘛！珍！妳也不說一聲！口風真緊哪！喔，我真是太高興了，賓利先生要來作客啊！不過——哎呀，真不巧！禮拜一市場沒賣魚。麗迪亞寶貝，快搖鈴，我要找希爾太太說話。」

「**不是**賓利先生，」老爺說，「這位客人我這輩子從沒見過。」

這下幾個女人家可驚奇了，樂得班奈特先生接受太太和女兒群起拷問。

等到班奈特先生吊足了女人家的胃口，這才解釋道：「大約一個月之前，我收到一封信，足足壓了兩個禮拜才回，這事不好對付，須得趁早留意。來信的是我堂姪柯林斯先生[1]，哪天我不在了，說不定他就會把妳們從這間宅子攆出去，全憑他高興。」

「喔！老爺子！」太座嚷起來了。「我真是聽不下去了，拜託你別再談這可惡的傢伙。這明明是你的家業，卻輪不到我們的孩子來繼承。換做是我，老早就開始想辦法了。」

珍和伊莉莎白開始跟母親解釋繼承的規矩，其實這之前也講過好多遍了，但是班奈特太太半點也聽不進去，只管大罵良心被狗啃，家業落入外人田，五個女兒分不到半點好處，反倒便宜了這位生客。

「真的，世上怎麼有這麼不公平的事，」班奈特先生說，「柯林斯先生竟然繼承朗堡，真是罪孽深重，一輩子也洗不清。不過妳聽聽他這信是怎麼寫的，心裡或許會舒坦一點，這人挺會說話的。」

「不用了，我是絕對不會心軟的。他這人也真莽撞，竟然敢寫信給你，真真是虛情假意。我最看不

---

1 依據當時規定，他們的家產（不動產）限定由父系男性血親繼承，所以柯林斯很有可能是班奈特先生的堂姪，只是柯林斯或班奈特其中一人的父祖輩改過姓，而改姓在當時很常見。

慣這種虛偽的人。他幹嘛不跟你繼續吵下去？你跟他爸當年不是吵得不可開交嗎？」

「就是說啊，為了顧全孝道，他似乎也有些顧慮，妳聽聽。」

肯特郡威斯特漢鎮漢斯佛區

十月十五日

堂叔尊前，

曩昔 先父與您素有嫌隙，小姪時感惶恐。自 慈父不幸見背，在下屢想與堂叔重修舊好，唯因一時猶豫，裹足不前。 先父與閣下失和已久，芥蒂也深，倘若貿然修睦，惟恐有辱先人。（班奈特太太，妳聽聽。）事到如今，小姪心意已決。今歲復活節，在下三生有幸，承蒙凱薩琳．狄堡夫人閣下之恩，領受聖職。凱薩琳．狄堡夫人乃伯爵之女，路易斯．狄堡爵士之遺孀，為人慷慨，助人熱心，委以在下漢斯佛區牧師一職，小姪爾後自當盡心盡力，恭侍夫人左右，履行英國國教儀節。身為牧師，自當以敦親睦鄰為己任，是以此番求和，小姪自認合於禮法，祈請堂叔勿以朗堡繼承權為意，接受小姪獻上的橄欖枝。小姪自知愧對令嬡，尚祈當面賠罪，以求補救，凡此種種，容待日後詳談。倘若堂叔不以為忤，小姪謹稟於十一月十八日週一下午四點拜候，屆時將叨擾府上七宿，期間一切神職事宜，皆已委人代理，並獲凱薩琳夫人首肯。恭頌

尊夫人及令嬡福安

子姪　威廉．柯林斯拜上

「等等四點鐘，這位和事佬先生就要大駕光臨啦。」班奈特先生說著，一邊將信折了回去。「依我看，這位年輕人既懂禮貌、又識大體，和他往來，受用無窮，往後還希望凱薩琳夫人多多開恩，讓他常來我們這裡走動走動。」

「他提到我們家丫頭那段話，倒還有幾分道理。倘若他真有這份心，我自然不會反對。」珍說：「他說要賠罪，只不知是怎麼個賠法，難得他這麼好心。」

伊莉莎白驚訝這位遠房堂兄對凱薩琳夫人這麼畢恭畢敬，又驚訝他願意隨時替教區居民受洗、證婚、主持喪禮。

「我看他這個人有些古怪，」伊莉莎白說，「真教人摸不透。文筆浮誇也倒罷了，繼承產權有什麼好賠罪的？這事他也使不上力啊。您看他是個聰明人嗎，父親大人？」

「寶貝女兒，我看他非但不聰明，而且還恰恰相反。寫信寫成這個樣子，既諂媚，又驕矜，看來這下有好戲看了。我真巴不得趕快見到他。」

「從文章的架構來看，」梅蕊說，「這封信寫得完美無暇。橄欖枝的典故雖然毫無新意，用在這裡倒也恰當。」

凱蒂和麗迪亞覺得這封信沒多大意思，對於來信者也毫無興趣，反正這位遠房堂兄又不穿紅色軍裝；兩位小小姐一連好幾個禮拜和軍人廝混，已經好久沒和穿著便裝的男子往來了。孩子的媽原本滿懷怨懟，聽完柯林斯先生的來信，氣立刻消了一半，只見她心平氣和地張羅接待事宜，讓一家老小好生訝異。

柯林斯先生準時登門拜訪，班家上下對他都很客氣。班奈特先生沒說幾句話，不過太太小姐倒還健談，柯林斯先生似乎也無須他人提話，自個兒就滔滔不絕。他身材高壯，年約二十五，外表嚴肅，舉止拘謹，頗有幾分自傲的神氣，椅子還沒坐熱，就開始誇獎班奈特太太好福氣，女兒個個如花似玉，還說對於堂妹的美貌，他早有耳聞，今日相會，才知百聞不如一見，相信班奈特太太定會為她們覓得良緣。他這樣大獻殷勤，雖然不見得人人愛聽，不過班奈特太太沒有聽不下去的恭維話，急忙搭話道：

「你可真會做人哪，但願果真能如你所言，否則這幾個丫頭可就命苦嘍，這事辦得真是不妥。」

「您是指繼承產權一事吧？」

「哎呀！先生，不就是這件事。說來傷心，我們這幾個丫頭也真可憐，你說是不是？我也沒有要責怪**你**的意思，本來這種事就是各憑運氣，說到繼承，誰曉得自家產業會落到誰家手裡？」

「太太，我深知這件事情苦了堂妹，對於這件事，我也有滿腹的話要講，就只怕躁進要壞事。不過，我敢跟諸位小姐保證，我是久慕各位之名而來的，目前先點到為止，等到日後熟稔了——」

他還來不及說完，飯廳就傳開飯了，小姐個個相視而笑。柯林斯先生仰慕的不只是堂妹的花容月貌，就連交誼廳、飯廳乃至宅邸的擺飾，他都仔細看過一輪、讚美過一遍，換作是平常，班奈特太太早給捧得心花怒放，但料想這姪子八成將宅子當作自己未來的財產，臉上也就訕訕的。一頓飯吃下來，每道菜都給柯林斯先生吹捧得天花亂墜，忙問是哪位堂妹燒得一桌好菜。這馬屁可就拍到馬腿上了，班奈特太太不客氣地指正說，眼下家裡還雇得起廚子，不勞幾個丫頭進廚房。他連聲道歉，說是多有得罪。女主人的語氣軟了下來，直說沒這回事。可是他依然頻頻道歉，整整賠禮賠了一刻鐘。

第十四章

出菜的時候，班奈特先生幾乎一句話也沒有；等家僕下去之後，他盤算著該跟客人攀談了，這才找了個話茬，準備看柯林斯先生大出洋相。他一開口就誇堂姪運氣好，碰到這樣一位女施主，看來凱薩琳·狄堡夫人對他真是有求必應，關照得無微不至。班奈特先生真是壓對寶了，柯林斯先生立刻對凱薩琳夫人歌功頌德，愈說神情愈是嚴肅，說到後來還板起面孔，說這輩子從沒在地位崇高的人身上看過這種舉止，不但謙和有禮，而且平易近人，這些都是他親眼看到的。他有幸在夫人面前講道兩次，承蒙夫人厚愛，備受夫人讚美。夫人曾兩度邀他到若馨莊園晚餐，話說上禮拜六晚上，夫人家打牌三缺一，還派人請他過去呢。據他所知，很多人都說凱薩琳夫人傲慢，但是他在夫人身上只看到謙和。夫人和他說話的態度，就像她平常跟達官顯貴說話的態度一樣，而且既不介意他和街坊鄰居往來，也不反對他偶爾離開教區去探親。夫人體恤下情，曾經勸他早日成婚，只囑咐他要慎選對象。夫人還造訪過他那簡陋的公館，對他修繕一事深表贊同，並蒙她出言指點，建議樓上那幾間陋室要多添幾個架子。

「這位夫人還真是多禮，」班奈特太太說，「我敢說她一定很好相處。可惜一般貴婦都不多跟她多學一學。她跟你住得近嗎？」

「寒舍的花園和夫人的若馨莊園，中間只隔著一條小道。」

「記得你說她是遺孀？她有家人嗎？」

「只有一個女兒，將來要繼承若馨莊園，以及一筆可觀的遺產。」

「哎呀！」班奈特太太一邊嘆氣一邊搖頭，「那她可真好命。這位小姐人怎麼樣？長得漂亮嗎？」

「迷人得不得了哇。凱薩琳夫人自己也說，要比漂亮，就是絕世美女也輸狄堡小姐一大截，光看五官，就知道小姐出身名門。只可惜小姐體弱多病，無緣精進才藝，否則以小姐的資質，想必是琴棋詩畫樣樣精通，這是小姐的家教親口告訴我的，這位家教至今仍與夫人和小姐同住。小姐待人親切隨和，時常不拘身分，小馬拉了敞篷馬車就往寒舍過來了。」

「她覲見過國王了嗎？我怎麼不記得宮冊上有她的名字？」

「小姐玉體欠安，倫敦路遙，進宮萬難。我跟凱薩琳夫人說，皇室就此損失了一顆最璀璨的明珠。夫人對這番說詞似乎頗為滿意。我想您也猜到了，我這個人啊，一有機會就喜歡說幾句巧妙的恭維話，好逗太太小姐開心。我常常跟凱薩琳夫人說，狄堡小姐美麗絕倫，天生就是公爵夫人相，將來哪個公爵娶到她，不是小姐體面，而是夫家增光啊。夫人就是愛聽這種話，這點小殷勤，何樂而不為呢？」

「你說的一點也不錯，」班奈特先生說，「你也真幸運，竟有這種好本領，能夠諂媚到人家心坎裡。我倒要問問你，你這些奉承話，是臨時起意的呢？還是擬好腹稿的呢？」

「我大多是隨機應變，不過偶爾也會自娛娛人，先想好幾句漂亮的恭維話，以便隨時拿出來講，而且臨說的時候，總是要裝出脫口而出的樣子。」

班奈特先生的猜測果然應驗了，這位堂姪跟他想的一樣可笑，聽得他興味盎然，卻又要力作鎮定，偶爾跟伊莉莎白使幾個眼色，獨個兒樂在其中。

到了吃晚茶的時刻，班奈特先生才取笑夠了，樂得把客人請到交誼廳喝茶，等到茶喝完了，又高高興興地請他朗讀給太太小姐聽。柯林斯先生爽快答應，書本便呈上眼前，他一看，大吃一驚，這書分明是從流動書攤借來的，他跟太太小姐道歉，說自己不看小說——只見凱蒂瞠目，麗迪亞嘟噥。接著眼前又冒出好幾本書，他想了想，選中佛狄斯的《給女青年的布道文》。麗迪亞張大了嘴，柯林斯先生翻開了書，一本正經地朗讀起來，還念不到三頁，麗迪亞便打岔道：

「媽媽，我跟妳說，姨丈說要把李察送走呢，倘若真要送，福斯特上校倒要撿回去當家僕。阿姨上禮拜六是這麼告訴我的。明天我再去梅里墩打聽打聽，順便問問丹尼先生什麼時候從倫敦回來。」

大小姐和二小姐要麗迪亞住口，但是柯林斯先生已經惱了，書本一擱，說道：

「我發現年輕小姐對於正經書多半不感興趣，這些書分明是為了小姐好才寫的。這真是太令我震驚了！世上對小姐最有益的，莫過於先哲的教誨。不過我看還是別太勉強小堂妹吧。」

說完他轉向班奈特先生，跟他單挑一場雙陸棋，班奈特先生欣然迎戰，還誇他這一招聰明，丫頭就是丫頭，隨她們嚼舌根去吧。班奈特太太領著幾位小姐，為麗迪亞多嘴鄭重道歉，保證下不為例，請他繼續朗讀下去；柯林斯先生請太太小姐切勿多慮，他對小堂妹並不記恨，也不氣她插嘴，說著就和班奈特先生坐到另一張桌子上，準備下一場雙陸棋。

第十五章

柯林斯先生不是個聰明人，大學也念了，世面也見了，還是不見長進。他父親是個吝嗇的大老粗，他從小就跟著父親有樣學樣，後來雖然進了大學，也不過就是念個學位，沒交到半個有用的朋友。他自幼家規嚴格，養成他謙虛的個性，不過近年來日漸狂妄，一來是他沒有見識，二來是隱居鄉間，做了井底之蛙，三來少年得志，發了橫財，縱得他益發目中無人起來。他叨天之佑，經人引薦給凱薩琳．狄堡夫人，當時漢斯佛區的牧師職位又正好空著；他一方面尊敬夫人地位崇高，感念夫人慈恩浩蕩，二方面又自命不凡，自認貴為牧師，享有徵收什一稅的特權，這才造就他今日這副德性——既驕傲又諂媚，既自大又自卑。

眼下房子也有了，薪俸也有了，他打算成家了。此番跟朗堡重修舊好，實則是想物色太太，要從五個堂妹中挑一個，看看她們是否如傳聞一般甜美可人。他所謂的賠罪就是這麼回事，把人家的家業繼承去了，那就娶人家的女兒來彌補吧。他自認這條辦法妙得很，不僅名正言順，也顯得他慷慨無私。

見過堂妹之後，他決定維持原計不變，班家大小姐可愛的臉蛋，讓他更堅信嫁女兒應該長幼有序。

頭一天晚上，**她**雀屏中選了。不過隔天一早他又改變了心意。吃早餐之前，他和班奈特太太談了一刻鐘，先是聊起他那牧師公館，聊著聊著自然表露心跡，說是公館少了個女主人，或許可以在朗堡找？班奈特太太討好地笑了笑，鼓勵了幾句，忽又冷不防告誡他，說是除了他的意中人之外，其他幾個**小的**雖然不方便講——作母親的不方便把話說得太死，但是她**知道**那幾個小的都還沒有人家，至於**大丫頭**……她不得不提一下……她那大丫頭婚事大概已經有眉目了。

柯林斯先生聽了，便將念頭轉到伊莉莎白身上，而且轉得很快，班奈特太太不過撥個火，他就變了心。伊莉莎白跟珍年齡相仿，姿色相若，自然是第二人選。

班奈特太太會意過來，如獲至寶，以為不久就要雙喜臨門，本來昨天提都不想提的人，這下卻教她另眼相看了。

麗迪亞沒忘記昨晚說要到梅里墩走走，除了梅蕊之外，大姊、二姊、四姊都答應跟她作伴，柯林斯先生也陪著幾個丫頭一起去——這是班奈特先生的主意，他恨不得趕快把這傢伙攆走，自己一個人在書房裡清靜清靜。原來早飯過後，柯林斯先生就跟著他進了書房，挑了一本最大的對開本，名義上是在看書，其實是在跟班奈特先生搭訕，講來講去不是他那間公館，就是漢斯佛區那座莊園，一張嘴半刻也沒停過，氣得班奈特先生吹鬍子瞪眼睛。平常待在書房裡，總能圖個一時閒散、片刻清幽，這回姪子來訪，他雖然早有防備，還跟伊莉莎白說，這宅子除了書房之外，怕是走到哪裡都要看人出醜、聽人吹牛，但是萬萬沒想到，就連書房也難倖免於難。因此，多禮如他，自然急忙敦請柯林斯先生陪著丫頭出去轉一轉；柯林斯先生看書不行，走倒是挺能走的，於是便高高興興闔上手裡的巨冊，出門蹓躂去了。

這一邊他言辭浮誇、言語無味，那一邊幾個堂妹客氣附和、點頭稱是，一行人就這樣打發著時間，來到了梅里墩。他再也留不住小堂妹的心思，幾位的眼神早已在街道上蜿蜒，尋找軍官的身影，只有櫥窗裡最時髦的女帽、最流行的棉質洋裝，才有辦法讓她們回過神。

不過，有一位青年抓住了班家每一位小姐的目光。她們從沒見過這位先生，只見他一派紳士風範，同一位軍官走在對街。那位軍官不是別人，正是丹尼先生，麗迪亞這趟來梅里墩，為的就是打聽他從倫敦回來沒有。兩行人隔街交會，他朝她們鞠了個躬。小姐們看到青年風度翩翩，詫異極了，無不想打聽究竟是何方神聖。凱蒂和麗迪亞決意弄個明白，便藉口要到對面商店買東西，帶頭過了街，前腳才沾上人行道，兩位男士恰巧也往回走，跟幾位小姐碰了頭。丹尼先生立刻上前搭話，並徵得同意，將友人韋翰先生介紹給小姐認識。韋翰先生昨天才和他從倫敦下來，而且說來高興，韋翰先生已經接受任命，跟他成為同一軍團的軍官。這可真是再好也沒有。韋翰先生只差一套軍裝就十全十美了，他的外表真是無可挑剔，天下的俊美都給他占盡了，不僅眉清目秀，更兼體態風流，而且說起話來娓娓動人，一經丹尼先生引薦，便立刻侃侃而談，說出來的話句句得體，絲毫不失分寸。大家站在路邊聊得正投機，忽然聽見一陣馬蹄，只見達西先生和賓利先生從街上騎過來。兩位紳士看見人堆裡站著班家小姐，連忙上前寒暄，說話的多半是賓利先生，而且大半是對著班家大小姐講的，說是正要上朗堡去問候她，達西先生欠了欠身，表示附和，並且下定決心不再看伊莉莎白一眼，目光倒被那位生人的視線吸引了去。伊莉莎白看見兩位紳士面面相覷後，霎時間表情大變，心裡大感詫異。兩位的臉色都變了，一位轉白，一位轉紅。隔了半晌，韋翰先生按了按帽子，達西先生勉強回禮。這是什麼意思？真教人無法不去猜想，無法按捺住滿腹好奇。

隔了一分鐘，賓利先生若無其事地告辭，跟達西先生騎馬走了。

丹尼先生和韋翰先生送幾位小姐到菲利普先生家門口，接著便鞠躬告辭，既不管麗迪亞小姐撒嬌挽留，也不管菲利普太太從交誼廳窗戶探頭吆喝。

菲利普太太每次看到外甥女就心情大好，特別是那兩個大的，這麼久沒見，自然是分外親暱。一上來就說她訝異極了，她們竟然就這樣跑回來，這事本來她也不曉得，沒聽姊姊說打發了馬車去接人，只是碰巧在街上遇到瓊斯藥鋪裡那個跑腿，說是以後不用再送藥材到尼德斐莊園了，班家兩位小姐都回家去了；正說著，她的好客之心轉到了柯林斯先生身上，經珍引薦，立刻禮數周到地歡迎他。他的回禮也不遑多讓，說什麼素昧平生，冒昧打擾，萬分抱歉，接著又忍不住沾沾自喜，說其實此番前來也不至於唐突，因為他和剛才幫忙引薦的小姐還有些親戚關係。菲利普太太好生訝異，心想這位生客真有教養，但是她的思緒一下子就給打斷了，幾個外甥女在一旁大驚小怪，考究起另外一位生客的事情來。不過她講的她們早就知道了，她說那位生客是丹尼先生從倫敦帶下來的，以後是某某軍團的中尉，還說她已經看那位年輕人看了一個鐘頭了，剛才他在街上來來回回走了好幾趟。此時若非遲遲不見韋翰先生的蹤影，凱蒂和麗迪亞鐵定也會在窗邊趴上一個鐘頭；可惜窗外半個人也沒有，只有零零星星幾位軍官，比起這位新來的生客，其他軍官變得「無趣又面目可憎」。其中幾位隔天要上菲利普家吃飯，阿姨答應她們一定會催促姨丈去拜訪韋翰先生，順便邀他明晚一起來作客，看看她們姊妹明天吃完晚飯要不要從朗堡來一趟，大家連聲說好。菲利普太太提議人多熱鬧，玩猜紙牌正好，玩累了再吃點熱騰騰的消夜。一想到這麼多好玩的事，大家都精神為之一振，道別的時候也是歡歡喜喜。柯林斯先生一邊告辭一邊再三道歉，主人也不辭辛勞地勸慰他不必多禮。

回程的路上，伊莉莎白把韋翰先生和達西先生的事說給珍聽。倘若這兩人真有什麼不是，珍一定會出言辯護，不為雙方也會為其中一方；但這兩人怎麼會有此番舉止，她也說不出個所以然來。

柯林斯先生回到班府之後，逗得班奈特太太合不攏嘴，直誇菲利普太太舉止端莊、殷勤好客，除了狄堡夫人和小姐之外，再沒見過像菲利普太太那麼高貴的女士，對他萬分禮遇不說，兩人分明素昧平生，卻還邀他明晚到府上作客，他想也許是自己跟班家是親戚的緣故；話說回來，這等殷勤好客的事，他還是生平第一次碰到。

第十六章

小姐要到阿姨家作客，班府上下沒人反對；柯林斯先生心裡過意不去，認為自己是客人，豈有把主人整晚晾在家裡的道理？班奈特夫婦要他千萬放心，這才派人打發了馬車，送柯林斯先生和五個丫頭依約上梅里墩去。幾個丫頭一進到交誼廳，立刻眉開眼笑，聽說韋翰先生接受姨丈的邀請，人已經在屋裡了。

這下消息得手了，眾人也入座了，柯林斯先生得了空，便四下瞻仰一番，這房間不論大小也好、裝潢也好，都令他驚嘆不已，還以為自己置身在若馨莊園那間消夏的早餐廳。這番比喻起初頗不得人心，等到菲利普太太聽他說若馨莊園是個什麼樣的地方，莊園的主人是哪號人物，這號人物的交誼廳又是多麼美侖美奐，單單壁爐架就要八百鎊，她才咀嚼出此前那番恭維的意思，這下就算將她這宅子比做若馨莊園女管家的休息室，她也不以為忤了。

柯林斯先生一邊說著凱薩琳夫人多麼顯赫，若馨莊園多麼富麗堂皇，偶爾不忘穿插幾句，吹噓吹噓自己的寒舍，談談近來的翻修和裝潢，洋洋得意地說個沒完，軍官一刻不進來，他就一刻不停止。他覺得菲利普太太聽人說話時非常專心，菲利普太太則愈聽愈覺得柯林斯先生大有來頭，迫不及待要一五一十跟左鄰右舍嚼舌根去。至於幾位小姐呢，一來對堂兄說的話毫無興趣，二來想彈琴又沒琴可彈，只好看看壁爐台上的彩繪，正是她們之前照著瓷器上的花樣畫的，畫得極為平庸。軍官遲遲不見人影，真是等得好不耐煩；好不容易把時間熬過，男客魚貫進入交誼廳，一見到韋翰先生，伊莉莎白心念一動：不論是上次見面也好，日後的思念也罷，自己果然沒有看錯人。這個郡裡的軍官，多半都是高尚的紳士，能來姨丈家作客的，更是其中的佼佼者。然而，論人品、論相貌、論風度、論儀態，韋翰先生都在眾男客之上，其中的差距，就如同姨丈和這批軍官的差距，只見他板著一張大方臉，渾身散發酒氣，跟在一排軍官後頭走了進來。

韋翰先生是個幸福的男人，女人的目光幾乎都落在他身上；伊莉莎白是個幸福的女人，韋翰先生就坐在她身旁。他親切地找她攀談，雖然只是聊一聊今晚下了點雨，整個冬季恐怕都要下雨，但是她不禁覺得，縱使是最家常、最枯燥、最老套的話題，一經韋翰先生那張利嘴，立刻生動有趣起來。

跟這班勁敵爭奪佳人的目光，柯林斯先生哪裡是韋翰先生和軍官的對手，眼看就要落入無人理睬的頹勢，小堂妹根本不把他放在眼裡，還好菲利普太太偶爾還願意聽他幾句，而且對他體貼入微，看他咖啡沒了、鬆餅吃完了，立刻派人補上。

牌桌抬出來了，他趁機賣個人情，順了菲利普太太的意，坐下來玩一把惠斯特。

「我雖然不太會打牌，」他說，「可是我願意學，像我這樣的身分地位——」他承她的情，菲利普太太自然感激，但若要聽他長篇大論，她可沒這個耐心。

韋翰先生不玩惠斯特，高高興興地給人請上另一張牌桌，坐在伊莉莎白和麗迪亞兩位小姐中間。起初形勢相當不妙，韋翰先生簡直給麗迪亞一個人霸占了去，她那張嘴，一打開就關不起來。不過健談歸健談，麗迪亞也熱愛猜紙牌，注意力不久便轉到牌桌上，又是下注，又是尖叫，根本無暇顧及旁人。韋翰先生一面應付著玩牌，一面從容地跟伊莉莎白搭話，她也樂得當個聽眾，不過卻不奢望他談到她最感興趣的話題，也就是他和達西先生的交情，甚至連提達西的名字都不敢。不過，沒想到韋翰先生卻解開了她的疑惑，主動聊起了這個話題。他先問尼德斐莊園距離梅里墩多遠，聽完她的回答，又吞吞吐吐地問起達西先生在那裡待了多久。

「差不多一個月。」伊莉莎白回答。她不願放過這個話題，因此又補上一句：「聽說他在德貝郡家大業大。」

「是啊，」韋翰先生說，「他的家業的確可觀，每年光是利息收入就有一萬鎊。想打聽這方面的消息，問我準沒錯，我自幼便與他們家有一段淵源。」

伊莉莎白不禁露出驚訝的表情。

「驚訝是人之常情，班奈特小姐，想必妳也看到了吧？我們昨天見面時那副冷冰冰的模樣——妳跟達西先生熟識嗎？」

「只是認識，但我想認識就夠了，」伊莉莎白激動地說，「我跟他在同一個屋簷下住了四天，覺得他挺討人厭的。」

「這我不予置評，」韋翰先生說，「管他是討人喜歡還是惹人生厭，我都沒有資格發表意見。我認識他太久，了解他太深，對他的看法難免失之偏頗，要我公正公允根本不可能。不過妳對他的看法真教人詫異——或許妳在別的場合說話會含蓄一點——畢竟這裡都是自己人。」

「那你就錯了，我在這裡怎麼說，在別人家就怎麼說，只有在尼德斐莊園例外。整個赫福德郡沒有半個人喜歡他，看他那副驕傲的德性，討厭都來不及了，誰還替他說好話。」

「這教我怎麼能不生氣，」牌桌上突然一陣騷動，等到安靜下來了，韋翰才接口，「不論是誰，只要名過其實就是不應該；但是我想他很難得可以名副其實吧？世人不是被他的地位和財富蒙蔽了雙眼，就是被他高高在上的舉止唬得一愣一愣。他想人家怎麼看他，人家就怎麼看他。」

「**我**跟他的交情雖淺，但我想他的脾氣頗大。」韋翰聽了只是搖頭。

「我在想，」等到牌桌上喧鬧稍歇，他才接下去說，「他會不會在赫福德郡住上好一陣子？」

「這我不曉得；我在尼德斐莊園那幾天，倒沒聽他說要走。你不是計畫在軍團待下來嗎？希望你不要受他影響才好。」

「怎麼會！達西先生休想趕**我**走。要是**他**不想見到**我**，那也是他走。我跟他雖然鬧得僵，一碰面就難受，但也沒有理由躲著他，也不想想他是怎麼虧待我的，我都沒跟外人說呢，一想到他居然是這種人，就覺得深感心痛。達西先生的父親──也就是已故的達西老爺，真真是全天下最好心的人，也是我的忘年之交、平生摯友。每每和達西先生共處，不免勾起我心頭對於達西老爺的萬般回憶，遂不由得悲從中來。縱使達西先生苛待我，但我寧可原諒他、寬恕他，也不要他辜負了達西老爺的厚望，玷污了達西老爺的名聲。」

伊莉莎白愈聽愈有滋味，聽得是全神貫注，只是礙於禮貌，倒也不便細究。

韋翰先生開始閒聊，談一談梅里墩，說一說附近的人家，看他的樣子，似乎很滿意目前的所見所聞，聊起這一帶的太太小姐，更是言語溫柔、讚譽有加。

「一想到可以時時結交朋友，與上等人家往來，」他說，「我還能不加入軍團嗎？再說這個軍團的名聲本來就好，同袍之間的感情又融洽，加上丹尼在一旁煽動，說這裡的營房多好又多好，他們在梅里墩多麼受人愛戴，結交了多少好人家，真是說得我心癢難耐。我這個人很需要朋友。先前的失意潦倒讓我受不了孤獨，**非得**找事來做、與人為友不可。軍隊生涯原非我志趣，只是大勢所逼，倒也還行。我原本志在領受聖職，從小家裡就栽培我當牧師，要不是我和達西先生鬧僵，這時**早該**享有可觀的牧師薪俸了。」

「有這種事！」

「正是。達西老爺在遺囑上說，轄內教區牧師一職，一旦開缺，立刻委任於我。達西老爺是我的教父，對我疼愛有加，他老人家的恩典，真是言語難以道盡。他希望我衣食無虞，以為自己心願已了，沒想到職位開缺時，卻給了別人。」

「天啊！」伊莉莎白嚷道，「怎麼會**這樣**？怎麼可以不照遺囑行事？你為什麼不提告求償？」

「達西老爺只是舉薦，並未正式將該缺委任於我，所以訴諸法律是無望了。不過話說回來，對於老爺舉薦的用心，但凡正人君子都深知其意，可是達西先生偏偏要起疑，說什麼老爺提拔我是要講條件的，還硬指我鋪張浪費、行事魯莽，黑的都給他說成白的了，就是要害我喪失權利。那個牧師的缺明明兩年前就空出來了，我也正好成年，得以勝任，可是偏偏給了別人。我實在想不到究竟是犯了什麼滔天大罪，竟然平白斷送了自己的牧師生涯，頂多就是個性衝動，心直口快，或許偶爾在別人面前說了他幾句，還是**當面**頂撞了他，但也不過如此而已。我跟他的個性確實是南轅北轍，我也知道他討厭我。」

「這真是太過分了！應該讓他當眾難堪才是。」

「這是**遲早**的事——但不會是由我來。只要我心中還有達西老爺，就決計不會為難他或揭發**他**。」

伊莉莎白為他的想法傾倒，愈看愈覺得他英俊瀟灑。

「可是，」她頓了一會兒，說，「他究竟是何居心？竟然那麼冷酷無情？」

「無非是對我恨之入骨吧——我想他之所以那麼恨我，其實是嫉妒我。要是達西老爺少疼我一點，達西先生或許會對我好一些；但偏偏老爺寵我，因此達西先生從小就忌恨我。依他的脾氣，哪裡容得下別人跟他爭——尤其是爭寵這種事呢。」

「想不到達西先生居然這麼可惡，我雖然不喜歡他，但也不至於像現在這麼討厭他。我以為他只是目中無人，誰曉得他竟然墮落至此，不僅心存報復，而且陰險歹毒，連這種傷天害理的事也做得出！」她沉吟了幾分鐘，接著說：「我想起來了，有天在尼德斐莊園，他談起自己天性愛記仇，從不肯饒人。這品性真教人不敢恭維啊。」

「這我不敢說，」韋翰回答，「畢竟我對他成見頗深。」

伊莉莎白想了又想，再次開口時，不自覺提高了音量：「他是怎麼待人的！你是他的朋友，是他父親的教子，他父親又那麼器重你！」本來她還想添上一句：「而且你年紀輕輕、相貌堂堂，一看就知道很好相處！」不過她即時打住，改口道：「何況你從小就跟他玩在一起，而且我記得你還說，你們兩個交情匪淺呢！」

「我們在同一個教區出生，在同一個莊園長大，少年時代幾乎形影不離，住也住在一起，玩也玩在一塊，還受到同一位父親疼愛。先父早年和妳姨丈是同行——話說妳姨丈的事業做得有聲有色——先父為了替達西老爺效勞，把先前的心血擱下，全副心力照管龐百利莊園，深得達西老爺敬重，並引以為心腹知己。老爺時常感念先父管家有方，在他臨終前，主動答應要照料我，我想這一則是先父對老爺有恩，一則是老爺對我疼愛有加吧。」

「太奇怪了！」伊莉莎白提高了嗓子。「太可惡了！我真不明白，我們這位達西先生既然這麼要面子，怎麼有臉虧待你呢！雖然這不是什麼好理由，但憑他心高氣傲這一點，總不至於做出這等卑鄙之事吧——這不叫卑鄙叫什麼呢。」

「這**的確**不可思議，」韋翰說，「他的一言一行多半出自驕傲，驕傲是他人生的益友，引領他朝著美德邁進。但人不是一成不變的。看看他是怎麼對我的，那不是驕傲，是其他情感在作祟。」

「像他那麼驕傲自大，對自己會有好處嗎？」

「有的。驕傲讓他樂善好施——出手闊綽，待客殷勤，扶助佃戶，救濟窮人，這一切都是驕傲使然。他以達西老爺的為人為傲，為了家門、為了盡孝，他不得不與人行善，為的就是不辱家風、不負眾望，以免家族失勢。此外，他也以兄長的身分為傲，這一份驕傲，再加上幾分手足之情，讓他把親妹妹照顧得無微不至，替他博得眾口誇讚，說他是體貼入微的好哥哥。」

「達西小姐是位怎麼樣的小姐呢？」

他把頭搖了幾下。「我多想誇她一聲性子好，但凡達西家的人，說壞話我總是不忍的。但她跟他哥哥簡直一個樣——驕傲得不得了。小時候還討人喜歡，一天到晚黏在我身邊，我也總是盡陪著她玩，不過現在她對我來說什麼也不是了。她長得很標緻，大約十五、六歲，聽說還是個才女。自從達西老爺過世後，她就住在倫敦，由一位女家教陪著，督促她的功課。」

兩人談談歇歇，在別的話題上兜了幾圈，伊莉莎白忍不住扯回原來的話題，說：「他跟賓利先生怎麼會這麼好呢！賓利先生脾氣好，人又好相處，怎麼會交上這種朋友？這兩人怎麼也兜不在一塊啊？你認識賓利先生嗎？」

「完全不認識。」

「他脾氣好，待人好，人緣極佳，肯定不曉得達西先生是這種人。」

「很有可能。只要達西先生肯，討人歡心還不簡單。他這人挺有本事的，遇上值得攀談的對象，倒也懂得談笑風生。他對待地位相當的人，跟對待矮他一截的人，態度完全判若兩人。他驕傲歸驕傲，不過在闊人面前，他就講道理、重然諾，而且心胸開闊、正派誠實，或許——就連待人也和氣起來，這不是見錢眼開、攀炎附勢嘛。」

不久，惠斯特牌打完了，牌家下了桌，圍到另一張桌子上來。柯林斯先生站在伊莉莎白和菲利普太太之間，女主人自然要問問客人手氣如何？不太順，他輸了個精光。菲利普太太惋惜了幾句，柯林斯先生慎重其事地安慰她，區區小事，不足掛心，錢乃身外之物，還請她不用放在心上。

「太太，我也是個明白人，」他說，「只要上了牌桌，輸贏各憑運氣，幸好我不至於時運不濟，五先令也要錙銖必較——這種話可不是誰都說得出口，多虧了凱薩琳．狄堡夫人慈恩浩蕩，這一點小錢我根本不看在眼裡。」

韋翰先生豎起了耳朵，打量了柯林斯先生幾眼，緊接著壓低了嗓子，向伊莉莎白打聽這位親戚跟狄堡家熟不熟。

「凱薩琳．狄堡夫人嗎？」她回答，「夫人最近委任我堂哥牧師一職。雖然不知他當初如何得到夫人賞識，但是兩人肯定相識未久。」

「想必妳知道凱薩琳．狄堡夫人和安妮．達西夫人是姊妹吧？換句話說，狄堡夫人正是達西先生的姨母。」

「這我倒是不曉得。對於狄堡夫人的家譜，我是一概不知；就連世界上有這麼一號人物，也是前幾天才知道。」

「夫人的女兒狄堡小姐，將來會繼承一筆可觀的遺產，據說還要跟表哥結親，把兩家的產業併作一家。」

聽到這裡，伊莉莎白笑了，想想賓利小姐真可憐，枉費她大獻殷勤，白疼了達西妹妹一場，還浪費了那麼多口舌稱讚達西，人家說不定早就定親了。

「我們這位柯林斯先生，」她說，「把狄堡夫人和狄堡小姐捧上了天，不過，聽他說起這位夫人的種種，倒像讓知遇之恩沖昏了頭。儘管夫人對他確實有恩，我想她應該是個傲慢自負的女人。」

「我想她確實是既傲慢又自負，」韋翰回答，「我跟她雖然多年不見，但是印象中對她毫無好感，只記得她專橫跋扈。人人都誇她聰穎靈慧、通情達理，但我想這是因為她有錢有勢、盛氣凌人，加上她那外甥心高氣傲，但凡跟他往來者，都得是懂規矩的聰明人。」

伊莉莎白覺得他的話有理，兩人聊得十分投機，直到飯廳傳消夜，牌局散了，才輪到姊姊妹妹分享韋翰先生的殷勤。菲利普家的消夜好不熱鬧，雖然不好談天說地，但是光憑韋翰的舉止，就足以令眾姝傾倒。他談吐風趣，舉止優雅，臨走前，伊莉莎白滿腦子想的都是他，一路上心裡別無其他念頭，翻來覆去總是韋翰先生，想著他說的每一句話。但是想歸想，嘴巴上卻對他隻字未提，誰教麗迪亞那麼聒噪，柯林斯先生那麼長舌，一個聊猜紙牌聊個沒完，說自己輸了幾把又贏了幾把，另一個則絮叨菲利普一家多麼好客，打牌輸錢有什麼關係，接著又細數消夜的菜色，三番兩次說人多車擠，生怕擠壞了堂妹，一路嘮叨不休，馬車卻已經在朗堡門口停了下來。

第十七章

翌日，伊莉莎白把自己跟韋翰先生的談話轉述給珍聽，聽得珍是又震驚又擔心——沒想到達西先生竟然如此不值得賓利先生敬重，真教她難以置信；可是，依她的個性，像韋翰先生這麼漂亮的青年才俊，無論說什麼她都不會起疑，一想到他可能受了種種委屈，憐憫之心油然而生。她束手無策，只好替雙方說好話，幫他們的舉止找理由，找不到理由時，就說這中間必定有什麼誤會。

「這兩位先生呢，」她說，「多多少少都受了人蒙蔽，箇中緣由我們無從得知，或許是有心人士居中挑撥。總之我們別猜了，不管他們疏遠的理由是什麼，猜來猜去總是要歸咎到一邊去的。」

「可不是嘛！這下倒好，我說我的好姊姊，妳要不要替那些居中挑撥的有心人士說幾句公道話？妳再不替**他們**辯白，休怪我道人長短啦。」

「妳儘管貧嘴吧，我是不會改變主意的。我的好妹妹，妳想想看，這對達西先生多不名譽啊！達西老爺生前那麼寵愛韋翰先生，還答應要贍養他，達西總不好虧待他啊。萬萬不會的。凡人只要稍有惻隱之心，而且自愛自重，斷然做不出這種事。難道他的摯友竟會受騙到這種地步？絕對不可能。」

「我寧可相信是賓利先生上當，也不相信是韋翰先生無中生有。他說話有憑有據，而且言詞懇切，倘若其中有假，就讓達西先生對質去吧。再說，他長得也不像會說謊的人。」

「這事真不好說——愈想就愈難受——叫人想得毫無頭緒了。」

「講句不客氣的話——我早就理出頭緒了。」

但是珍只確定一件事——倘若賓利先生真的上當，等到真相大白時，必定會痛心疾首。

家裡派人出來請兩位小姐進去。原來兩人在樹籬邊聊得正起勁，誰知說人人到，賓利先生帶著賓利姊妹，親自登門邀請太太小姐上尼德斐莊園，參加眾人期盼已久的舞會，時間就訂在下禮拜二。賓利姊妹和珍重逢，興致大好，直說幾百年沒見了，忙不迭問她別來做些什麼，對於旁人則視若無睹，盡量不跟班奈特太太對到眼，跟伊莉莎白也是有一搭沒一搭，至於其他人，更是一句話也沒有。不久兩姊妹便起身告辭，一骨碌站了起來，讓賓利先生好生詫異，走得這樣匆忙，彷彿要閃避班奈特太太的盛情。

尼德斐莊園要開舞會，班家的女人歡天喜地。班奈特太太擅自認為，這場舞會是為了恭維她大女兒才開的，賓利先生又親自登門邀請，而不是派人送請柬，真讓她覺得面子十足。珍想著當晚有兩位好友相伴，又有她們兄長殷勤伺候，真是個愉快的夜晚。伊莉莎白滿心歡喜，想著要和韋翰先生跳上一整夜，還要把達西先生的神情舉止瞧個仔細，證實韋翰的話一點兒也不假。凱蒂和麗迪亞雖然也很開心，但卻不單只為一個人、一樁事而開心，即使她們跟伊莉莎白一樣，也想和韋翰先生跳上大半夜，可是只有韋翰先生一個舞伴怎麼夠呢，這可是舞會，舞會啊！就連梅莣都說，她不排斥去露個面。

「只要白天的時間都是我的，」她說，「倒也就夠了。晚上偶爾出去玩玩，稱不上什麼犧牲。說到社交生活，人人都應該參與。依我之見，偶爾來些消遣娛樂，對大家都有好處。」

伊莉莎白興致大好，雖然平常不太跟柯林斯先生多話，這回卻禁不住問他去不去賓利家的舞會，倘若果真要去，這舞是跳好呢？還是不跳好呢？沒想到，柯林斯先生對於跳舞毫無顧忌，既不擔心坎特伯雷大主教非難，也不害怕凱薩琳．狄堡夫人指責。

「說真的，照我看來，」他說，「像這樣的舞會，主人是品格高尚的青年，賓客又都是體面的人家，斷然不會為非作歹的；我非但不排斥跳舞，而且還希望當晚堂妹都願意賞臉。不如我就趁此機會，邀請伊莉莎白小姐作我的舞伴，陪我跳當天的前兩支舞——我此番偏袒禮遇，大堂妹想必深知箇中緣由，不至於怪我失敬吧。」

伊莉莎白覺得自己上當了，本來滿心想著跟韋翰先生跳開場舞，誰知半路殺出個柯林斯先生！只能懊悔自己玩笑開得不是時候，現在說什麼都太遲了，只得暫時把韋翰先生和自己的幸福擱在一旁，極其和顏悅色地接受柯林斯先生的邀請。他這樣大獻殷勤，她卻不太高興，只怕背後別有居心——突然，她會意過來，莫非他是看上了**她**，揀她去做漢斯佛區牧師公館的女主人，倘若狄堡夫人打牌三缺一，還可以召她去湊數。

本來她還只是揣度，後來簡直深信不疑，只見他對她愈來愈殷勤，直誇她活潑機伶，對於自己這份魅力，伊莉莎白是詫異大過欣喜。不久母親也暗示，**她**對這樁婚事很是滿意，伊莉莎白則索性裝傻，反正不管她應什麼，母女倆勢必都要大吵一場，而且柯林斯先生也未必會求婚，既然事情還沒什麼眉目，何必為了他傷了和氣呢。

幸好還有尼德斐莊園的舞會可以談一談、準備準備，不然班奈特家幾位小小姐可就慘了，自從受邀那天起，一直到舞會當天為止，連日來雨下不停，沒辦法出門蹓躂，不能上梅里墩去見見阿姨、看看軍官、打聽打聽消息，就連要簪在舞鞋上的緞帶花，都還得託人去買。就是伊莉莎白，也對這陰雨綿綿的天氣不耐煩起來，心急自己和韋翰先生的友誼毫無進展。多虧了禮拜二那場舞會，凱蒂和麗迪亞這才熬過了禮拜五，捱過了禮拜六，撐過了禮拜日，挺過了禮拜一。

第十八章

伊莉莎白走進尼德斐莊園的交誼廳，在紅色軍裝的人堆裡找尋韋翰先生的蹤影，不料卻遍尋不著，這才懷疑他該不會不來了。她滿心以為一定會在舞會上邂逅他，否則像她這樣明理的人，想到那兩位過往的嫌隙，早就應該起疑了，怎麼還會費心打扮，興高采烈想著要征服他那顆尚未完全征服的心，十拿九穩認為自己今晚勝券在握。忽然，她心生疑竇，莫非是賓利先生發請柬時，因為顧慮達西先生的感受，所以故意漏了不成？然而事實並非如此。韋翰先生缺席的緣由，不久便由丹尼先生揭曉，他拗不過麗迪亞急切的詢問，回說韋翰先生前天到倫敦出公差，至今尚未回來，說著嘴角泛起一抹意味深長的微笑，添了一句：

「我實在想不透，怎麼會在這個節骨眼出公差呢？不會是要避開某位先生吧。」

這段話麗迪亞沒聽見，倒讓伊莉莎白仔細聽了去，琢磨著雖則起先想錯了，但是說到底，韋翰先生沒來，還不都是達西先生害的。她心裡失望愈深，對達西先生就愈忿恨，恨得簡直無法跟他進對應退——她才剛到不久，他就上前要來問候。倘若她理會達西、容忍達西、順著達西，韋翰豈不受傷？她決定不跟他搭話，沒好氣地轉身就走，就連跟賓利先生說話也是滿腹怨氣，氣他竟然這樣不識好歹。

不過伊莉莎白的脾氣來得快、去得也快，雖然是大為掃興，但也沒有怏怏不樂一整晚。她先是找夏洛特．盧卡斯訴苦，兩人暌違一個禮拜沒見，聊著聊著便聊到她那古怪的堂兄身上，還把他從人堆裡挑出來給夏洛特看。但是接著兩支開場舞又令她大為著惱，簡直是不想活了！柯林斯先生既笨拙又死板，只懂得賠罪，卻不懂得陪小心，舞步跳錯了也渾然不察，害得她出盡了洋相、吃盡了苦頭，跟這麼差勁的舞伴跳上兩支舞，真是活受罪。從他手裡解脫的瞬間，她真是欣喜若狂。

接下來她跟一位軍官共舞，舞著舞著便聊起了韋翰先生，聽說他走到哪裡都受人歡迎。幾場舞跳下來，她回頭去找夏洛特．盧卡斯，兩人聊得正起勁，忽然聽見達西先生叫她，出其不意地邀她共舞，她一閃神，渾渾噩噩答應下來，等他匆匆忙忙走遠了，才生氣自己心不在焉，夏洛特急忙出言安慰：

「說不定妳會發現他其實很討人喜歡呢。」

「這樣不好吧！天底下哪有這麼倒楣的事！才發了願要恨他的，這下倒又喜歡起來！別這樣咒我吧。」

樂聲響起，達西先生上前挽她的手，夏洛特忍不住跟伊莉莎白咬耳朵，提醒她別犯傻，不要因為喜歡韋翰，得罪身價高上十倍的達西先生。伊莉莎白沒作聲，默默走到行列裡，這才驚覺這是何等殊榮，竟然可以站在達西先生對面，再看看一旁的賓客，莫不也是又驚又奇。她和達西先生默不作聲地站著，打算索性沉默到底，便下定決心絕不開口，接著轉念一想，若要折磨這位舞伴，倒不如逼他說話，於是便略略談了這支舞，他回了幾句，便又陷入沉默，兩人一時無話。過了幾分鐘，她又再度跟他搭話：

「輪到**你**說話了，達西先生，既然**我**談了舞，你也該說說這舞廳的大小，或是聊聊賓客的多寡。」

他笑了笑，告訴她，她要他說什麼，他就說什麼。

「非常好。眼下這樣回答就行了。或許等等呢，我會想談談私人舞會比公開舞會好玩。現在就先這樣吧，不說了。」

「所以，妳跳舞聊天總是照規矩來嗎？」

「有時候是這樣。跳舞總是要說點話嘛，你也知道，兩個人要是跳了半個鐘頭，卻連一句話也沒有，旁人看了豈不奇怪？所以，為了**某些人**著想，不如安排一下台詞，以免兩人無話可說。」

「這話代表的是妳目前的心境呢？還是妳以為道出了我的心聲？」

「都有，」伊莉莎白調皮地說，「因為呢，我一直覺得我們的個性很像，都是不合群的悶葫蘆，很難得開口，除非是想說幾句一鳴驚人的話，給世人當作格言流傳千古。」

「我敢肯定妳的個性並非如此，」他說，「至於**我的**個性是否真如妳所言，我可不敢妄下斷語——倒是**妳**，必定認為自己形容得很真切吧？」

「這可就輪不到我來說了。」

他沒回答，兩人再度陷入沉默，就這樣從排頭跳到排尾，他才問她常不常上梅里墩？她回說常常去，接著又按捺不住，多嘴了一句：「碰見你那天，我們正好交上新朋友。」

這句話果真不同凡響。他臉上浮現倨傲的神色，話倒是半句也沒說。伊莉莎白暗自責備自己失言，一時也找不到話來補，到頭來還是達西勉強開口：

「韋翰先生運氣好，有人緣，朋友滿天下，至於留不留得住朋友，那就見仁見智了。」

「他也真倒楣，留不住你這個朋友，」伊莉莎白語重心長道，「而且鬧到這步田地，大概是要抱憾而終了。」

達西沒接話，似乎巴不得換個話題，碰巧威廉．盧卡斯爵士就在附近，正打算穿過兩排男女，走到舞廳的另一頭，不過一看到達西先生，立刻停下腳步，畢恭畢敬地鞠了個躬，直誇他舞姿優美，舞伴也漂亮。

「我今兒個真是大飽眼福啊，達西先生，你跳得真是好看，真是難得啊！足見你確實出身不凡。容我再嘮叨一句，你的舞伴跟你相比，也絲毫不遜色，看來我以後可有眼福了，你說是嗎，伊莉莎小姐？（他瞥了珍和賓利一眼）聽說好事近啦！屆時那祝賀場面，該是多麼熱鬧盛大啊！我說達西先生——唉，不說了不說了，耽擱了你和我們這位年輕小姐的談話，你無論如何是不會謝我的，瞧那雙妙眸也正在責備我呢。」

這後半截談話，達西幾乎是左耳進右耳出，不過盧卡斯爵士提及賓利的婚事，似乎讓達西心頭一震，神色凝重地望了望賓利和珍共舞的身影。隔了一會兒才回過神來，轉頭對伊莉莎白說：

「給盧卡斯爵士打了岔，都忘了剛才說到哪了。」

「根本什麼也沒說吧。盧卡斯爵士也真會挑，居然挑了兩個最沒話聊的來打岔。我們已經換了兩三個話題，還是談不到一處，接下來還能談什麼，我也沒輒了。」

「談談書吧？」他笑著說。

「書？我看不好吧。我們讀的書完全兩樣，體會也完全不同。」

「很遺憾妳有這種想法。不過，倘若真如妳所言，這下倒是不缺話題了——我們不妨比一比彼此不同的見解。」

「不行——我沒辦法一邊跳舞一邊談書，我滿腦子盡想著別的事。」

「這種場合妳總想著**眼前**的事，是也不是？」他狐疑地瞅著她。

「不錯。」她嘴巴上應付著，其實根本不曉得自己在說些什麼。她的思緒早已飄到了遠方，且聽聽她接下來說的這是什麼話：「達西先生，我記得你說過，你很難寬恕別人，一旦心生怨恨，便難以抹滅。想必你定是處處留心，不輕易**生**怨吧？」

「正是。」他的口氣很堅決。

「從來不受偏見蒙蔽？」

「我想不會。」

「對於固守成見的人而言，在拿定主張之前，須得慎重其事，自是責無旁貸。」

「容我請教一下，妳問這話，用意何在？」

「只是想摸清楚你的性格，」她故作鎮定道，「好好弄個明白。」

「所以弄明白了沒有？」

她搖了搖頭。「一點也沒有。大家對你評價不一，真教我愈聽愈糊塗。」

「我想也是，」他板起臉道，「大家對我的看法確實兩極。所以，班奈特小姐，我希望妳暫時先不要揣摩我這個人，只怕這對妳我都沒有好處。」

「但是現在不揣摩，以後怕就沒機會了。」

「那就隨妳高興吧。」他冷冷地回了一句，她便不再說下去，默默把第二支舞跳完也就散了，兩人都有些著惱，只是這一位不如那一位惱，達西因為愛她而包容她，對她的氣一下就消了，全都轉嫁到某位先生身上。

他們跳完沒多久，賓利小姐便走到伊莉莎白跟前，高傲地跟她客氣道：「伊莉莎白小姐，聽說喬治．韋翰很討妳歡心啊！方才令姊與我談到他，問了我一大堆話。那小子跟妳說了那麼多，怎麼就偏偏忘了告訴妳，他老子在達西老爺底下當管家呢？我以朋友的立場奉勸妳，他的話不用照單全收。什麼達西先生虧待他，根本是無稽之談！達西先生對他好得不得了，是喬治．韋翰反咬達西先生一口。詳細情形雖然我也弄不明白，但是絕對不是達西先生的錯，他一聽到喬治．韋翰就難過，哥哥這次開舞會，本來也不好不邀他來，總算他自己知趣，避開了，樂得哥哥眉開眼笑。他竟敢跑到這一帶來，臉皮也真厚，天曉得他怎麼敢如此放肆。不好意思啊，伊莉莎白小姐，這樣說妳心上人的壞話，但是想想他的出身，也知道這種人不會好到哪裡去。」

「依妳的說法，他錯就錯在他的出身嘍，」伊莉莎白啐道，「我從頭聽到尾，也沒聽到妳說他別的不是，就只數落他是管家的兒子，至於**這件事**，我老實告訴妳吧，他早就跟我提過了。」

「不好意思啊，」賓利小姐背過身，冷笑了一聲，「都怪我多管閒事——我是一番好意呢。」

「傲慢的丫頭！」伊莉莎白自言自語道，「妳打錯算盤啦，以為妳這樣卑鄙地道人長短，我就會有所動搖嗎？妳這樣子講人家，倒讓我知道妳冥頑不靈，看穿達西先生有多陰險。」說完她就去找姊姊，因為姊姊也向賓利先生打聽了同樣的消息。珍看到她來了，滿臉堆笑，容光煥發，一看就知道她度過了一個愉快的夜晚。伊莉莎白看到姊姊心情愉快，立刻將一切拋諸腦後，既不掛念心上人，也不跟心上人的仇家生氣，只一心一意希望姊姊幸福快樂。

「我想問問妳，」伊莉莎白也是笑容滿面，臉上的笑意絲毫不比姊姊少，「妳有沒有打聽到什麼有關韋翰的事？或許妳跳得太開心，根本無心顧及他人，倘若真是這樣，當然也不能怪妳啦。」

「說什麼傻話，」珍回答，「我沒忘了幫妳打聽打聽，可惜沒聽到什麼令人滿意的消息。賓利對韋翰的過往只略知一二，至於他是怎麼得罪了達西先生，賓利先生完全不曉得，只保證達西先生絕對品性端正、誠實正派，而且還信誓旦旦地說，韋翰先生根本不配達西先生對他那麼好。說來遺憾，從他和他妹妹的話來看，韋翰先生一點也不值得敬重，恐怕是他自己有失分寸，不能怪達西先生對他不理不睬。」

「難道賓利不認識韋翰嗎？」

「不認識。他和他素昧平生，那天早上在梅里墩，還是第一次碰頭。」

「這麼說來，剛剛那番話全是他從達西先生那裡聽來的嘍。好極了！那麼，關於那個牧師的職缺，他怎麼說？」

「細節他不記得了，只是聽達西先生談過幾次，不過他確定當年那個職位雖然給了韋翰先生，可也是有條件的。」

「不是我懷疑賓利先生，」伊莉莎白激動道，「只是很抱歉，光憑保證不足以說服我。賓利先生是替朋友說話，有力是有力，但是他對整件事的來龍去脈並不清楚，又是聽某位友人說的，恕我冒昧，我對兩位先生的看法，依然堅持己見。」

她換了個話題，好讓彼此都能聊得稱心如意，在這樁事上，姊妹倆有志一同，珍聊得開心，伊莉莎白聽得也歡喜，珍說不敢對賓利先生心存奢望，伊莉莎白就搬了許多話來，好讓姊姊更有信心。說著說著，賓利先生走來了，伊莉莎白便退下去找盧卡斯小姐聊天。盧卡斯小姐問她，方才那幾支舞跳得愉不愉快，她還來不及回答，柯林斯先生就靠了過來，驚喜萬分地告訴兩位小姐，說他真是三生有幸，竟然發現了一樁大事。

「我剛剛發現——」他起了個頭，「世上竟有這麼巧的事！眼下就在這間舞廳裡，居然就有我恩人的至親。說也湊巧，我聽見這位先生跟尼德斐莊園的年輕女當家提起狄堡小姐的芳名，還說是他的表妹，接著又聽他提起凱薩琳．狄堡夫人的名諱。這真是太不可思議了！誰想得到呢！我竟然會在這樣的場合，遇到凱薩琳．狄堡夫人的外甥！謝天謝地，虧我發現得正是時候，眼前上前問候還來得及，我看我這就過去吧，想來他不會怪我沒及早上前拜見，我壓根不曉得狄堡夫人還有這門親戚，他總不好因此怪我吧。」

「你真的要去跟達西先生攀關係嗎？」

「當然要去。我一定要向他告罪，原諒我沒能早些上前問候。我看他準是凱薩琳．狄堡夫人的外甥無疑。我還可以稟告他，一禮拜前又一天，我才向夫人請過安，夫人她玉體安康，無須牽掛。」

伊莉莎白說破了嘴，要他別打這如意算盤，像他這樣沒有人居中牽引，就逕自找達西先生寒暄，達西先生肯定會認為他冒昧唐突，而非奉承他姨母。再說，他又何必跟他打交道呢？即使真要套交情，也應該是上對下，由達西先生來結交他——柯林斯先生聽她這麼說，神情更加堅定，非要一意孤行，一等她說完，即刻接口道：

「我的好堂妹啊，這世上我最看重的，就是妳卓越的見解，可妳見過的世面畢竟有限，妳且聽我一言：尋常人家的應對進退，跟吾等的教規不同，容我這麼說吧，以位階尊卑而言，牧師大可與公爵平起平坐，不過有個前提，就是要長存謙遜之心。所以，在這件事情上，請讓我謹遵良心的吩咐，行我所當行。妳的忠告我心領了，若遇到其他事情，我必將堂妹的話奉為圭臬，但就眼前這樁事而言，我自認學養豐厚，平日也鑽研經籍，由我來判斷是非，理當比妳這位年輕小姐得體不過。」語罷，他深深鞠了個躬，便找達西先生寒暄去，對於堂兄此番唐突，達西先生如何應對，伊莉莎白迫不及待想一看究竟。只見達西先生一臉詫異，顯然在想哪來的冒失鬼？柯林斯先生畢恭畢敬地行了個禮，接著便開口說話，伊莉莎白儘管一個字也沒聽見，卻又好像全都聽見了，只見他的嘴脣一掀一掀，耳朵裡便響起了「冒昧打擾」、「漢斯佛區」、「凱薩琳・狄堡夫人」等字眼。伊莉莎白心裡又氣又惱，眼睜睜看著堂兄在這種人面前出醜。達西先生瞅著他，毫不掩飾心中的詫異，好不容易柯林斯先生囉嗦告個段落，他才帶著一副敬而遠之的神氣，淡淡地跟他客套了幾句。柯林斯先生並未因此而打退堂鼓，反而鼓起舌簧，再次滔滔不絕，直逼得達西先生把輕蔑全寫在臉上，最後稍稍鞠個躬，走遠了。柯林斯先生退回伊莉莎白身邊。

「告訴妳吧，人家這樣接待我，」他說，「我也沒有什麼好不滿的。像我這樣去請安，我看達西先生也挺高興的，回話也是客客氣氣，甚至恭維我說，他相信凱薩琳夫人有識人之明，斷然不會隨便重用人。能有這樣的想法，真是大家風範。總之，他這人，我喜歡。」

伊莉莎白對這舞會再也沒有興味，直拿眼睛盯著姊姊和賓利先生，把兩人的一舉一動看在眼底，心裡不知生出多少懸想，竟也跟著姊姊一樣高興起來。她想像姊姊做了尼德斐莊園的女主人，夫妻兩人琴瑟調和，日子過得幸福美滿。倘使真有這麼一天，要她喜歡那對賓利姊妹花也不成問題。她看出母親也在同樣的念頭上打轉，便決定不要貿然靠近，省得聽她嘮叨個沒完。舞畢，賓客入席用消夜，她真是有氣無處發，有苦無處說，母親跟她中間竟只夾著一位賓客，更氣的是，母親跟這位貴客（盧卡斯夫人）口無遮攔，什麼不好聊，直說希望珍和賓利先生早日成親，而且愈聊愈來勁，細數起這門親事的好處，真是一點兒也不嫌煩。首先呢，賓利先生是青年才俊，家境富裕，兩家又相隔不過三哩路，真是可喜可賀。其次令人寬慰的，就是賓利姊妹也很喜歡珍，對於兩家結親，想必也是樂見其成。喜上加喜的是，珍嫁了好人家，那幾個小的也有了指望，早晚飛上枝頭當鳳凰。最後一件呢，就是她活到這把年紀，總算可以將那幾個待字閨中的丫頭託給珍，無須勉強自己陪她們四處應酬，真是樂事一樁，既合情，又合理，只是班奈特太太無論活到幾歲，像她這樣在家裡總是坐不住的，恐怕還找不出第二個來。說到最後，她祝盧卡斯夫人早日覓得乘龍快婿，心裡卻洋洋得意，明知盧卡斯太太沒這個好福氣。

母親說起話來連珠炮似的，伊莉莎白想攔也攔不住，勸她小聲也勸不動，只得把氣往肚裡吞，心想母親這一席話，大半都讓達西先生聽了去，人家就坐她們正對面，母親卻只知道罵她糊塗。

「我倒要問妳，達西先生與我何干？我怕他幹嘛？我說我們也不欠他人情，何必只揀他愛聽的話來說？」

「唉呀，我的好媽媽，小聲一點，得罪達西先生可不是鬧著玩的，人家要在賓利先生面前說妳呢。」

無奈饒是她說破了嘴，也是沒用，母親依然故我，大聲發表高見。伊莉莎白的臉紅了又白，白了又紅，既羞，又惱，少不了拿眼睛往達西先生看，每望一眼，心裡就確定一分，自己的擔憂果然成真；達西先生雖然沒有一直瞅著母親，但肯定尖著耳朵細聽她說話，初看時臉上還只是不屑，末了則板著臉，漠然一片。

好半天，班奈特太太終於說完了，盧卡斯夫人早已呵欠連連，說來說去不就這麼一檔事，自個兒又無福消受，眼下總算可以吃點冷盤火腿和雞肉，聊作安慰。伊莉莎白的興頭也上來了，只可惜清靜不了多久，消夜才吃完，賓客便拱人唱歌，伊莉莎白臉上又是一窘，人家不過慫恿幾句，梅蕊便滿嘴應承，急得她頻頻使眼色，要她別這樣獻媚取寵，但卻枉費心機，梅蕊只是相應不理，這樣出鋒頭的機會，高興都來不及，趕忙唱了起來。伊莉莎白直拿著一雙眼盯在她身上，頓覺心如刀割，好不容易捱到她唱完，才知什麼叫白費苦心，只見梅蕊聽到大家稱謝，意思意思要她再獻唱一曲，嘴巴闔上不到半分鐘，竟又再度開嗓。以梅蕊的底子，本不適宜自彈自唱，嗓子細弱，人也不夠大方。伊莉莎白內心暗暗叫苦。她看一看珍，看她怎麼忍受，只見她若無其事，在那邊跟賓利先生談天說地。她又看了看賓利姊妹，只見兩人指手畫腳，相互取笑作樂。再看看達西，他還是板著臉，一副高深莫測的模樣。她望向父親，懇求他干涉一下，只怕梅蕊唱了個通霄。父親會意，一等梅蕊唱完，便朗聲說道：

「好啦好啦，妳娛樂眾人娛樂了半晌，也是夠了，留點時間給其他小姐出鋒頭吧。」

梅蕊裝作沒聽見，心裡卻不大自在，伊莉莎白一邊替她難過，一邊替父親失言感到難堪，只怕是要弄巧成拙——騷動之間，眾人又趁亂拱了位賓客開嗓。

「倘使鄙人，」柯林斯先生開口了，「僥倖有副金嗓，自然是不吝獻醜。依鄙人之淺見，音樂乃純潔之消遣，與神職不相衝突。然而，鄙人這番話，並非吾等沉迷音樂之藉口，須知教區牧師可非閒差，需得照管要務所在多有。制訂什一稅條例，既利於己，又不愧於恩人，此其一也。再則，吾等需親撰布道文，一來一往，煞是費時。餘下時間，尚需經眼教區庶務，照管收拾寒舍——寓所整潔，鄙人責無旁貸。尚有一事，亦不得等閒視之，身為牧師，自當傾聽安撫眾人，其中尤以恩人為最，鄙人以為，此事自當義不容辭，饒是恩人的親友，也得請安，方才教人敬重。」說著，他向達西先生鞠個躬，結束了這番高談闊論。只是他說得那麼響，半數賓客都聽了去，多少人呆了，多少人笑了，其中最興味盎然的，莫過於班奈特先生；班奈特太太則煞有其事，誇讚柯林斯先生說得有理，還壓低嗓子對盧卡斯夫人說，真是不可多得的青年才俊。

這一切看在伊莉莎白眼裡，只覺得今晚全家彷彿串通好了，一起把洋相出盡，其情其景，真可謂爭先恐後、窘態畢現，想來也是空前絕後了。虧得姊姊和賓利先生不上心，錯過好些可笑的情節，想來賓利先生對姊姊的熱情，不會因為目睹這些糗事而冷卻。只是想到達西先生和賓利姊妹，定要趁機奚落家人，心裡就一陣難受，只見那位先生抿直了嘴，滿臉輕蔑，兩位小姐腮上帶笑，傲慢無禮，只不知哪一個更教她難受？

下半夜枯燥得緊。柯林斯先生大獻殷勤，一直在伊莉莎白跟前打轉，雖然費盡唇舌也無緣與佳人共舞，但既然她拒絕他在先，倘若別人過來邀舞，她也不好不推辭。她請他去找別家的小姐跳舞，甚至主動要幫他引薦，他卻請她放心，說自己對跳舞毫不熱衷，今夜他只想毛遂自薦、討她歡心，自然要緊緊相伴、寸步不離。聽了他這番打算，伊莉莎白頓時啞口無言，多虧盧卡斯小姐不時過來搭個話，好意找柯林斯先生攀談，她才得以喘口氣。

不過這樣也好，至少達西先生無法再來煩她了，他時常在她附近徘徊，一副無所事事的模樣，可是卻不曾上前攀談。她心裡暗忖，八成是剛才提到韋翰先生的緣故，這下她可高興了。

班奈特一家是全場最晚走的。班奈特太太施了點小伎倆，藉口要等出租馬車，等到賓客都散了，他們的馬車卻還要一刻鐘才來，這下可讓他們瞧了個清楚，主人家那幾位有多巴不得送客。賀世特太太和賓利小姐難得開口，一開口就是喊累，顯然是在下逐客令，對班奈特太太更是百般冷落，不給她任何機會攀談，更弄得眾人意興闌珊。柯林斯先生在一旁高談闊論，也是於事無補，只聽他絮絮叨叨，稱讚主人家設宴精巧、待客周到。達西先生一句話也沒有。班奈特先生一言不發，在一旁默默看好戲。賓利先生和珍站在一處，離了眾人，說幾句私話。伊莉莎白默不作聲，賀世特太太和賓利小姐不說話，她也不說話。就是麗迪亞也乏得無話可說，偶爾唉幾聲「天啊！累死了！」接著打個大呵欠，也就罷了。

等了老半天，這一家子總算起身告辭，班奈特太太一廂情願，邀請賓利闔府到朗堡作客，又特意對賓利先生說，有空上他們那兒吃頓便飯，請柬等繁文縟節就免了，只要他人來，他們就高興了。賓利自是又感激又欣喜，連忙說他一得空就去走動走動，只是他有事要上倫敦一趟，明天動身，去去就回來。

班奈特太太心滿意足，高高興興出了尼德斐莊園，盤算著等到嫁妝備齊、馬車備妥、嫁衣裁好，就能把大丫頭送進尼德斐莊園，前後大約不用三、四個月。至於另一個丫頭，當然是許配給柯林斯先生，這樁婚事她也是十拿九穩，樂見其成，只是不如另一門婚事那樣令她高興。班府五個丫頭，就屬伊莉莎白最不得她寵，姑爺的人品和地位，配她已經綽綽有餘，只是比起賓利先生和尼德斐莊園，就顯得黯然失色了。

第十九章

翌日，朗堡又上演了一齣好戲，柯林斯先生正式求愛。他打定主意不再耽擱，畢竟禮拜六就要回漢斯佛區，加以此刻又胸有成竹，勢必能抱得美人歸，於是便按部就班，看這事兒該怎麼辦，他就這麼辦。才吃過早飯，只見班奈特太太、伊莉莎白和小堂妹坐在一處，便朗聲對女主人說：

「夫人，在下欲與令嬡伊莉莎白借一步說話，盼您成全？」

伊莉莎白還來不及有所表示，只把臉羞個緋紅，班奈特太太卻已滿口答應：「哎呀！好的好的！莉西高興都來不及了！絕對不會反對的！走吧，凱蒂，跟我上樓去。」於是收拾了針線，急著要走，伊莉莎白嚷了起來：

「我的好媽媽，留下來吧，求求您別走啊。柯林斯先生不會見怪的。他跟我說的話，沒什麼是別人聽不得的。您這一走，我也要走了。」

「妳這孩子，胡說八道些什麼，好好在這裡坐著。」她看伊莉莎白又羞又惱，好像真的要逃，於是又補了一句：「莉西！我命令妳好好坐著，聽柯林斯先生的話。」

伊莉莎白眼看母命難違，轉念一想，這樣張揚反而不好，速戰速決才是上策，於是又坐了回去，拿起手邊的活兒，將啼笑皆非的心情藏了去。班奈特太太和凱蒂轉過身，待到走得不見人影，柯林斯先生便開口了：

「相信我，伊莉莎白小姐，妳這般矜持，非但無傷大雅，反而好上加好，愈瞧就愈可愛，多虧了妳這半推半就。不過，為了讓妳安心，不如把話說在前頭，我此次表露心跡，已徵得令堂許可，底下這番話的用意，盼妳切勿懷疑；雖然知書識禮如妳，定會充楞裝傻，可是我對妳萬般殷勤，毫無誤會的餘地，我才踏入朗堡，就挑中妳做終身伴侶。在我按捺不住胸中澎湃的情感之前，不如先談談我成婚的理由，還有我為何要到赫福德郡來擇偶，我此番的的確確是為此而來的。」

一想到柯林斯先生一臉嚴肅，竟說什麼會按捺不住胸中澎湃的情感，伊莉莎白差點沒笑出來，此時柯林斯先生正好頓了一頓，可惜她卻來不及打斷他，反倒讓他自顧自地說下去：

「我成婚的理由不外乎以下幾點。首先，但凡生活無虞的牧師——譬如我本人——自當以身作則，為教區會眾樹立婚姻美滿的榜樣。其次，我深信婚後生活會更加幸福。再則——這點我應該早點說才是——談起成婚這檔事兒，其實是得自某位高貴的夫人指點，我三生有幸，蒙其慈恩，兩度得女施主在婚事上出主意，而且是夫人親自賜教。就在我離開漢斯佛區前那個禮拜六，晚上我在夫人家打牌，一局方了，詹金蓀太太忙替狄堡小姐擺放腳凳，忽而聽見夫人說：『柯林斯先生，你也好成家啦，像你這樣的牧師，不成家怎麼行？你好好地選，替**我**挑個好人家，也幫**你**自個兒揀個勤奮的賢內助，不求出身高貴，但求精打細算，這就是我的忠告了。你趕緊揀一個帶回漢斯佛區，我幫你看一看。』我的好堂妹，容我說一句，凱薩琳．狄堡夫人對我的恩惠，不失為我的有利條件，夫人的待人處世，我真是筆墨難以形容。我想，以妳這樣活潑機伶，夫人一定滿意，只是夫人身分尊貴，在她面前，妳可要端莊謙和些，方能討她歡心。以上大致就是我結婚的理由。接下來還得說一說，為什麼我要到朗堡來擇偶，卻不在自己的教區裡物色——要知道，漢斯佛區年輕可愛的小姐多著呢。不過，事情是這樣的，由於將來令尊過世後，朗堡將由我本人繼承，說到令尊，自然是祝他長命百歲，可我還是過意不去，非與班府結親不可，萬一將來真有個三長兩短，幾個堂妹的下場也不至於太過難堪。不過我之前也說了，令尊來日方長。這是我此趟前來的理由，聽了我這番話，不是我要自誇，但妳應該要更敬重我才是。眼下該說的都說了，只差沒用最熱烈的言語，訴說我最澎湃的感情。我對於錢財無動於衷，更不會跟令尊為難，反正為難也沒用；再說妳名下的財產，就只那一千鎊的債券，年利率僅百分之四，還得等令堂過世方能提領。因此，在這件事上，我概不吭聲，妳也只管放心，婚後我也絕不會刻薄妳半句。」

這下不打斷他不行了。

「先生，你這話說得太早了，」伊莉莎白嚷道，「別忘了我都還沒回答你呢。我們也別再蹉跎，就讓我來答覆你吧。還請先讓我謝謝你，感謝你那麼抬舉我。我何其榮幸，做了你的意中人，只可惜我除了謝絕還是謝絕。」

「這我早就料到了，」柯林斯先生世故地擺了擺手，說，「年輕小姐常常是這樣，要是人家只問一次，明明心裡願意，嘴巴上卻要拒絕，有時候甚至要人家問上兩三次。所以呢，我絕對不會因為妳剛才那番話而氣餒，只盼不久後與妳一同站在教堂祭壇前。」

「先生，這真是——」伊莉莎白嘟嚷起來，「你為何還心存奢望？我都說成這樣了。你只管放心，我絕不是那種年輕小姐，就算世上真有這種年輕小姐吧，也斷不會拿自己的幸福做賭注，要人家三催四請的。我是真心謝絕，我跟你在一起是絕對不會幸福的，至於你呢，你不論跟誰在一起，都絕對比跟我在一起幸福。哎喲，要是狄堡夫人認識我，一定要說我配不上你的。」

「縱使狄堡夫人真的這麼想，」柯林斯先生一本正經道，「應該也不至於完全看不上眼。妳只管放心，等我有幸拜見夫人，定會替妳美言幾句，恭維妳端莊儉樸，更有種種可人的優點。」

「柯林斯先生，說句老實話，任你怎麼恭維我，都只是白費唇舌。我自己的事，我自有主張，你若要恭維我，就恭維我有自知之明吧。在此恭祝你笑口常開，享盡榮華富貴，要知道，我之所以拒絕你，就是想幫你圓夢。你既然已經表明心意，對於寒舍的事，你大可不必有疙瘩，繼承朗堡時，也可以問心無愧。就這樣說定了吧。」一邊說她一邊起身，眼看就要走了，柯林斯先生卻又開口：

「下回有幸和妳談起這件事，希望能聽到更滿意的答覆，可別像這次這樣了。不是我怪妳狠心，我知道妳們女人家是這樣的，第一次總是要拒絕，就連妳剛才那番話，說不定也是欲迎還拒，方能顯出女人家的矜持。」

「我說柯林斯先生，」伊莉莎白有些惱了，「你真是教我愈說愈糊塗！如果我剛才那叫欲迎還拒，那我還真不知道該怎麼拒絕你，才能教你死心。」

「我的好堂妹，就算我自以為是也罷，妳是萬不可能真心拒絕我的。我會這麼想自然有我的道理——我怎麼樣也不會配不上妳，我的家業妳求之不得，生活又衣食無虞，既跟狄堡家有交情，又與貴府是親戚，哪一項值得妳挑剔？倒是妳可得好好想一想，以為妳萬種風情，就會有人跟妳求婚？妳的財產少得可憐呢，饒是妳再可人，也是無濟於事。所以，我才會說，妳是萬不可能真心拒絕我的，只是妳欲擒故縱，擺擺大家閨秀的樣子罷了。」

「你放心吧，先生，我無意惺惺作態，折磨名流紳士，倒寧可聽你誇獎我表裡如一。我再三感謝，承蒙先生不棄，有幸做了先生的意中人，可是先生這番好意，我萬萬不能接受。感情的事勉強不來。難道我說得不夠明白嗎？請別把我當做折磨心上人的閨秀，我可是心口如一的明理人。」

「妳怎麼就是這麼可愛！」他找不到台階下，只得找話來奉承，「只要令尊令堂作主，不怕妳不點頭。」

伊莉莎白見他執迷不悟、自欺欺人，一時也無話可說，便悄悄退了下去，索性把心一橫，要是他再把謝絕當成煽惑，就要跟父親說去，請父親堅意回絕，總算父親的舉止，不會給看成是千金閨秀在嬌嗔作態吧。

第二十章

柯林斯先生獨自默想這美滿的姻緣，不多時，在前廳踅探的班奈特太太見伊莉莎白推門上樓，便走進早餐廳，恭喜柯林斯先生、賀喜自己，以後兩家可望親上加親。柯林斯先生連忙稱謝道喜，得意不在班奈特太太之下，遂把詳情一一說了，對於這樣的結局，自信沒有理由不滿意，只管堂妹再三推辭，不過是天生嬌怯矜持罷了。

這一聽，班奈特太太倒傻了——伊莉莎白那丫頭倘若果真欲迎還拒，倒也樂得稱心如意，可她卻不敢痴想，不得不照直說了。

「不過呢，柯林斯先生，你放心吧，」臨到末了，她又添上一句，「莉西會回心轉意的。我等等就去跟她談。這任性的傻丫頭，連自己的心意都不曉得，我會教**她**明白的。」

「抱歉，夫人，容我說句話，」柯林斯先生提高了嗓子，「倘若她果真是個任性的傻丫頭，那倒不配做我的妻子了。以我的身分地位，成家為的就是幸福快樂，倘使她執意拒絕我，倒不如不要勉強；脾氣這麼倔，跟她在一起不會幸福的。」

「先生，你誤會我了，」班奈特太太這下慌了，「莉西在這樁事上是任性了點，若遇上其他事兒，脾氣是再好也沒有。我這就去找班奈特先生，包準一會兒就教她服服貼貼。」

她不等他答腔，便急忙去找老爺，前腳才踏進書房，就嚷起來了：

「喔！班奈特先生，我正找你呢！天下大亂啦！你快來勸莉西答應柯林斯先生吧，她賭咒不嫁他呢。你再不快一點，人家倒要改變心意，反過來不要她了。」

班奈特先生從書中抬起眼皮，看見太座進來了，便拿一雙眼睛盯著她，一副事不關己的模樣，顯然絲毫不受她的話影響。

「可惜我還是不懂妳的意思，」待她說完了，他才開口道，「妳說什麼事？」

「我說柯林斯先生和莉西呀！莉西說不要柯林斯先生，柯林斯先生也說不要莉西了。」

「那我能說什麼呢？這不就沒戲唱了。」

「你去跟莉西說說看嘛，說她非嫁給他不可。」

「讓她下來。她也該聽聽我的意見。」

班奈特太太搖了鈴，伊莉莎白小姐給請進書房裡。

「過來吧，孩子，」她才露面，父親便扯開喉嚨道，「我請妳來呢，是有件要緊的事要問問妳。聽說柯林斯先生向妳求婚了，是也不是？」伊莉莎白回答是。

「好極了。至於這門婚事，妳可回絕了？」

「回絕了，父親大人。」

「好極了。現在重點來了。妳母親執意妳非嫁不可，是也不是，班奈特太太？」

「正是，不然我這輩子再也不要看到她。」

「這會兒妳進退兩難啦，莉西。從今天起，妳不是跟父親形同陌路，就是要跟母親生分了。倘若妳

不嫁，妳母親這輩子再也不要看到妳，倘若妳**嫁了**，這輩子妳別想再見到我的面。」

伊莉莎白忍不住要笑，想不到這事兒居然是這樣了結的，虧得剛才還說得那樣堂而皇之呢。班奈特太太本以為老爺定會順著她的意，這下不由得大失所望。

「班奈特先生，你這是什麼話？你不是答應過我，要女兒嫁給他的嗎？」

「親愛的，」老爺回她，「我有兩件小事，還請妳幫忙。第一，眼前這樁事，還請讓我照自己的意思來辦；至於這第二件事呢，就是希望我的書房也能照我自己的意思處置，還請儘快還給我才好。」

不過好戲還沒完呢，班奈特太太失望歸失望，可是絕不會善罷甘休。她跟伊莉莎白嘮叨了一遍又一遍，半是誘哄，半是脅迫，還找來了珍助陣，可是珍生性柔弱，不好出面干涉；至於伊莉莎白呢，則一會兒認真拒絕，一會兒嬉皮笑臉，態度反覆，心意堅決。

這一頭正熱鬧，那一頭柯林斯先生卻獨自沉思，拿早晨的事兒在心頭反覆琢磨。自大如他，怎麼也想不透堂妹拒絕的緣由，雖然給挫了挫銳氣，倒也不怎麼難過。他對她的情意不過是一番想像，是她自己敬酒不吃吃罰酒，挨罵活該，無須疼惜。

班府眼前正雞飛狗跳，夏洛特．盧卡斯上門來了，先是在前廳遇見了老么麗迪亞，只見她飛也似地湊到跟前，說：「妳來得正好！裡面鬧得正有趣呢！猜猜一早怎麼著？柯林斯先生跟莉西求婚，姊姊不依呢。」

夏洛特還來不及回答，凱蒂也跟來湊趣，把早晨的事又說了一次。三位小姐進了早餐廳，只見班奈特太太獨自坐著，說來說去也就是那麼一件事。她請盧卡斯小姐體恤體恤她，要她勸勸莉西，別跟一家老小鬥氣。「我拜託妳了，盧卡斯小姐，」她用淒慘的調子說道，「眼下還有誰幫我撐腰？還有誰替我說話？一個個都只知道欺負我。也不體諒體諒我神經衰弱。」

夏洛特待要找話來說，恰巧珍和伊莉莎白都來了。

「喲，來啦，」班奈特太太說，「一副沒事人似的，也不知道替我們著想，只會在那邊使小性子。我告訴妳吧，莉西大小姐，像妳這樣來一個、擋一個，再這樣下去，這輩子休想嫁出去，等妳父親兩眼一閉，看看誰來養妳？**我**可擔待不起啊。我醜話先說在前頭。從今天起，我跟妳一刀兩斷。我剛才在書房說了，我這輩子再也不要看到妳，而且我說到做到，妳等著瞧好了，誰要跟妳這種不孝女說話？反正我這個人本來就不愛講話，像我們這種神經衰弱的，就是要說話也提不起勁。誰曉得我心裡難受？橫豎這世界就是這樣——妳不說話，誰同情妳？」

幾位小姐默默在一旁聽母親大吐苦水，看這態勢，諒是說也說不聽，勸也勸不住，左不過是火上澆油，只讓她兀自嘮叨，不敢打岔。正說著，柯林斯先生來了，滿臉傲色，更勝以往。孩子的媽見了他，便對幾個丫頭說：

「我說妳們都住嘴吧，讓我跟柯林斯先生談一會兒。」

伊莉莎白默默退下，珍和凱蒂也出去了，只有麗迪亞賴著不肯走，硬要聽他們談些什麼。夏洛特先是讓柯林斯先生給留住，他向她請安，又把盧府上下問過一遍，在好奇心作祟下，她假意移步到窗邊，裝出聽者無心的模樣。班奈特太太唉聲嘆氣，照著腹稿一個字一個字說開了：「唉，柯林斯先生——」

「太太，」他說，「到此為止吧。小姪並非記恨——」（他的聲音滿是不悅）「——令嬡回絕。

逆來順受本是吾等之職責，小姪少年得志，更該如此。小姪自謂此番已逆來順受，畢竟縱使有幸娶到堂妹，也難保從此幸福。小姪常言道，逆來順受的真諦，便是了解得不到並非最美。小姪不等兩老出面，便擅自收回求婚，絕無對貴府不敬之意，還請夫人不以為忤。唯小姪不待夫人打發，但受令嬡婉拒，還請夫人莫怪，人非聖賢，孰能無過。小姪自始至終都是一片好意，此番前來，無非是心繫貴府，只盼在府上覓得佳偶，倘若禮貌不周，還請夫人見諒。」

第二十一章

柯林斯先生求婚一事，原本鬧得沸沸揚揚，如今漸漸沉寂了下去。伊莉莎白雖然尷尬難免，此外再沒其他，只是偶爾聽母親埋怨幾句。至於那位先生，則把心情全寫在臉上，但不是發窘，也不是灰心，更沒有迴避，只是板著臉生悶氣，簡直一句話也不跟她講，直把上半天刻意做出來的殷勤，全都轉移到盧卡斯小姐身上；她客客氣氣地聽他說話，讓班府上下鬆了口氣，也讓手帕交寬了心。

翌日，班奈特太太的心情不見好轉，神經衰弱也未見改善，柯林斯先生依舊端著那副臭架子，伊莉莎白原以為他一氣之下定會打道回府，孰知似乎毫不受影響，說好禮拜六走，便待到禮拜六完了才肯走。

吃過早飯，小姐上梅里墩打聽韋翰先生回來了沒有，惋惜他怎麼沒來參加尼德斐莊園的舞會。一到梅里墩，他就過來和她們一道走，送她們到菲利普太太家，順道作個客，暢談心中的遺憾和懊惱，再把大夥兒的近況問過一輪。然而，他卻對伊莉莎白主動承認，說上回舞會是他自己不想去的。

「當時是這樣的，」他說，「隨著舞會一天一天迫近，我想還是別跟達西先生碰面才好。想到要和他聚在同一個房間、同一場舞會上，就覺得難以忍受，而且恐怕鬧出事來，搞得大家都不愉快。」

她對他這番克己復禮的作法深表贊同，後來韋翰和另一位軍官陪她們走回朗堡，兩人又把這件事拿出來好好說一說，彼此客客氣氣恭維了一陣。這段回程的路，韋翰對她是殷殷勤勤；他能送她們回家真是好上加好，一來這是對她的恭維，二來可以趁此大好機會，介紹他給雙親認識。

才進門，就有一封信遞到班家大小姐手裡，是尼德斐莊園那邊寄的，登時拆開展讀。只見信封裡裝著一張小巧、精緻、熨燙平滑的紙箋，上面是女子圓潤娟秀的字跡，伊莉莎白看姊姊讀到一半臉色一沉，反覆把某幾段讀了好幾遍。一會兒，珍回過神，把信收了，照樣高高興興跟大家談天說地，可是伊莉莎白憂心忡忡，連對韋翰也分了心。韋翰和同伴前腳剛走，珍便使了個眼色，要她一起上樓。兩人一進到房裡，珍便拿出信來，說：

「是卡洛琳．賓利。信上的話讓我大感錯愕。賓利一家現已離開尼德斐莊園，正在前往倫敦的路上，而且再也不打算回來。妳聽聽她怎麼說的吧。」

她先把第一句念出來，大意是說，她們決定跟哥哥上倫敦去，到格羅夫納街吃飯，賀世特先生在那邊有幢房子。接下來第二句是這樣寫的：「離開赫福德郡，我不想強作牽掛，唯一依依不捨的，唯獨與妳的交情。只盼未來還能像過去那般，開心敘談。眼下暫且書信往還，無話不說，聊以排遣離傷。臨筆不勝企盼。」面對這矯揉造作的文藻，伊莉莎白只是姑妄聽之，絲毫無動於衷。這一家子走得這樣突然，她詫異是詫異，倒也不覺惋惜。他們離開了尼德斐莊園，未必賓利先生就不會長住下去；至於少了賓利姊妹往來，伊莉莎白相信珍不久便能釋懷，開心與賓利先生相伴。

「真可惜，」伊莉莎白頓了一頓，說，「妳還來不及去看她們，她們就走了。不過，賓利小姐不是希望未來開心相聚嗎？我們何不企盼這天來得比她意料中更早呢？原本只盼與好友談笑，再見時卻是姑嫂敘歡，豈不更教人高興？賓利先生不會讓她們羈絆在倫敦的。」

「卡洛琳說得很篤定，他們一家今年不會回赫福德郡過冬了。我唸給妳聽吧：『昨日哥哥動身，以為此趟上倫敦，只消三、四天便能將事情辦妥，可我們以為不可能，哥哥每到倫敦，總不肯馬上走，因此，我們決定北上，省得他一個人住旅館冷清。我的朋友多半都上倫敦過冬了。我原本希望妳也打算去湊個熱鬧，想來我是要失望了。但願妳在赫福德郡度過愉快的聖誕節，身旁是眾星拱月，免得我們一走，立時少了三個朋友。』」

「難道這還不夠明顯嗎？」珍說，「他分明是不回來了。」

「這分明是賓利小姐不要他回來。」

「妳怎麼會這樣想？這一定是他自己作的主，他都那麼大的人了。而且還沒完呢，我定要把最傷心的一段唸給妳聽，我跟妳沒什麼好隱瞞的。『達西先生迫不及待想見妹妹一面，說真的，我們也跟他一樣心急。喬安娜．達西才貌雙全，氣質優雅，舉世無雙，深得我們姊妹歡心，如今又更進一步，巴不得她做我們的嫂嫂。不知先前跟妳提過沒有？反正如今我們要走了，不如就跟妳說了吧，想來妳不會見怪的。我哥哥對喬安娜．達西情有獨鍾，往後兩人有的是機會碰面，關係自然親熱，雙方親友對於這門親事也都樂見其成，就當是我偏袒哥哥也好，若我說他很有女人緣，想來也不會說差的。親愛的珍，像這樣的天作之合，倘若我企盼他們有情人終成眷屬，好來個皆大歡喜，總不會太過分吧，妳說是嗎？』」

「莉西，妳看這話是什麼意思？」珍念完了信，說：「這再明白也沒有了，卡洛琳分明不要也不希望我當她嫂嫂，還篤定她哥哥對我不是認真的，疑心我落花有意，好心勸解我流水無情呢，難道不是這樣嗎？還能有別種說法嗎？」

「當然有。我的說法就跟妳完全兩樣。妳想聽嗎？」

「當然想啦。」

「只消三言兩語就能說明白了。賓利小姐看出賓利先生對妳有意，想要他娶達西小姐為妻，故而尾隨他上倫敦去，不讓他回來，讓妳以為他不在乎妳呢。」

珍搖了搖頭。

「珍，妳要相信我。只要看過你們兩人在一起，任誰也不會懷疑他對妳有意。賓利小姐定是瞧出來了，她可不是傻瓜。要是達西先生對她的愛有這樣一半，她就要找人縫嫁衣了。只是眼前有個問題。我們家不夠有錢，也不夠有勢，跟賓利家是門不當、戶不對，賓利小姐又急於撮合親哥哥和達西小姐，只盼兩家做了親家，以後要親上加親還不省事？這一招確實厲害，手到擒來亦非難事，只可惜狄堡小姐從中作梗。話說回來，親愛的珍，妳該不會單憑賓利小姐說她哥哥愛慕達西小姐，就認真以為他對妳的仰慕有半分減少吧，人家禮拜二與妳分別時，還對妳神魂顛倒呢。饒是她本領再大，也無法勸他離了妳，去愛她那女朋友呢。」

「可惜我們對賓利小姐的看法相左，」珍說，「否則聽完妳這套說法，我定會好過些。但這話本身帶有偏見。卡洛琳是絕對不會撒謊騙人的，但願是她自己想錯了才好。」

「這就對了。妳能這樣想就好，反正我的話也安慰不了妳，不如就認為是她想錯了也好，這一來妳對她可說是仁至義盡，用不著再為她苦惱了。」

「可是，我的好妹妹，就算只往好處想吧，嫁給他我真的會幸福嗎？親朋好友都希望他跟別人成親呢。」

「那就得看妳自己了，」伊莉莎白說，「倘若經過一番深思熟慮後，認為觸怒他兩個姊妹的苦果，苦過與他白頭偕老的甜蜜，那我勸妳不嫁也罷。」

「這種話虧妳說得出口？」珍微笑道，「明知道即使我傷心她們排擠我，我也不會因此動搖的。」

「誰說妳會動搖了？看這樣子，我大可不必可憐妳啦。」

「但若他果真不回來過冬，我也用不著左思右想了。半年裡會生出多少事啊！」

什麼回不回來的！伊莉莎白對這種說法根本不屑一顧。這不過是卡洛琳的主意，管她是露骨地說出來也好，拐彎抹角地暗示也罷，伊莉莎白就是想破了頭，也不認為哪個自立的青年會受其左右。

她把這套想法灌輸給姊姊，高興的是，姊姊一下子就聽了進去。依照珍的性子，原本就不容易喪氣，聽妹妹這麼一說，心裡登時生出希望，儘管偶爾還是會懷疑他的真心，但她相信賓利先生一定會回到尼德斐莊園，好讓她心想事成。

兩姊妹說好，讓班奈特太太知道賓利一家去了倫敦即可，至於為什麼走，則無須驚擾她。光是這片段的消息，就已經害她呼天搶地，哀嘆自己真是命苦，兩位小姐怎麼就這麼走了？兩家人才剛處熟呢。傷心一陣之後，她開始安慰自己，想想賓利先生馬上就會回來，而且馬上會到朗堡來吃飯，愈想興致就愈好，還說雖然只是邀他來吃便飯，還是要費心準備兩道好菜。

第二十二章

這天班奈特全家上盧卡斯家吃飯，承蒙盧卡斯小姐好意，整日陪著柯林斯先生說話，伊莉莎白趁機向她道謝：「多虧有妳，他心情大好，真不知該怎麼謝妳才是。」夏洛特要她放心，說能幫上忙就好，還說自己收穫豐盛，犧牲這一點時間無妨。夏洛特為人厚道，自不在話下，然而此番好意，卻遠在伊莉莎白意料之外——她為的還有什麼？不就是逗引柯林斯先生，將他那千般殷勤，兜轉到自個兒身上去？這就是盧卡斯小姐的心機了。事情看來進展得十分順利，夜晚話別時，夏洛特已是胸有成竹，只可惜他後天就要離開赫福德郡。但她這般想法，未免小看了柯林斯先生那顆火熱的心，以及他那反骨的個性。翌日一早，他鬼鬼祟祟溜出朗堡村，急巴巴趕來盧家莊跟她下跪，一路上惟恐撞見堂妹，心想要是讓她們瞧見，定要給人家看穿心思。他可不想事跡敗露，最好等事成了再說。眼下雖然大勢已定——郎有情、妹有意，可他畢竟前天才遭人婉拒，不由得信心大減。孰料這回如此受人巴結，盧卡斯小姐在樓上的窗口張望，見他來了，趕緊走到小路上跟他邂逅，但是她怎麼也想不到，在那頭等她的，竟是如此懸河瀉水的情話綿綿。

好半天，柯林斯先生的長篇大論總算完了，這下事事妥貼，彼此都了了一樁心事。才進屋，他便敦請她擇定良辰吉日，好讓他做世間最幸福的男子。此事照說應該暫緩，可小姐不願拿先生的幸福兒戲。叨天之佑，此人生來顢頇，求愛總是不得女人歡心，時時讓他碰壁，盧卡斯小姐之所以接受，在於她毫無私心，全都是看在財產的份上，至於財產何時到手，她一點兒也不在乎。

小倆口這就去求盧卡斯爵士和夫人首肯，兩老慨然允諾。以柯林斯先生的境況，真真是乘龍快婿，眼下女兒的嫁妝那樣少，往後女婿的產業何其多。盧卡斯夫人也不忌諱，興興頭頭算計起班奈特先生還有幾年可活。盧卡斯爵士則擅自作主，認定柯林斯先生繼承班家產業之日，便是他和內人覲見國王之時。總之，盧家上下大喜過望，幾位小小姐滿懷希望，盤算要早一兩年露面社交；幾位公子則放下心中的大石頭，無須掛慮姊姊終身小姑獨處。反觀夏洛特倒是泰然處之。她既已拔得頭籌，這回便有餘裕斟酌；琢磨了一陣，大致滿意。柯林斯先生固然頭腦迂腐、不知進退、難以共處，嘴巴上說什麼情呀愛的，多半也是裝出來的，但她依然執意要嫁。她既不崇拜男人，也不嚮往婚姻，但是嫁人始終是她的志向。知書識禮的女子倘若手頭拮据，結婚是唯一體面的辦法，儘管不一定幸福美滿，但至少衣食無虞。這一份快樂，如今是把握住了；她芳齡二十七，長得也不標緻，能這樣就是萬幸了，唯一的缺憾，就是伊莉莎白．班奈特，若她聽到這門親事，不知會有多錯愕。她向來把伊莉莎白的交情看得比什麼都還重，伊莉莎白定要納悶，或許還要埋怨。這回儘管她是吃了秤砣鐵了心，但是婚姻大事若不得朋友諒解，還是要傷心的。她決定親自公開定親的消息，遂囑咐柯林斯先生回朗堡吃晚飯時，不得在班奈特一家面前透露半點口風。柯林斯先生當然唯命是從，答應會守口如瓶，但是這祕密可不好守；他這一去就是老半天，人家自然要起疑，才進門，立刻向他問長問短，若非有幾分能耐，還真難遮掩過去。此外，他還好生克制，這才沒把情場告捷的喜事四處張揚。

翌日清早他便要啟程，無暇辭行，於是當晚便與眾人話別，此時正值太太小姐回房就寢之際，班奈特太太極為客氣懇切，邀請他來日若有空再上朗堡，大家定然高興。

「夫人，」他回答道，「承蒙邀約，樂意之至，小姪也正有此意。請夫人放心，小姪定會儘快擇日來訪。」

此話一出，眾人大感詫異。班奈特先生不想他馬上又來，連忙接口：

「賢姪，你不怕凱薩琳．狄堡夫人要說話嗎？疏遠親戚事小，得罪恩人事大啊。」

「堂叔，」柯林斯先生回答道，「感謝您好心提醒。請您放心，這樣重大的事，若非夫人首肯，小姪絕不會貿然行事。」

「凡事小心為上。什麼事都不打緊，就是狄堡夫人觸怒不得。賢姪再訪寒舍，夫人恐要不悅，倘若果真如此，賢姪不妨待在府上。還請賢姪放心，**我們**定不會見怪。」

「承蒙先生諄諄告誡，小姪由衷感激。您只管放心，小姪近日必致送謝函，感謝堂叔賜教，以及小姪在赫福德郡這些時日，堂叔的大力照顧。至於諸位堂妹，我此去雖然不長，但仍不揣冒昧，恭祝各位玉體安康、心想事成，在此不免也要祝福伊莉莎白堂妹。」

太太小姐行禮如儀後都退下了；聽說他打算儘快來訪，都很吃驚。班奈特太太滿心以為，他是要來追求幾個小的，這下得好好勸勸梅蕊才是。幾個丫頭中，就屬梅蕊最看重他，覺得他想法實在，大為傾倒；要論聰明才智，他雖然遠遠不及，可有她做榜樣，不怕他不讀書上進，成為她的如意郎君。可惜翌日早晨，滿懷希望全成了泡影。吃過早飯，盧卡斯小姐就來了，把昨日種種，私下跟伊莉莎白說了。

若說柯林斯先生自作多情、看上夏洛特，伊莉莎白早已瞧出了七八分；但要說夏洛特也有此意？那是決計不會的！她看不上眼的，夏洛特又怎麼瞧得上？如今事實明擺在眼前，伊莉莎白不禁大驚失色，竟然亂了方寸，嚷嚷道：「跟柯林斯先生定親！怎麼可以！」

盧卡斯小姐方才一派從容，把來龍去脈交代了一遍，孰料伊莉莎白劈頭就是喝斥，一時也慌了，好在這本是意料中事，即刻定了定神，從容不迫地說：

「親愛的伊莉莎，妳又何必那麼驚訝？柯林斯先生不幸不得妳歡心，不見得全天下就沒有女人賞識吧？」

伊莉莎白此刻已經回神，便力作鎮定，勉強要她別擔心，說自己很替她和柯林斯先生高興，祝福他們幸福美滿、永浴愛河。

「妳的心思我還不明白嗎？」夏洛特說，「妳一定很詫異，而且是非常非常詫異——柯林斯先生不是才跟妳求過婚？不過，只要妳肯花時間想一想，便會打從心底為我高興了。妳知道我不是浪漫的人，從來就不是。我只求有一個舒舒服服的家。柯林斯先生品格好、有人脈、有地位，嫁給他就算不是頂幸福，也跟一般夫妻差不多了。」

伊莉莎白悄悄應了一句：「那倒也是。」兩人一時無話，下樓跟大夥兒閒坐嗑牙。坐不了多久，夏洛特起身告辭，留下伊莉莎白獨自咀嚼，良久良久，才對這段孽緣感到釋懷。柯林斯先生三天兩頭求婚不希奇，有人答應才希奇。她向來覺得夏洛特對婚姻的見解跟她兩樣，卻不知事到臨頭，她竟會現實至此，不顧一切，跑去做柯林斯先生的妻子，完全不顧面子！想到好友這般自取其辱，往後再也瞧她不起，心裡就難受！再想到她選的這條路，定是連幸福的邊都沾不上，更是痛心疾首了。

第二十三章

伊莉莎白跟母親和姊妹閒坐，想著夏洛特方才那席話，只不曉得輪不輪得到自己來說，正想著，威廉・盧卡斯爵士上門了，他受女兒之託，來班府公布喜訊。他先恭維班府上下，說是能和貴府結親，深感榮幸，接著便把婚事說了，班奈特一家上下何止是納悶，簡直是打死也不肯相信。班奈特太太只管堅持，哪裡還顧得禮貌，一口咬定是他弄錯了。麗迪亞向來口無遮攔，冒失慣了，撒潑放刁道：

「哎呦！盧卡斯爵士！您說這什麼話？難不成您不知道，柯林斯先生要娶莉西嗎？」

若非進過宮、練就一身曲媚的本領，否則給人這麼一說，論誰都要動氣。盧卡斯爵士修養好，不跟這家人一般見識，還請班府諒解他說話句句屬實，無論對方再蠻橫，他都謙和以對。

伊莉莎白義不容辭出來打圓場，替盧卡斯爵士解圍，證實他所言不假，方才已聽夏洛特本人親口訴說，又為了堵住母親和妹妹的嘴，連忙衷心向威廉斯爵士道賀。珍見狀立刻恭喜連連，接著又搬來許多話，直說這對佳偶多幸福又多幸福，柯林斯先生的品行多好又多好，漢斯佛區跟倫敦又那麼近，說有多方便就有多方便。

班奈特太太吃了悶虧，沒法在盧卡斯爵士面前嘮叨，等客人一走，即刻將滿腹怨氣宣洩出來。她先是打死不認這門親事，口口聲聲說柯林斯先生上了賊船，接著又斷定這對夫妻不可能幸福，最後則說這門親事遲早會破局。不過，從這整件事來看，顯然可以得出兩個結論。第一，伊莉莎白是咎由自取；第二，全天下的人都欺負她。就這麼兩件事，她嘮叨了一整天，怎麼安慰也安慰不了，怎麼勸解也不肯息怒。日子過去了，她的氣還是沒有消，一見到伊莉莎白就罵，足足罵了一個禮拜。一個月過去了，她總算可以好好跟盧卡斯夫婦說話。又過了好幾個月，她才願意原諒盧家大小姐。

相較之下，班奈特先生平靜得多，居然說這門親事正合己意，滿意得不得了，本來以為夏洛特・盧卡斯勉強稱得上聰明，沒想到竟然跟他太太一樣蠢，甚至比他那幾個親生女兒更蠢！

珍坦白對這門親事確實有些詫異，至於是怎麼個詫異法，倒沒有多說，只衷心祝福新人幸福美滿，無論伊莉莎白再怎麼不看好，珍也不改初衷。對於這門親事，凱蒂和麗迪亞一點也不嫉妒，柯林斯先生不過是個牧師，根本不放在眼裡，只是多了一條新聞，可以到梅里墩散布散布。

盧卡斯夫人明白這回是反敗為勝，自然要好好回敬班奈特太太，炫耀自家女兒攀成了這門親事。她三天兩頭就往朗堡跑，走動得比以往還勤，見了人就說自己高興死了，只是班奈特太太的臉色那麼難看，講話又那麼刻薄，也真是夠她掃興的了。

伊莉莎白和夏洛特心生嫌隙，兩人都不好再提此事，伊莉莎白告訴自己，往後是要跟夏洛特生分了。她對夏洛特愈是灰心，對姊姊就益發敬愛，姊姊處世中庸，進退有守，絕對不會有任何事動搖她的想法。至於姊姊的幸福，伊莉莎白是一天比一天著急。賓利先生已經上倫敦一個禮拜了，至今仍未聽說何時回來。

珍早早就給卡洛琳回信，眼下天天都在數日子，算算也該收到回音了。禮拜二，柯林斯先生允諾的謝函到了，信封上寫著班奈特先生敬啟，信裡是千恩萬謝，瞧他那慎重其事的模樣，彷彿在朗堡叨擾了一年的光景。等到良心過意得去了，立刻是滿紙喜氣，說自己有幸擄獲府上芳鄰盧卡斯大小姐的芳心，為了長伴佳人左右，他也不好拂逆貴府盛情，決意擇日再訪朗堡，謹稟於十四日之後拜候。他說凱薩琳夫人衷心贊成這門親事，只盼能早日成婚，夏洛特溫柔婉約，定會順著夫人的意，早日擇定佳期，好讓他做世間最幸福的男子。

柯林斯先生來訪本是喜事一樁，可是班奈特太太卻高興不起來，而且不高興倒也罷了，這回竟然跟老爺子同一陣線——話說這人也真奇怪，沒事跑來朗堡做啥？怎麼不上盧家莊去？他們這兒又不方便，就只知道給人家添麻煩。她這陣子身體欠安，不高興見客，尤其這種小兩口，最討厭不過。班奈特太太再嘀咕也就這麼幾句，唯一更教她煩心的，就是賓利先生遲遲不見蹤影。

說到這件事，珍和伊莉莎白正尷尬著。日子一天天過去，卻遲遲不見回音，不久梅里墩便沸沸揚揚，盛傳賓利先生不會回尼德斐莊園過冬，聽得班奈特太太是氣急敗壞，每次聽每次痛斥有人造謠生事。

事到如今，就連伊莉莎白也開始多心——倒不是怕賓利先生無情，只是怕賓利姊妹計謀得逞，真的將賓利先生羈絆在倫敦。伊莉莎白儘管嘴巴上不願承認，心裡卻忍不住想：姊姊的幸福，該不會就這麼毀了吧？姊姊的心上人，不至於就這般薄情吧？那對沒心沒肺的姊妹，還有那一言九鼎的朋友，達西小姐又那麼千嬌百媚，倫敦又這樣聲色娛樂俱全，只怕賓利先生招架不住，濃情轉淡了也說不定。

至於珍，值此撲朔迷離之時，自然是心急如焚，不在伊莉莎白之下，只是她向來把心事往肚子裡吞，兩姊妹之間從未提過此事。班奈特太太可就沒這種玲瓏剔透心，無時無刻不把賓利先生掛在嘴邊，直嚷著急死人了，怎麼還不見回來，還說珍若是苦等不著，倒不如老實認栽算了。珍只得耐著性子，拿出最和顏悅色的一面，靜靜受母親責罵。

過了兩個禮拜，柯林斯先生依約上門，朗堡的待客之道，已不如初次見面時殷勤，不過他正在興頭上，受點冷落也不打緊。說來班府這回真是走運，這位客人正忙著鳳求凰，哪裡還要人家跟他周旋。他一天到晚往盧家莊跑，有時回來遲了，只來得及道歉一聲，眾人便要回房就寢了。

可憐可悲的班奈特太太。只要一提到盧府喜事，她那個氣啊，只怕是肺都要炸了，也難為她走到哪就要聽到哪了。她一見到盧卡斯大小姐就討厭，想想這宅子以後就要歸她，也難怪她要吃味兒，視她為眼中釘。每回夏洛特來家裡坐，她就覺得人家在算計這宅子何時得手。每回夏洛特跟柯林斯先生咬耳朵，她就咬定人家在打朗堡的主意，商量著等班奈特先生一過世，就要把她們寡母孤女攆出去。她把這滿腹的心酸，全都跟老爺說了。

「憑良心講，班奈特先生，」她說，「我們這宅子哪裡輪得到夏洛特·盧卡斯來管？憑什麼要我讓位給**她**？眼睜睜看她搶走我的位子！」

「親愛的，別想這些傷心事了。凡事要往好處看，就是癡心妄想也好，說不定**我**活得比妳還長呢。」

這些話安慰不了班奈特太太，她沒接他的話茬，只一味大吐苦水。

「真是想到就有氣，憑什麼我們家的產業要落到那些人手裡？都是給那限定繼承權害的，不然誰管他那麼多！」

「妳說不管什麼那麼多啦？」

「我說不然我就什麼都不管啦。」

「謝天謝地，妳還沒有麻木到這個地步。」

「這有什麼好謝天謝地的，班奈特先生？繼承可是大事啊。哪個有良心的人會不讓親生女兒繼承家產？我真是怎麼也想不通。怎麼偏偏就是柯林斯先生！憑什麼他一個人可以分到那麼多好處？」

「這就讓妳自個兒去想吧。」班奈特先生說。

卷二

「這兩人的教育一定出了什麼差錯，
一個看不出來是好人，一個只有看起來是好人。」

第一章

賓利小姐的回信破除了疑雲，開門見山就說他們今年要在倫敦過冬，信末則替哥哥表示遺憾，說是離開得倉促，來不及向諸位好友告別。

希望破滅了，徹底破滅了。等珍再有心力展信，除卻賓利小姐的紙上情誼，再無值得欣慰之處。卡洛琳通篇都在讚美達西小姐，三番兩次說她如何楚楚動人，還得意洋洋地說兩人益發親密，上回信裡提到的那些願望，只怕就快實現了。寫到這裡，還興高采烈補上一句，說哥哥就住在達西先生府上，接著又欣喜若狂地說，達西先生正打算裝潢宅邸哩。

珍把信上的內容大致跟伊莉莎白說了，伊莉莎白一邊聽，一邊生悶氣，既擔心姊姊，又憎恨那人。單憑信上的片面之詞，什麼賓利先生有意於達西小姐，伊莉莎白聽都不想聽。賓利喜歡的分明是珍，對此她毫不懷疑。她向來對他另眼相看，這也難怪她要生氣，甚至心生鄙夷，沒想到這人耳根子竟然這麼軟，毫無主見，那幫損友那麼陰險，他也讓人家牽著鼻子走，拿自己的幸福開玩笑，跟著一起心猿意馬。他拿自己的幸福開玩笑也倒罷了，反正他高興就好，隨他胡鬧去；可是他的幸福攸關珍的幸福，這道理他應該再清楚也不過。總之，這事真教人匪夷所思，再想也是白搭，偏偏伊莉莎白的心思都在這上面。究竟是賓利先生變心了？還是受親朋好友所逼？他明白珍的心意嗎？還是根本沒瞧出來呢？不論真相為何，改變的只有伊莉莎白對賓利先生的看法，珍的處境無論如何都不會改變，終究只有傷心難過的份。

隔了一兩天，珍鼓起勇氣，向伊莉莎白訴說衷曲。那天班奈特太太又在跟尼德斐莊園那邊不高興，氣惱他們那當家的，數落了好半天才走，留下她們姊妹獨處。珍忍不住感嘆道：

「唉，媽媽也收斂一點吧，都不曉得嘔得人家多難受，一直提他做什麼呢？我也別只管埋怨了，事情總會過去的。早晚忘了他，繼續過日子吧。」

伊莉莎白看著她，又是關切，又是懷疑，只是沒說話。

「妳不相信我啊，」珍紅著臉嚷道，「怎麼無緣無故懷疑人呢。也許他會一直活在我的記憶裡，做我永遠的知己，但也不過如此。我再無恐懼，也無奢求，更不責怪他背信忘義。謝天謝地！總算我還不用吃**那種**苦！想來不多時，我便能將眼前的難關熬過。」

說著，她換了個嗓子，堅強地說：「我一下就想開啦。好在只是我自作多情，對別人無妨，不過傷到自己罷了。」

「我的好姊姊！」伊莉莎白扯開了喉嚨，「妳太善良了！再沒像妳這樣體貼周到、處處為他人著想的，簡直就是天使，真教我不知該說什麼才好。以前是我有眼無珠，不懂妳的好，往後可要多敬愛妳幾分才是。」

班家大小姐直說妹妹過獎，此番過譽之詞，足見姊妹情深。

「才不是這樣，」伊莉莎白說，「這太不公平了。妳總是把全天下當做好人，我不過說句誰的壞話，妳就難受；只不過把妳想成完人，妳就推辭。妳放心吧，我說話絕不會言過其實，而妳那隱惡揚善的功夫，我永遠也學不來的。所以妳別多心，我看得順眼的人不多，看重的人更少，世事看得多了，不滿也就多了。我日漸相信人心善變，看來是長處的未必是長處，看來講理的未必就可靠。我最近就有兩個例子，其一不提也罷，其二就是夏洛特的婚事，我真是怎麼也想不通！左想、右想，還是想不通！」

「親愛的伊莉莎白，別鑽牛角尖吧，愈想只會愈不快樂。妳應該多體諒每個人處境不同、脾氣不同。想想柯林斯先生那體面的身分地位，再想想夏洛特那謹慎穩重的個性。妳可別忘了，夏洛特家的兄弟姊妹可不少，若是考慮到錢財，這門親事可說再好也不過。妳就當她是尊敬我們堂兄，大家和和氣氣不好嘛？」

「就算是看在妳的面子上，把妳的話當真，但是這樣想對我又有什麼好處？果真我騙過自己，相信夏洛特對他是一片真心，也只會讓我懷疑她的見識，怕是要比此刻懷疑她的真心還要懷疑。我說珍，柯林斯先生既自私，又自大，不但愛現，而且蠢笨。他的為人妳我都清楚，而且妳應該跟我一樣，覺得嫁給他的女人定是腦子糊塗了；妳也用不著替她說話，我口中的女人就是夏洛特．盧卡斯。妳千萬別為了遷就別人，改變自己對操守的看法，也用不著白費口舌，說服我把自私當謹慎，也別自欺欺人，明擺著是盲人騎瞎馬，偏要說無知就是福。」

「我不得不說，妳這話說得太重了，」珍說，「等妳親眼看到他們幸福美滿，就會知道我所言不假。不過先不說這個了，妳剛才還提到另一件事，妳不是說有兩個例子嗎？妳的意思我懂，但是我求妳別讓我傷心難過，不要出言責怪他，也別說妳看錯了人，更千萬不要覺得人家故意陷我們於不義。年紀輕輕的男孩子，個性又那麼活潑，怎麼能指望他步步留心、事事周到？是我們自己讓虛榮蒙蔽了雙眼，人家分明只是欣賞，我們偏偏要多心。」

「而男人偏偏要女人多心。」

「倘若是故意的，自然是無話可說。只不知這世上是否真如某些人所言，到處都是陰謀詭計。」

「我可沒說賓利先生的所作所為是陰謀詭計，」伊莉莎白說，「可是就算沒有心懷不軌，就算無意惹人傷心，也難保不會犯錯、帶給別人困擾。但凡粗枝大葉，不懂察言觀色，或是沒有定性，都可能傷人於無形。」

「所以妳是執意要怪他嘍？」

「正是，我正要怪他沒有定性。可是再這樣說下去，恐怕要惹妳生氣，冒犯妳看重的那幫人。不如趁早打住吧。」

「聽妳的意思，妳是要堅持己見，認為是他姊妹搗的鬼嘍。」

「是的，而且他那朋友也有份。」

「我不相信。她們沒理由搗鬼呀！做妹妹的哪個不希望哥哥幸福？倘若他真的中意我，自然沒有別人能給他幸福。」

「妳開頭就想錯了，做妹妹的除了希望哥哥幸福，心裡算計的還多著呢。她們希望哥哥更有錢、更有勢，希望進門的嫂嫂是名媛淑女、家財萬貫、具備大家風範。」

「妳說的是，她們**的的確確**希望他看上達西小姐，」珍說，「但也許她們是發自內心的，而非像妳說的那麼勢利。她們先認識達西小姐，然後才認識我，也難怪她們要偏心。不過做妹妹的就算再怎麼希望，也不至於會去破壞自己哥哥的好事。哪個妹妹會這麼放肆呢？除非真的太看不過去吧。倘若她們深信不疑，認定他非我不要，又怎麼會拆散我們呢？倘若他真心愛我，又怎麼拆散得成呢？若妳定要說他對我有情，反倒顯得人家個個違背倫常、進退失矩，豈不讓我更加傷心？妳就快別那樣想了吧。反正這也沒什麼好難堪的，不過是我自作多情罷了——就算真的難堪吧，那也是微不足道，若要我怪罪他、編派他姊妹的不是，那才是真的難堪。妳就讓我往好處想，不要想岔了吧。」

伊莉莎白不好違背姊姊的心願，往後兩人都很少再提起賓利先生的名字。

班奈特太太天天納悶、連連埋怨，這人怎麼就這麼走了呢？儘管伊莉莎白天天解釋給她聽，解釋得清清楚楚，但她還是聽得迷迷糊糊。做女兒的只好拿自己也不相信的鬼話來敷衍她，說什麼他對珍只是一時意亂情迷，人不在，心也就不在了。做母親的當下儘管似懂非懂，隔天卻又舊話重提，最大的安慰，就是盼望賓利先生明年夏天再次回來。

班奈特先生的態度則完全兩樣。「伊莉莎白，」某天，他忽然來了這麼一句，「妳姊姊失戀啦？恭喜她！除了結婚之外，女人家最喜歡的就是偶爾失戀啦！不但有一肚子的心事可以想，還可以在女朋友堆裡面出鋒頭。什麼時候輪到妳啊？老是輸珍一截，很不是滋味吧？眼下妳的機會來啦，梅里墩的軍官那麼多，足以讓郡上每一家的女兒都失戀一輪。就讓韋翰做妳的對象吧，他這人挺有意思，肯定會把妳給甩了。」

「多謝父親大人，不過我不需要那麼隨和的對象。像珍那樣的好運氣，可不是每個人都能有。」

「那倒是，」班奈特先生說，「不過想一想挺安慰的，反正不管妳走什麼運，妳那溫柔體貼的母親鐵定都要小題大做的。」

近來朗堡諸事不順，烏煙瘴氣，有了韋翰先生相伴，班府上下一掃陰霾。韋翰先生走動得勤，本是眾口交譽，如今更添上坦率的美名。之前伊莉莎白聽到的那番話——什麼達西先生虧待他啦，什麼他把他害得多慘啦，如今已是沸沸揚揚、人盡皆知，眾人不禁得意自己有先見之明，早知道達西先生不是好東西。

在一片憤慨群情中，班家大小姐獨排眾議，認為達西先生或許情有可原，只是郡裡不知情罷了。珍為人和善、個性平和、公正無私，總認為事情尚有轉圜的餘地，一定是哪兒弄錯了——可是眾人還是一味譴責，把達西先生當成天下第一大惡人。

第二章

一個禮拜過去了，海誓山盟也立了，好事也籌劃了，禮拜六一到，柯林斯先生不得不和心愛的夏洛特辭別。然而此番離別之苦，倒讓準備迎娶的心情沖淡不少，只盼下回再來赫福德郡，便能擇定佳期，讓他做世間最幸福的男子。他像上回一樣，畢恭畢敬地辭別了朗堡，恭祝堂妹玉體安康、心想事成，並答應堂叔，必儘快致送謝函到府上。

禮拜一，班奈特太太高高興興給弟弟和弟妹接風，這對夫婦每年聖誕節照例都在朗堡度過。葛汀納先生通情達理，一派紳士風範，不論是人品還是教養，都遠在胞姊之上。尼德斐莊園那幫太太小姐絕對不敢相信，一個住家和店鋪相鄰的生意人，竟然會這麼隨和有禮。葛汀納太太比班奈特太太、菲利普太太年輕，她聰慧可人、舉止優雅，班家五姊妹都好喜歡，尤其那兩個大丫頭，跟她格外親近，時常上倫敦拜訪她。

葛汀納太太一到，便分發禮物，說說倫敦最新的流行，說到一個段落，談興也減了，便輪到她當聽眾。班奈特太太有一肚子的苦水，更兼滿腹的牢騷。自從上回一別，他們一家子全給外人欺侮了，兩個丫頭本來都有人家了，到頭來卻落得一場空。

「我不怪珍，」她說，「她也是逼不得已，否則早就抓住賓利先生的心了。可是伊莉莎白——唉，弟妹啊！說來怕妳不相信，要不是她那個牛脾氣，如今早就做了柯林斯先生的夫人。想當初，人家就是在這房間裡向她求的婚，她卻一口回絕人家，結果倒讓盧卡斯夫人搶在前頭，朗堡終究落入外人手裡。弟妹啊，盧卡斯那家人真是老奸巨猾，為達目的，不擇手段。這樣子講人家，我心裡也不好受，但這也是事實啊。我這陣子神經衰弱、身子不爽快，在家受老爺和丫頭的氣，在外又碰上自掃門前雪的鄰居，妳這趟來訪正是時候，我真是太欣慰啦，聽妳說那些見聞，好不高興，妳說長袖又開始流行啦。」

此番長篇大論，葛汀納太太早已知情，先前跟珍和伊莉莎白通信，便已略知一二，當下略略敷衍了大姑，只怕甥女傷心，趕緊把話題岔開了去。

後來和伊莉莎白獨處，葛汀納太太又兜轉到這樁事情上。「聽起來倒是一段良緣，」她說，「只可惜吹了。但這種事屢見不鮮！年紀輕輕的男孩子——比如妳口中的賓利先生吧，很容易喜新厭舊，見一個，愛一個，不出幾個禮拜，便因緣分作弄而淡忘佳人，這種負心漢多著呢。」

「您這番話確實安慰人，」伊莉莎白說，「但卻安慰不了**我們**。我們並非受**緣分**作弄，此事也非比尋常，哪個獨立自主的青年，會因為親友干涉，便把心上人給忘了？何況兩個人前幾天還愛得死去活來的呢。」

「『愛得死去活來』？這種陳腔濫調聽得我耳朵長繭，而且也太含糊籠統，只不知他的愛究竟有多深？是一時天雷勾動地火，還是真正兩情相悅？請問賓利先生的死去活來，是怎麼個**死去活來**法呢？」

「我還沒見過哪個像他這麼一往情深的，他簡直不管別人，一心都在她身上，每見一次，就陷得愈深，愛得愈露骨。開舞會那次，他得罪了兩三位小姐，沒去邀人家共舞，我去找他說了兩次話，他也不搭理。難道這還不夠明顯嗎？為了一棵樹而放棄整片樹林，豈不是愛的真諦？」

「原來如此！愛到這種程度，怕是動了真情了。可憐的珍！我真替她難過，依她的個性，一時半刻是好不了的。要是換了**妳**，倒還好些，笑一笑就過去了。妳想我們能不能勸動她，要她跟我們回倫敦小住？就算是換換環境也好，離開家，透透氣，總是好的。」

伊莉莎白覺得這個建議很好，相信姊姊也不會反對。

「我希望，」葛汀納太太說，「妳姊姊不會因為那位年輕人而有所顧慮。我們一個住在倫敦東邊，一個住在倫敦西邊，別說交友圈不同，我們也很少出門走動，兩家碰頭的機會微乎其微，除非他親自登門拜訪，那又另當別論了。」

「**哪有**可能的事。賓利先生給朋友軟禁起來了，那個達西先生，他哪肯讓賓利到那種地方去拜訪珍！我親愛的舅母，您這真是何處想來？就算達西先生聽過慈愛教堂街吧，他定要以為踏入那種地方，就算洗上一個月也洗不清身上的污泥。我敢說，達西先生不去的地方，賓利先生也不會去的。」

「那倒好。希望他們不要碰面了。不過珍不是會跟他妹妹通信嗎？難保**她**不會上門來看她啊。」

「我看人家巴不得趁早斷了往來呢。」

她的話說得雖然絕，甚至丟下重話，說賓利受人羈絆，再也見不到珍的面，但這些都只是做做樣子，心裡面其實著急得不得了。她左思右想，這事兒不見得就沒指望了，要說舊情復燃，也不是毫無指望，再說，他朋友的算計，怎敵得過他對珍的真情？

班家大小姐高高興興接受了舅母的邀約，倒沒怎麼顧慮到賓利那家子的事，只希望卡洛琳既然不跟哥哥住在一塊，自己偶爾就能上她那兒走走，消磨消磨白天，也不用擔心撞見他。

葛汀納夫婦在朗堡待了一個禮拜，有時去找菲利普太太，有時在盧卡斯夫人府上，有時又到軍官那兒坐坐，沒有一天沒飯局。班奈特太太帶著弟弟和弟妹四處見客，安排之周到，一家人竟然連吃頓家常便飯的時間都沒有。每回輪到班府做東，總要安排幾位軍官到場，其中必定有韋翰先生；每到這種場合，伊莉莎白必定對韋翰先生讚譽有加，葛汀納太太不由得起了疑心，對這對年輕人特別留意。照她看來，這對年輕人雖然擺明了互有好感，但並未認真，這讓她心生不安。她決定在離開赫福德郡之前，找個時間向伊莉莎白說明白，就這樣放任愛苗滋長，未免太過莽撞。

韋翰另一套討葛汀納太太歡心的辦法，倒是和他本人的魅力無關。十多年前，她還是未婚小姐的時候，曾在德貝郡住上好一陣子；韋翰先生也是德貝郡人，兩人自然有許多共同的朋友。雖說自從達西老爺過世之後，韋翰就不大上那兒走動了，但他還是有許多新鮮事可以說給葛汀納太太聽，都是些老朋友的近況，比她能打聽到的消息還要新鮮。

葛汀納太太到過龐百利莊園，對於已故的達西老爺也是久仰大名，兩人自然又有聊不完的話題。葛汀納太太把印象中的龐百利莊園，和韋翰先生鉅細靡遺地描述比對一番，又恭恭敬敬將達西老爺的德行稱讚了一輪，講到高興處，兩人都眉開眼笑。她聽說韋翰先生遭達西先生虧待，便竭力回想這位先生兒時的德性，人家說三歲看老，果然她想起曾經聽人說過，費茲威廉．達西心性高傲，而且脾氣也不好。

第三章

葛汀納太太給伊莉莎白的忠告，果真及時給了。她抓準時機，私下找她談話，好心向她坦承心中的想法，接著又說：

「伊莉莎白，妳是個懂事的孩子，總不會因為長輩反對，反而愛得更加熾熱，所以我就明說了。講句正經話，妳可要千萬小心，不要隨便投入感情，也不要讓人家對妳動心，沒錢還談戀愛，未免太過輕狂。**他**這個人，確實沒什麼好挑剔，既風趣，又年輕，倘若當年果真得到牧師一職，這門親事可說是再好也沒有，只可惜事與願違，妳切莫讓愛沖昏了頭。妳是個聰明的孩子，千萬不要辜負了自己的聰明才智。妳父親相信妳做事果斷、謹守分寸，妳可千萬別讓他失望啊。」

「親愛的舅母，您是說正經的嗎！」

「是啊，希望妳也正經一點。」

「哎呀，您別緊張。我會好好照顧自己，也會好好照顧韋翰先生，不會讓他愛上我的——如果我能避免的話。」

「伊莉莎白，妳這話就不正經啦。」

「抱歉抱歉，我重講一次。我不愛韋翰先生，真的不愛，可是說到親切隨和，任誰也比不上他，如果他真的愛上我——唉，我想還是不要才好，我也知道這樣太過魯莽——喔！都是那可惡的達西先生害的！我父親這樣看重我，是替我做面子呢，要是丟臉不就壞了。不過父親對韋翰先生也是另眼相看的。總之，親愛的舅母，要是我惹得你們不開心，我也絕對不會好受。可是年輕人一旦有了愛，就算沒錢，常常也是要互許終身，我又怎能答應您，說自己一定會比同儕更有見識？倘若我真的動了真情呢？我又怎麼知道，違背心意就是最明智的作法呢？因此，我唯一能答應您的，就是不要躁進，不要隨便認定我非他莫屬，跟他相處時，也不會心存幻想。總之，我盡力就是。」

「還有，不要讓他三天兩頭就往妳家跑，至少用不著提醒妳母親請他來家裡坐吧？」

「那天確實是我不好，」伊莉莎白心虛地笑了笑，「舅母說得對，我該長點見識，不要犯傻才是。平常倒是沒見他走動得這麼勤，這禮拜是因為您來，所以才經常邀他到家裡跟您作伴。您也知道我母親那套觀念，她總覺得家裡有客人，非得要熱熱鬧鬧才好。不過說正經的，我發誓我會想出最明智的辦法來對付，希望您滿意我這個答覆。」

舅母要她放心，說她這下可滿意了；伊莉莎白也謝謝舅母好心指點，兩人也就散了。這事說來還挺不可思議的，通常給人家出這種主意，照例都是不愛聽的。

葛汀納夫婦和珍前腳剛走，柯林斯先生就上赫福德郡來了，不過人家這次住在盧家莊，沒給班奈特太太添什麼麻煩。隨著好事迫近，班奈特太太也終於認命，這門親事終成定局，只聽她成天沒好氣地說：「**但願**他們幸福美滿。」婚禮擇訂在禮拜四。前一天，盧家大小姐來班府辭行，她起身告別時，伊莉莎白見母親那麼小家子氣，連句祝福也吝惜，一方面臉上掛不住，二方面是感觸良多，便跟著起身送客。兩人下樓時，夏洛特說：

「妳會常常寫信給我吧，伊莉莎白。」

「**那**還用說。」

「我另外還有個不情之請。妳願意來看我嗎？」

「我們會常常碰面的，希望是在赫福德郡吧。」

「我在肯特郡一時是走不開了。所以答應我，來漢斯佛區看我吧。」

伊莉莎白沒法推辭，卻也看不出登門拜望有何樂趣。

「我父親和妹妹三月會來看我，」夏洛特說，「希望妳能跟他們一道來。伊莉莎白，說來不怕妳笑，我是要像歡迎家人一樣歡迎妳呢。」

新郎新娘完婚後，便直接從教堂門口前往肯特郡。這郡上有喜事，眾人照例是七嘴八舌打聽個沒完。不久，伊莉莎白便接到夏洛特的來信，此後兩人書信往還，一如既往，但若說到推心置腹，可就大不如前。伊莉莎白每次提筆，只覺往日情誼已成陳跡，雖說是下定了決心，不要疏於聯繫，但也是念在舊情的份上，而非貪戀眼前的交情。夏洛特開頭那幾封信，伊莉莎白都盼得很殷切，說穿了還不就是好奇，想知道她要怎麼說她的新家，喜不喜歡狄堡夫人，敢不敢說自己是幸福的妻子。展讀之後，伊莉莎白發現夏洛特信裡所寫，正如自己心裡所料，只見她滿紙歡愉，彷彿事事稱心，講一件、讚一件，房子啦、裝潢啦、環境啦、路面啦，樣樣都如她所願，狄堡夫人也是既親切又熱心。她信裡的漢斯佛區和若馨莊園，跟柯林斯先生口中的如出一轍，只是委婉了些。伊莉莎白心想，只得等到親自去拜訪，方知實情如何。

珍先前來了封報平安的短簡，說是已經安抵倫敦，伊莉莎白心裡暗自企盼，希望姊姊下次來信，能說點有關賓利家的事。

這第二封信等得她望眼欲穿，而等待的結果總是這樣。珍已經到倫敦一個禮拜了，既沒見到卡洛琳的人影，也沒收到她的來信，然而珍卻自圓其說，只道自己上一封信是從朗堡寄出的，或許是寄丟了吧。

「舅母明天要到那附近，」她接下去寫道，「我正好趁這個機會，到格羅夫納街走一走。」

不久信又來了，說是格羅夫納街也去了，卡洛琳也見了，「我覺得她有些無精打采，」信上說，「不過她很高興見到我，還怪我上倫敦來怎麼也不說一聲。我想得果然沒錯，上回那封信，她果真沒收到。我問了她哥哥的近況，只得知他一切都好，多半跟達西先生在一處，和姊妹相見的時間反而短了。我聽說達西小姐要來晚餐，本來也想見上一面，只是我坐一會兒就走了，卡洛琳和賀世特太太有事要出門。我想她們過不久就會來舅母家回訪了。」

伊莉莎白一邊讀一邊搖頭，照這樣看來，除非天降奇緣，賓利先生才會曉得姊姊人在倫敦。

四個禮拜過去了，珍連賓利先生的影子都沒見著。她再三告訴自己，說自己一點不難過，但是對於賓利小姐的冷淡絕情，總算是看個明白了。整整兩個禮拜，白天她坐在家裡等賓利小姐來，晚上則猜她為什麼不能來，好不容易盼到她來了，才坐一下又走了，態度也不如以往親熱，珍終究無法自欺下去。她提筆給妹妹寫了一封信，坦白當時的心情：

我想，親愛的莉西妹妹一定不會幸災樂禍，得意自己比姊姊還有見識；姊姊我不得不承認，我完全搞錯賓利小姐對我的看法了。如今真相雖然大白，證明妳看人的眼光沒錯，但是希望妳別覺得姊姊固執，我還是認為，以她當時的舉止，我會引她為知己是理所當然的，而妳懷疑她也是合情合理的。我不明白的是，當初她為何要跟我要好呢？就算這一切重頭來過，我想我還是要上當的。卡洛琳直到昨天才來舅母家回訪，期間就連一封信、一句話也沒有；好不容易來了，卻又擺著一張臭臉，自知失禮，敷衍道了歉，嘴上雖說沒能早點來探望我，但是最後卻連一句再見也沒有，簡直跟從前判若兩人。等她一走，我立刻下定決心和她斷絕往來，心裡雖然遺憾，卻也忍不住要怪她。她對我另眼相看是她不對，憑良心講，從一開始就是她自己來跟我要好的。但是她也很可憐，我想她也知道自己出爾反爾不應該，但凡明知故犯必有苦衷，想來是擔心她哥哥吧。我想我也不必多說，妳我都心知肚明，這分明是賓利小姐多慮了，不過多慮也好，這樣就能解釋她為何態度丕變了。他是個好哥哥，確實值得妹妹珍惜，她擔心他也是人之常情、兄妹情深。只是我不禁要納悶，為何她到現在還要顧慮？倘若他心裡果真有我，老早就來看我了。他明明知道我人在倫敦——這是我從賓利小姐口中探出來的。不過從她說話的口氣來看，倒又像在自欺欺人，彷彿自己也不相信哥哥鍾情達西小姐，真教我愈聽愈糊塗。要不是怕傷了和氣，否則話早就到了嘴邊，要嚷嚷事有蹊蹺呢。這些傷心事就別再提了，還是想點快樂的事吧，想想妳我姊妹情深，想想舅父、舅母始終那麼疼我。我只盼早日接到妳的回信。聽賓利小姐說，他是再也不會回尼德斐莊園了，還說他要退租，只是說得有些含糊，不提也罷。聽妳說夏洛特和堂哥在漢斯佛區過得很好，真是太好了。去探望他們吧，跟盧卡斯爵士和瑪利亞一道去。他們肯定會好好招待妳的。

姊字

讀完了信，伊莉莎白有些惆悵，不過轉念又高興起來，姊姊總算不會再受騙上當——至少不會又著了賓利小姐的道。至於賓利先生，她已經不抱任何期待，也不奢望他回心轉意。這種人，她愈想就愈瞧不起。為了讓他自食苦果，也為了姊姊好，她衷心祝福他早日將達西先生的妹妹娶進門，倘若韋翰所言不假，達西小姐一定會讓賓利先生悔不當初，懊惱當年甩了心上人。

大約就是在這時候，葛汀納太太也來了一封信，提醒伊莉莎白答應過要當心韋翰，又問起了後續發展。伊莉莎白的回信讓舅母大喜，自己卻有些落寞，韋翰的熱情消退了，往日的殷勤不再，想來是移情別戀了。伊莉莎白在這件事上留了心，把一切都看在眼裡，不過她看也看明白了，寫也寫清楚了，心裡倒不覺得怎麼難過，只有一絲淡淡的哀愁。虛榮也還是虛榮的，她自信她是他的唯一，只是嫁妝太薄了些；那位新歡的魅力，就是忽然繼承了一萬鎊，難怪他要百般討好了。不過這是伊莉莎白當局者迷，不如旁觀夏洛特婚事時看得真切。她不怪他見錢眼開，反而認為這是理所當然的事，想來他定是經過一番天人交戰才決心放手，他變心有理，對兩人都有好處，便衷心祝福他快樂幸福了。

她把這一切跟葛汀納太太說了，交代清楚後，又繼續寫道：「親愛的舅母，走筆至此，我想我對他根本談不上愛。倘若我真的感受到純潔的愛情，體會到想為愛人變得更好的情操，此刻我應該恨死了他的名字，還要咒他不得好死。但我只當他是知己，對他的新歡也毫無芥蒂，非但不厭惡金恩小姐，還認為她是佳人中的佳人，想來這怎麼也稱不上是愛情吧。果然不枉費我提防了這些日子，否則倒要在親友間大出鋒頭，成了為愛癡狂的女子。像這樣沒人搭理倒還好些，眾人的目光太沉重，我承受不起。只是變心的明明是他，凱蒂和麗迪亞卻看得比我還重。她們涉世未深，不曉得現實醜惡——英俊不能當飯吃，有錢才能過日子。」

第四章

除卻這些，朗堡再沒別的大事，也沒其他消遣，頂多就是上梅里墩蹓躂，道途時而泥濘，寒風時而刺骨，一月二月也就這麼過了。三月是伊莉莎白遠赴漢斯佛區的日子。本來她沒打算真的要去，是發現夏洛特以為她一諾千金，才慢慢學著歡喜接受，遠行的念頭也才日漸踏實。闊別三月，伊莉莎白對夏洛特益發思念，對柯林斯先生也不再棄嫌。上肯特郡作客倒也新鮮，自己家裡上有母親，下有處不來的妹妹，平時齟齬難免，倒不如換個地方住住，還可以順道去看一看珍。隨著動身的時日迫近，她反而一刻也不想拖延，好在萬事順利，最後決定就依夏洛特的意思，由伊莉莎白陪著盧卡斯爵士和盧家二小姐，三人一同到肯特郡作客。動身前夕又臨時起意要在倫敦過夜，整趟旅程就更加十全十美了。

唯一的遺憾，就是和父親別離，想來父親定會惦記她，辭行時，父親分明是不要她走，卻叮嚀她寫信回家，還差點答應要回信哩。

她和韋翰先生分袂時，兩人都很有禮貌，說來韋翰還多禮一些。他雖然移情別戀，卻沒忘記伊莉莎白是他第一個心上人，是她先傾聽他、同情他，讓他心生愛意。道別時，他不改本色，除了祝福她旅途愉快，又把狄堡夫人的德行樣貌重提一次，還說等她親眼見到老夫人——不，等她見到那裡的一切——他們兩人必定會更加契合。他這話說得殷勤，對她又十分熱心，讓她感覺打從心底喜歡他這個人。兩人分手後，她深深相信，往後不論有家室也好，單身也罷，他永遠是她心目中——最討人喜愛的那一個。

翌日那兩位旅伴，讓她對韋翰的喜愛絲毫不減。二小姐瑪利亞脾氣雖好，卻跟盧卡斯爵士一般沒見識，父女倆盡說些不入耳的話，還不如轆轆的馬車聲動聽。伊莉莎白雖然愛看笑話，不過盧卡斯爵士那一套也實在是看膩了，說來說去不過就是進宮封爵當天的奇聞，翻不出什麼新花樣，而他那套禮數，恐怕比他的見聞還老。

到倫敦的路不過二十四哩，他們啟程得早，中午就到了慈愛教堂街，一路朝舅父家駛去。珍老遠就從交誼廳的窗口看到來客；客人一進門，珍便在走廊相迎。伊莉莎白仔細打量她，看到她氣色好、人漂亮，很是高興。樓梯口站著一團男孩女孩，因為急著想見表姊，在客廳裡坐不住，偏偏又怕生，一年多沒見，只是挨在樓梯口看，不敢下來。大家和和氣氣、熱熱鬧鬧，開開心心地過了一天，下午忙著買東西，晚上出門去看戲。

看戲的時候，伊莉莎白故意坐在舅母旁邊。她們首先談到姊姊身上。伊莉莎白仔仔細細問了許多話，聽完舅母的回答，只覺痛心，詫異還是其次。聽說珍雖然勉強打起精神，卻也不免有意志消沉的時候，大家自然希望她趕快好起來。葛汀納太太娓娓道來賓利小姐來訪的始末，又把珍跟她說的體己話說給伊莉莎白聽，照這樣聽來，珍是真的跟那位絕交了。

葛汀納太太話鋒一轉，揶揄甥女竟然給韋翰甩了，讚美她走出情傷的速度還真快。

「不過，親愛的伊莉莎白，」她接下去說，「金恩小姐是位怎樣的小姐呢？韋翰該不是見錢眼開吧？」

「我的好舅母，我倒想請問，說到結婚的動機，怎樣算是謹慎？怎樣算是勢利？審慎周到和貪心愛財，兩者的界線到底在哪裡？去年聖誕節，您怕他要娶我，還怪他輕狂；如今他去追求家財萬鎊的小姐，卻說他見錢眼開？」

「只要妳告訴我金恩小姐是位怎樣的小姐，我心裡也就有底了。」

「是一位很好很好的小姐，說不出半點壞處。」

「可是韋翰原來根本看也不看她，後來是她祖父過世，繼承了一筆財產。」

「他對她本來就沒意思，看她做什麼呢？若說當時不准他擄獲我的芳心，是因為我沒錢的緣故，那他何苦去追其他同樣沒錢的小姐？何況他根本不喜歡她。」

「但這恐怕還是不太像話吧？哪有人變心變得這樣快的。人家家裡才剛出事呢。」

「手頭拮据的人，哪有功夫去管那麼多繁文縟節？別人要遵守是他家的事。只要**她**不反對就好，**我們**憑什麼反對呢？」

「**她**不反對是她的事，不代表**他**沒做錯事。看來這小姐也很奇怪，不是沒頭沒腦，就是沒血沒淚。」

「既然這樣，」伊莉莎白提高了嗓子，「那就隨您去說吧。總之他就是勢利，她就是傻氣。」

「伊莉莎白，我可沒這麼說。倘若真要說他不是，妳明知我也要難過，他可是德貝郡出身的啊。」

「喔！這樣就難過啦，那我對所有德貝郡出身的青年都沒有好印象呢，那群赫福德郡的朋友也沒好到哪裡去，全都教人噁心。謝天謝地，總算我明天要去的地方，只有一位一無可取的男士，既不懂得禮數，也沒什麼見識，我看這世上值得往來的，大概只有傻子了。」

「伊莉莎白，說話仔細點。聽妳這番話，大有失戀的意味呢。」

戲演完了。散場前，倒來了樁喜事——舅父、舅母邀她一起出遊，還說不如夏天就走。

「我們還沒決定要去哪裡，」葛汀納太太說，「也許去湖區吧。」

世上再沒比這更教伊莉莎白稱心如意的計畫，她立刻滿口答應、由衷感激。「我的好舅母，」她樂得嚷起來了，「我真是太高興了！太幸福了！您給了我生命，給了我元氣。再會吧，失戀。再會吧，憂愁。比起巨岩和山川，人又算得了什麼？喔！我們不知要玩得多開心呢！等到回來以後，我們鐵定不會像那些旅遊作家，什麼都只是走馬看花。我們知道雙腳走過的地方，我們記得眼睛看過的風景。湖泊是湖泊，山川是山川，絕不會在想像中混成一團。來日回憶舊地，也斷不會爭執不休。屆時我們開懷暢談遊歷時，可別像那些旅遊札記，盡說些不著邊際的浮話。」

第五章

隔天一路上，伊莉莎白看什麼都新鮮好玩。心情好了，什麼事情都有趣。見到姊姊好端端的，用不著再為她的身子操心，轉念想到即將到來的湖區之旅，不由得喜上眉梢。

馬車駛離大路，彎進通往漢斯佛區的小巷，車裡的每一雙眼，都在巷子裡搜尋牧師公館的蹤跡。每過一個彎，心裡就是一陣盼望。巷子的一邊豎著若馨莊園的圍籬。伊莉莎白腮上帶笑，想起了這家人的傳聞。

牧師公館總算出現在視野裡。一座斜坡花園緊鄰著馬路，花園裡矗著一棟洋房，洋房打著綠色的木樁，圈起了月桂的籬笆，這一切的一切，都宣布他們到了。柯林斯夫婦站在洋房門口，馬車在窄窄的柵門前停住，眼前是條短短的鵝卵石鋪道，再過去就是主人的點頭微笑。一眨眼功夫，一行人都下了馬車，賓主相見，無限歡欣。柯林斯太太興高采烈地迎接伊莉莎白，伊莉莎白很是欣慰，果然這趟沒有白來，看看人家，這麼熱烈地歡迎她。不過堂兄那套規矩，倒是沒有因為結婚而改變；見了她，照例是要寒暄一番，在柵門口耽擱了好些時候，直把她全家上下問過一輪才滿意。接著倒沒怎麼耽擱，只說他家大門如何簡潔雅致，便把客人請進門去。不過才踏進客廳，他立刻又客套起來，什麼寒舍簡陋，今得諸君光顧，蓬蓽生輝云云，接著又學著太太的樣，請客人用點心，學得一字不差。

伊莉莎白早料到堂兄定會洋洋得意，心裡禁不住想，聽他說什麼這客廳格局好、採光佳、裝潢美，想來是刻意說給自己聽的吧？彷彿要教她明白，當初不嫁他，吃虧的是自己呢。然而，這客廳雖然樣樣整潔舒適，她卻要教他失望了，因為她心裡沒有一絲懊悔，反倒頻頻對好友投以詫異的目光，納悶她怎麼還高興得起來？天天跟這樣的丈夫朝夕相處？每次只要柯林斯先生出洋相，教太太難為情（難為柯林斯太太時常要難為情），伊莉莎白就要望一望夏洛特，有幾次見她臉上泛起紅暈，不過一般總是很聰明地假裝沒聽見。大家在客廳坐得夠久了，從餐具櫃講到壁爐架，每件家具都稱讚了一輪，此外路上的見聞也說了，倫敦那邊的情況也報告了，柯林斯先生便請客人到花園裡伸一伸腿。這園子很大，而且花木扶疏，全由柯林斯先生親手打點。蒔花養卉是他唯一的文雅消遣。伊莉莎白不由得佩服夏洛特竟然這樣沉得住氣，直誇園藝對身體好，時常要丈夫到園子裡繞一繞。他領著客人走遍每一條花徑，穿過每一個岔路，不給他們任何開口讚美的機會，每到一處總要瑣瑣碎碎地指點一陣，美不美倒還在其次，只顧把田地一一數給客人聽，連遠處的樹叢裡有幾棵樹，也解說得一清二楚。不過，不管他這園子再美——不，應該說這郡上的園子再美——不，就算把全英國的名園加起來，也比不上若馨莊園的佳景——喏，從那林間空隙望進去便是，莊園四面環樹，差不多就在他寒舍的正對面，看那漂亮的新式洋房，聳立在微隆的山丘上。

看完了花園，柯林斯先生本來想帶客人去看一看農地，可是田壟上霜雪未融，太太小姐的鞋子不太好走，只好作罷。最後由盧卡斯爵士陪柯林斯先生去參觀農地，夏洛特則帶著妹妹和好友回到牧師公館，她看起來心情好極了，少了丈夫插手，總算可以帶著客人在室內繞一繞。這宅子不大，但蓋得結實，設備也齊全，而且布置精巧，井井有條，想來都是夏洛特的功勞。柯林斯先生不在眼前，屋裡登時溫馨了、舒適了，看著夏洛特開心的模樣，柯林斯先生定是常常給當成空氣了。

伊莉莎白聽說狄堡夫人還在郡裡，晚餐時便又聊起這樁事，柯林斯先生立刻搭話道：

「是的，伊莉莎白小姐，這禮拜天上教堂，便有幸見到凱薩琳．狄堡夫人。不消說，妳定會喜歡夫人的，夫人和藹可親，完全不端架子。當天禮拜完，夫人必會撥冗接待，妳待在這裡這段時日，只要夫人賞臉下帖，一定不會忘記妳和小姨子。夫人對我們家夏洛特禮遇備至，我們每個禮拜都會上若馨莊園吃兩頓飯，哪次見過我們步行回來？都是夫人打發馬車送我們——喔，不，是『打發其中一輛馬車送我們』，夫人的馬車多著呢！」

「狄堡夫人通情達理，教人好生敬重，」夏洛特說，「而且待人周到，確是不可多得的芳鄰。」

「說得好啊，親愛的，真是說到我心坎裡了。以夫人的為人，真是怎麼愛戴也嫌不夠。」

這天晚上大夥兒敘了敘赫福德郡的種種，又把信上寫的拿來說一趟，也就散了。伊莉莎白獨自待在客房裡，心裡不禁暗忖，不知夏洛特究竟過得多幸福？想想她駕馭丈夫的手腕，還有她容忍丈夫的肚量，確實是高明妥當。她思忖著接下來幾天該如何打發，無非就是敘敘家常，給柯林斯先生打打岔、生生氣，還有就是上若馨莊園應酬作樂吧。她腦子轉了轉，彷彿日子就過完了。

翌日約莫正午時分，她在房裡著裝，準備出門散步，忽聽得樓下一陣喧譁，滿屋雞飛狗跳。她側耳細聽，只聽見有人忙忙奔上樓，在那裡喊她的名字。她開了門，只見瑪利亞站在樓梯口，上氣不接下氣，嚷道：「哎呀！伊莉莎！快點！快點到飯廳來！快來看好戲！我先賣個關子。妳只管下樓便是。」

伊莉莎白再怎麼問也問不出個所以然，瑪利亞一個字也不肯多說，兩人急忙下樓，衝進飯廳，飯廳的窗口正對巷子，巷子裡上演著好戲。兩位女客乘著敞篷馬車，停在花園的柵門口。

「就這樣？」伊莉莎白嚷起來。「我還以為一群豬闖進了花園呢，不過就是狄堡夫人和狄堡小姐嘛！」

「哎喲！我的大小姐啊！」瑪利亞一聽伊莉莎白說錯話，緊張死了。「那哪裡是狄堡夫人！那位女士是詹金蓀太太，跟小姐夫人住在一處的。另外一位則是狄堡小姐。妳瞧瞧她，小不點一個。誰知道她竟然如此瘦小！」

「她也太沒禮貌，竟然讓夏洛特站在門口。外面風那麼大，怎麼不進來坐？」

「喔！夏洛特說，狄堡小姐難得進來，倘若真的進來，可就是給足面子啦！」

「瘦小才好哇，」伊莉莎白一下就把腦筋動到別處去了，「好一個病美人，看起來脾氣可不小，配他真是再好也沒有，簡直是天生一對哩。」

柯林斯夫婦站在柵門邊陪兩位女客說話，盧卡斯爵士又讓伊莉莎白笑話了——只見他畢恭畢敬地站在洋房門口，瞻仰眼前兩位貴客的尊榮，狄堡小姐不過朝公館望一眼，他便急忙點頭哈腰。

話說完了，馬車也走了，大家又回到屋子裡。柯林斯先生一看到兩位小姐，立刻恭喜連連，誇說兩位小姐真是好福氣。夏洛特在一旁解釋丈夫的意思，原來狄堡小姐剛剛來，是請大家明天上若馨莊園吃晚飯呢。

第六章

柯林斯先生那得意，真教這次若馨莊園請客推到最高點。帶這群好奇的賓客見識見識女施主的排場，看一看夫人待他們夫妻倆有多客氣，這滋味，他老早就想領教了。不料這機會竟然賞得這樣快，足見凱薩琳夫人紆尊降貴，教他好生欽佩。

「憑良心講，」他說，「這也沒什麼好意外的，夫人禮拜天本來就會邀我們飯後去喝晚茶，在若馨莊園消磨一整晚。夫人和藹可親，招待我們本是意料中事，只沒想到竟然盛情至此，邀請我們過去吃晚飯，而且一個也沒少請，遑論你們才剛到哩！」

「這有什麼好大驚小怪的，」盧卡斯爵士道，「名流顯貴都是這派作風。以我的身分，這種事我見多了。王公貴族裡，風雅好客的所在多有。」

這下半日一直到隔天早上，別的話沒有，就只上若馨莊園作客一事。柯林斯先生耳提面命，把作客的種種一一說了，省得廳室堂皇、僕從眾多、宴席豐盛，要教幾位客人眼花撩亂。

女人家正要回房整裝，只見他急忙吩咐伊莉莎白：

「別為服裝勞神，我的好堂妹。凱薩琳夫人斷不會要求我們做高貴的打扮，夫人小姐才配那樣穿。我勸妳揀一件最出色的穿上即可，其他就免了，凱薩琳夫人絕不會見怪，打扮樸素反而好，什麼地位就穿什麼，這樣她才喜歡。」

眾人回房梳妝，他又一間一間查了兩三趟，催促大家快一點，凱薩琳夫人吃飯最忌恨等——聽到夫人這般有威嚴，生活這等有紀律，真把瑪利亞．盧卡斯嚇的，本來她就不善交際，一想到要上若馨莊園，那焦急啊，跟盧卡斯爵士進宮時有得比。

天氣清朗，大家散步穿過莊園，走了近半哩，每一座園子都有每一座園子的佳妙，伊莉莎白看得高興，但不至於著迷，跟柯林斯先生預料的有些差距，對他的話也不為所動——他數著宅邸正面有幾扇窗，每一扇都要繳稅、都要花錢，這幾扇加一加，著實費了路易斯．狄堡爵士當年不少錢。

眾人步上通往入門大廳的台階，瑪利亞愈走心愈慌，就是盧卡斯爵士也面有難色。伊莉莎白的勇氣沒棄她而去，眾人口中的凱薩琳夫人，才學人品均不足敬，光憑有錢有勢，還不至於讓她喪膽。

進了大廳，柯林斯先生指指點點，眉飛色舞，左一句結構勻稱，右一句裝潢氣派，眾人隨著家僕穿過前廳、進入交誼廳，只見凱薩琳夫人、狄堡小姐、詹金蓀太太均已就座。夫人紆尊降貴，起身相迎。柯林斯太太事先和丈夫講好，將這介紹的差事攬了去，表現得大方得體，將丈夫那套道歉和感激的規矩省下了。

雖說是進過宮，但盧卡斯爵士仍給四周的排場唬住，只深深鞠了躬，就了座，其餘一句話也沒有。他女兒更是嚇得人都傻了，屁股坐在椅子邊上，一雙眼睛彷彿不知該往哪兒擺。伊莉莎白倒還應付得來，從容地瞧了瞧眼前三位女士。凱薩琳夫人高大豐壯，五官深邃，年輕時許是美人胚，至於她那副架子就教人吃不消了，就跟她那待客之道一樣，簡直要其他人自知矮她一截。她不說話不可怕，一開口就盛氣凌人，自命不凡全寫在臉上，韋翰先生的話登時鑽進伊莉莎白心裡，觀察了這半天，夫人果然跟他形容的一個樣。

這麼一看，夫人的面容舉止有些面善，跟達西先生頗有幾分神似；再看看狄堡小姐，差點沒像瑪利亞那樣驚嚷起來——怎生得如此單薄，如此瘦小？跟她母親一比，無論身形也好，相貌也好，竟無一相似？狄堡小姐蒼白著一張臉，病容滿面，五官雖不難看，但並不起眼，金口難得開，開了也只跟詹金蓀太太咬耳朵。詹金蓀太太相貌平庸，一面全神貫注聽小姐說話，一面將那屏風左挪右移，不讓火光照到臉上。

小坐片刻後，客人全給請到窗邊，欣賞花園佳景，柯林斯先生在一旁陪著，指點這園子的妙處，凱薩琳夫人在一旁好心提醒，說是到了夏天才叫好看。

晚飯真是大陣仗，僕從隨侍，金盤銀碟，應驗柯林斯先生所言不假。夫人果真吩咐他坐在下首，看看他那副神氣，彷彿人生別無所求。他一面切，一面吃，欣欣然讚不絕口，每道菜都讚過一遍。先是他，再來是他岳父；盧卡斯先生總算回過神，得以當女婿的應聲蟲，看他那舉止，真教伊莉莎白納悶凱薩琳夫人怎麼受得了？但夫人似乎很滿意這對翁婿的應承，笑得煞是親切，見到上來的菜是這對翁婿沒見過的珍饈，更是笑得連嘴都合不攏。賓主之間幾乎無話可說，伊莉莎白雖則樂意攀話，但也總要有人起頭，可惜她夾在夏洛特和狄堡小姐中間，夏洛特正凝神細聽凱薩琳夫人說話，另一位則是菜都上完了也不見開口。詹金蓀太太只顧留心狄堡小姐的飯量，看她吃得少，敦促她嘗這嘗那，又擔心她玉體違和。瑪利亞噤若寒蟬；男客則忙著邊吃邊誇獎。

飯畢，太太小姐回到交誼廳，閒來無事，但聽凱薩琳夫人高談闊論、滔滔不絕，直到咖啡送上來之前，每件事她都要發表高見，聽她那斬釘截鐵的口氣，便知她極少受人頂撞。她探問夏洛特的家事，問得狎暱仔細，給了她一堆忠告，傳授她持家之道，譬如讓小康之家興旺的辦法，以及家禽家畜的養法。伊莉莎白發覺，只要能發號施令，再低賤的事也無損夫人尊口。趁著和柯林斯太太談話的空檔，夫人不忘向瑪利亞和伊莉莎白問話，尤其是伊莉莎白，對於她的來歷，夫人沒個底，只向柯林斯太太說她教養好、相貌佳，三番兩次地打探，問她家裡幾個姊姊？幾個妹妹？有人家了沒有？模樣怎麼樣？在哪裡受教？家裡用什麼馬車？母親娘家姓什麼？伊莉莎白覺得夫人問得唐突，但還是平心靜氣一一回答。凱薩琳夫人接著說：

「令尊的家業是由柯林斯先生繼承吧？為了妳的將來，」她轉向夏洛特，「我自然欣見這樣的安排；不過傳子不傳女，這是何必呢？我們狄堡家不認為有此必要。妳會唱歌彈琴嗎，班奈特小姐？」

「還行。」

「喔！幾時倒想領教領教。我們家這琴是頂尖的，或許要比妳——妳哪天來彈彈吧。其他姊妹都彈琴嗎？」

「有一個會。」

「怎麼不都學學？應該都學學才是。看看魏柏家的小姐，個個都會彈琴，人家還不比妳家寬裕呢。畫畫倒還行吧？」

「完全不會。」

「什麼，全都不會？」

「都不會。」

「這倒奇了。不過我看是沒機會吧？令堂應該年年春天帶妳們上倫敦拜師學藝才是。」

「這點家母倒不反對，只是家父不喜歡倫敦。」

「貴府的女家教還住在府上嗎？」

「舍下沒請過女家教。」

「沒請女家教！有這種事？家裡養著五位千金，卻沒請女家教！這我還是頭一遭聽到。令堂豈不要做牛做馬，才好教育妳們這幾個ㄚ頭。」

伊莉莎白忍不住揚起嘴角，快請夫人放心，說絕對沒這回事。

「那是誰教導妳們？照管妳們？少了女家教，妳們不就給放著不管了？」

「比起某些家庭，舍下的家教是鬆了些。但只要有心，不愁沒得學。家裡也總鼓勵我們多看書，幫我們聘請教習。倘若不想學，倒也不勉強。」

「啊，原來如此，但延請家教就是怕孩子饜懶，要是我認識令堂，定要勸她延請一位。我常說教育很難見效，除非時時督促、天天指導——這事誰辦得到？當然只有女家教。說也奇怪，多少人家的女家教都是我介紹的！我這個人就是這樣，喜歡幫年輕人安排差事。詹金蓀太太那四個外甥女，經我居中牽線，全都安排得妥妥貼貼。就在前幾天，我才又推薦了一位小姐，雖然只不過隨口聽人提起，我還是幫她安排得人家沒話說——柯林斯太太，我跟妳提過沒有？昨天麥菲夫人才來謝我，說蒲小姐真是難得！『凱薩琳夫人，』她是這麼說的，『您真是賞了我一位人才啊。』我說班奈特小姐，妳有妹妹加入社交圈了嗎？」

「有的，夫人。全部加入了。」

「全部！什麼？五姊妹同時出來社交？真是怪了！妳不過排行老二，妹妹就出來社交？姊姊都還沒出嫁呢！妳妹妹年紀都還很小吧？」

「對，最小的妹妹還不滿十六歲，她出來社交也許真的還太小。不過夫人，我真的覺得何苦為難妹妹呢？剝奪了妹妹的社交娛樂，就因為姊姊無法早嫁？或是不想早嫁？老么跟老大一樣，都有享受青春的權力。不能說長幼有序，就要妹妹死守在家裡吧？這樣姊妹如何情深？又該如何學習將心比心？」

「哎唷，」夫人說，「年紀輕輕就這麼有主見。敢問小姐芳齡？」

「我三個妹妹都出來社交了，」伊莉莎白笑著說，「夫人總不好要我洩漏年齡吧？」

凱薩琳夫人似乎很詫異，竟然有她問不出的答案。伊莉莎白懷疑，恐怕只有自己敢捋虎鬚，開這尊貴的雞婆玩笑。

「妳頂多二十歲——所以沒必要隱瞞年紀。」

「我還沒二十一。」

男客下了飯桌，眾人在交誼廳喝過晚茶，牌桌便擺開了。凱薩琳夫人、盧卡斯爵士和柯林斯夫婦四人打起了夫人年輕時流行的四方牌。狄堡小姐想玩配對碰，伊莉莎白和瑪利亞也沾光，幫詹金蓀太太湊了一桌。話說她們這桌還真無趣，一出聲就是叫牌，詹金蓀太太一會兒怕狄堡小姐冷著，一會兒怕她熱壞，等等又該擔心爐火會不會太亮？還是太暗？另一桌可就熱鬧多了，差不多就只凱薩琳夫人一個人在說話，不是挑牌友的錯，就是講自己的見聞。柯林斯先生附和不迭，每下一籌，就謝夫人一聲，倘若贏太多，還得要道歉。盧卡斯爵士沒什麼談興，只顧把聽來的趣聞和顯貴的名字裝進腦子裡。

凱薩琳夫人和狄堡小姐玩得高興了，牌戲就散了，問問柯林斯太太要不要備車？自然是感激領情，於是便打發人套車去。眾人圍著爐火，聽凱薩琳夫人斷言明日的天氣，聽著聽著，僕人來請，說馬車到了。柯林斯先生連聲道謝，盧卡斯爵士鞠躬不歇，總算是告辭了。馬車才上路，伊莉莎白就給堂兄問住，要她說說對若馨莊園的感想；為顧及夏洛特的顏面，她說了許多好話，儘管費了一番周折，然而這番讚美仍說不到堂兄心坎裡，於是這歌功頌德的差事，不一會兒又落回柯林斯先生手裡。

第七章

盧卡斯爵士只在漢斯佛區待了一個禮拜，但已經夠了，看到女兒有了託付，有這樣的丈夫，又有這樣的鄰居，實屬難得可貴。盧卡斯爵士作客期間，柯林斯先生成天駕著輕便二輪馬車，載著老丈人四處閒逛，等到老丈人離開後，一家人又回到原本的生活。伊莉莎白簡直慶幸，雖然盧卡斯爵士回鄉了，但是見到堂兄的次數並無增減。從吃完早餐，到晚上開飯，柯林斯先生不是整理花園，就是待在書房看書寫字，或是憑窗眺望對巷。至於女人家的起坐處卻在裡間，起初伊莉莎白還奇怪，在飯廳豈不好？空間比裡邊大，窗外景色也佳。不過要不了多久，她就了解夏洛特用心良苦，與其在飯廳熱鬧，不如待在裡間好，否則柯林斯先生待在自己書房的時間可要短少，這就不得不佩服夏洛特高明了。

從她們起坐的交誼廳，根本無從得知巷子裡的消息，多虧柯林斯先生通報，方知又有哪輛馬車駛過；尤其狄堡小姐的敞篷馬車常常駛過，每駛過一次，他就要稟報一次，差不多就是每天了吧。狄堡小姐時不時會在牧師公館門口停下來，跟夏洛特聊上幾分鐘，但無論怎麼請，小姐不下車就是不下車。

待了這幾日，幾乎沒有一天沒見柯林斯先生上若馨莊園走動，柯林斯太太也少有不跟去的。若非伊莉莎白想到凱薩琳夫人多的是俸祿可以賞賜，不然還真弄不明白何必枉費大好時光。偶爾有幸得夫人蒞臨，伊莉莎白眼睛尖，總把來訪的種種看個仔細。先是查問他們的起居，又看看新做的活計，說這樣不好，該要那樣才是；接著吹毛求疵，說家裡擺設不對，再嫌那女傭偷懶。難得她賞臉嘗些小點，卻像在看這肉切得是厚是薄，要查柯林斯太太是不是勤儉持家。

伊莉莎白立刻發覺，凱薩琳夫人雖非地方法官，但卻積極仲裁教區一切糾紛，即使是芝麻綠豆大的小事，也要柯林斯先生向她稟報。只要村民吵架、抱怨、喊窮，她便親自上陣，到村裡調節紛爭，鎮壓民怨，罵得大家相安無事，不再叫苦連天。

他們一個禮拜讓若馨莊園招待兩頓晚飯。少了盧卡斯爵士，只湊得齊一張牌桌，其餘排場一律照舊，此外再沒飯局，因為附近人家的派頭，柯林斯夫婦高攀不起。不過伊莉莎白倒不覺得遺憾，反而過得逍遙自在，天天跟夏洛特聊上半個鐘頭。此時最是春好處，她常常要到屋外享受春光，尤其喜歡那片挨著若馨莊園的林子，每次主人去向凱薩琳夫人請安，她就到林間散步，那兒有一條宜人的綠蔭小徑，別人似乎不以為意，但她卻大為讚賞，認為凱薩琳夫人再怎麼愛打探，到了這裡也是鞭長莫及。

悄悄地，她已經出門做客兩個禮拜，轉眼間復活節就要來了。佳節前一週，若馨莊園要添新客，在這小圈子自然是樁大事。伊莉莎白初來乍到時，便聽說達西先生隔幾週要來訪，在她的舊雨新知中，像這樣討厭的雖然不多，但是他來了也好，給若馨莊園添個新面孔，也讓她多點消遣，瞧瞧賓利小姐是如何枉費心機，看看達西對他表妹多殷勤。這門婚事，凱薩琳夫人顯然已經敲定，一談到他要來，真真是心花怒放，對他讚不絕口，聽說他從前和盧卡斯小姐和伊莉莎白時常見面，還差點沒翻臉。

他人一到，牧師公館上下全知道——柯林斯先生一早就守在漢斯佛巷入口附近，對著巷口那排農舍巴望了一整天，就為了搶先目睹貴客大駕光臨。他鞠了個躬，目送馬車彎進莊園，拔腿回家報告這大新聞。翌日一早，他忙上夫人府邸問安，等在那兒的是夫人的兩位外甥。達西先生此番前來，還帶了一位費茲威廉上校，是他舅父（某某伯爵）的么兒。公館這邊萬萬沒想到，柯林斯先生回家時，兩位紳士也跟來了；夏洛特遠遠在丈夫的書房裡望見了，趕緊飛奔去通報客人，這下可有面子啦：

「我可得感激妳，伊莉莎，稀客駕到啦！若不是妳，達西先生哪會這麼快來看望我。」

伊莉莎白還來不及分辯，謙稱擔不起這過譽之詞，門鈴便宣布貴客光臨，不久主客三人便走進交誼廳。費茲威廉上校走在前面，年約三十，雖然其貌不揚，但是談吐舉止盡是紳士風範。達西先生還是跟在赫福德郡時一樣，見了面，問候女主人幾句也就完了。他對女主人身旁女客的情感雖然不得而知，不過單看外表，倒是面不改色。伊莉莎白行了個屈膝禮，此外半個字也沒有。

費茲威廉上校一進門就談笑風生，果真是有修養之人，談吐有趣極了；可是他那位表弟，只略略把房子和花園評了幾句，便坐在那兒當個悶葫蘆。終於，他察覺自己失態，便問伊莉莎白府上可好？她照例回答後，頓了一頓，說：

「家姊這三個禮拜都待在倫敦，你碰見沒有？」

她明知沒有，只是想探他口風，看他知不知道賓利一家和姊姊是怎麼回事。她看他的表情有些疑惑，只說沒這個榮幸見到班家大小姐，這話茬兒就沒人接了，不久兩位紳士也起身告辭。

第八章

費茲威廉上校的言行舉止，在公館裡備受稱道，女人家一致認為，有費茲威廉上校在，日後上若馨莊園作客必定更有意思。幾天過去了，公館這邊卻沒有接獲邀請，看來莊園那裡有了客人，便用不著他們了。復活節那天，距離兩位貴客到訪已經過了一個禮拜，柯林斯府上承蒙夫人關照，在離開教堂前邀了他們飯後上若馨莊園作客。過去一個禮拜，他們既沒見到凱薩琳夫人的面，也沒看到狄堡小姐的人；期間費茲威廉上校來過公館幾次，達西先生則只在教堂裡見到。

不消說，邀請自然是接受了。晚飯過後，他們上若馨莊園作客，夫人正在交誼廳和她的兩位外甥應酬，看到他們來了，固然客氣相迎，但顯然不如找不到牌搭時那樣來勁。真要說的話，夫人一番心思全在甥姪身上，只顧跟兩位先生講話，尤其達西先生還更受寵些，其他客人都給冷落在一旁。

費茲威廉上校看到他們來訪，喜形於色；在若馨莊園作客，芝麻小事都是調劑，尤其柯林斯太太的女客好生標致，深得歡心，只見他挨著她坐下，眉飛色舞談起肯特郡和赫福德郡，聊聊旅行，說說家裡，談談近來看了哪些書、聽了什麼音樂。伊莉莎白上若馨莊園作客以來，還是頭一遭受寵，兩人聊得眉開眼笑，很是投緣，凱薩琳夫人注意到了，達西先生也察覺到了。他那雙眼睛不久便在兩人身上打轉，眼神裡滿是好奇。隔了一會兒，夫人也有了同感，她毫不遮掩，朗聲說道：

「你們在聊什麼啊，費茲威廉？聊得這樣高興？你跟班奈特小姐說了什麼話，說來我聽聽。」

「我們在聊音樂，姑母。」他無法避而不答，只得照實說了。

「聊音樂！那怎麼不聊給大家聽？我最喜歡談音樂了，你們要聊，自然得算我一份。我想全英國沒幾個人像我一樣，真心喜愛音樂，也沒幾個人像我一樣，天生就懂得欣賞。只可惜我沒學過，否則一定是名家。安妮也是，只可惜她身子孱弱，不然彈起琴來，一定也很動聽。喬安娜學得怎麼樣啦，達西？」

達西先生愛妹心切，稱說妹妹彈得一手好琴。

「聽她彈得這麼好，我就高興了，」凱薩琳夫人說，「請幫我轉告她：若是想拔尖，不勤練不行。」

「您放心好了，姨母，」他回答，「用不著您勸，她已經練得很勤了。」

「那更好，練琴總不嫌多。等我下次寫信給她，囑咐她練琴疏忽不得，無論如何絕不能偷懶。我常告訴年輕小姐，音樂要學得好，唯有勤練。我就跟班奈特小姐講過好幾次，她的琴無論如何是彈不好的，除非她勤加練習。柯林斯太太家裡雖然沒有琴，但是我也跟她說了，我很歡迎她天天上若馨莊園，到詹金蓀太太的房裡練琴，反正她在那裡也不礙事。」

達西先生臉上訕訕的，姨母出言不遜，他索性相應不理。

喝過咖啡，費茲威廉上校提醒伊莉莎白，說她答應過要彈琴給他聽。她坐到鋼琴前，他拉過椅子去。凱薩琳夫人聽到一半，便轉頭找外甥說話，直到外甥離開，信步走向樂聲，在鋼琴前方站好，將演奏者姣好的面孔盡收眼底。伊莉莎白看出他的舉動，便趁勢收手，轉向他調皮一笑，說：

「想嚇我啊，達西先生，竟然這樣走過來聽？我才不怕你呢。令妹彈得一手好琴又如何？我脾氣倔強，想嚇我，我可不讓。人家愈要嚇，我膽子愈大。」

「我絕不會說妳誤會了，」達西說，「因為妳總不會相信我是存心嚇妳。有幸認識妳這些時日，知道妳有時喜歡口是心非。」

聽到人家這樣說自己，伊莉莎白開懷大笑，對費茲威廉上校說：「你表弟定會好好向你說說我，教你對我說的話半個字也不信。真是倒楣，居然碰到這種人，就會揭穿我的真面目，本來還想讓人家留下好印象的。說句老實話，達西先生，你也太刻薄了，居然把我在家鄉那些難堪的事給抖出來，這還真是──恕我直言──不智之舉，簡直是在激怒我回敬你，說你幾句，嚇壞你的親朋好友。」

「我還怕妳啊。」達西先生笑著說。

「且讓我聽聽妳說他的不是，」費茲威廉上校嚷道，「我倒要看看他在生人面前如何表現。」

「那麼我就講給你聽吧──只是你可能不愛聽。我第一次見到他是在赫福德郡，要知道，那是在一場舞會上，你猜他怎麼著？他一共只跳了四支舞！害你聽了不好受真是抱歉，但事實的確如此。他一共只跳了四支舞，當晚男客很少，而且就我所知，舞池邊坐著不只一位小姐，正愁沒舞伴。達西先生，你可別想賴帳啊。」

「我當時沒福氣，舞會上的小姐一個也不認得，只知道幾個自己人。」

「說得也是，而且舞會上又不作興替人家介紹舞伴。費茲威廉上校，接下來彈些什麼好？我的指頭正等你下命令呢。」

「或許吧，」達西說，「請人介紹好是好，但跟陌生人打交道我可不在行。」

「我們要不要問問你表弟？看看這是什麼緣故？」伊莉莎白對著費茲威廉上校說。「我們問問他，堂堂大男人，見識廣，學問高，出身好，跟陌生人打交道有什麼困難？」

「這我來回答就行了，」費茲威廉說，「用不著過問他。他啊，還不就是怕麻煩。」

「我不像人家那樣好本領，」達西說，「跟素昧平生的人也可以談笑風生。我呢，總是插不上話，也做不出津津有味的模樣，倒是常看見人家做得很好。」

「我的手指，」伊莉莎白說，「彈起琴來總不如許多小姐高明，既不夠有力，也不夠靈活，也彈不出種種表情。不過，我總認為這是我的錯——是我自己懶得練琴，我就不相信**我**的手指真不如那些琴藝高超的小姐。」

達西笑一笑，說：「說得真好，妳真會利用時間，但凡有耳福之人，決計聽不出妳在琴藝上有何不足。妳和我啊，都不願意人前一套、人後一套。」

說到這裡，凱薩琳夫人出聲打岔，提高嗓子問他們聊些什麼。伊莉莎白立刻再把琴彈奏起來。凱薩琳夫人走上前，聽了幾分鐘，對達西說：

「班奈特小姐的琴藝若想無可挑剔，須得上倫敦聘請名師，私下也得勤加練習。她的指法沒話講，可是品味不如安妮。安妮要彈一定也彈得來，只是她的身子根本沒辦法學。」

伊莉莎白望向達西，想看他熱烈附和讚美表妹；可是別說當下沒有，就連事後也嗅不出半點愛意。從他對狄堡小姐的舉止看來，她不禁替賓利小姐感到欣慰，倘若今天換賓利小姐當他的表妹，他大概也會娶吧。

凱薩琳夫人繼續對伊莉莎白的演奏發表高見，針對她的琴藝和品味出言指點。伊莉莎白捺著性子虛心受教，又捱不過兩位紳士的請求，只得一曲接著一曲，直到夫人的馬車備妥，一行人才告辭回家。

第九章

翌日早晨，柯林斯太太和瑪利亞有事到村裡一趟，伊莉莎白在公館內獨坐，提筆給珍寫信。忽然她嚇了一跳，門外鈴聲大作，準是來了客人，先前並未聽見馬車轆轆，莫非是凱薩琳夫人？想到這裡，便把寫到一半的信擱著，省得引來刺探。此時，門開了，她大感詫異，只見達西先生——就只達西先生一個人——走進交誼廳。

他似乎也很訝異，看見屋裡就她一個人，連忙開口道歉，說是冒昧打擾，原以為太太小姐都在府上。

入座後，她問起若馨莊園上下，眼看就要陷入無話可說的僵局，不得不搬點話來撐場，就在這節骨眼，她想起上回在家鄉見到他的情景，一時好奇，便想聽聽他對那次匆匆離別的看法，於是說道：

「真是令人措手不及啊，達西先生！去年十一月走得真倉促。賓利先生一定又驚又喜，你們這麼快就去跟他會合。如果我沒記錯，他只比你們早一天動身。你離開倫敦時，賓利先生府上都好嗎？」

「闔府均安——託妳的福。」

她看對方沒有要搭話的意思，頓了一頓，又說：

「之前聽說，賓利先生似乎不打算回尼德斐莊園？」

「我是沒聽他說過，但是未來大概不會長住。一來他交友廣闊，二來在他這個年紀，交際應酬只會一天比一天多。」

「如果不打算久待在尼德斐莊園，為了左鄰右舍著想，不如退租的好，好讓其他名門望族長住。不過賓利先生租下那幢房子，或許並未替本鄉打算，只是圖自個兒方便，因此他是去是留，都不能指望他以大局為重。」

「這也是意料中事，」達西說，「等他買到合適的房子，一定馬上退租。」

伊莉莎白沒有回話，唯恐又要談到他朋友身上去。眼下既然無話可說，索性把心一橫，讓他自己去傷腦筋、想話題。

他領會到她的用意，便找了個話茬道：「這公館挺舒適的。柯林斯先生初到漢斯佛區，少不了凱薩琳夫人為這間公館費心。」

「我想也是——而且這恩惠賞得再好沒有，世上再找不出比柯林斯先生更盡心圖報之人。」

「柯林斯先生真幸運，娶了一位好太太。」

「可不是嗎，他的朋友真該替他慶幸，難得有明理的女人肯嫁給他、賜給他幸福。我的朋友原是玲瓏剔透之人——我不敢說這樁婚事是上上之策，但她倒是一臉幸福的模樣。以世俗的眼光來看，這門親事確實攀得不錯。」

「她一定非常開心，住得離娘家和朋友那麼近。」

「你說這叫作近？差不多五十哩呢。」

「五十哩算得了什麼？半天就到了。我認為**非常近呢**。」

「我從來不認為嫁到五十哩外是**好事**，」伊莉莎白嚷嚷，「也不認為柯林斯太太住得離娘家**很近**。」

「這表示妳很戀家。只要走出朗堡一步，我想妳都嫌遠吧。」

他說這話時，臉上帶著笑意，伊莉莎白自認看穿了他的心思；他一定認為自己在想珍嫁入尼德斐莊園吧？想到這裡，臉上不覺一紅，說：

「倒不是說女人家不許嫁得離娘家太遠。是遠是近要看情況，並不是絕對的。只要拿得出盤纏，嫁得遠一些又何妨？但**眼前**卻不是這樣。柯林斯夫婦雖是小康，卻籌不出這麼多盤纏——就算是把五十哩路折半，我相信夏洛特也不會認為離娘家近的。」

達西先生將椅子挪前一些，說：「**妳**可不能這麼戀家，總不能一輩子住在朗堡吧？」

伊莉莎白一臉詫異，達西也覺得心情兩樣，便把椅子拖回去，拿起桌上的報紙瞥幾眼，換了個冷漠的調子，道：

「妳喜歡肯特郡嗎？」

兩人繞著肯特郡聊了一會，彼此都很冷靜，措詞也很簡潔，不久話題便告終止，夏洛特和妹妹進門了。她倆剛從村莊散步回來，看見達西和伊莉莎白促膝而談，都很訝異。達西先生說自己誤闖進來，打擾了班奈特小姐，主客四人對坐一會兒，達西先生話也不多，不久便起身告辭。

「這是什麼意思呢！」客人一走，夏洛特便說，「親愛的伊莉莎，他一定是愛上妳啦！否則怎會隨隨便便跑到這裡來？」

伊莉莎白把剛才對坐無語的窘境說了，夏洛特儘管滿懷希望，但是聽上去確實不像回事；猜到後來，都認為他此趟來訪，純粹是沒事找事做，唯有這樣才說得過去。這時節遊獵結束了，若馨莊園雖然有書可看，有撞球可打，還有凱薩琳夫人可以談天，但是紳士名流畢竟不能鎮日大門不出、二門不邁；既然附近就是牧師公館——或許是喜歡散步，或許是喜歡柯林斯一家，這對表兄弟作客期間，三天兩頭就往公館跑。兩人都是白天來，時間早晚不定，有時分頭去，有時一道走，偶爾夫人也一起來。明眼人都看得出來，費茲威廉上校之所以走動得這麼勤，是因為喜歡跟公館這邊打交道，這一家人自然歡迎他，伊莉莎白又跟他合得來，他也明擺著愛慕伊莉莎白，讓她想起前任心上人喬治．韋翰；若把兩人放在一起比，費茲威廉上校不比韋翰溫柔多情，但韋翰也不如費茲威廉上校博學多聞。

至於達西先生為何經常來公館走動，倒教人摸不著頭緒，看著也不像是愛湊熱鬧，時常一坐十分鐘，也不見他開口，好不容易開了口，卻又像是不得不說，而不是有話要說——彷彿是犧牲沉默來顧全禮貌，而不是說來自己高興——而且也很少見到他高興。柯林斯太太簡直搞不懂他，費茲威廉上校偶爾笑他木訥，可見得他平常不是這樣，但憑她對他的認識，也不知他平時的為人，只能一廂情願地認為：

他個性大變全是戀愛的緣故，而戀愛的對象，就是她的手帕交伊莉莎白，於是便慎重其事，想看出個所以然來，此後無論是上若馨莊園作客，還是他來公館拜望，她那雙眼睛總是釘在他身上，但卻沒瞧出什麼端倪；他確實常常看著伊莉莎白，但那眼神卻不好說——雖然是誠懇堅定，卻不知藏有幾分愛意？有時更是空空洞洞，彷彿只是心不在焉而已。

她曾經暗示伊莉莎白一兩次，說他或許有意於她，但伊莉莎白總是一笑置之，柯林斯太太也不好再講，唯恐撩得人家動了心，到頭來空歡喜一場；她相信一旦伊莉莎白以為達西有意於己，定會登時從恨中生出愛來。

夏洛特好心替伊莉莎白打算，有時也盤算著讓她嫁給費茲威廉上校。上校之善於哄人，無人能及，而且又愛慕伊莉莎白，身分地位也沒得挑剔；但是這些好處，都比不上達西先生握在手裡的牧師推薦權，相較之下，他表哥簡直一無所有了。

第十章

不只一次，伊莉莎白在若馨莊園閒逛時，與達西先生不期而遇。她覺得厄運弄人，偏偏把他吹進這人跡罕至的林子裡；唯恐往後又要碰見，她還刻意出言提醒，說自己很喜歡這片林子，時常要來散步——誰知竟又碰著第二次，這可真是怪了！然而有一就有二，有二就有三，看著覺得他像存心作對，又像是自甘苦行，每每邂逅，兩人總在寒暄後陷入尷尬、在無言中默默分手，但他總在轉身之後回頭，堅持和她一道走。他的話從來不多，她也懶得張耳開口。第三次偶遇，她記得他問了些八竿子打不著的問題，問得很是古怪，譬如在漢斯佛區開不開心？喜歡一個人散步？柯林斯夫婦過得幸不幸福？談起若馨莊園時，她說和夫人府上不甚熟稔，他彷彿希望她再次造訪肯特郡時，能在**夫人府上**小住一陣。他的話隱約是這個意思，難不成是在打費茲威廉上校的主意？伊莉莎白心下暗忖，倘若他果真話中有話，肯定是把腦筋動到表哥的婚事上頭去。她有些心煩意亂，好在不知不覺已經走到圍籬門口，對街就是牧師公館。

一日，她心不在焉地散著步，手裡捧著珍上一封來信，仔細咀嚼其中幾個段落，字裡行間盡是愁悶，正讀著，又嚇了一跳，這次倒不是達西先生，而是抬頭見到費茲威廉上校迎面走來，趕緊收起信，強打起笑臉，道：「沒想到你也來這裡散步。」

「我正在莊園裡四處看看走走，」他說，「每年都是這樣，等繞完一圈再上公館拜望。妳還要往前走嗎？」

「不了，我準備要回去了。」

說著她轉了個身，兩人一齊往公館走。

「禮拜六就要離開肯特郡了嗎？」她說。

「對——只要達西不再拖延，但我也只能任他擺布，他這人做事向來看心情。」

「縱使結果不如他的意，也該高興自己有選擇的權利。能夠像這樣為所欲為的，看來看去也只有達西先生了。」

「他確實非常任性，」費茲威廉上校說，「但誰不任性呢？只不過他比別人更有辦法，因為別人窮，他有錢。我這是真心話。長子繼承嘛，排行小的只能逆來順受，克己屈從。」

「在我看來，伯爵的么子哪懂得這些。問你一句正經話，你可知道什麼叫做克己？什麼叫做屈從？你可曾因為拮据，想去的地方不能去？想買的東西沒得買？」

「真是一針見血！在這方面我或許不知艱苦，可是在重大關頭上，我就因為沒錢而吃虧了。小兒子總不好隨便論及婚嫁。」

「除非對方有財產。這倒是司空見慣。」

「我們花錢花慣了，沒錢萬萬不能。像我這樣的身分地位，結婚不談錢的沒幾個。」

伊莉莎白心中暗忖，「這是說給我聽的嗎？」想到這裡，臉頰燒紅，一會兒恢復過來，便奉上幾句俏皮話：「我倒要請問，伯爵的小兒子身價多高？除非長子奄奄一息，否則嫁妝再討也不過五萬鎊吧？」

他也跟她打哈哈，這事便過去了。她怕再沉默下去，他要以為她在為方才的話傷神，於是便說：

「我想你表弟把你帶在身邊，就是為了要有人聽他擺布。我納悶他怎麼不結婚？結了婚不就有人可以任他擺布一輩子？不過眼下有他妹妹這顆棋子也許就夠了，既然她由他照管，他想怎麼著就怎麼著。」

「不對不對，」費茲威廉上校說，「這點甜頭也得分給我嘗。我和他同是達西小姐的監護人。」

「此話當真？我可要請教兩位監護人當得怎樣？達西小姐有沒有給兩位添麻煩？這個年紀的小姐有時不大聽勸，倘若脾氣又跟達西先生是一家人，可不就我行我素了？」

她說這話的時候，只見他不苟言笑地看著她，接著馬上問說，為什麼認為達西小姐會給他們添麻煩。從他問話的樣子，這事兒定是給她說中了七八分，於是立刻回道：

「你別慌張，我從未聽人說過小姐的不是。她稟性溫良、無人可比，我認識的幾位太太小姐——比如賀世特太太和賓利小姐，都非常喜歡她。記得你說過你也認識這兩位？」

「只是點頭之交。這兩位的兄弟風度翩翩、人緣極佳，是達西的知己。」

「正是，」伊莉莎白淡淡地說，「達西先生對賓利先生好得不像話，照顧得無微不至。」

「照顧他嗎！哈！沒錯，只要他沒了主意，我相信達西**必定會**幫他出主意。這趟來的路上，達西跟我說了一些事，我說賓利先生這個人情欠大啦。不過這樣講又有些過意不去，因為我沒有立場認定達西說的人就是賓利，只是我自己瞎猜而已。」

「這話怎麼說？」

「照眼前的情況，達西自然希望不要張揚，要是事情傳到小姐家裡就不好了。」

「相信我，我不會說的。」

「記住我的話，我沒有理由認為達西說的就是賓利。他只慶幸近來救了一位朋友，總算沒有草率結婚，省卻了不少麻煩，但沒透露當事人的姓名等細節。我之所以懷疑到賓利頭上，一來他是個情種，二來去年夏天他們是一起過的。」

「達西先生有沒有告訴你，他憑什麼介入人家的婚事？」

「聽說是強力反對那家小姐。」

「他用什麼手段拆散人家？」

「這他倒沒說，」費茲威廉笑著說，「他跟我講的，我全都告訴妳了。」

伊莉莎白沒接腔，繼續往前走，氣得心火直冒。費茲威廉望了她幾眼，問她為何心事重重。

「我在想你方才跟我說的話，」她說，「令表弟的舉止不合我的脾性。憑什麼要他作主？」

「妳是說他多管閒事嗎？」

「我看不出來達西先生憑什麼左右朋友的感情，單憑他一己之見，難道就能替朋友的幸福出主意？」說到這裡，她平了一下氣，說：「不過，既然不明白其中底細，譴責他未免有失公允，也許這對情人本來感情就不深吧。」

「這麼說倒也不無道理，」費茲威廉說，「只是表弟的功勞可就要大打折扣啦，可惜啊可惜。」

這本來是句玩笑話，可是聽在伊莉莎白耳裡，完全就是達西先生的寫照，她生怕自己失言，便不再接腔，只把話題岔開了去，盡聊些瑣事，倒也走到了公館門口。等客人一走，她便閉門獨坐，將方才那番話放在心上琢磨，想來想去，只覺達西先生說的不是別人，正是自己身旁的親友，只為世上再沒**第二個人**，會這樣讓達西先生玩弄在股掌之中。拆散賓利先生和珍這件事，若說達西先生也有份，她是從不懷疑的，但她總把這些機關算計當成賓利小姐的主意；想不到，雖然他不是讓虛榮心沖昏了頭，但**他竟**

然就是罪魁禍首——他的驕傲！他的任性！都害珍吃足了苦頭！如今還在受苦。他斷送了她對幸福的希望，而她擁有的，是世上最溫柔敦厚的心腸！他種下這段冤孽，誰知何年何月才能了結？

「聽說是強力反對那家小姐。」費茲威廉上校是這麼說的。反對什麼？不就是有個在鄉下當律師的姨丈？還有個在倫敦開店鋪的舅父？

「至於珍本人呢，」她不禁嚷了起來，「根本沒得挑剔！既可愛，又善良！才德兼備，風采迷人。再說父親大人吧，也是無可指摘，雖是古怪了些，然其才幹絕不容達西先生藐視，品德更教他望塵莫及。」念頭轉到母親身上時，她雖不免信心動搖，但還是不信**那方面**的缺陷會動搖達西先生到哪裡去。他這人那麼驕傲，相信比起沒見識的姻親，他更難過朋友跟低微的人家結親。最後她想出了定論，認為他之所以從中作梗，半是受虛榮心支使，半是想把賓利先生留給自己的妹妹。

她心中激動，眼淚直流，頭也跟著疼了起來，到了晚上疼得更是厲害，加上不願見到達西先生，便決定不陪堂兄夫婦上若馨莊園喝晚茶。柯林斯太太看她人不舒服，倒也不勉強，還幫著別讓丈夫勉強她，但是柯林斯先生掩不住焦慮，生怕凱薩琳夫人要生氣，竟然讓她待在家裡。

第十一章

大家都出去後，伊莉莎白像在跟自己嘔氣，又像在跟達西先生鬧脾氣，什麼事不好做，偏偏把珍寄來肯特郡的信拿出來重讀。信中雖無怨言，也未提及往事，對於眼前種種傷心，更不見隻字片語，但是滿紙讀來，句句不復歡笑。珍的文筆向來歡欣，因為她總是自得其樂，又處處替人設想，落筆罕見陰鬱氣息；然而伊莉莎白手中的家書，卻字字透露著不安，她這回讀得仔細，上回漏看處，這下全瞧出來了。達西先生厚顏無恥，以折磨他人為傲，教她更對姊姊的苦楚感同身受。所幸他後天就要離開若馨莊園，而自己兩個禮拜後便能和珍團聚，憑著姊妹情深，必能助她打起精神。

想到達西即將離開肯特郡，不免憶起他表哥也將同行；費茲威廉上校既已表明心跡，雖然他不啻為如意郎君，但伊莉莎白已決意不為他費心。

思緒方釐清，又給門鈴攪個不寧，只當來客是費茲威廉上校——上校曾在晚飯後上門拜望，此趟或許專程來向她請安。此番念頭旋生旋滅。心神雖然依舊不寧，但心情卻完全兩樣，只見她一臉詫異，看著達西先生進門，才開口就問她身子好些了沒，忙說此趟前來，是要祝她早日康復；她淡淡跟他客套幾句。他坐不到一時片刻，便起身在屋裡踱步，伊莉莎白儘管詫異，總歸是不發一語。兩人沉默了幾分鐘，他走到她跟前，神情激動道：

「我再掙扎也是徒勞，感情是關不住了。請妳傾聽我，傾聽我的熱情，傾聽我的愛慕。」

伊莉莎白之震驚，筆墨難以形容。她瞪大了眼，羞紅了臉，先是納悶，再則沉默。他見狀以為是慫恿，便將滿腔心緒和積壓已久的感情宣泄而出。他能言善道，除了愛戀之情，連同心中的曲折也娓娓道來，只見他一邊情話綿綿，一邊彰顯家世赫赫，說她出身寒微，門不當、戶不對，娶她進門，有損家風，他在理智和情感之間天人交戰，說得是慷慨激昂、鉅細靡遺。或許這樁婚事果真有辱門楣，然而說得這樣仔細，恐難贏得佳人芳心。

即使對他深惡痛絕，但是能讓這樣一位人物求愛，總算是大大的恭維，自然不能無動於衷，但她心意已決，不曾動搖片刻，對他即將承受失戀之苦，頗感抱歉；後來卻聽他出言不遜，心生怨恨，由憐轉怒，但還是平下氣來，待他把話說完，再捺著性子答覆。末了，他說對她一往情深，幾經壓抑，仍捺不住愛火，眼下只盼她賞臉，願意執子之手、與子偕老。他說這番話時，分明是十拿九穩的神氣，**嘴裡**說是忐忑，臉上卻盡是得意，看得她更加惱火，待他話音甫落，立刻漲紅了臉，說：

「遇到這種情況，我想依照禮俗，不論是否有情，皆須對此番告白表達謝意。有人示好，心中感激，人之常情。我若**由衷感佩**，眼下自然謝你，但我毫無此意。我從不奢求你厚愛，何況你又萬般委屈。我不願害人受苦，縱使有，也是無心，但求事過境遷。照你所言，種種曲折延宕了你此番表白，聽完此言，相信你的理智定能輕取情感。」

達西先生倚著壁爐架，一雙眼睛釘在她臉上，將她的話一字一字聽在心裡，既惱怒，又訝異，氣得臉都白了，內心的洶湧全寫在臉上。他力作鎮定，緊閉嘴脣，等到氣平了才肯開口，沉默得伊莉莎白心裡難受。終於，他勉強沉住了氣，說：

「聽到這番回答，真是榮幸！容許我請教一聲，何以拒絕得不留情面，竟然連禮數**也免**？雖然這都只是芝麻小事了。」

「也容我請問一下，」她回答道，「為何你存心冒犯我？污辱我？說喜歡我非你所願？不合情理？甚至紆尊降貴？你既如此，我又何必講究禮數？何況我果真出言不遜嗎？再說，我惱的不只這些，你自個兒心裡也有數。縱使我不恨你，對你無動於衷，甚至對你有意，也請你想一想，我要怎麼去愛一個毀了我姊姊幸福的男人？我最最親愛的姊姊的幸福，或許永遠就這麼毀了！」

她一字一字地說，達西先生的臉色一點一點地變，一會兒平下心來，捺著性子傾聽，沒有半點要打岔的意思。

「我大可對你懷恨在心，不論出於什麼動機，做出**那種**不公不義、忝不知恥之事，都教人無可原諒！諒你也不敢否認，更不能否認，你，就是主使！即使拆散他倆一事並非你一手造成，但也害得男方落人口實、怪他心猿意馬，女方遭人訕笑、譏她癡心妄想，教兩人都受盡了折磨。」

她頓了一頓，恨恨地看著他，見他聽了此言，竟毫無悔意，甚至似笑非笑，裝出一副難以置信的神氣。

「這你能矢口否認嗎？」她再問一遍。

他強作鎮靜，說：「我不願否認——我確實竭盡全力拆散了好友和令姊；我也不否認，我樂見這樣的結局。我對**他**比對我自己好多了。」

伊莉莎白聽他說話客氣，意思卻再明白也沒有，一股氣嚥不下去，不屑他如此多禮。

「還不只這一樁，」她繼續說道，「我對你的不滿其來有自，在此之前，我就對你有成見了。對於你的人品，早在好幾個月前，我就聽韋翰先生說了。這件事，你還有什麼話講？難道又要胡謅狡辯，說一切都是為了朋友？還是要扭曲事實，誣賴到別人頭上？」

「妳就這麼關心那位先生嗎。」達西說這話時，口吻已不如先前平靜，臉色變得更是厲害。

「聽到他的遭遇，誰會不關心？」

「遭遇！」達西鄙夷地把這兩個字複述一遍。「是啊，他的遭遇還真是晦氣。」

「還不是你害的，」伊莉莎白使勁嚷了起來，「害得他窮困潦倒，雖是比下有餘，但卻比上不足。明知是給他的好處，你卻扣著不放，枉費人家的大好前程，他於情於法，都應當過得衣食無虞。看你做的好事！如今聽到他的遭遇，你還敢嘲諷！還敢鄙夷！」

「這個，」達西提高了嗓門，快步從壁爐架走向交誼廳另一頭，「就是妳對我的看法！原來妳把我看成這樣一個人！感謝妳解釋得這樣詳細。照妳的說法，我確實罪孽深重！不過——」他停下腳步，轉身面對她，「這些得罪，或許妳本來並不計較，要不是我傷了妳的自尊，將遲遲不肯表白的顧慮，原原本本地說了出來，這些無情的指控，妳原本也想熬住不說的吧！只怪我沒能精明些，將內心的掙扎藏好，不知要一味諂媚，好讓妳以為我是全心全意愛著妳，愛得不講道理，愛得不顧一切！但是我生平最痛恨的就是矯飾，對於內心的曲折，我也不引以為恥。會有顧慮是很自然的，也是應該的，難道妳指望我樂得攀上妳那些下等親戚？慶幸自己結親的人家全不如我自己嗎？」

伊莉莎白怒火中燒，但還是盡量心平氣和地說：

「你誤會了，達西先生。你該不會以為，倘若換個方式表白，我的回應就會兩樣吧？我或許會拿出禮貌來拒絕，倘若你拿出紳士風度的話。」

她看他一聽，吃了一驚，但沒接話，於是接下去說：

「不論你用什麼辦法向我求婚，我都不會動心。」

他掩不住詫異，難以置信地看著她，像顆洩了氣的皮球。她繼續道：

「打從一開始，不，打從我認識你的那一刻起，你的舉止就給了我一個印象，覺得你驕矜狂妄、自私自利、目中無人，從而埋下不滿的種子；爾後種種嫌隙，更教我恨你恨到骨子裡。認識你不到一個月，我就明白：哪怕全天下的男人都死光了，也休想勸我嫁給你。」

「行了，女士。妳的感受我完全明白了，我只慚愧自己先前的感受。原諒我耽擱了妳寶貴的時間，容我恭祝妳玉體安康、心想事成。」

說著他匆匆走出交誼廳，隔了一會兒，伊莉莎白聽到他打開大門，走了。

伊莉莎白一時心火浮躁，無法自持，周身乏力，坐下來哭了半個鐘頭。她太震驚了！方才那一幕，她真是愈想愈震驚。她竟然讓達西先生求婚了！他竟然愛她愛了好幾個月！甚至愛到要結婚！他不反對自己娶她，卻反對好友娶家姊，明明兩家同樣是家世懸殊！這真是太不可思議了！雀躍自然是雀躍的，沒想到有人默默愛著自己。但是他的驕傲，他那可惡的驕傲，竟然厚顏無恥認了珍的事，明明說不出個名堂，還敢理直氣壯，不可原諒！提到韋翰先生時，他那麻木不仁的態度，毫不否認自己對韋翰無情！方才體貼他厚愛，對其心生憐憫，如今盡皆成灰了。

她左思右想，心中千迴百轉，忽而聽見凱薩琳夫人的馬車聲，想起自己這副模樣，哪裡禁得起夏洛特細瞧，趕緊移步回房去。

第十二章

翌日早晨，伊莉莎白一睜開眼，闔眼前的思緒紛紛上心。她尚未從震驚中恢復，想來想去總是那一樁，根本無心做事，決定早飯後出門透透氣，走動走動。她正要往心愛的林邊走，驀然想起達西先生偶爾也上那兒兜轉，不覺停下腳步，遂沒轉進莊園，反而走上小徑，以便和那條有柵門的大路隔得遠些。小徑的一邊捱著莊園的圍柵，走著走著便遇上一道園門。

她沿著這條小徑走了兩三趟，禁不住晨光的誘惑，在園門前佇足，朝園裡望了望。到肯特郡五個禮拜，郡裡蛻變幻化，每天都為早春的樹添一段蔥綠。她待要往前走，忽而在捱著莊園的林子裡瞥見男人的身影，正朝自己走來。她怕是達西先生，掉頭就走，但對方看見是她，急忙一個箭步上前叫喚；她雖然已經背過身，但聽到這聲叫喚，縱知是達西先生，也只得往回走，在園門口和他碰了頭。他遞來一封信，她沒多想便收下了，只見他神色高傲，不疾不徐道：「我在林子裡踅了好一陣子，就盼遇見妳。還請妳賞個臉，看看這封信？」說著他點個頭，轉身往回走，不久便隱沒在樹林中。

雖然不指望有什麼好事，但是出於好奇，伊莉莎白拆開信封，更令她訝異的還在後頭——信封裡包著兩張信紙，密密麻麻地寫滿了字，攤開信封，上面也是滿滿的蠅頭小字。她沿著小徑走，展信捧讀。信是在若馨莊園寫的，時間是早上八點，上頭這樣說著：

切莫忐忑，女士，接獲此信，毋慮信中重提舊事，甚或重張旗鼓，昨夜妳已受罪，此信之意不在折磨，亦不在屈從，更無非分之想——為顧全大局，昨日不情之請，還請儘快淡忘。我提筆寫信，勞妳費神展讀，此間周折雖大可不必，然事關名譽，須得費事，唐突佳人，尚請見諒。我知妳百般不願，然為求公平，是故擾妳清神。

昨夜妳將兩條內容殊異、輕重不等的罪名加諸於我。其一，我不顧他人情感，拆散賓利先生和令姊。其二，我不顧名譽，喪盡天良，擋人財路，毀了韋翰先生大好前程——我剛愎自用、無情無義，遺棄同窗好友、先父生前寵兒，此人少不更事，無依無靠，少時仰賴我父祖之餘蔭，而今我棄而不顧，罪不容誅！較之拆散交情尚淺之男女，兩者不可以道里計。昨夜妳嚴詞苛責，不論是為哪樁，只盼未來休提，且聽我將種種行止及初衷娓娓道來。此番剖白，倘若萬不得已，須得直抒己見、惹妳不悅，於此道歉在先——既是情非得已，後文不再賠罪，免顯滑稽。

想當時初至赫福德郡，不久即瞧出了賓利屬意令姊，冷淡貴郡諸位淑女。這點貴郡居民也看出來了。然而，直至尼德斐莊園大開舞會，我方知賓利真是一往情深，只因此人向來是個情種。是日我有幸與妳共舞，無意間聽盧卡斯爵士提及，賓利對令姊之殷勤，早已沸沸揚揚，彷彿婚事已定，只差婚期。從那刻起，我密切留意吾友言行，其對令姊用情之深，果真不同以往。至於令姊，我自然留心——舉手投足雖是落落大方、和藹可親、款款動人，卻未見其鍾情於賓利；整晚觀察之下——令姊雖是樂意賓利殷勤，卻未與之兩情相悅——此事若非妳看差，便是我看錯。妳與令姊靈犀相通，必是我誤會了，果真如此——果然我誤判形勢，致使令姊受苦，無怪乎妳心生埋怨。然而，恕我直言，令姊不動聲色至此，縱是觀察入微，也只當是外柔內剛、冷若冰霜。我確實希望令姊對賓利無動於衷——但是容我冒昧一句：以上所見所思，既非出於妄想，亦非出於恐懼。我認為令姊無動於衷，非僅私心所願，實乃持平之論，既合情，也合理——我之所以反對這樁婚事，一來既如昨晚所言——這門第之見，唯痴情方得消解，兩家門第懸殊，賓利或不如我為難；然而在此之上，尚有許多忌憚，至令仍難釋懷，於己於友皆然，只是不想也罷，反正事不關己，不如在此簡述一番。令堂出身縱使令人不滿，然而較之其不知進退，門第寒微不足掛齒。可嘆不僅令堂如此，令妹亦不遑多讓，偶亦可見令尊大出洋相——以上直言不諱，多有得罪。冒犯佳人，於心何忍？至親落人口舌，自是不悅，以下好言勸解，盼妳聊以自慰。妳與令姊舉止不俗，不僅無可挑剔，人見人誇，盛讚妳倆有見識、有涵養。舞會過後，我成見也深，心意也決，早想勸吾友斬斷情絲、了結孽緣。其於翌日動身，辭別尼德斐莊園，趕赴倫敦，原計速去速回，相信妳也記得。

此事其中原委，容我一一道來——原來賓利姊妹與我同心，皆為此事深感不安，既發現彼此不謀而合，咸認為拆散一事刻不容緩，遂尾隨吾友往赴倫敦，並克盡朋友之責，點明此段姻緣諸多弊端。我苦口婆心，反覆申說，強調再三。此番規勸雖使其心志動搖、遲疑不決，卻打消不了他成親的念頭，若非我斬釘截鐵，直指落花有意、流水無情，他還要以為令姊雖不如他深情，也是一片真心。賓利天生自謙，遇上我，耳根子特別軟。要說服他這是自欺欺人，易如反掌；再勸他永別赫福德郡——他既已當真，自然毫不費脣舌。事已至此，我亦不怪自己狠心，就只一件，至今仍令我怏怏不快——我竟不擇手段，瞞著賓利令姊人在倫敦一事。此事我心裡有數，賓利小姐也很清楚，只有賓利蒙在鼓裡——兩人相見，雖不見得要壞事，可在我看來，他尚未死心，見了面難保出事。如此遮遮掩掩，或許有失身分，但既然木已成舟，又是為著顧全大局，於此多說無益、道歉無用。果真傷了令姊，全是無心；這般用意，雖要給妳看成陰謀詭計，然眼前暫不引咎自責，先說另一條更沉重的罪名——毀損韋翰先生前程。為駁斥此論，只得說明此人與吾家淵源。對其加諸之罪名，我一無所悉。以下所述，言之鑿鑿，有至誠者為證。

韋翰之父，忠厚老實，長年照管龐百利莊園，盡忠職守，先父對其照顧有加，其子亦為先父教子，先父恩寵備至，供其讀書，助其完成劍橋學業。韋翰之母，揮霍無度，散盡家產，無以供其深造。韋翰風度翩翩，先父不僅喜與其來往，且甚為器重，盼其從事神職，有意為他鋪路。我已於數年前，識破他為人自甘墮落、朝秦暮楚，雖隻手遮天，掩蔽好友耳目，終究難逃其同齡之人法眼——我曾趁其不備，見其本來面目，先父自是無由得知。走筆至此，只怕要令妳心生痛苦，至於痛苦幾何，唯妳自知。姑不論妳對韋翰之情從何而起，然其情可疑、其心可議，不得不揭發其底細，此中甚至難免別有用心。

五年前，慈父見背。先嚴疼愛教子，始終如一，於遺囑中諄諄叮囑我竭力提拔，若其領受聖職，必儘快委以教區重任，並遺贈給他一千鎊。不久韋翰失怙，半載後我接獲來書，他直言無意領受聖職，央求我接濟，因其放棄俸祿，利益遭損，望我不以為怪。又言他如今有志於律師一途，然單憑利錢，無以維生。我盼他真心向學，雖對其言存疑，仍慨然允諾其請託。我知他志不在神職，不多時便商議妥當，他捐棄神職，誓不反悔，可得三千鎊。爾後我倆恩斷義絕。我素來不齒其為人，既不邀來舍下作客，亦不與之往來於倫敦。他雖居於城內，然其所謂有志於法，不過空談，如今無拘無束，遂不務正業、揮金如土，杳無音信，幾近三年。直至在下轄區牧師蒙主寵召，方接獲來信，求我舉薦，述及其遭遇——不難想見，自是窮困潦倒，嗟嘆法律非生財之道，欲領受牧師俸祿，盼我委任。他自認必得允諾，料我無人可補缺，且將悉遵先嚴遺願。在下拂逆其意，他再三央求，我再三回絕，希望妳別見怪。他積怨也深，境遇也苦，人前人後，詆訾不休，長此以往，終至反目。此後其生活景況，我一概不知。去夏他再度生事，令我痛心疾首。

以下種種，實不願憶起，若非情急，必不向外人道。既如此說，相信妳必守口如瓶。我虛長舍妹十餘歲，舍妹年幼，託我及表兄費茲威廉上校共同監護，約莫一年前畢業後，即接回倫敦長住。去年夏天，由伴護楊格太太陪同，至蘭斯蓋鎮，竟與韋翰邂逅，此中實有蹊蹺，原來他與楊格太太早有私交，楊格太太隱瞞實情，我等誤信其人，實為家門不幸。楊格太太瀆職，默許韋翰煽惑舍妹，舍妹情竇初開，幼時以兄妹相敬，彼時以男女相親，乃至互許終身，相約私奔。舍妹年方十五，諒其年幼無知，雖是行事魯莽，幸未隱瞞實情；當時我心血來潮，恰於二人私奔前夕前往探視，舍妹敬我如父，不敢得罪，和盤供出私奔原委。我當時之震驚，可想而知。顧及舍妹名譽及感受，我未將此事公諸於世，僅令韋翰速離，並解雇楊格太太。韋翰此舉，無非覬覦舍妹名下三萬鎊財產，並對在下心存報復，幸而功虧一簣，計未得逞。在下與韋翰之糾葛，以上據實以告。若蒙妳不棄，認為我所言非假，則薄情苛待韋翰之罪，盼毋重提。此人如何誆妳，我無從得知。多疑非妳本性，妳既不知此段來歷，自是無由考證，誤信誑語，不足為奇。

我想妳定會納悶：此番曲折，何以昨夜不曾表明？實是我身不由己，唯恐失言所致。以上所言，句句屬實，有費茲威廉上校為證。他是我家近親，往來親密，更與我共同執行先父遺囑，凡此種種，知之甚詳。倘使妳鄙棄我的為人，認為此信為無稽之談，然我知道妳相信表兄，不妨向其求證，故於今晨將此信交付予給妳。順頌

時祺

費茲威廉．達西敬上

第十三章

伊莉莎白接過達西先生來信時，心中揣度除重提婚事之外，再想不到其他；而今既知信中內容，不難想見她讀信時有多殷切，讀完後心情有多矛盾。讀信當下，她心中五味雜陳。起初是詫異，道不道

歉居然由他來決定？接著愈讀愈覺得他無從辯解，除非恬不知恥，自然另當別論。她心懷疑忌繼續往下讀。一看，講到了尼德斐莊園，迫不及待讀過去，一急之下，讀得顛三倒四，眼睛溜過這一句，心思飄到下一句，眼前這一句寫著什麼，一個字也沒讀懂。他說珍無動於衷，真是胡說八道！再看他反對婚事的理由，真氣得她讀不下去。對於硬生生拆散一對情侶，他竟然毫無悔意。這樣正好！反正驕傲如他，哪肯道歉？且看他如何目中無人，厚顏無恥！

講完尼德斐莊園，接著談到了韋翰先生，伊莉莎白聚精會神，一樁接著一樁看去。倘若達西所言屬實，昔日對韋翰的珍視全要灰飛煙滅。再看看兩人所述，竟不乏雷同之處，一時心痛如絞、百感交集。驚愕，不安，恐懼，一齊湧上心頭，她打死也不相信這是真的，直嚷著：「騙人！事情不會是這樣！一定是他在撒謊！」她草草把信讀過去，最後一兩頁更是一個字也沒看懂，趕忙把信收一收，堅決說再也不要看到這封信！再也不要拿起來讀！

她心亂如麻，千頭萬緒無從想起，只一個勁地往前走。但走路終究不濟事，不過半分鐘，信又給攤開了，只得平心靜氣，忍痛重讀有關韋翰那幾段，勉強自己一句句推敲過去。關於韋翰與龐百利莊園的淵源，兩人說法並無出入。達西老爺生前對韋翰有恩，雖不知恩情深淺，但與韋翰所言大致相符。讀到這裡，雙方的說詞尚能互相印證，但是再往下讀到遺囑問題，差異可就大了。當時韋翰提起俸祿的種種，她還記得一清二楚；她回想他說的每一句話，不禁覺得其中必定有一個人在扯謊，心下沾沾自喜，以為準是達西無疑。她把遺囑那段讀了一遍，又仔細一再詳讀，讀到韋翰捐棄神職，得三千鎊，不由得遲疑起來。她擱下手中的信，盡量秉公權衡，辨別真假，卻不免心向韋翰，認為雙方各執一辭。她再往下讀，每讀一行，信心就動搖一分。本來以為，無論再怎樣詭辯，也掩蓋不了達西先生的罪行，誰知道只要換個說法，就能還達西先生清白。

不務正業。揮金如土。他竟然這樣譴責韋翰先生，讓她好生訝異，何況她也無從反駁，對於他加入軍團之前的人生，她一無所知。他之所以從軍，是聽了一位青年的勸，兩人在倫敦偶然相遇，以前也不過是泛泛之交。談起他的過往，郡裡毫不知情，只對他的片面之言照單全收。再說其本性，即使有得探問，卻也不曾想過要打聽。他的相貌，他的聲音，他的舉止，一看便知集所有優點於一身。她努力回想，看有沒有例子能佐證他正直善良，彰顯達西先生無的放矢，或至少讓他將功抵過，但凡達西先生所言，譬如好逸惡勞等積習，她都可以勉強當成無心之過，但偏偏半個例子也想不到。只要一眨眼，她就能看見他玉樹臨風、談吐不俗，可是，真要說具體事蹟，除了郡裡的交口稱讚，就只有他用交際手腕在軍團裡贏得的好評。她想了半天，又繼續讀信。可是，天啊！關於韋翰圖謀達西小姐一事，竟與費茲威廉上校昨天早上才說的話串在一起；信末達西先生要她向費茲威廉上校求證——上校才親口說過自己和表弟過從甚密，對於上校的人品，自然犯不著懷疑。她正要下定決心去請教，想一想卻又卻步，這事請教起來彆扭，索性作罷，反正達西先生既敢貿然提議，定是拿準上校會幫著他。

她清楚記得，韋翰先生初到姨丈家作客那晚，兩人聊了什麼。當時的一言一語，至今仍縈繞在耳際，然而**此刻**聽來，才驚覺交淺言深、有失體統，只納悶以前怎麼沒發覺？再說，他未免失禮，先是自吹自擂，後來又出爾反爾。她記得他誇下海口，表示不怕和達西先生碰頭，還說要走也是達西先生走，他是決計不肯走的，可是隔週尼德斐莊園開舞會，他卻避不出席。還有，她想起來了，早在賓利一家上倫敦之前，從不曾聽他張揚自己的身世，但是人家一走，事情便鬧得滿城風雨；當時他肆無忌憚，詆毀達西先生的名譽，明明之前還向她保證，說是念及達西老爺的恩情，絕對不會揭發此事。

反了反了，凡是有關他的事全都反了！這樣看來，他對金恩小姐大獻殷勤，只不過是見錢眼開，可鄙可恨。金恩小姐妝奩微薄，並不表示他不貪財，只說明了他飢不擇食。再想想他對自己的舉止，恐怕也是別有居心，要不是誤會她嫁妝豐厚，再不就是虛榮作祟，有意撩撥；她只怪自己太不小心，給人看出了情意。原本心裡還流連著一絲掙扎，想替他說點好話，如今半點不剩了。況且達西先生確實站得住腳，想當初珍向賓利先生打聽此事，不也證明了達西先生的清白？他為人傲慢歸傲慢，可憎歸可憎，但是打從認識以來，從未見他行不義之事，尤其近來時常碰面，對他的待人處世更為了解，不曾見他有品性不端或不合理之行為，也不曾聽人說他違背教義或是有虧道德，倒是看他在親友之間頗受推崇，就連韋翰也說他護妹情深，聽他談起妹妹時，口氣總是那麼溫柔，看來確實是有敦厚的一面。倘若他的作為如韋翰所言一般不堪，那種傷天害理的事，怎麼可能掩蓋得了天下人的耳目？而如此罪大惡極之人，又怎麼可能跟好好先生賓利結為好友？

她愈想愈覺得無地自容——只要一想到達西，或是想到韋翰，就要怪自己有眼無珠，心懷成見，愚昧昏庸。

「我真是太可恥了！」她嚷道，「虧我還自負會看人！虧我還自負了不起！常常嘲笑姊姊鄉愿，素以疑忌他人為傲，最後卻自取其辱！簡直丟人現眼！活該自作自受！縱是情人眼裡出西施，也不該有眼無珠至此。這無關愛情，而是虛榮——我錯就錯在虛榮。我高興別人喜歡我，生氣別人冷淡我，打從相識之初，便離了理智，埋下了偏見和無知，竟把他倆看差了。這下我總算是認清自己了。」

她從自己想到了珍，又從珍想到了賓利，順著這條思路，便想起達西先生對**那件事**的解釋，似乎不足以教人信服。她再把信拿起來看。這次讀的和上次讀的完全兩樣——方才韋翰的事，她想不相信都不行了，在這樁事上，她又憑什麼否認他的看法？他信上說完全看不出姊姊的情意，不禁讓她想起夏洛特老掛在嘴邊的忠告。他那樣說珍也沒錯，她也覺得姊姊的確面冷心熱，舉手投足一派從容，絕少流露出情感。

再讀到提及家人那一段，其中措詞固然傷人，但也是句句實情，讀得她不由得慚愧起來。他這樣一語道破，她根本無從反駁，何況他舉證歷歷，無論是尼德斐莊園那場舞會，還是他反對婚事的理由——別說他印象深刻，她自己也覺得歷歷在目。

底下那番恭維，她未嘗無動於衷，只是讀了雖然快慰，仍消不了心頭的恥辱——自己一世美名，竟然栽在自家人手裡。想想姊姊此番失戀，全是至親一手所為，再想想姊姊和自己的名譽，竟要為家人出醜所拖累，不由得悲從中來。

伊莉莎白在小徑上徘徊了兩個鐘頭，各種念頭都轉過，直把大事小事放在心上想了又想，看看孰真孰假，方才勉強接受突如其來的真相，一時間困倦襲來，想想出門已久，是時候該回去了。回到牧師公館，她一如往常堆起笑臉，按捺住滿腹心事，好跟大家打成一片。聽說她出門蹓躂時，若馨莊園那兩位先生一前一後來訪；達西先生坐了一會兒便告辭，費茲威廉上校倒和他們閒坐了一個鐘頭，盼能等到她回來，甚至還打算去找她——伊莉莎白**裝出**惋惜的樣子，心裡卻暗自慶幸。她心裡早已沒有費茲威廉上校，只容得下那封信了。

第十四章

翌日早晨，兩位紳士辭別了若馨莊園。柯林斯先生恭候在門口，鞠躬目送馬車駛遠，趕忙回公館報喜，說兩位先生身體健朗，精神也還過得去，若馨莊園那兒剛才還在離情依依呢；說完又上若馨莊園去慰問夫人小姐，再高高興興捎了夫人的口信回來，說那邊滿腔愁緒，請大家過去吃晚飯。

伊莉莎白看到凱薩琳夫人，心裡不禁暗忖，當初若是另作抉擇，此刻站在夫人眼前的，就是她尚未過門的甥媳婦了。想到這裡，就不禁暗暗好笑，不知夫人要氣到怎樣呢！「她會說什麼？會作何反應？」她在心裡自問自答，自得其樂。

眾人就座後，便感嘆起莊園人丁星散——「相信我，這感受太深刻了！」凱薩琳夫人說，「說到離別之苦，世上再沒人比我更懂，偏偏我又特別喜歡這兩位青年，他倆也很喜歡我！辭別的時候，他們可難過啦！不過每年都是這樣的。我當上校的那個姪兒，一直到上馬車前才振作起精神；但是看上去還是達西最難過，簡直比去年更難過。他對若馨莊園的感情，真是一年比一年深嘍。」

柯林斯先生適時恭維一陣，中間穿插幾句影射，夫人和小姐都笑了。

晚飯過後，夫人看班奈特小姐意志消沉，便自作聰明猜她不想那麼快回家，「若是不想回去，不妨寫信請令堂讓妳多待一會兒。我想柯林斯太太一定很高興有妳作陪。」

「感謝夫人好意挽留，」伊莉莎白說，「晚輩心領了——我下禮拜六就要上倫敦去了。」

「咦？這麼說來，妳才待六個禮拜啊？本來還以為妳會待上兩個月呢！早在妳來之前，我就跟柯林斯太太說過了。何必這麼急著走？再待兩個禮拜吧，令堂一定會准的。」

「可是家父不讓——他上禮拜就寫信來催了。」

「哎！只要令堂肯，令尊哪有不肯的？女兒在父親眼裡算得了什麼！只要再待一個月，妳們兩個看誰要跟我上倫敦去？我六月初要到倫敦一個禮拜。我那女僕既不反對坐馬車的駕駛座，再多載一個也不礙事——說真的，到時要是天氣涼爽，多載兩個也行，反正妳們個頭都不大。」

「承蒙夫人盛情。不過我們還是依約行事吧。」

夫人看來是默許了。

「柯林斯太太，妳得打發傭人護送人家。妳知道我向來心直嘴快，最看不慣年輕小姐獨個兒乘車，這成何體統？妳非得想辦法找個人來。我這人一向忌諱這種事。年輕小姐就該小心照管、好生伺候，什麼身分就照什麼規矩。去年夏天，我外甥女喬安娜要去蘭斯蓋鎮，我特別叮嚀派兩位男僕護送。我外甥女是龐百利莊園達西家的千金，安妮夫人的女兒，須得隨時派人隨侍在側，這才是大家閨秀的規矩。我這人特別講究禮法。妳就打發約翰護送兩位小姐去吧，柯林斯太太，多虧我想到要提醒妳，要是讓她們自個兒去，看**妳**以後面子要往哪兒擺？」

「我舅父會打發人來。」

「喔？妳舅父？他家裡有男僕啊？太好了，總算有人想到這些事。妳們要在哪裡換馬啊？哎呀！想起來了，是布榮利鎮吧——到貝爾驛站可以報我的名字，包妳們給伺候得舒舒服服。」

說到她們的旅程，夫人還有許多話要問，但畢竟不能讓她一直自說自話，還是需要陪她一搭一唱，伊莉莎白倒是暗自慶幸，否則心事太沉，只怕有失客人的身分。心事還是留待獨處時再想吧，只要無人在側，她便沉醉在心事裡，無法自拔。沒有哪一天沒見她一個人去散步，盡情徜徉在痛苦的回憶中。

達西先生那封信，她幾乎都快背起來了。她一句一句斟酌，每次讀，每次心情都不同。想起他那筆調，她就滿腔怒火。再想到自己冤枉好人、譴責無辜，滿腔怒氣又轉發到自己身上。他的失戀令人同情，他的愛慕教人感激，他的人品使人尊敬，但她還是不喜歡他，既不懊悔拒絕，也不想見他的面。她氣惱過去的一言一行，憂傷家人的種種不足。家醜真是沒藥醫。父親最愛消遣人家的糗事，哪裡肯管教兩個小妹舉止輕浮。而母親本身已是行為不檢，又怎看得出她們的毛病？伊莉莎白和珍雖然時常管束兩個小妹，防止她們言行冒失，但是兩人仗著母親縱容，一點兒也不思長進。凱蒂性情焦躁，優柔寡斷，麗迪亞說東，她絕不敢往西，長姊好言相勸，她卻要生氣。麗迪亞任性妄為，根本不聽人勸。兩姊妹見識淺薄，好逸惡勞，愛慕虛榮，聽說梅里墩來了軍官，就要去勾搭人家。梅里墩離朗堡村本來就不遠，兩人自然是成天往那裡跑。

除了擔心兩個妹妹，她也時常替珍害愁。達西先生那番說詞，恢復了賓利先生在她心目中的地位，這才明白珍這次失戀傷得有多重。賓利先生不但一往情深，所作所為也無可指責，若真要挑剔，無非是對朋友太過信任。想一想還真是痛心！這麼理想的對象，這麼難得的機會，這麼美滿的姻緣，卻因為家人昏庸愚昧、行為失檢，珍的幸福就這麼毀了。

每每憶起這段傷心往事，總要思及認清韋翰為人一事，不難想見即使開朗如伊莉莎白，也要不勝悲慟，就連強顏歡笑也勉為其難了。

作客的最後一個禮拜，若馨莊園的飲宴跟初來時一樣頻繁，臨別前夕也是在那兒度過。夫人再度鉅細靡遺盤問旅途細節，指點她們該怎樣收拾行李，還堅持禮服應該要這樣擺、那樣放，瑪利亞聽了不勝感激，一回公館，便把整理了一早上的行李翻過來，重新收拾一遍。

辭別時，凱薩琳夫人紆尊降貴，祝她們一路順風，明年再上漢斯佛區作客。狄堡小姐勞動玉體，不但行了個屈膝禮，還向兩位握手道別。

第十五章

禮拜六早上，伊莉莎白和柯林斯先生在飯廳用早飯，其他人還要幾分鐘才下來，他連忙趁機向伊莉莎白鄭重話別，在他看來，這禮萬萬不能省。

「伊莉莎白小姐，不知——」他起頭道，「內子向妳道謝否？妳遠道而來，離別前她斷不會不道謝。承蒙妳蒞臨寒舍，我們不勝感激。我們自知舍下簡陋，門可羅雀，平日生活簡樸，居處侷促，僕從無幾，離群索居，妳年紀尚輕，定覺此間毫無樂趣。蒙妳不棄，我們自是感謝不盡，並竭盡綿薄之力，只盼妳不致敗興。」

伊莉莎白連聲稱謝，忙說此番作客十分盡興，六個禮拜來，絕無一日虛度。有夏洛特作伴，樂趣無窮；承蒙主人盛情款待，好生感激。柯林斯先生一聽，大為滿意，臉上堆笑，慎重其事道：

「聽妳這麼說，真是太高興了，總算沒讓妳掃興。我們盡心竭力，慶幸能讓妳與上流人家往來，憑著寒舍和若馨莊園的情誼，妳總不必老待在這陋室空堂裡。我以為妳此趟作客，總不至於索然無味。我們和夫人夠交情，不知分到了多少別人分不到的福氣，享受了多少別人享受不到的好處。我們兩家的情誼妳也看見了，夫人時常邀我們過去作客。憑良心講，這間公館儘管寒愴，我倒不認為住在這裡可憐，因為可以沾光，與我們共享若馨莊園的盛情。」

即使是千言萬語，也不足以形容柯林斯先生的三尺雀躍，他在飯廳裡來回踱步，伊莉莎白則想辦法擠出幾句真心的客套話來周旋。

「親愛的堂妹，妳大可回赫福德郡說我們的好話。這點小事，妳總算做得到吧。凱薩琳夫人對內子的關懷無微不至，妳每天也親眼看見了。這樣看來，我想妳的閨中密友並沒有看走——唔，這一點還是不說罷。我向妳保證，親愛的伊莉莎白，堂哥我是打從心底祝福妳，將來妳結了婚，也能跟我們一樣美滿幸福。親愛的夏洛特和我啊，是心有靈犀一點通，個性合得來不說，就連轉的念頭也一樣，簡直是天造地設的一對。」

伊莉莎白原本要就事論事，說若真是這樣，那確實再美滿不過，而且還可以真心真意補上一句，說她相信他真的很幸福，也讓她叨了一份光。她正要背出這段台詞，女主人便走進飯廳，打斷了她的話頭，不過她一點也不遺憾。可憐的夏洛特，留下她跟這樣的人作伴，真是太教人難過了！但這可是她睜著眼睛自個兒選的。眼看客人就要散了，她雖然不免惆悵，但似乎也不要人家同情。舉凡操持家務、打點教區、飼養家禽等維持家計的活兒，她都還在興頭上。

最後，馬車來了，行李捆上車頂，行囊放進車廂，外頭傳話進來，說一切準備妥當。好友話別，互道珍重，柯林斯先生送伊莉莎白上馬車，兩人步上花園小徑，他託她代為問候朗堡上下，並不忘感念去年冬天的款待，還說要向葛汀納夫婦問好，儘管雙方素昧平生。他扶她上馬車，瑪利亞隨後跟進，車門待要關上，忽而聽他慌張提醒，說是還沒給若馨莊園的太太小姐留口信。

「不過，」他說，「妳們必定希望有人代為請安，感謝作客期間夫人的殷勤款待。」

伊莉莎白沒有反對——車門關上，馬車駛離。

「天哪！」沉默了幾分鐘，瑪利亞喊道，「我們才來彷彿一兩天的光景！沒想到竟然發生了這麼多事！」

「確實是不少。」伊莉莎白嘆口氣道。

「我們上若馨莊園吃了九頓飯，喝了兩回茶！這真是夠我說了。」

伊莉莎白在心中暗忖：「也真是夠我瞞了。」

兩人一路上幾乎無話，相安無事過了四個鐘頭，轉眼便抵達葛汀納先生的府邸，預計在這裡盤桓幾天。

珍看上去氣色很好，只是沒機會細察她的心情，實在是舅母太好心，安排了各色各樣的節目，但既然回頭會和珍同路，不愁回家後沒時間觀察。

伊莉莎白心中天人交戰，等不及回家再公布達西先生求婚的新聞。想到珍聽了不知會怎樣大驚失色，滿足自己怎麼也勸不退的虛榮，簡直按捺不住心底的衝動，頓覺滿腹的話都湧上嘴邊，但實在是拿不定主意，不知這話能說到幾分？只怕一談到這上頭，就要給逼問賓利先生的消息，反倒徒添姊姊傷心。

第十六章

五月的第二個禮拜，三位小姐辭別慈愛教堂街，前往赫福德郡某鎮。馬車駛近驛站，班奈特先生依約打發馬車前來，班家馬車夫果然守時，她們一抬頭便望見凱蒂和麗迪亞在館驛樓上的餐館四下張望。兩位小姐已經到了一個多鐘頭，興興頭頭逛了對街的時裝店，瞻仰了站崗的哨兵，還用萵苣和小黃瓜做了擺盤。

兩位妹妹歡迎姊姊，得意洋洋秀出一桌冷盤，全是小餐館常見的菜色，只聽她們嚷嚷道：「很不賴吧？是不是很驚喜啊？」

「今天我們作東，」麗迪亞說，「不過錢要向妳們借，我們的錢全給了那邊那家店了。」說著拿出方才買的東西，「妳們看，我買了這頂帽子。雖然不是頂漂亮，可是不買白不買。等等到家我就裁開來，重縫過說不定還好些。」

姊姊都嫌這頂帽子醜，她卻滿不在乎，「哎唷！店裡還有兩、三頂，那才叫醜呢！等我買些顏色漂亮的緞子來裝飾裝飾，也就像回事了。反正今年夏天也用不著費心打扮，某某軍團馬上就要拔營，兩個禮拜後就會離開梅里墩了。」

「他們要走啦？」伊莉莎白提高嗓子，高興極了。

「他們要南下到布萊頓附近紮營，夏天時真想叫爸爸也帶我們去！哎呀呀！真是妙透了！而且也花不了幾個錢！媽媽也說想去呢！要是去不成，今年夏天可就慘兮兮嘍！」

「是啊，」伊莉莎白心想，「想得還真美，連我們都考慮進去了。去什麼布萊頓？想想那些個軍官！這幾個月已經夠我們雞飛狗跳的了！不過才一個軍團，外加梅里墩每月幾次的舞會而已！」

「跟妳們說個八卦，」麗迪亞趁大家入座時說，「猜猜怎麼著？絕佳的消息！天大的消息啊！說到這個傢伙，妳我都喜歡。」

珍和伊莉莎白面面相覷，侍者便給打發走了。麗迪亞笑著說：

「哎呀，妳們就是這麼守規矩，防東防西的，不給那僕人聽，以為人家愛聽呢！比這更不入耳的事，我敢說他都聽過了。不過他真難看！走了我倒高興，這輩子再沒見過這麼長的下巴。唔，還是說我的八卦吧。其實是韋翰啦。這僕人聽不得，是吧？韋翰不娶金恩小姐啦！這下好了！她跟叔叔到利物浦去了，不回來了。韋翰得救了。」

「金恩小姐得救了！」伊莉莎白接著說，「逃過一段傷財的姻緣。」

「她還真傻，居然就這麼走了！不是很喜歡人家嘛？」

「但願雙方的感情都還不太深吧。」珍說。

「他一定沒放什麼感情啦。我拍胸脯保證，他壓根沒把她放在心上。誰**看得上**那種討人厭的麻子臉？」

伊莉莎白心頭一驚，自己雖然說不出這麼粗俗的**言語**，但卻懷抱過同樣粗俗的**想法**，曾經也自以為是地幫韋翰說話。

眾人吃過飯，姊姊付過帳，便差人備馬。經過一番安排，幾位小姐，連同箱子、行囊、針線包，加上凱蒂和麗迪亞惹人嫌的新行頭，全都上了馬車。

「好好玩喔！這樣擠成一團！」麗迪亞嚷道，「好在買了這頂帽子，好玩的是我其實只想要帽盒！哎呀，大家就舒舒服服擠一擠，一路說說笑笑回家去吧。先說妳們的事來聽聽，妳們也離家好些日子了，有沒有看上誰啊？有沒有跟人家曖昧呀？本來還希望妳們能釣個丈夫回來的。珍馬上就要變成老處女了！都快二十三歲了！唉唷，換作是我一定羞死了！都二十三歲了還沒嫁掉！妳們都不知道阿姨多希望妳們趕快嫁人，還說伊莉莎白當初答應柯林斯先生不就好了，但**我**覺得那就不好玩了。哎唷，好想比妳們先出嫁喔，到時候就換我陪妳們參加舞會了。哎呀！那天在福斯特上校家可好玩了！凱蒂和我上他們那兒玩了一整天，福斯特太太答應晚上要開小舞會。對了對了，福斯特太太跟我可要好了。她邀哈靈頓家兩姊妹來家裡跳舞，可是海莉病了，潘一個人來。妳們猜我們怎麼辦？我們讓錢柏倫男扮女裝，要人家以為他是小姐——光想就好玩！這事沒人知道，只有福斯特上校、福斯特太太、凱蒂和我，還有就是阿姨，因為我們跟她借了件禮服。妳們絕對想不到他扮起來多俏！後來丹尼、韋翰、普雷特和兩、三位軍官來了，壓根認不出來。哎呀！真把我笑的！福斯特太太也一樣！真是差點沒笑死！笑到後來那幾個軍官起了疑心，才明白是怎麼一回事。」

聊聊舞會上的種種，說說好玩的笑話，麗迪亞在凱蒂的加油添醋下，一路逗樂大家。伊莉莎白盡量不去聽，但是耳邊不免溜過再三經人提起的韋翰之名。

朗堡熱情地為一行人接風洗塵。班奈特太太好高興珍的姿色未減半分；至於班奈特先生，吃晚飯時情不自禁，不只一次對伊莉莎白說：

「莉西，真高興妳回來了。」

飯廳裡賓客眾多，盧家上下幾乎都來接瑪利亞，順便聽聽新聞，一桌兩行人，各人有各人的話茬。盧卡斯夫人隔桌問瑪利亞，看看大女兒日子過得好不好？家禽養得旺不旺？班奈特太太兩頭忙，先跟坐在下首的珍打聽時下的風尚，再把這堆話轉給坐在上首的盧家小小姐。麗迪亞的嗓子壓過全場，一一把白天的趣事說了，想聽的人自個兒聽。

「唉！梅蕊，」她說，「妳沒來真可惜！好好玩哪！去的時候，凱蒂和我把車簾拉上，假裝車裡沒人，本來想一路這樣過去，偏偏凱蒂暈車。到了喬治館驛，我們非常慷慨，請三位姊姊吃了世界上最美味的冷盤，要是妳也來，我們一定連妳一起請。後來要回家的時候，那才叫好玩哪！還以為馬車鐵定裝不下我們。真是差點沒笑死！後來大家開開心心上了路，又說又笑的，聲音那樣響，十哩外都聽得見！」

聽了這些話，梅蕊正經八百道：「好妹妹，不是我要潑妳冷水，妳這些話，平凡女子肯定愛聽，但老實講，**我**是聽不出滋味的，看書還有意思多了。」

可是梅蕊這席話，麗迪亞一個字也沒聽進去。平常她聽人說話總聽不上半分鐘，梅蕊的話更給她當成耳邊風。

晚飯過後，麗迪亞央著姊姊上梅里墩看看大家，可是伊莉莎白堅決反對，怕人家要說話，以為班家小姐在家坐不上半天，就要追著軍官跑。她之所以堅決反對，還有一個理由，她怕再見到韋翰，索性鐵了心，能不碰頭就不碰頭。想到軍團即將拔營，心中真是說不出的快慰。再過兩個禮拜，軍團就要離開，這一走，希望從此平安無事，無須再為他傷神。

回家不過幾個鐘頭，麗迪亞在館驛提的夏天去布萊頓一事，父母已經來回抬槓好幾趟。伊莉莎白一看，便知父親絲毫不肯讓步，只是回答得模稜兩可。母親碰了釘子，可是並不死心，認為說動老爺不過是遲早的事。

第十七章

伊莉莎白迫不及待想向珍傾訴，終究是按捺不住，決定把牽扯到姊姊的枝節掩去，其餘和盤托出，好嚇姊姊一跳。隔天一早，她便把達西先生那一幕說了。

班家大小姐先是詫異，但瞬間就為手足之情沖淡，認為不論誰愛上妹妹都是理所當然，接著又生出種種情感，更教詫異盡皆散了。她先替達西先生惋惜，可惜他表白的方式這麼不得女人心，更難過妹妹這樣拒絕，不知要害他多心痛。

「他那樣十拿九穩，確實不該，」她說，「再怎樣都不能表現出來；可是妳想一想，就是因為期望愈大，失望才愈深啊。」

「是啊，」伊莉莎白說，「我由衷替他感到難過。但既然他顧慮重重，想來不多時便會濃情轉淡。妳總不會怪我拒絕他吧？」

「怪妳？怎麼會！」

「那妳定要怪我替韋翰說話了。」

「不會的——妳替他說話有什麼錯呢？」

「妳等等就知道了，讓我把隔天的事告訴妳吧。」

於是她提起達西先生的信，把有關韋翰的段落說了。可憐的珍，聽了簡直是晴天霹靂！她即使走遍天下，也不願相信人間有這些大奸大惡，遑論世上竟有人集萬惡於一身。達西先生洗刷冤屈，她雖是快慰，可是真相如此，教她怎能不震驚。她滿心以為定是哪裡弄錯了，既想還這個清白，又想不叫那個蒙冤。

「算了吧，」伊莉莎白說，「妳沒辦法讓他們同時做好人的。妳只能選邊站，做不得牆頭草。他們倆的功過有一定數，只夠一個人做好人，至於孰功孰過，近來變易得厲害，若要問我，我想是達西的功多一些，但妳大可有自己的意見。」

過了好一會兒，珍才擠出一絲笑容。

「我記不得上次這麼震驚是什麼時候了，」她說，「沒想到韋翰竟然是這種人！真教人難以置信。可憐的達西先生。好妹妹，妳想想他有多難受，希望落空，又聽妳親口詆毀，只得將家醜全抖出來。真是苦不堪言！想必妳也感同身受吧。」

「怎麼會？我的難過，我的同情，早已煙消雲散，只為妳比我還同情，比我還難過。我早料到妳要替他說話，妳愈是說，我愈是釋懷、愈是淡然。做姊姊的既然同情氾濫，做妹妹的自然要省點用。妳要是再為他嘆息一句，我的心就要比羽毛還輕了。」

「可憐的韋翰，他的樣貌那麼正直善良，風度又是那樣坦蕩文雅。」

「這兩人的教育一定出了什麼差錯，一個看不出來是好人，一個只有看起來是好人。」

「我從不認為達西先生**看起來**不是好人，全是妳說的。」

「不過呢，我是想賣弄一下聰明，所以才打定主意討厭他到底的。像這樣無緣無故討厭人，可以激發才智、妙語連珠。詆毀他人雖難免偏頗之失，嘲笑他人卻偶能妙趣橫生。」

「伊莉莎白，你第一次讀信的時候，總不像現在這樣看待這樁事吧。」

「自然不是。我那時難受的呢，真的非常難受，簡直是悶悶不樂，而且又找不到人訴苦，姊姊也不在身邊，沒人安慰我，說我不像我想的那樣軟弱、那樣傻氣、那樣虛榮！唉！要是妳在就好了！」

「真晦氣，妳在達西先生面前提到韋翰時，措詞竟然那樣激烈，現在想想，未免冤枉好人了。」

「是啊。但是我活該倒楣，既是心懷偏見，出口自然歹毒。這裡有件事倒要向妳討教。妳說我該不該讓親友知道韋翰的為人呢？」

班家大小姐沉吟了一會兒，道：「用不著這樣揭穿他，怪難堪的。妳怎麼想？」

「還是不要揭穿的好。未經達西先生允許，也不好將人家的話公諸於世，況且人家還特別囑咐，但凡牽涉他妹妹種種，盡量要守口如瓶；若將這一節省去，單單戳破他真面目，誰會相信我呢？大家對達西先生的成見這麼深，梅里墩那些鄉愿，大概打死也不相信他待人敦厚，這我也沒輒啊。反正韋翰就要走了，他為人究竟如何，想來也不打緊了。等到水落石出，我們再來笑那些鄉愿眼有無珠，眼下不提也罷。」

「說得好，揭人瘡疤恐要誤人一生。或許人家後悔得緊，正想重新做人，不該逼得他走投無路。」

伊莉莎白原先心煩意亂，跟姊姊談過後倒好些，總算了結了兩樁心事，壓抑了這兩個禮拜，終於找到人傾訴，往後無論想講哪一樁，儘管向珍說去便是。但這裡頭還有蹊蹺，為了謹慎起見，還是不說的好。她不敢談達西先生那封信的前半段，也不敢告訴姊姊達西先生那位友人如何真心待她。這事還是不說的好，她心裡明白，非得等到兩邊盡釋前嫌，才能卸下這壓在心頭的祕密。「到時候，」她喃喃自語，「倘若真有奇蹟，與其我來講，不如讓賓利先生說還更動人。反正這事也輪不到我，總要等到事過境遷才算呢！」

眼下既然在家裡安頓下來，總算有閒暇觀察姊姊的心情。珍怏怏不樂，始終未能忘情於賓利。她從未想過墜入情網，對他滿懷初戀的熾熱，加上她的年歲和性子，用情自然比他人初戀更深。她珍視他的回憶，愛他勝過世間所有男子，但顧及身旁親友，終究是以理勝情，否則懊悔終日不但傷身，也攪得旁人不得安寧。

「我說莉西，」這天，班奈特太太說，「珍那樁傷心事，妳說這下怎麼辦？我呢，我是吃了秤砣鐵了心，再也不向其他人提起。我前幾天才跟妳阿姨說呢，只不知珍這趟上倫敦見著他沒有。哼，他根本配不上我們家珍——這事兒我想就這麼吹了吧，也沒聽說他今年夏天會回尼德斐莊園——我可是逢人就問，能打聽的都打聽了哪。」

「我想他再也不會回來了。」

「呿，隨他去吧！誰要他回來了？我只是覺得他太對不起我女兒了。換作是我，我才嚥不下這口氣。唉，我唯一的欣慰，就是珍一定會傷心而死，到時他可就悔不當初啦。」

伊莉莎白看不出這有什麼好欣慰的，便沒接腔。

「哎，莉西，」母親接著說，「所以柯林斯夫婦過得挺舒服的吧？嘖嘖，但願能長久就好嘍。他們家的飯菜如何啊？我看夏洛特挺會管家的吧。要是她有她母親一半精明，那也夠節省了。他們一點也不鋪張吧。」

「是啊，確實一點也不浪費。」

「看樣子還真是勤儉持家啊。是了是了，他們得處處留心，省得寅吃卯糧。他們將來是不用為錢發愁的。唉唉，真好喔！我想他們常常談起，等妳父親死了，就要接手朗堡吧。到那時候，我看他們倒要把朗堡當成自己家了。」

「他們在我面前不便聊到這上頭。」

「是啦。要是真聊了，那多不近人情。但他們私下定是常常提起的。唉，把不法之財當作自家的，要是他們能心安理得，當然再好也沒有。換作是我，可要羞死人啦，居然憑著限定繼承權就要走別人家的財產。」

第十八章

他們回家一個禮拜了，眼下是第二個禮拜。這是軍團駐紮在梅里墩的最後一個禮拜，年輕小姐一個個垂頭喪氣，方圓百里內，觸目皆頹唐，就只班家的大小姐和二小姐飲食如常，起居照舊，該做的活兒也沒少做，時不時就要聽兩位么妹出言責備，說姊姊沒血沒淚。瞧那兩個么妹傷心的，真不明白自家姊姊怎有如此鐵石心腸。

「天啊！這下豈不完了！我們以後怎麼辦！」兩個小妹妹時常發出悲鳴。「虧妳還笑得出來，莉西？」

素來寵她們的母親也跟著害愁，想起二十五年前，自己也曾有過同樣的遭遇。

「錯不了，」她說，「我哭了整整兩天，米勒上校的軍團就這麼走了，我哭得心都要碎了。」

「**我的**心肯定也要哭碎了。」麗迪亞說。

「要是能去布萊頓就好了！」班奈特太太道。

「就是嘛！要是能去布萊頓就好了！偏偏爸爸這樣討人厭。」

「只要能泡一泡海水，老毛病都好了。」

「阿姨也說，像**我**這樣，多泡海水一定好的。」凱蒂說。

朗堡上下成天響徹著這些長吁短嘆。伊莉莎白本想藉此取樂，卻只感到羞愧，毫無樂趣可言。她再度驚覺達西先生反對有理，差一點兒要原諒他當初從中作梗了。

麗迪亞陰暗的前景不久便撥雲見日；她接到福斯特太太的柬帖，這位上校太太邀她一起去布萊頓。麗迪亞這位貴友是個年輕少婦，新近才結的婚。她和麗迪亞都是玩心重、興致好，兩人一見如故，認識不出**三個月**，倒已做了**兩個月**的閨中密友。

麗迪亞樂得手舞足蹈，對福斯特太太好生傾倒。班奈特太太喜上眉梢，凱蒂滿腹委屈，都不在話下。麗迪亞顧不得凱蒂傷心，滿屋子飛來轉去，逢人便討恭喜，有說有笑的，比以往不知要放肆多少。

凱蒂沒那個福氣，便在客廳裡怨天尤人，說起話來蠻不講理，一味使小性兒。

「我就不明白，福斯特太太怎麼不邀**我**和麗迪亞一道走？」她說，「我跟**福斯特太太**雖非知己，但如何邀得麗迪亞卻邀不得我？真要論理，我比麗迪亞還長兩歲呢。」

伊莉莎白講理她也不聽，珍勸解她也不服。至於伊莉莎白，這封柬帖帶給她的感觸，與母親和麗迪亞完全兩樣。她以為麗迪亞這一去，此生註定與通達事理無緣；因此，明知么妹曉得了定要恨之入骨，但也只能暗中勸父親不許她去。她將麗迪亞進退失矩之事說與父親，直陳與福斯特太太往來毫無益處，與其為伴，麗迪亞恐將更無法無天，何況布萊頓的誘惑比家裡不知多上多少呢。父親用心聽她說完，道：

「麗迪亞不出門招蜂引蝶一下，是決計不肯罷休的。何況她這趟出去，既不花家裡的錢，也不會給家裡添麻煩，真真再難得也沒有。」

「您有所不知，」伊莉莎白說，「我們姊妹要吃多大的虧，全拜麗迪亞舉止輕浮、丟人現眼所賜。唉，如今這虧吃都吃了，相信您對此事會另做裁奪吧。」

「這虧吃都吃了！」班奈特先生複述。「此話怎講？莫非她嚇跑了妳的意中人不成？可憐的小莉西！不過別喪氣。這種挑三揀四的小伙子，禁不起半點荒唐小事，有什麼好可惜？來，我倒要聽聽，究竟是哪些可憐蟲，不過因為麗迪亞犯傻，就對妳敬而遠之？」

「您真是誤會了，我並非給誰傷了心才來大吐苦水。我埋怨的這些害處於小節無妨，但卻會殃及全家。像麗迪亞這樣目無法紀、輕佻放肆，勢必會波及我們在世人眼中的地位。請恕女兒直言，倘若父親大人縱容她這般撒野胡來，錯將追逐軍官當做營生，不久她將無可救藥，終至本性難移，不過十六歲，便成為十足的狐狸精，弄得自己和家人淪為笑柄。而且狐狸精倒也罷了，偏偏她只會撒嬌賣俏，仗著自己年輕，略有幾分姿色，其餘一無可取——論見識沒見識，論才智沒才智，只知一味獻媚爭寵，倒教世人看輕。此外，凱蒂也有步她後塵之虞，她處處以麗迪亞為榜樣，虛榮無知，好吃懶做，猶如脫韁野馬一般！父親大人，您想想看，她們所到之處，豈有不引人非議、受人輕視之理？而身為她們的姊妹，又怎能不受其牽累、顏面掃地？」

班奈特先生見她一心都在這上頭，便慈祥地牽起她的手，說：

「乖女兒，放心好了，妳和珍走到哪裡都受人敬重，哪就這麼容易丟臉了？不過就是有兩個——唔，有三個傻妹妹罷了。麗迪亞一日不去布萊頓，家裡一日不得安寧，不如就讓她去吧。福斯特上校是個明理人，不會由著她胡來的。虧得她妝奩微薄，不易招人染指。布萊頓不比家裡，她在那兒搔首弄姿，看看誰捧她的場去？比她身價更高的女孩多著呢。我們不妨希望她可以去那兒學點教訓，別再自以為是。反正她再壞也壞不到哪兒去，我們總不能一輩子把她關在家裡吧。」

聽到這樣的回答，伊莉莎白不滿意也得滿意，雖仍堅持己見，只得抱憾而退、敗興而返。不過她生來從不鑽牛角尖自尋煩惱，既然自認盡了本分，再要她杞人憂天、庸人自擾，她可辦不到。

倘若麗迪亞和母親聽到她與父親這番談話，定要氣得跳腳，兩張利嘴滔滔不絕，不知要罵到哪天才完。在麗迪亞的想像中，到布萊頓一趟，便可將人間快樂享盡。在她天馬行空的幻想裡，海邊處處歡笑，軍官擠滿街道，她本人則備受矚目，身邊圍著幾十位軍官，一個個素昧平生，都朝她大獻殷勤。她幻想著堂皇威武的軍營，整齊劃一的帳篷，年輕愛玩的軍官摩肩擦踵，大紅軍裝燦爛奪目。最後的畫龍點睛之筆，就是她坐在帳篷裡，身旁少說也有六位軍官，正在那兒大送秋波、眉目傳情。

倘若麗迪亞知道姊姊竟想壞其好事，不讓她美夢成真，不知要怎樣一發不可收拾？恐怕只有做母親的才能明白。班奈特太太和麗迪亞母女同心，麗迪亞這趟上布萊頓，著實讓她安慰不少，否則她總是終日哀嘆，賭咒說老爺決計不肯上布萊頓去。

不過這對母女始終蒙在鼓裡，兩人日復一日歡天喜地，麗迪亞動身的日子來臨了。

這天，伊莉莎白要和韋翰先生見上最後一面。回家以後，兩人時相往來，忐忑是早已忐忑過了，忐忑的是當初對他的情意，如今也都過去了。他的文雅曾經贏得她的芳心，眼下她卻看穿裡頭的單調虛偽，沒來由地教人沉悶噁心。近來他對她的行徑，更令她大為不悅；他擺明了想和她重溫舊好，殊不知幾經波折，那副涎臉只教她動怒。她對他早已心灰意冷，原來當時看上的，竟是游手好閒的輕薄男子。她雖是忍氣吞聲，暗地裡卻罵他異想天開，竟以為無緣無故冷淡她這些時日並不打緊，她的虛榮，她的芳心，只消重拾舊情便可擺平。

軍團駐紮在梅里墩的最後一天，韋翰先生同幾位軍官上朗堡吃飯。伊莉莎白不願和他好聚好散，一聽他問起在漢斯佛區的日子，便提起費茲威廉上校和達西先生在若馨莊園作客三個禮拜，並問他是否認識費茲威廉上校。

他大驚失色，臉現怒容，心裡著慌；稍稍定一定神後，又笑嘻嘻地說，上校以前他常見到的，還誇他很有紳士風度，又問她對他的觀感如何？她盡挑上校的好話回答。他擺出一副滿不在乎的神氣問道：

「妳說他在若馨莊園待了多久？」

「將近三個禮拜。」

「經常碰面？」

「差不多天天碰面。」

「其言行舉止和他堂弟大不相同吧。」

「確實大不相同。但是達西先生處熟了也就好了。」

「是嗎！」他的表情全看在她眼裡。「我倒想請教請教——」但他及時收斂住，轉而滿臉堆笑問道：「他的談吐都改了嗎？還是學會紆尊降貴，待人接物禮貌些了？我真是想都不敢想……」他壓低嗓子，換上嚴肅的調子：「他這人的本性能變到哪裡去。」

「確實沒變！」伊莉莎白說，「他的本性還是跟以前一個樣。」

韋翰聽了她這番話，臉上高興也不是，疑心也不是；看她那高深莫測的神情，他也只能戰戰兢兢聽她說下去，只聽她又說到：

「方才我說達西先生處熟了也就好了，並不是說他的內在和外在有什麼改變，而是說和他處熟了，對他的個性也就了解了。」

韋翰一聽，心慌全寫在臉上，只見他面露不安，隔了半晌也不吭聲，末了才收住窘態，轉向伊莉莎白，極其斯文道：

「妳呢，既然了解我對達西先生的看法，定能明白我是如何打從心底替他感到高興，不想如今他也懂事了，學會做些**表面工夫**了。看來他這驕傲還是有些好處的，縱使對他本人無益，對別人倒是挺受用的，至少他不會再胡作非為，教人家吃盡我當年的苦頭。聽妳方才的意思，他脾氣是收斂多了，但只怕他此番收斂，不過是在他姨母面前做做樣子，他把姨母的賞識看得跟什麼似的，只要在她跟前，他就畏縮縮，妳道是為什麼？還不就是想娶狄堡小姐！這事我包管他念念不忘很久了。」

伊莉莎白聽了，不禁微微一笑，把頭偏了偏，卻不作聲。她見他又想重提舊話，傾訴自己蒙受不白之冤，但她可沒心思縱容他。這個晚上也就這樣過去了，他雖然說說笑笑一如既往，但卻不再向伊莉莎白大獻殷勤。兩人客客氣氣分手道別，或許默默希望永不相見。

眾人散罷，麗迪亞要同福斯特太太回梅里墩，明天一早直接南下布萊頓。她和家裡分別時，場面好不熱鬧，絲毫不見傷感，只見凱蒂一個人在抹眼淚，不過卻是妒得眼紅、氣得掉淚。班奈特太太滿口祝福，叮囑女兒及時行樂，女兒自然牢記在心，豈有不照辦的道理？於是麗迪亞扯開嗓門，歡喜道別，姊姊那幾聲珍重，一個字也沒聽見。

第十九章

單憑自家的景況，伊莉莎白恐怕難以領略何謂天倫之樂、何謂幸福美滿。當年她父親貪圖青春，遭皮相蒙蔽，二八佳人看上去誰不是好性兒？結果娶了個沒見識的蠢婦，不過新婚燕爾，便將情意散盡，更別談什麼互敬互愛、相知相惜，至此，他對家庭幸福的期待全成了泡影。不過，依著班奈特先生的脾氣，既是自個兒輕率行事，儘管是期望落空，也不願耽於佚樂、沉緬淫康；換作是別人，多半要以此來安慰自個兒的荒唐。他心寄田園、樂在書香，於此間獲得偌大的樂趣。他自謂不欠太太什麼，不過偶爾瞧她愚昧無知，暗地裡尋她開心罷了。照道理講，太太欠先生的不該是這種恩情，但既然夫妻之間毫無情趣，大智大慧者也只能安時處順、自得其樂而已。

父親這丈夫做得有多缺德，伊莉莎白也不是沒瞧見，看一次便難受一次，偏偏又敬重他的才幹、感謝他的疼愛，本來無法忽略的，只能盡力遺忘，那些不顧夫妻情面的行止，也只能盡量不去想——哪家父親動輒就要孩子瞧不起母親的？真真是該罵了。然而，事到如今，她才深刻體會夫妻失和不利後代，充分了解枉用才幹害人匪淺。父親這才幹倘若運用得當，至少能保住女兒體面，只是無益於讓太太長見識了。

伊莉莎白雖然高興韋翰離開，但是少了軍團，日子倒也不見得稱心如意。一來外頭的聚會少了，二來家裡又有成天埋怨生活乏味的母女，弄得班府上下烏煙瘴氣。不過凱蒂的神智遲早會清明起來，擾得她不得安寧的禍害已經走了，但這禍害天生容易惹禍上身，而今又跑到海水浴場和軍團攪和，只怕要蠢上加蠢，自大到無以復加。照這樣看來（伊莉莎白也不是不曾這樣想過）——原本眼巴巴盼著的，臨到時總不如預期圓滿，只得將幸福的起點再寄託於未來，好讓心願有個依托，讓希望得以停泊，陶醉在期待的快樂，尋找在當下的安慰，在安慰中等待失落。眼前她滿心期待的，莫過於即將到來的湖區之旅，這是她最大的安慰，陪她捱過這難捱的時節——母親和凱蒂牢騷滿腹，日子自然難過；倘若能邀珍一道走，這趟旅行就十全十美了。

「還算是我運氣，」她心想，「總算有樁心願未了。倘若事事如我所願，屆時註定要失望。如今我時時遺憾姊姊不能同往，其餘願望反而都能期待實現了。計畫得太過完美，臨到時難免有瑕疵。防止失望的唯一辦法，便是靠惱人小事庇護吧。」

麗迪亞離家時，答應常常會給母親和凱蒂寫信，寫得詳詳細細，可是她的信卻總是要人家等，等到了卻又只寥寥幾行。給母親的信總不過是剛從圖書館回來，同行的還有軍官某某和某某，圖書館的裝飾美不勝收，看得她好不興奮；再不就是她買了新禮服，或是新洋傘，本來也想將這新行頭仔細說一說，無奈馬上就要出發，福斯特太太在催，說要上軍營去了。至於她寫給四姊的信，那就更乏善可陳了——她寫給凱蒂的信雖然長了點，可是好些體己話都寫得隱隱約約，不便讀的。

麗迪亞離家之後過了兩三個禮拜，朗堡再度朝氣蓬勃，呈現一片歡欣的景象，一切都換上了快樂的面孔。上倫敦過冬的回來了，夏日的華服和聚會多起來了。班奈特太太鬧來還是無病呻吟，到了六月中旬，凱蒂總算平了平氣，上梅里墩時也不再抹眼淚了；伊莉莎白看了真是高興，看來到了聖誕節，四妹便能懂事些，不再天天把軍官掛在嘴邊，只盼作戰部發發慈悲，別再把軍團派駐到梅里墩來啦。

原訂北遊的日子日漸迫近，轉眼只剩兩個禮拜，葛汀納太太那兒來了一封信，行期立刻順延，行程也短了些。葛汀納先生公事纏身，需得再等兩個禮拜，七月初才能動身，一個月後又得再回倫敦，時間著實倉促，不便遠遊，只得將原訂幾處勝景略去。若想從容尋幽訪勝，不得不割愛湖區，縮短行程；按照目前的計畫，最北只到德貝郡，郡上風光旖旎，勝景處處，足以消磨三個禮拜。葛汀納太太對此地特別懷念。她曾在該郡某鎮住過幾年，這趟也要在該鎮盤桓數日，該鎮在她眼裡的地位，可比德貝郡各地名勝，譬如馬特洛克的峭壁、查茲沃思的豪宅、鴿谷的壯麗峽谷、秀皐的層巒疊嶂。

伊莉莎白大失所望。她已決意飽覽湖區美景，算一算時間還充裕著呢。但既然領情方是本分，加上她生性豁達，一會兒也就釋懷了。

說到德貝郡，不免又勾起許多遐想。她一見到這幾個字，便又想起龐百利莊園和那莊園的主人來。「不過話說回來，」她說，「我到他家鄉作客，大可落落大方，就算撿他幾塊晶石回家，也不至於讓他發現吧。」

這下期盼的時間又長了一倍。還要再過四個禮拜，舅父和舅母才會來。可是四個禮拜終究過去了，葛汀納夫婦帶著四個孩子上朗堡來拜望。這四個孩子中，有兩個是女孩子，一個六歲，一個八歲，兩個男孩子年紀尚小；四個孩子都要留在朗堡，讓他們的表姊珍照顧。一來這幾個孩子都喜歡珍，二來珍性情穩重、脾氣溫和，照顧孩子無處不妥貼，既能教他們讀書，又能陪他們玩耍，對他們更是疼愛有加。

葛汀納夫婦只在朗堡過了一夜，翌日早晨便帶著伊莉莎白動身，尋歡獵奇去了。這趟遠行別的不說，有件事是肯定高興的，就是旅伴處得來——憑著彼此的體力和脾氣，舟車勞頓也不打緊，何況又都生性開朗，遇著喜事，定能喜上加喜，加以三人聰明乖覺，彼此又親，縱有不順，亦能苦中作樂。

德貝郡風光明媚，不在話下。三人沿途尋訪的名勝，例如牛津大學、布倫亨宮、華威城堡、凱尼沃思城堡、伯明翰市等等，早已家喻戶曉，無須贅述。以下單說德貝郡一蕞爾之地。該郡有個小鎮名叫蘭姆墩，葛汀納太太婚前曾在此小住，而今聽說好些熟人都還在，參觀過郡裡幾處勝景後，便繞道過去看一看。伊莉莎白聽舅母說，離蘭姆墩不過五哩，便是龐百利莊園的所在地。雖然並非此行必經之路，但是繞過去也不過一兩哩路。昨夜討論行程時，葛汀納太太表示想重遊舊地，葛汀納先生也有此意，於是便問問伊莉莎白的意思。

「親愛的，既然是久仰大名，難道就不想親眼瞧瞧？」舅母說，「況且這地方跟妳好些朋友都是有淵源的，韋翰不就是在那裡長大的嗎？」

這下伊莉莎白可真是左右為難。她自覺不該跟龐百利莊園有任何瓜葛，只得裝出不想去的模樣，嘴上要強地說這些古堡莊園看得實在膩煩，見識得多了，只覺那些繡毯緞帷也沒什麼意思。

葛汀納太太笑她怎麼這樣提不起勁。「倘若只是雕梁畫壁，」她說，「倒也就罷了。那兒的庭園真是賞心悅目，還有全英國最幽雅的樹林。」

伊莉莎白不作聲了——可是並非默認。上那兒欣賞風景，可不要碰到達西先生吧——她心裡立刻浮現這個念頭，真是愈想愈心煩，急得她臉都紅了。不如就照實跟舅母說了，省得冒這個險。但想想也不妥，這事實在難以啟齒。最後她決定把這著棋擺到最後，先私下打聽達西先生家裡有人沒有？如果有，屆時再說也不遲。

臨睡前，她向女僕打聽龐百利莊園，問這地方好不好？主人姓什麼名什麼？然後慌慌張張問了一句，主人家回來消暑了沒有？最後這一問，問出了她求之不得的答案——沒有。這下她總算放下戒備，心情舒展，不禁也想上那地方一探究竟。翌日早晨重提舊話，說是要看她的意思，她也不多想，便擺出滿不在乎的神氣，說倒也沒什麼好反對的。

於是，龐百利莊園之旅，就此成行。

卷三

「做什麼都行，但沒有愛，萬萬不能結婚，妳確定妳感覺到那樣的愛了嗎？」

第一章

隨著馬車駛近，龐百利莊園的樹林映入眼簾，伊莉莎白內心七上八下，等到駛近門房，拐了彎，進入莊園，心情更加忐忑。

龐百利莊園占地遼闊，岡陵起伏，氣象萬千。馬車從低壑處駛進，穿過美麗的樹林，在這片遼闊的林壑裡行駛了好一段時間。

伊莉莎白心事滿腹，無心交談，可是瞧一處、讚一處，不知不覺馬車便順著坡道行駛了半哩遠。忽而出了林子，來到坡頂，居高臨下，赫見龐百利府邸矗立在山谷對面，腳下車道陡然一落，千迴百折直至山坳，一幢高大優美的石砌大宅屹立坡上，背有蔥鬱林木環繞，前有一泓溪水，不知何處引來，只覺雅致天然、水波漫湧，全不見斧鑿痕跡，兩旁的庭園既不平板，也不造作。伊莉莎白只覺賞心悅目，從未見過如此渾然天成、不落俗套的庭園佳景，一行三人無不激賞。伊莉莎白忽而心念一動，做龐百利莊園的女主人挺不錯的啊！

馬車下了坡，過了橋，一路駛至門口，就近欣賞府邸風光。伊莉莎白不免心生疑懼，生怕要撞見主人，唯恐昨晚那女僕弄錯了。他們上門請求參觀，立刻給引進大廳，等待那女管家過來。此時伊莉莎白得了空，不禁奇怪自己怎麼跑到這地方來。

管家來了；看上去是位端莊的老婦，衣著樸素，禮貌周到，真教她始料未及。他們尾隨她進了飯廳。只見一間偌大的廳室，格局方正，裝潢氣派。伊莉莎白略略看了看，便走到窗前欣賞美景，只見剛剛下來的那座山丘，山頭林木環繞，遠遠望去，山勢益發陡峭，確實是一處勝景。放眼望去，處處是匠心；一流清淺，兩岸林蔭，山谷蜿蜒天際，看得她心曠神怡。每換一間廳室，窗景便隨之變換，每扇窗都是一幅佳景。廳室挑高氣派，裝潢擺設襯托主人的身價，伊莉莎白一面欣賞，一面讚嘆他的品味，既不庸俗，也不過奢，比起若馨莊園，雖是富麗不足，但是風雅有餘。

「這個地方，」她心想，「差一點就要屬於我了！這些廳室，我或許早已熟門熟路！哪裡還是個讚嘆不迭的陌生人，早該是珍視所有的女主人，還要歡迎舅父、舅母前來作客──不對──」她忽然想到，「這是萬萬不可能的事，舅父、舅母定要和我生分，哪裡還能邀請他們來呢。」

幸虧她想起這一點，否則可要悔不當初。

她想向女管家打聽，看看主人在不在家，但卻鼓不起勇氣，不想舅父倒替她問了，她慌忙別過臉，只聽雷諾太太說主人不在，接著又說：「不過明兒個就回來了，還要帶一群朋友過來哩。」伊莉莎白聽了真高興，幸虧自己路上半天也沒耽擱！

舅母喚她，要她看幅畫像。她走上前，只見韋翰先生的肖像夾在幾幅小畫像之間，懸掛在壁爐上方的牆面，舅母笑著問她好不好看。女管家走過來，說畫像上這位青年的父親，生前在已故老爺底下當管家，這位青年是已故老爺一手拉拔長大的──「眼前從軍去了，」她說，「只怕是愈大愈野了。」

葛汀納太太笑吟吟地看著外甥女，伊莉莎白卻不敢跟舅母對上眼。

「喏，那一幅嘛，」雷諾太太一面說，一面比向另一幅畫像，「那就是當今的主人──畫得可真像，跟這一幅是同時畫的——約莫有八年了。」

「我聽人說，府上主人一表人才，」葛汀納太太一面說一面看畫，「相貌確實英俊——伊莉莎白，妳看看，這畫像也不像？」

雷諾太太對伊莉莎白心生敬重，原來是主人的舊識。

「小姐認識達西先生？」

伊莉莎白臉一紅，說：「不大熟。」

「不覺得咱們主人很英俊嗎？」

「是的，非常英俊。」

「我再沒見過像咱們主人那麼英俊的人物。樓上畫廊還有一幅畫像，比這張大，畫工還更細一點。咱們過世的老爺最喜歡這間屋子，這些小畫像啊，擺得跟老爺生前一個樣。老爺可喜歡這些畫了。」

經她這麼一說，伊莉莎白才明白這裡為什麼會掛著韋翰先生的畫像。

雷諾太太把達西小姐的畫像指給客人看，說是八歲上那年畫的。

「達西小姐也出落得跟哥哥一樣漂亮嗎？」葛汀納先生問。

「哎呀，那還用說——再沒見過這麼漂亮的小姐，而且還是個才女！成天彈琴唱歌。隔壁屋子停了一架新鋼琴，便是特地替她買的，也是咱們主人一片心意；小姐明兒個就要和他一道回來啦。」

葛汀納先生親和大方，跟雷諾太太有問有答，逗得女管家更加健談。雷諾太太對這對主人又驕傲又喜歡，一聊到這上頭，立刻眉開眼笑。

「妳家主人待在龐百利的日子多嗎？」

「不如我盼望的多，不過一年至少會在這兒待上半載；達西小姐則年年來消夏。」

「除非，」伊莉莎白心想，「是上蘭斯蓋鎮去了。」

「等妳主人結了婚，見到他的日子就長了。」

「可不是嘛。只不知要等到何年何月。也沒見過哪家小姐配得上咱們家主人。」

葛汀納夫婦相視而笑。伊莉莎白脫口道：「真是太給他面子了，承蒙妳這麼看得起他。」

「我不過照實說罷了，只要認識咱家主人，哪個不是這樣講。」女管家回道。伊莉莎白心想，這話未免離譜，誰知管家太太接下來的話更教她詫異：「我這輩子從沒聽少爺說過一句氣話。我可是從少爺四歲開始看他長大的。」

這句褒獎不僅出人意表，更教她難以想像。達西先生脾氣可壞了，她向來是這樣以為的。如今聽得此言，耳朵登時豎起來，巴不得能多聽一些，幸而舅父又說：

「世上沒幾個人擔待得起這番恭維。妳真是好福氣，碰上一位好主人。」

「可不是嘛，先生，我真是前世修來的福氣，就算走遍天下，也碰不到比咱們家更好的主人。我常說，小時候性情好，長大了性情也好。我們主人呢，從小既沒脾氣，也沒心眼，真是千百個挑不出一個。」

伊莉莎白簡直是瞠目以對，心想：「她說的真的是達西先生？」

「他父親也是不得了啊！」葛汀納太太說。

「是啊，太太，確實是不得了。都說是有其父必有其子，少主人也是樂善好施，很體恤窮人的。」

伊莉莎白愈聽愈奇，愈奇愈疑，迫不及待聽她說去。雷諾太太談到別的點上，她都不愛聽。無論是畫像、廳室的大小、裝潢的價格，全都給當成耳旁風。葛汀納先生聽她一味偏袒自家人，對主人讚不絕口，心裡暗暗好玩，便忙著把話茬岔到這上頭。雷諾太太一個勁地細數主人的優點，領著一行人從正中大樓梯上樓。

「咱們主人既是好莊主，又是好主人，」她說，「真真是百年難得一見。咱們主人可不像時下那幫青年，凡事只想到自己。咱們家的佃戶也好、傭人也罷，哪一個不是讚他？有人說他驕傲，我說哪來的事！依我看，他不過是話少了點，哪裡都像外頭的青年那樣七嘴八舌呢。」

「說得他簡直是人見人愛了！」伊莉莎白心想。

「聽她這番美言，」舅母一面私語，眾人一面上樓，「跟他的行徑頗不相符；想想他是怎麼對我們那可憐的朋友的。」

「我們該不會被騙了？」

「不太可能，好歹是聽本人親口說的，錯不了的。」

一行人上了二樓，眼前是一條寬敞的走廊，女管家領著眾人進到一間漂亮的起居室。這屋子新近才布置起來，家具和裝潢都比樓下那幾間雅致，聽說才剛收拾好，預備讓達西小姐住下。達西小姐去年回來，一眼就看上這間屋子。

「他真是不折不扣的好哥哥。」伊莉莎白一面說，一面走到窗前。

雷諾太太猜想達西小姐不知要怎樣高興，看到這麼一間屋子！「咱們主人向來是這樣，」她說，「只要能讓妹妹高興，立刻差人去辦。為了妹妹，他什麼都願意。」

最後要看的，就是那畫廊和兩、三間主臥室。畫廊裡陳列著許多精美的油畫；伊莉莎白對繪畫一竅不通，相仿的畫在別處也看過，還不如去瞧瞧達西小姐那幾張蠟筆彩繪，究竟還是肖像有趣些，也不至於看不懂。

畫廊裡有不少家族畫像，但是看在陌生人眼中沒多大意思。伊莉莎白一面逛，一面找尋那唯一的熟面孔。終於，有一幅畫抓住了她的視線——她看見達西先生英俊的肖像，只見他面上帶著幾分笑意，好生眼熟，豈不就是他平常看她的模樣？她在肖像前站了幾分鐘，出神凝思，臨出畫室前又折回去看。雷諾太太說，這是老爺在世時畫的。

就在此刻，伊莉莎白心中對畫中人興起柔情蜜意，即使是往來最頻繁之時，也不曾如此動情。雷諾太太對他的盛讚非同小可。世上最寶貴的讚美，莫過於聰明下人對主人的讚美。她心想，他是兄長，是莊主，是一家之主！多少人的幸福掌握在他手中！多少人的快樂和苦痛操縱在他手上！又有多少的善事和壞事能出自他之手！管家太太每說一句話，都足以證明他人品高潔。她站在畫前看著他的像，兩人畫裡畫外眼對眼，不由得想起他的注視，心裡好生感激。她想念他炙熱的眼神，連他的無禮一併融化。

凡是供外人參觀之處，他們都逛遍了，一行人下了樓，辭別了女管家；園林師傅早已給打發來陪客人逛園子，正在大門口恭候呢。

大家穿過草地往溪邊走，伊莉莎白轉身回望，舅父、舅母也停下腳步。舅父推算起屋齡，此時屋主忽然從宅邸背後繞出來，走在一條跑馬道上，原來是通往後面馬廄的。

霎時間，主客相隔不過二十碼，他出現得突然，教人無從迴避，一時四眼相碰，兩人臉上都是一陣燒紅。他大驚失色，腳下彷彿生了根，一會兒回過神，這才上前跟伊莉莎白攀談，口氣或許稱不上平靜，但至少十分有禮。

伊莉莎白早已不由自主轉過身，見他上前，只得留步聽他問候，窘得她直想找個地洞躲。舅父母一時認不出達西先生，只覺此人好生面善，竟與畫上人物十分神似，又見園林師傅大驚失色、訝異主人提早歸來，心裡這才有了底。他們稍稍往後靠，方便主人和外甥女說話，只見這丫頭驚慌失措，眼皮抬也不敢抬，嘴上胡亂敷衍，人家客客氣氣問她府上安好，她卻回答得心不在焉，只顧訝異他何時變得如此多禮，與上回分別時完全兩樣。他每說一句，她愈窘一分，想到自己闖到這兒來卻讓主人撞見，真是說有多失禮就有多失禮，兩人說話明明不過數分鐘，卻成為她此生最難捱的時光。他也不見得從容到哪裡去，不僅聲調不如往常沉穩，同樣的問題更是問了又問，一下問她幾時離開朗堡？一下問她要在德貝郡待上多久？問來問去不出這幾句，而且問得十分倉促，顯然也是心慌意亂。

最後他實在擻不出話，只默默站了幾分鐘，驀然回神，便告辭而去。

舅父母上前一步，讚美他儀表堂堂，伊莉莎白一個字也沒聽見，只是滿懷心事走在眾人後頭，真是說不出的羞愧和氣惱。這一趟來也真晦氣！天底下竟有如此失算之事！他看了定要奇怪！像他這麼自負，不知要想到哪兒去？真真是羞死人！彷彿她自個兒投懷送抱！喔！自己幹嘛來呀？他又為什麼要提早回來？要是他們早十分鐘走，或許就不會讓他撞見了。他顯然是剛回來，或許才翻下馬背，或許才跨出馬車。她臉上紅了又紅，此番邂逅實在失禮。只不知他何時變得如此客氣？這又是什麼意思？他找她攀談已經不可思議，難得的是禮數周全，竟連家人一併問候！她哪次見他如此降貴紆尊、溫言款語過了？真真是這一次才長了見識。他跟上回在若馨莊園碰面時簡直判若兩人，那次他還硬把信塞進她手裡！她真不知該作何感想，更不知要如何解釋。

一行人走在美麗的溪邊小徑上，愈走，腳下的地勢愈斜，眼前的林子愈密，但是伊莉莎白隔了半晌才發現。她嘴上雖然敷衍著舅父母的招呼，順著他們的手勢望向沿途的景物，可憐這好山好水，全給她看成空氣。她的心禁錮在龐百利莊園裡，達西先生走到哪，她的心就跟到哪。她想知道他正在想什麼。她想知道他怎麼看待她。她想知道，經歷了這番冷暖，他是否還愛她如一？或許他跟她客氣，是因為他了無牽掛，但是聽他的語氣**那樣**，卻又不像。此番相見，他是樂多於苦？還是苦多於樂？她無從得知，只知他是騷動不安的。

舅父母說她漫不經心，她才打起精神做做樣子。

一行人走進樹林，暫別溪流，踏上山坡。從林間的空隙望出去，山坳裡美景處處，草坡上山色蔥蘢，溪水如帶，時隱時現。葛汀納先生想逛遍整座莊園，但又怕走不動；園林師傅面露得意，笑說繞一圈要十哩。葛汀納先生只得打消念頭，眾人在園子裡逛一回也倒罷了。一行人沿著小徑東兜西轉，只見林木斜吊在坡，眾人順勢而下，便又回到溪邊，這一帶水流涓細，眾人從陋橋上過溪，這木橋雖然樸拙，卻不見突兀，原來這一帶佳景渾成，罕見雕琢；遠方空谷幽幽，眼前山壁夾道，中分一脈細流，矮林兩岸參差。伊莉莎白本欲循著曲徑尋幽訪勝，可是才過橋，便見龐百利大宅落在遠處，葛汀納太太本不擅走，見了這情景，益發走不動，只想趕緊回到馬車上，外甥女只得依她。眾人抄了近路往龐百利大宅走，但卻走不快，因為葛汀納先生酷嗜釣魚，平時只恨不得盡興，今日見了溪裡有些鱒魚，便和園林師傅談上了勁，哪裡還有閒工夫邁步。一行人走走停停，不料又吃了一驚，伊莉莎白的詫異不亞於前次——遠處走來的不是達西先生又是誰？此處的小徑不如對岸隱蔽，遠遠便能見他走來，無須等到雙方碰頭。伊莉莎白儘管訝異，但至少不如上次毫無防備，索性把心一橫，打定主意要力作鎮定與他攀談，只不知他是否有此打算？有那麼幾刻，她以為他要岔上別條小徑；過彎時，這個念頭在她心中盤旋不去，四處林木蒼蒼，哪兒見得他的身影？一行人拐過彎，立見他迎面走來。只消覷一眼，便知他恭敬依舊，她也學著他的樣，一碰面就客套起來，直誇他這裡山明水秀，但才說完「風光明媚」、「賞心悅目」，心裡便閃過那晦氣的念頭，以為自己這樣褒獎龐百利莊園，人家豈不要曲解？想到這裡，臉上不禁一紅，話也不說了。

葛汀納太太就站在伊莉莎白身後。他瞧她不言語，便請她賞個臉，幫忙引薦引薦幾位朋友？她見他客氣至此，心裡好生意外，只差點忍不住要笑；眼前他想打交道的，不正是他當初眼高於頂、不屑往來的那些人嗎？「他一定會大吃一驚，」伊莉莎白心想，「不如別介紹的好。我看他定是把那兩位想得太尊貴了。」

不過她還是立刻替他引薦。她一面說這兩位是她的舅父、舅母，一面拿眼睛覷著他，看他如何承受，會不會拔腿就跑，沒得玷污了他的高貴。果然他一聽是親戚，滿臉詫異，但還是硬著頭皮死撐，非但沒有撒腿，反而和他們同路，甚至跟葛汀納先生攀談起來，這教伊莉莎白怎能不竊喜？怎能不得意？

她心裡欣慰無比，總算讓他曉得，她也有幾個不讓人臉紅的親戚。她尖著耳朵，聽聽他們說些什麼，幸喜舅父談吐不俗，說出來的每一句話，都足見他見識卓越，修養過人。

兩人談著談著，便說到釣魚上，只聽達西先生恭恭敬敬邀請舅父常來釣魚，反正離得也不遠，還說要出借釣具，又把鱒魚多的溪段指給他看。葛汀納太太跟伊莉莎白挽著手走，對她使了個眼色，以示驚奇；伊莉莎白嘴上沒說什麼，心裡很是得意。他這樣百般討好，無非是要替她做面子。她驚詫不已，相同的念頭在心裡翻來覆去：「他怎麼變了一個人？安的是什麼心？總歸不會是為了我，才把身段放得這麼低？我在漢斯佛區訓了他一頓，不見得就轉變得這麼厲害，也別奢望他還愛我了。」

一行人就這麼走了一會兒，只見太太小姐在前，兩位先生殿後，走一走下了坡，眾人便分頭到溪邊欣賞奇花異草。回頭上坡時，本來也是女士在前、男士在後，可是好巧不巧，葛汀納太太白天走乏了，嫌伊莉莎白的臂膀攙不住，不如挽著丈夫舒服，於是便和達西先生換了順序，讓他跟外甥女並肩一道走。兩人沉默了片刻，還是小姐先開口。她一心想告訴他，這回是聽說他不在才闖來的，因而劈頭便說，他回來得突然，著實出人意料之外——「你們管家太太說，」她道，「你明天才回來。昨天在貝克韋爾鎮，也聽說你不在郡上。」他坦承的確如此，又說是因為找管家有事，所以比同行幾位早幾個鐘頭回來。「他們明天一早就到了，」他說，「當中有幾位熟人，一位是賓利先生，再來就是他姊妹。」

伊莉莎白只是點頭，立即想起上回提到賓利先生的情景。看他的臉色，只怕也在想同一樁心事。

「另外還有一位，」他頓了一頓，說，「特地央求我幫忙引薦妳，只不知妳肯不肯賞臉？還是這樣的要求太冒昧了些？我想趁妳在蘭姆墩，介紹舍妹與妳認識。」

這一下真教她受寵若驚，連怎麼把事情答應下來的都不曉得。她心想，什麼達西小姐想認識她？分明是這個做哥哥的搗鬼；只是也沒時間細想，光是高興都來不及了。她欣慰他雖然惱她，卻並未因此厭惡她。

兩人默默往前走，各自都是滿懷心事。伊莉莎白臉上訕訕的，沒想到竟然有這種事！可是她禁不住要得意，他居然要引薦妹妹給她認識，這可是替她做足了面子。不過一眨眼的功夫，兩人便把葛汀納夫婦拋在後頭，都已經看到馬車了，葛汀納夫婦卻還在兩百碼之後。

達西先生請她到家裡坐一坐，她說不累，兩人便並肩站在草坪上。在這種節骨眼，明明話茬多得不得了，默默無語豈不尷尬？可伊莉莎白也不是不想開口，只是找不到合適的話說。她左思右想，想起近日的旅行，兩人便憑著一股毅力，讓話題圍繞著鴿谷和馬特洛克打轉；可是時間過得好慢，舅母走得真慢，眼看著耐性就要磨穿了，話茬也快用完了，獨處的時光卻還沒結束。好不容易葛汀納夫婦趕了上來，眾人又給請進屋裡用點心，不過客人婉言謝絕，主客兩邊恭敬話別。達西先生扶兩位女客上馬車，等到馬車開駛，才見他慢慢兒踱回屋內。

舅父母開始對他品頭論足，兩人異口同聲誇他好，真真出乎他們意料。「進退得體、禮數周到，而且又不端架子。」舅父讚道。

「他是有這麼一點兒高高在上，」舅母說，「但也僅止於舉手投足之間的神氣，而且也稱他的身分。這下我倒要附和管家太太的話啦：『有人說他驕傲，我說哪來的事。』」

「最教我驚訝的莫過於他的待客之道。那何止是客氣？簡直是殷勤了。其實他大可不必這般討好，他和伊莉莎白不過是泛泛之交。」

「憑良心講，伊莉莎白，」舅母說，「他確實不如韋翰英俊，或者應該說，他不如韋翰討喜，倘若單論長相，他倒不在韋翰之下，妳為什麼要把人家說得那麼討厭呢？」

伊莉莎白極力辯駁，直說自從在肯特郡碰頭後，她就不像從前那樣忌恨他了，還說他今日這般和藹可親，她也是頭一遭見識到。

「不過，他或許是心血來潮，所以今天特別好客，」舅父說，「達官顯貴常常是這樣。因此釣魚一事，還是別當真的好；只怕哪天他改變心意，要把我攆出園子外呢。」

伊莉莎白覺得舅父母錯怪他的為人了，不過嘴上卻沒有說出來。

「從今天這樣看來，」葛汀納太太說，「真是想不到他竟會如此心狠手辣，對韋翰做出那種事！他看上去心地不壞，說話的樣子也很討人喜歡，而且眉宇間自有一股威嚴，並非心術不正之輩。不過，帶我們參觀的那位女管家，未免把主人捧得天花亂墜了！聽得我簡直忍俊不住。他一定是一位慷慨的莊主；在僕人眼中，誰出手夠闊，誰就是集美德於一身的好莊主。」

聽到這裡，伊莉莎白再也按捺不住，覺得有必要說幾句公道話，證明達西先生沒有虧待韋翰。她戰戰兢兢把事情原委說與舅父母，只說是上肯特郡作客時，向達西先生的親戚打聽來的；他之所以那樣對韋翰，其實另有一番解釋，他的為人並不像赫福德郡謠傳的那樣不堪，韋翰也不像大家說的那樣善良。為了舉證，她又把兩人的金錢往來一五一十供出來，不過沒有指名道姓，只說是個信得過的人說的。

葛汀納太太一則以驚，一則以憂；然而，隨著馬車駛近蘭姆墩，她便陷入回憶裡，忙著把一切有趣的、好玩的指給丈夫看，哪裡還有心思想別的事兒？儘管她白天走乏了，可是才吃過飯，便又動身去探訪舊識，老友闊別多年，開開心心敘了整晚的舊。

白天的邂逅實在有意思，伊莉莎白不禁再三回味，那兒還有心思結交朋友？她根本無心做事，只能一遍一遍地想，偏偏愈想愈不明白：達西先生為何如此多禮？尤其為何要引薦妹妹給她？

第二章

伊莉莎白料想達西先生後天才會領妹妹來拜望，也就是達西小姐抵達龐百利莊園的隔天；因此，她決定那一天早晨要待在旅館裡，頂多在附近閒晃。可是她沒料到，她和舅父母才剛到蘭姆墩，隔天客人就上門了。彼時，他們和昨晚新交上的朋友在鎮上蹓躂，轉了幾圈又回旅館更衣，準備上朋友家吃飯；忽然間，窗外馬車轆轆，探頭一看，一男一女坐著雙輪敞篷馬車，正往街上駛來。伊莉莎白一看那馬夫的制服，心裡便明白了七八分，趕忙把這驚人的消息告知舅父母，說是貴客駕到，聽得兩老詫異至極；看看外甥女那嬌怯的模樣，再把眼前和昨日的情景想一想，總算是恍然大悟。儘管無前跡可循，可是這樣一戶人家，對他們如此殷勤，除了看上外甥女，此外不作他想。兩老在腦子裡轉著這些念頭，不安卻一陣陣襲上伊莉莎白心頭。她奇怪自己竟然這樣坐立不安，心裡只管胡思亂想，就怕達西先生出於愛慕，在達西小姐面前胡亂吹捧，急得她趕緊想個賓主盡歡的法子，就只怕自個兒沒那麼大本事。

她想讓人家看見了不好，便從窗邊退回來，在屋子裡轉來轉去，想要平一平氣，只見舅父母滿面疑惑、神色詫異，真應了那句弄巧成拙。

達西兄妹雙雙出現，雖然是心驚肉跳，但總算介紹完了。伊莉莎白又驚又奇，沒想到這位新朋友竟如此忸怩；昨晚來到蘭姆墩，聽說達西小姐為人高傲，今日一見，不過短短數分鐘，便瞧出她只是靦腆怕生，問她什麼，只一味唯唯諾諾，吐不出半個字來。

達西小姐個子高，身形比伊莉莎白寬，年方十六，便生得體態豐滿，婀娜多姿，優雅端莊，儘管不如哥哥出眾，可是自有一股靈氣，臉上雍容平和，舉止秀氣謙恭。伊莉莎白原本料想，這位小姐恐怕犀利不下兄長，只怕是得理不饒人的；如今相見，方才寬了心，原來是這個模樣。

才見過達西小姐，達西便告訴伊莉莎白，說賓利也要過來拜訪；她還來不及表示榮幸，也無暇準備接待貴客，便聽見樓板上響起賓利急促的腳步聲，一眨眼，他人已經在屋內。伊莉莎白對他的怒氣早已煙消雲散，即使尚存餘慍，也經不住他一番赤忱，只見他情懇意切，喜慶重逢，和和氣氣與她寒暄，問她府上安好；不論是看上去也好，說起話來也好，都如往常般從容和善。

葛汀納夫婦對賓利的關切，絕不在伊莉莎白之下，兩老早就想見他了；再說眼前這群年輕人，看得兩老是興味盎然。兩人剛剛才在懷疑達西先生和外甥女的關係，此時自然少不了暗中窺伺，不多時便知他倆其中之一已陷入情網。對於外甥女的情意，兩老尚有幾分不明白，但是先生的滿心愛慕，真真是溢於言表。

伊莉莎白在一旁忙得不可開交，一來要顧及賓客的心情，二來要談笑自若，三來要博得眾君喜愛。原本她唯恐本領不夠，掃了賓客的興，但其實是庸人自擾。她還想要討好人家？人家喜歡她都來不及了。賓利老早就想迎合她，喬安娜只顧投合她，達西先生只怕不能討好她！

一見到賓利，伊莉莎白的心立刻飛到姊姊身邊。唉！真恨不能看一看，他的心是否也是這樣？他的話似乎比從前少？不過值得高興的是，他看她的神情，彷彿是在她身上找尋姊姊的影子。或許這是想像作祟，不過有件事絕對錯不了，那就是賓利對達西小姐的態度；先前傳說達西小姐是珍的情敵，但照眼前的情景來看，雙方似乎都沒有情意，兩人的應對也不像賓利小姐說的那樣，真是教伊莉莎白欣慰極了。賓客告辭之前，又發生了幾樁小事。伊莉莎白因為惦記姊姊，不免要把賓利的舉動看成是舊情難忘，況且他言語溫柔，再說下去，恐怕就要說到姊姊身上，只可惜他沒這個膽量。當時賓客正聚在一處說話，他卻跑來找她，語帶遺憾地說，好久不見了，真是福薄緣淺；她還來不及回話，他又說，有八個多月不見了，我們是十一月二十六日分別的，那天大家還在尼德斐莊園跳舞呢。

伊莉莎白很是高興，沒想到他記得那麼仔細。後來他又趁其他賓客不注意，問她姊妹們是否都還住在朗堡？這個問題雖然沒有深意，前頭的話也未見蹊蹺，但是說話人的神情態度，讓這裡頭大有文章。

她雖未能時時顧盼達西先生，然而每每偷覷，都見他一團和氣，談吐間既不見從前高傲的習氣，也聽不出鄙夷眾人的意味。她不由得相信，他待人處世果真進益了，昨日雖然只是短短一瞥，但至少延續到了今天。她見他跟舅父母打交道、盡力博人歡心，不禁揣想，要是早幾個月，他定要引以為恥；而今見他彬彬有禮，不只對她客客氣氣，就連那幫看不入眼的窮親戚，他也是恭恭敬敬。牧師公館求婚那一幕，至今仍歷歷在目，兩相對照，簡直判若兩人、今非昔比；這一幕幕撞在心坎上，簡直要掩不住滿面詫異。無論是在尼德斐莊園與三五好友共處，還是在若馨莊園與達官貴人一室，都未曾見他如此隨和豁達，願意放下身段與人為善。何況博得舅父母歡心，對他並無好處，跟這些人攀交情，只會引來尼德斐莊園和若馨莊園的訕笑而已。

客人在旅館坐了半個多鐘頭，這才起身告辭；臨走前，達西先生要妹妹一塊兒邀請葛汀納夫婦和班奈特小姐，希望他們在離開蘭姆墩之前，到龐百利莊園吃頓便飯。達西小姐有些怯場，顯然很少邀人到家裡作客，但仍然照著兄長的話說了。葛汀納太太望著外甥女，這飯局顯然是為她而設的，故而急著要瞧她答不答應，不料她卻扭過頭去；葛汀納太太心想，她這樣避而不答，不過是一時彆扭，倒不是討厭的意思，而丈夫向來愛應酬，看樣子也想去熱鬧熱鬧，於是便大著膽子答應下來，約了後天去叨擾。

賓利說很高興能再見到伊莉莎白，他還有好多話想跟她說，還要問候赫福德郡的朋友。伊莉莎白當他是想打聽姊姊的消息，心裡很是歡喜。凡此種種，都讓她在客人走後洋洋得意，想起過去半個鐘頭便喜不自勝，不過當下挺折磨的。眼前她一來想獨處，二來怕舅父母追三問四，只略略聽兩老讚過賓利，便快步回房更衣去了。

不過她其實不必多慮，葛汀納夫婦好奇歸好奇，卻也不忍逼問。明眼人一看便明白，伊莉莎白和達西先生的交情並非兩老所料；他對她顯然一往情深，兩老雖是滿腹疑問，倒也不便打探。

說到達西先生，眼下只怕誇他不夠哩！以兩老和他的交情，真真挑不出半點錯處！兩老有感於他禮數周到，倘若要他們說說他的人品，說的時候暫不理會他人觀感，單憑管家太太和兩位的一己之見，包管赫福德郡民聽不出他們說的是誰。這下兩老總算相信管家太太的話了，眼下他們明白，既然達西先生是管家太太四歲看到大的，而管家又是個進退得宜的可敬婦人，對於其言，自然沒有置若罔聞的道理，縱使與蘭姆墩友人所述兩相對照，也未見任何不妥，除了驕傲之外，也沒聽說他其他錯處。或許他果真有些傲慢，但縱使他不傲慢，那小市鎮上的販夫走卒因為從未見過他的面，自然也要說他傲慢。不過他慷慨大方，救苦濟貧，倒是有目共睹的。

至於韋翰，這些外人不多時便察覺他在鎮上風評不佳。他和恩人獨子之間的恩怨，鎮民雖是一知半解，但誰不曉得他離開德貝郡時欠了一屁股債，全賴達西先生替他償還哩。

再說說伊莉莎白吧，今夜她整顆心都留在龐百利，只怕是比昨夜更癡了。今夜看似漫長，彷彿卻又太短，不夠她明白自個兒對**那一位**的心意，輾轉了兩個鐘頭仍未成眠，只為釐清心頭那千頭萬緒。她當然不恨他，決計不會的，恨意早已消了，她早已為此感到慚愧。她尊敬他，是因為相信他品格高尚，雖然起初承認得不情不願，但是不知不覺便已釋懷。而今在這尊敬之上，更添了幾分親切，昨日聽了他的好話，方知他也有隨和的一面。然而，除卻尊敬、除卻親切，她之所以對他心懷好感，還有一樣忽視不得的情愫，那便是感激。她感激他，不僅因為他曾經愛過她，更因為他依然愛著她。他不計較她意氣用事，寬恕她言語刻薄，原諒她斷然拒絕，寬宥她冤枉好人。他和她大可勢不兩立，避之唯恐不及，然而此番邂逅，他卻急於重修舊好，而且並非露骨示愛，也無踰矩之舉，只竭力博得她親戚的好感，並一心要介紹妹妹給她認識。這樣的轉變，出現在這樣一位驕傲的男子身上，不僅教人驚奇，更是教人感激——因為唯有愛，唯有熾熱的愛，才能讓人改頭換面，深深打動她的芳心；她不討厭這樣的感情，也想讓這樣的感情延續，只是說不出這是什麼樣的感情。她尊重他、敬愛他、感激他，一心希望他幸福美滿。她只想弄明白，她希不希望這份幸福掌握在她手上？她知道自個兒有本領再要他求婚，只不知施展出這副本領，是否就能讓兩人美滿幸福？

晚上舅母和她商量，說是達西小姐那樣客氣，抵達龐百利莊園後，不過匆匆吃過一頓中飯，便趕來蘭姆墩拜望他們一家，這份盛情縱使無以回報，至少也該回個禮，不如明日白天就上龐百利向小姐請安。翌日，一行人準備上龐百利去。伊莉莎白心情大好。她自忖為何高興至此？卻說不出個所以然來。

早飯過後，葛汀納先生便出門去了。昨日客人來訪，大夥兒又聊起釣魚一事，便約了上午在莊園裡碰頭。

第三章

如今伊莉莎白明白，賓利小姐嫌惡她，不過是在和她吃醋；她心裡既有這個意思，不禁料想此趟上龐百利拜望，賓利小姐不知會嫌憎到怎麼樣？也不禁好奇此番舊雨重逢，不知那位小姐是否會顧全大體？

姈甥二人一到大宅，便給領進大廳、帶入會客室。此間坐南朝北，夏日甚是宜人，窗外便是那片園林，只見林木蓊鬱於岡巒，橡栗錯落於草地，觀之使人心曠神怡。

達西小姐在會客室裡接待她們，兩旁坐著的是賀世特太太和賓利小姐，另有一位太太，是達西小姐在倫敦的伴讀。喬安娜客客氣氣接待了來客，不過舉止稍嫌忸怩，這固然是怕生所致，唯恐待客不周，不過難保外人心生自卑，將害臊說成傲慢，將怕生看成冷漠。然而，葛汀納太太和伊莉莎白非但不怪她，反而心生憐愛。

賀世特太太和賓利小姐只行了個屈膝禮，表示知道客人來了。主人請客人就座，旋即便是一片沉默，說有多彆扭，就有多彆扭。安詩蕾太太率先打破僵局；她面貌和善，行止雍容，只瞧她竭力找話來攀談，便可知其教養確實在賓利姊妹之上。她和葛汀納太太唱起雙簧，伊莉莎白偶爾插嘴助興，達西小姐也想湊個趣，只是沒膽，難得聽她支吾幾聲，料想也沒人聽見。

不多時，伊莉莎白便察覺賓利小姐盯著自己，她說的一字一句，全落在那一位耳裡，每每伊莉莎白找達西小姐攀談，她都豎著耳朵聽。本來縱使賓利小姐緊迫盯人，她也能肆無忌憚跟達西小姐談天，無奈主客座位相隔太遠，說起話來不大方便，既然沒必要沒話找話，不如省事些，反正她心事重重，牽掛那幾位男士隨時會進屋，一則企盼男主人一道回來，一則害怕男主人一道回來；究竟是企盼多些？還是害怕多些？她也拿不定主意。就這麼坐了一刻鐘，也沒聽賓利小姐吭一聲，忽而回過神，只聽賓利小姐正冰冰地問候她府上安好，她便淡淡地敷衍了幾句，對方也就不作聲了。

除卻賓利小姐的問候，整趟拜望唯一的騷動，便是家僕送來冷盤、點心和莊園裡各色鮮果。達西小姐一時忘了打發人端來，幸虧安詩蕾太太頻頻向她使眼色，又笑得那樣意味深長，方才提醒她做主人的責任。這會兒總算有事可做了，話雖不是人人會說，吃總是人人都會的。小姐太太看見葡萄、油桃、蜜桃成堆成垛，煞是好看，便聚攏圍著桌邊坐了。

正當眾人一處坐著，伊莉莎白總算明白了自己究竟是企盼達西先生回來多些，還是害怕達西先生回來多些——達西先生進到屋子裡，她看看自己的心情，倒也就明白了，便以為自己是企盼他回來多些，不料馬上卻又後悔他不該回來。

達西先生是從外邊進來的，方才他同莊上兩三位男客，在溪邊陪著葛汀納先生釣魚；他聽說葛汀納太太和外甥女要來拜望喬安娜，便立刻返回龐百利大宅。伊莉莎白見他進來，便識相地要自己從容以對，千萬不能露出半點窘態。此舉雖是必要，可是談何容易，達西先生一進門，滿屋的人立刻起疑，拿眼睛盯著他的舉動。不過眾人再怎麼好奇，都不如賓利小姐露骨，還堆著笑臉跟達西先生說話，只因她還沒嫉妒到不顧一切，也還沒對達西先生死心。達西小姐看見哥哥來了，勉強多說了幾句；伊莉莎白見他巴不得她和妹妹處熟，甚至搬話來讓兩邊有得說。此情此景，全讓賓利小姐看在眼裡，一時怒氣攻心，少不得意氣用事，一逮到機會，便佯裝客氣譏諷道：

「請問，伊莉莎小姐，梅里墩的軍團是不是開拔啦？這對**貴府**而言，必定是莫大的損失。」

當著達西的面，她不敢提起韋翰的名字，可是伊莉莎白登時會意，她話裡說的不是他又是誰？想起過去和韋翰的交往，心裡一時慌亂，但立刻打起精神，見她這話問得歹毒，便裝出事不關己的口氣，忙忙回了話；正說著，不覺瞥了達西一眼，只見他神情激動，熱切地瞧著自己，達西小姐則張皇失措，垂著眼皮。賓利小姐倘若曉得，這番含沙射影要使閨中密友害愁，一定會忍著不說；她以為伊莉莎白鍾情韋翰，故而影射此人，想害她方寸大亂，從而流露真情，讓達西瞧她不起，想起那多少笑話和糗事，全是她那家子和軍團鬧出來的。至於達西小姐預謀私奔一事，賓利小姐毫不知情，這樁公案未曾外洩過，能保密就盡量保密，獨獨對伊莉莎白是例外。至於賓利一家，達西先生更是防得滴水不漏，裡頭的緣故，伊莉莎白早已料中，不過是希望兩家親上加親。達西先生老早就有這個打算，但卻非因此而拆散賓利和班家大小姐，充其量只是關切賓利的幸福罷了。

達西見伊莉莎白不動聲色，便安下心來。賓利小姐一則氣惱、二則失望，不敢再談到韋翰邊上。不久喬安娜也定了定神，但一時還不敢作聲，只怕要跟哥哥對上眼；殊不知這做哥哥的壓根沒想起，這事兒和自己妹妹也有牽連。這著棋本來是要他別再心繫伊莉莎白，可是這回不但繫得更緊，還繫得更心甘情願了。

這一問一答之後，客人差不多也該告辭回去了。達西先生送兩位女客出去，賓利小姐趁機洩憤，把伊莉莎白批評得體無完膚，從做人處世到服裝談吐，無一不挑剔。孰知喬安娜卻無意幫腔，既然哥哥讚伊莉莎白好，她自然也覺得她好。哥哥看人向來不錯，連哥哥都說伊莉莎白美麗大方了，她還能不說伊莉莎白美麗大方嘿。達西先生送完客回來，賓利小姐又把方才跟達西小姐說的話，再說一遍給達西先生聽。

「達西先生，伊莉莎白．班奈特小姐的臉色真難看，」她嚷道，「我從未見過哪個人變得這麼厲害的，上回見到她不過是去年冬天的事，怎麼就變得這樣黑，倒像個下人了！姊姊和我都說，差點兒要認不出來哩。」

這話達西先生聽不入耳，只冷冷敷衍了幾句，說他看不出她哪裡變了，不過是曬黑了一點，不足大驚小怪，夏天旅行總是要曬黑的。

「依我看，」她回道，「說句實話，我還真看不出來她美在哪裡。兩頰瘦削，面色如土，五官也不出色。鼻子扁塌，沒什麼稜線。一口牙還算過得去，但也只是一般般。再說她的眼睛，有人說漂亮，我看也不怎樣，不過是犀利潑悍了點，看了就討厭。瞧她那副自命不凡的模樣，卻又不懂大家閨秀的規矩，沒的教人吃不消。」

賓利小姐明知達西傾慕伊莉莎白，卻這般滅他人威風、長自己志氣，實非上上之策。但是人在氣頭上，難免死腦筋。她看他面有惱色，自以為計謀得逞，只聽他一聲不吭，偏偏要激他開口，故而往下說道：

「記得那次在赫福德郡見到她，簡直難以置信，原來郡上傳說的美人也不過如此！不知哪天晚上，那家子上尼德斐莊園吃飯，席罷客散，你還來了這麼一句：『**她**叫美人！我倒要稱她媽一聲才女了！』不過日久生情，倘若我記得不錯，你後來還誇她漂亮哩。」

「話是不錯，」達西忍無可忍，便回道：「但**那**不過是最初的印象。這幾個月來，我倒認為，在我認識的女人中，她是頭等漂亮的。」

說著他欠身告辭，賓利小姐這下可如願了，好歹逼他說出了這麼幾句話，只是別人聽了無妨，她聽了倒要黯然神傷。

葛汀納太太和伊莉莎白回到旅館，談起這趟拜望的種種，談來談去，總談不到那一位身上；此番作客見了哪些人物，其神情如何，舉止如何，全都評過一輪，怎麼獨獨就漏了那一位。她們談他的妹妹，評他的朋友，說他的宅邸，讚他的水果，樣樣都談了，只是不談他。伊莉莎白其實好想聽聽舅母對他的印象，葛汀納太太又何嘗不希望外甥女先起頭，好讓她樂得開口。

第四章

伊莉莎白一到蘭姆墩，沒接到姊姊來信，大失所望，一連失望了幾天，到了第三天才不嘟囔了，原來之前錯怪了姊姊，這天一連收到兩封來信，其中一封註明誤投，伊莉莎白倒也不詫異，因為地址確實寫得潦草不堪。

當時他們正準備出去轉一轉，不料信就來了；舅父母想讓她靜靜讀信，便自個兒先走了。誤投的那封信自然要先讀，那是五天前寫的，開頭是流水帳，不過是誰上誰家吃飯拜客，又敘些鄉下新聞；信的後半是隔天寫的，寫得心浮氣躁，裡頭的消息可重要了，信上是這樣說的：

親愛的莉西：

昨日寫完信後，不料鬧出一樁大事，說了又怕驚擾妳——請放心，家裡一切安好，我要說的是麗迪亞的事。昨晚十二點鐘來了封快信，我們本來要就寢了，一看，是福斯特上校的字，信上說麗迪亞跟一名軍官跑了，到蘇格蘭去了，嚇得我們全都醒了！妳道那軍官是誰？就是韋翰！這件事除了凱蒂之外，大家都蒙在鼓裡。真是太太太遺憾了。就這樣私奔結婚，這小兩口恁地草率！但我寧可往好處想，但願他不像大家說的那麼壞。我承認他確實莽撞，但恭喜他們又何妨？私奔不表示他陰險，至少他結這婚並不圖什麼，父親大人沒半個錢給她，他不可能不曉得。母親哀哀欲絕，父親勉強受得住。幸好我們沒讓兩老知道外人怎麼講他的，我們也趕緊忘了吧。他們料想是禮拜六晚上十二點鐘走的，軍團昨天早上八點發現兩人失蹤，立刻派快信過來。他們這趟北上蘇格蘭，必定要打我們郡上過，那條路離我們家不出十哩，福斯特上校認為有必要趕過來看一看。麗迪亞留了幾行字給福斯特太太，把私奔一事說與她。我不得不停筆去陪母親了。這信只怕妳看了要莫名其妙，連我自個兒也看不明白。

伊莉莎白沒空細想，也還來不及感覺，讀完這封，便抓起另一封，急急忙忙拆開，看看日期，比上一封晚了一天，裡頭是這樣說的：

親愛的妹妹：

收到我上一封倉促寫成的信了吧？雖然此回希望能把事情交代清楚，可是我空有餘暇，腦袋卻糊塗，不敢保證能有條有理。親愛的莉西，我真不知該從何寫起，但還是得把噩耗說與妳，而且事不宜遲。韋翰和麗迪亞的婚事雖然荒唐，眼下卻巴不得聽說他們已經結婚了才好，只怕他們不上蘇格蘭去。前天那封快信寄出後，福斯特上校便從布萊頓趕來，並於昨日抵達。麗迪亞雖然在給福斯特太太的短信上說要去私奔小鎮格雷納格林，可是聽丹尼的口風，韋翰壓根沒這個打算，也無意娶麗迪亞為妻。福斯特上校一聽，大為駭異，連忙動身追趕，追到倫敦南邊的科萊菜區還不費事，可是再往北卻沒了下文，原來他們在此地換了出租馬車，把在艾蒲森雇的馬車打發走了，此後只聽見人說他們往北走。我一時也沒了主意。福斯特上校在科萊菜區一帶四處打聽，這才北上赫福德郡，沿途逢收費關卡便問，到了倫敦北邊，也在巴奈鎮和海飛鎮打探打探，但都一無所獲，只說沒看見這樣的人走過。他抱著關切來到朗堡，把種種疑慮說與我們，看他說得痛心，可見是真心誠意，我真替他們夫妻難過，這事再怎樣也不能怪罪他們。親愛的莉西，這下家裡真是一片愁雲慘霧。父親和母親都做了最壞的打算，我卻不相信他會這麼可惡。或許為了種種緣故，他們認為與其私奔到蘇格蘭，不如在倫敦私訂終身；或許他果真居心叵測，欺侮麗迪亞沒有家世、年幼無知，但那又不太可能，麗迪亞決計不會如此不顧一切。不過，我難過的是，福斯特上校不信韋翰會娶麗迪亞；我把我的想法說給他聽，他只是頻頻搖頭，說韋翰恐怕靠不住。可憐的母親急出一身病，整天不出房門，倘若她肯出點力，恐怕還好過些，但是她那個樣子實在沒辦法。至於父親，我還是頭一次看他這樣氣惱。大家都氣凱蒂隱瞞麗迪亞和韋翰暗通款曲的事，但既然這是祕密，也難怪她守口如瓶。親愛的莉西，真慶幸妳無須目睹這些傷心場面，但是既然最初的震驚已過，可否讓我對妳表明心跡？我真心誠意希望妳回來。不過，我也不是這麼自私的，果真不方便，自然也不勉強妳回來。不如就此停筆吧。

我又拿起筆來逼妳了，真是才說嘴又打嘴，可是眼前情況如此，不得不懇求你們儘快回來。憑我與舅父母的交情，相信他們絕不會見怪，只是對舅舅不好意思，因為另有一事相求。眼下爸爸要同福斯特上校到倫敦尋人，雖不知他要從何找起，但看他驚惶失措，只怕辦不穩妥，而且福斯特上校明晚就要回營，情勢緊急，非請舅舅從旁指點協助不可。舅舅定能體諒我的心情，承望他好心相助。

「喔！舅舅？舅舅呢？」伊莉莎白失聲大喊，信才讀罷，便從椅子上飛奔出去找舅父。時間寶貴，刻不容緩。她奔到門口，不巧傭人把門打開，達西先生走了進來，見她面無血色，神情倉皇，甚覺詫異，一時來不及回神問候，伊莉莎白便因掛記妹妹而嚷道：「恕不能奉陪，我有要事在身，必須去找葛汀納先生，情勢緊迫，一刻也不能耽擱。」

「天哪！出了什麼事？」他真情流露，一時顧不得禮貌，衝口就問；一會兒心神稍定，才接下去說：「我無意耽誤，不過還是讓我替妳去找葛汀納夫婦吧？或是讓傭人去也好。妳臉色不好，不能去。」

伊莉莎白遲疑不決，無奈雙膝發抖，恐怕去了也沒用，只得打發傭人進來吩咐，但吩咐得上氣不接下氣，教人簡直聽不懂，直說把老爺和太太找回來，而且要快。

傭人一走，她便不支坐下，臉色非常難看，達西不忍離開她，便軟語溫言道：「我替妳把貼身女僕找來吧？要不要來點什麼，看會不會舒服些？喝杯紅酒吧——幫妳斟一杯？妳氣色不好呢。」

「不用，多謝。」她一面說，一面強作鎮定。「我沒事。我很好。只是剛剛從朗堡接到噩耗，心裡難受。」

說到這裡，她淚如雨下，半天說不出一句話。達西一時摸不著頭腦，只表達了幾聲關切，便含情脈脈地望著她。兩人沉默了半晌，她終於開口道：「我剛剛收到珍的信，聽說了一件不幸的消息。反正紙終究包不住火，不如就說與你聽吧。我那么妹離了親友──跟人私奔了；她自個兒投懷送抱，任憑……韋翰使喚。兩人漏夜從布萊頓逃跑。你深知他的為人，下文也就不必提了。她既沒錢，又沒勢，他哪裡肯娶她……我妹妹這一生毀了。」

達西怔住了。「仔細想想，」伊莉莎白哽咽道，「我可以阻止這樁事的！我曉得他的真面目！只要一點點……只要把我聽到的事……說一點點讓家裡的人知道！只要揭穿他的為人，哪裡還會鬧出這種事！可惜晚了！一切都太遲了。」

「太痛心了，」達西高聲說道，「既痛心──又震驚。這消息靠得住嗎？千真萬確嗎？」

「千真萬確！他們禮拜天凌晨離開布萊頓，給人一路追到倫敦才追丟；他們想必沒去蘇格蘭。」

「後來怎麼辦？用什麼法子找她？」

「我父親上倫敦找我妹妹去了，姊姊寫信來，請舅父幫著父親一起找。我雖然希望半個鐘頭內能夠動身，但又能怎麼辦呢？像他這種人，要怎樣才能說動他娶麗迪亞？我看是沒指望了。愈想就愈可怕！」

達西搖了搖頭，默默同意。

「我明明看清了他的為人，為什麼不大著膽子，早些揭穿他就得了！可是當時誰曉得會鬧出這種事──我只怕自己說溜嘴。千錯萬錯都是我的錯！」

達西沒接腔，彷彿沒聽見她的話，只一個勁兒地在房裡打轉，自個兒深思默想，臉上愁眉不展。伊莉莎白看他這模樣，心裡也就明白了——她對他魅力盡失，家裡這樣不爭氣，出了這等醜事，自然只能任人訕笑。她既不見怪，也無怨懟，縱使達西不和她計較，她心裡未必就會好過，痛苦未必就能減輕，反倒只讓她看清自個兒的心意，原來自己一直愛著他，只是此刻才明白，愛卻已成空。

儘管心頭突然岔進這麼一件事，她卻未深陷其中；一想到麗迪亞害全家蒙羞、吃足苦頭，便將個人心事置於度外，拿起手絹掩面為家人害愁，過了幾分鐘才回過神，只聽達西用那憐憫的調子拘謹地說：「恐怕妳早就希望我走開了，我也實在沒有理由待在這裡，雖然真的很擔心妳，但也只是白操心罷了，倒不如說些話或做些事安慰妳的苦痛——不過還是別用空話折磨妳了吧，給人聽見了，還當我在跟妳邀功。這事也實在不幸，恐怕我妹妹今天沒有榮幸在龐百利接待三位了。」

「唉，是啊。請替我們向達西小姐道歉，說是有急事要回家一趟。這噩耗能瞞多久就瞞多久吧——反正遲早要傳開的。」

他答應替她隱瞞，說看她受苦他也難過，眼前雖然一籌莫展，但願終能順利解決。他請伊莉莎白代為問候家裡安好，鄭重地望了她一眼，便告辭了。

他走出房門，伊莉莎白心想：以後兩人重逢，恐怕不如此番在德貝郡熱切了。她回首兩人相識至今，中間多少曲折、多少矛盾，不由得嘆了口氣。本來還高興能了結這段孽緣，如今卻眼巴巴地期待下次相見。

倘若必先有感激和敬重方有愛情，伊莉莎白此番轉折既合情合理又無可厚非；反之，倘若由敬生愛不近情理，倒是書上說的一見傾心才是正理，那麼伊莉莎白此番由恨生愛，可就說不過去了，只能說當年她對韋翰一見傾心，卻以失戀告終，如今自然寧可日久生情。她看見達西遠去，黯然惆悵，心想：麗迪亞做出這等醜事，還沒鬧開就先扯了自家人的後腿，以後不知還要鬧得怎樣，真是愈想愈傷心。自從看完珍第二封信，伊莉莎白便不指望韋翰會娶麗迪亞，世上恐怕只有珍會如此奢望。事情鬧成這樣，伊莉莎白一點也不意外。讀完第一封信時，她著實詫異——韋翰怎麼會娶沒錢的小姐？又怎麼會喜歡上麗迪亞？真教她百思不得其解。可是現在看來，真是再自然也沒有。如果只是這點愛慕，麗迪亞的嫵媚也就夠了。麗迪亞雖然不至於有意私奔但無意結婚，可是她見識淺薄，又不知自愛，吃虧上當也是理所當然。

軍團駐紮在赫福德郡期間，倒是沒看出麗迪亞傾心韋翰。不過伊莉莎白相信，只要獻獻殷勤，麗迪亞沒有不依的。她這么妹，今天喜歡這個，明天喜歡那個，反正誰對她好，她就喜歡誰，雖是用情不專，但卻不乏對象。對於這樣的丫頭，寵溺和縱容反而有害。唉，這下總算明白過來了。

她巴不得插翅飛回家，親自聽個清楚、看個明白，替姊姊分憂解勞。如今家裡雞飛狗跳，父親出遠門去了，母親不僅不能持家，還隨時要人伺候。麗迪亞的事雖然無計可施，但仍然不得不求助於舅父，舅父一刻不進門，她就一刻不能安心。且說葛汀納夫婦聽了僕人的話，還以為是外甥女忽然病倒，連忙慌慌張張趕回來。伊莉莎白見到兩位，忙說身上安好，請舅父母放心，這才把話說開，解釋為何請兩位回來，接著把那兩封信念了，讀到第二封信的尾聲，不禁哽咽。麗迪亞雖然不得舅父母歡心，可是兩位聽聞此事，不禁憂心忡忡，此事不僅麗迪亞蒙羞，更是牽連全家。葛汀納先生起初大為驚駭，慨嘆連連，連忙答應必定鼎力相助；伊莉莎白雖料舅父必不推辭，但仍舊感激涕零。於是三人同心，轉眼便將上路事宜安排妥當。「可是怎樣向龐百利交代呢？」葛汀納太太喟嘆道：「約翰說，妳打發他來找我們，當時達西先生正在屋裡，是這樣嗎？」

「是的，我告訴他我們不能赴約，便把一切都交代清楚了。」

「把一切都交代清楚了。」舅母一面重複，一面回房準備。「他們兩人竟然好到這地步，連這種事也說得了？哎，要是能問個明白該有多好！」

不過願望終究只是願望，一行人忙得人仰馬翻，舅母只能把這念頭放在心底，自個兒尋開心罷了。縱使伊莉莎白手邊沒事，看她這樣難過，也不好探她口風，何況她正忙得不可開交，別的且不說，蘭姆墩的朋友一個個都要她寫信去，胡謅此行匆匆告別的藉口。一個鐘頭後，萬事俱已料理妥貼，葛汀納先生也把旅館的帳結清，只等動身。伊莉莎白愁了一早上，想不到一眨眼便上了馬車，朝朗堡出發了。

第五章

「伊莉莎白，我又細細想了一遍，」舅父一面說，馬車一面駛離蘭姆墩，「愈想愈覺得妳姊姊的看法很對。哪個青年會這樣圖謀不軌？這太離譜了。妳妹妹又不是舉目無親、無依無靠，何況她就住在他自個兒長官家裡，因此，這事兒我倒要看好不看壞。難道他以為她的親戚不會挺身而出，找他決鬥？難道他以為這次冒犯了福斯特上校，以後還好意思回軍團裡去？他再怎麼意亂情迷，也不至於鋌而走險吧。」

「此話當真？」伊莉莎白一聽，立刻高興起來。

「說真的，」葛汀納太太說，「我也認為妳舅父有理。這件事不僅傷風敗俗，更要害他身敗名裂，到頭來又分不到半點好處，他斷不會這樣犯傻吧？我看韋翰未必就壞到這樣。莉西，難道妳對他已不存半點指望，相信他做得出這種事嗎？」

「我相信他不會不顧忌自個兒的好處，但這等身敗名裂、傷風敗俗之事，我不相信他做不出。我又何嘗不希望事情如您所想！但卻不敢如此奢望。倘若他真想娶麗迪亞，怎麼不到蘇格蘭去呢？」

「話別說得太早，」葛汀納先生說，「眼下證據不足，他們未必沒去蘇格蘭哪。」

「唉！可是他們把原來的馬車打發走，換上出租馬車，可想而知是沒去成了！而且倫敦再往北走到巴奈鎮，也沒聽說他們的下落。」

「既然這樣——不妨就當他們在倫敦吧。他們在那裡呢，也就只是避人耳目，不會別有居心的。他們兩口子也沒幾個錢，或許是想到在蘇格蘭結婚雖然方便，可是總不如在倫敦來得省儉。」

「但何必躲躲藏藏？何必避人耳目？何必偷偷摸摸？唉！壞事了，壞事了，他斷不會娶她的。您不也看到珍在信裡說的了嗎……就連他的摯友也不信他會結婚。韋翰決計不會娶沒錢的女人，他養不起啊。何況麗迪亞有什麼本事？不過就是年紀輕、身體好、興致高，哪裡值得他放棄外頭那些千金小姐？

至於說他怕私奔要在弟兄面前丟臉，因而檢點節制，這我可不敢妄下斷言，我原是不曉得此舉的後果。但您說麗迪亞不是舉目無親、無依無靠，韋翰斷不敢亂來，這恐怕站不住腳，麗迪亞確實沒有親兄弟替她出頭；想來他見我父親為人懶散，不大管事，自然以為他跟其他做父親的一樣，對女兒的婚事不聞不問了。」

「但妳以為麗迪亞會愛到不顧一切，即使沒名沒分，也要跟他？」

「說起來或許駭人聽聞，」伊莉莎白熱淚盈眶道，「在這節骨眼上，做姊姊的竟然懷疑妹妹的操守和貞節！唉，這該怎麼說才好呢。或許是我冤枉她吧，但她年紀還小，又沒人教她思考終身大事；這半年來……不，整整一年來——她耽於逸樂、愛慕虛榮，家裡縱她，讓她輕浮度日，只曉得道聽塗說。自從軍團駐紮梅里墩，她一心只想著戀愛，調情，滿腦子都是那些軍官。她本來就是個情種，整天想這些、談這些，更讓自個兒……該怎麼說才好呢……讓自個兒更容易感情用事。我們都知道韋翰儀表堂堂，嘴又乖巧，足以教女人神魂顛倒的。」

「但妳看珍，」舅母說，「她可沒把韋翰想得那麼壞，壞到會鬧出這等事來。」

「珍眼裡哪有壞人？不論是誰、不論有無前科，珍決計不信人家會心懷不軌，除非證據確鑿。但是珍和我早就認清韋翰的為人，都曉得他驕奢淫逸，既沒骨氣又忝不知恥，一味油嘴滑舌、虛情假意。」

「妳真的曉得他的為人？」葛汀納太太滿腹好奇，想知道外甥女打哪兒聽來的。

伊莉莎白紅著臉道：「我真的曉得。他對達西先生如何無恥，日前我已說與您；您上回來朗堡，也聽見他怎麼說達西先生了，但達西先生待他卻是寬宏大量。此外還有許多事我也不便講，也不值得講，但他毀謗達西先生一家，真真是罄竹難書。他把達西小姐說成那樣，我還以為她為人驕傲、心機深沉、難以共處，誰知竟恰恰相反。他分明曉得，達西小姐正如我們所見——是和藹可親，真誠待人。」

「但難道麗迪亞毫不知情？既然妳和珍已經看穿了他的為人，怎麼她完全蒙在鼓裡？」

「是啊！壞就壞在這兒。我是到了肯特郡，常常跟達西先生和費茲威廉上校相處，這才總算開了眼。等我回到家，軍團已經開拔，過一兩個禮拜就要離開梅里墩。我把事情向珍和盤托出，兩人都以為不必向外張揚，既然郡民都說韋翰好，揭穿他又有何好處？縱是後來麗迪亞決定同福斯特太太南下，我也沒想過要讓她認清韋翰的為人，哪裡曉得她竟會上他的當。釀成這樣的大禍，真真是我始料未及，相信您必不難想見。」

「這麼說來，等他們都去了布萊頓，妳還是沒看出兩口子互有情意？」

「壓根看不出來。當時分明是郎無情、妹無意，倘若有半點蛛絲馬跡，您也曉得我們家絕不會置若罔聞。當初他剛進部隊，她確實有些動心，但誰不動心？頭一兩個月，梅里墩一帶的小姐全為他神魂顛倒；但他並未對她另眼看待。開頭的轟轟烈烈一過，麗迪亞便死了心，其他軍官又那麼捧她，她便跟人家要好去了。」

不難想見，這樁大事不論再談幾遍，也翻出不什麼新意，不過是猜了又猜，盼了又盼，怕了又怕；一路上翻來覆去，談的都是這些，偶然話鋒一轉，不久又兜轉回來。伊莉莎白一門心思都在這上頭，為此自怨自艾、內疚自責，欲忘難忘，難以釋懷。

他們加緊趕路，中途只住一宿，隔日晚飯前抵達朗堡。伊莉莎白心中快慰，總算沒讓珍等得心焦。一行人行經牧場。葛汀納家那幾個孩子，看見來了輛長途馬車，一個個立在門階上。馬車駛到門前，只見孩子又驚又喜，蹦蹦跳跳，方才曉得家裡多麼企盼他們歸來。

伊莉莎白跳下馬車，親了親表弟表妹的面頰，便直往家門奔去，珍從母親房間裡跑下來，姊妹倆在門廳相逢。

伊莉莎白上前擁抱姊姊，姊妹倆熱淚盈眶，一邊哭，一邊打聽那兩口子的下落。

「還沒有消息，」珍回答道，「但既然舅父來了，我想此事定能圓滿落幕。」

「父親大人到倫敦了嗎？」

「到了，禮拜二動身，一如我信中交代。」

「常常來消息嗎？」

「只收到一封信，禮拜三到的，不過是三言兩語，說他安抵倫敦，並把地址抄給我，還是我千叮嚀萬囑咐的。此外他只說，除非有事，否則不會再寫信回來。」

「母親好嗎？家裡人都好嗎？」

「母親還好，只是精神大受打擊。她在樓上呢，看到你們來了，一定很高興。她成天都待在臥室裡。至於梅蕊和凱蒂，謝天謝地！都無大礙。」

「妳呢？妳還好嗎？」伊莉莎白提高嗓子道。「妳臉色蒼白，一定吃了不少苦！」

姊姊要她放心，說她安然無恙。方才舅父母在門外跟孩子團圓，姊妹倆才敘了這番話，見著舅舅、舅母進門，便把話頭打住。珍快步上前迎接，又哭又笑，千謝萬謝。

一行人來到交誼廳，伊莉莎白方才問的那些話，又讓舅父母問了一次，問不到幾句，便察覺珍無可奉告。珍心地善良，凡事總往好處想，至今依舊不死心，仍指望一切都會皆大歡喜，盼望著哪天早上就會收到信，或是父親寫的，或是麗迪亞寫的，信上會把來龍去脈交代清楚，或許還會宣布妹妹的喜訊。大家談了一會兒，便上樓去看班奈特太太。果不其然，班奈特太太見了他們，一面流淚，一面嘆氣，痛罵韋翰卑鄙無恥，埋怨自個兒吃虧受罪。她把錯都推給別人，卻不知是誰一味姑息，寵出這樣的女兒、鑄成這樣的大錯。

她說：「倘若當初依了我，全家一起上布萊頓去，哪裡還會有今天？我的小心肝真可憐，連個照應也沒有。福斯特夫婦怎麼沒看緊她？一定是他們馬虎誤事，像我們麗迪亞這樣的小姐，只要有人看著，斷斷做不出這種事。我總以為他們不配照管她，偏偏我就是耳根子軟。可憐的孩子！如今班奈特先生也走了，倘若他碰上韋翰，一定會跟他拚老命，最後給人活活打死，那叫我們母女怎麼辦？只怕他屍骨未寒，柯林斯一家就要攆我們走。弟弟呀，你要是不幫幫我們，我可真不知道怎麼辦才好。」

大家聽她說得可怕，都嚷著要她別說了。葛汀納先生請她放心，大家都是一家人，本來就應該相親相愛，明天他就上倫敦去，傾力協助班奈特先生尋找麗迪亞。「不要杞人憂天，」他又說，「雖然要做最壞的打算，但又不是真的就會壞到如此。他們離開布萊頓不過一個禮拜，或許過幾天就會有消息。除非小兩口真的沒成婚，而且沒打算成婚，否則這事兒都還有指望。我一到倫敦，就先去找姊夫，將他接到家裡來住，屆時再從長計議，商量出個對策來。」

「哎呀，弟弟啊！」班奈特太太道，「你這話正合我意。你到了倫敦，天南地北也要找到他們。那兩口子倘若沒成婚，務必要他們成婚。至於結婚禮服，叫他們先湊合著用，你告訴麗迪亞，等到結婚以後，她要多少錢買衣服我都依她。千萬要緊的是，別讓班奈特先生跟韋翰拚老命。還請你轉告他一聲，說我可是吃足了苦頭，嚇得六神無主，顫顫巍巍，腰痠頭疼，心驚肉跳，日夜不得安寧。還有，跟我的小心肝麗迪亞說，叫她不要擅作主張買衣服，等見到我的面再說，她不曉得哪家店的料子好。喔，弟弟，你真好心！我就知道你有辦法的。」

葛汀納先生又搬話來安慰她，說他必定傾力相助，但忍不住勸姊姊不要想得太美，也不要憂慮太過。大家就這樣陪她聊到樓下擺飯，才讓她自個兒跟女管家發牢騷去。女兒不在跟前時，都是這位女管家在伺候。

葛汀納夫婦都以為，班奈特太太沒必要足不出房，但也不打算出言反對。他們曉得班奈特太太冒冒失失，縱使當著傭人的面，說話也不防頭，不如讓可靠的女管家單獨伺候她，聽她說她怎樣擔心、怎樣牽掛。

一行人走進飯廳，不久梅蕊和凱蒂也來了。兩姊妹方才在閨房裡各忙各的，梅蕊看書，凱蒂更衣，因此下來得晚了些。兩人面容平靜，察覺不出有異，但不知是因為丟了妹妹，還是在跟自個兒生氣，凱蒂說起話來比平常更不耐煩。待眾人坐定，梅蕊擺出女主人的模樣，臉色一沉，嗓子一低，對伊莉莎白說道：「千不幸萬不幸惹出這種禍端，鄰人或要說長道短。然願我們逆流而上，以姊妹之情為膏澤，澆灌彼此受傷的心。」

她看伊莉莎白無意回答，便接著說：「此事雖說對麗迪亞是不幸，但我們不妨引以為戒；貞操失而不復得，一失足成千古恨，美貌易逝，清譽易損，世間輕薄男子何其多，應當千萬留神才是。」

伊莉莎白抬起眼皮，神情詫異，可她心中鬱悶，一時懶得搭話。梅蕊便繼續拿么妹的不幸來曉以大義，聊以自慰。

吃過晚飯，班家大小姐和二小姐得了空，密談了半個鐘頭。伊莉莎白把握機會，問東問西，珍連忙一一回答。姊妹倆長吁短嘆，料想此事下場淒涼，伊莉莎白對此深信不疑，珍也以為在所難免。伊莉莎白順著這話茬道：「把這事兒一五一十說與我聽，先前在信裡恐怕說不全，許多細枝末節都脫漏了。福斯特上校怎麼說？小兩口私奔前，難道都沒看出端倪嗎？應該常常看到他們膩在一起才是？」

「福斯特上校承認，他曾懷疑他們互通款曲，麗迪亞尤其一頭熱，但當時他並不以為意。我真替上校難過，他處處替人著想，非常善解人意，本來還不曉得韋翰打消上蘇格蘭的念頭，他就想來安慰我們，後來事情傳開，更是連忙趕來。」

「丹尼確定韋翰不會娶麗迪亞嗎？他曉得他們要私奔嗎？福斯特上校見過丹尼了嗎？」

「見過了。但上校問他時，他卻推說不曉得私奔一事，也不肯說出內心的看法，也沒提起韋翰不會娶麗迪亞。照這樣看來，恐怕是他先前搞錯了。」

「福斯特上校來此之前，你們恐怕都沒想過這婚竟會結不成吧？」

「哪裡會想到呢！我只是有點不安，擔心妹妹嫁給他不會幸福，我早知道他品行不端，父親和母親卻毫不知情，只覺得小兩口未免魯莽。凱蒂看我們都給蒙在鼓裡，倒是相當得意，她說看了麗迪亞前一封信，就曉得會有這一步了。看來早在幾個禮拜前，凱蒂便曉得他們要好了。」

「但這是去布萊頓之後才有的事吧？」

「想來是這樣。」

「福斯特上校可看穿韋翰的劣行了？他曉得韋翰的真面目嗎？」

「憑良心講，上校這一趟來，對韋翰可沒半句好話，不像之前滿口稱讚。他說韋翰豪奢放逸，放肆荒唐。鬧出這件傷心事之後，都傳說他在梅里墩債台高築，但願這只是謠言才好。」

「哎，珍，倘若我們毫不隱瞞，把他的事照實說了，也許就不會鬧出這樁事了！」

珍說：「或許吧。但是一味揭人瘡疤，不顧人家作何感想，未免說不過去。何況我們替他保密，也是出自一片好心。」

「麗迪亞留給福斯特太太那封短信，福斯特上校有本事逐字逐句背出來嗎？」

「那封信他是帶來讓我們看的。」

珍從袖珍筆記本裡掏出那封信，遞給伊莉莎白。信裡是這樣寫的：

親愛的海莉，

妳要是曉得我的去向，一定會哈哈大笑；我自己也忍不住要笑，想到妳明早發現我失蹤，不知要如何震驚。我上私奔小鎮格雷納格林去了，妳若猜不著我是跟誰去的，那我真要叫妳聲傻瓜。全天下我只愛他，他是我的天使，少了他，人生哪裡還有幸福，所以當然就跟他走啦。妳若不願意，倒也不必把我出走的消息告訴我家人，這樣更能嚇嚇他們，等他們接到我的信，看到署名「麗迪亞．韋翰」，不知要嚇到怎樣。這個玩笑開得多有意思！我笑到簡直寫不下去了！請妳替我向普雷特道歉，我今晚不能同他跳舞，請轉告他，我跟韋翰走了，希望他原諒我，下次在舞會上重逢，我一定樂意與他共舞。等我回到朗堡，立刻派人去取我的衣服，請妳告訴莎麗一聲，我那件棉紗禮服裂了一條大縫，叫她收拾行李時順便補一補。再見。請代我問候福斯特上校，為我們一路順風舉杯。

好友　麗迪亞．班奈特筆

「好個糊塗東西！」伊莉莎白讀完了信，不禁嚷了起來，「寫這什麼信！都什麼時候了！但至少這表示，她真以為要和韋翰私奔結婚，不管韋翰後來怎麼勸她，但她並無意有實無名跟他一輩子。可憐的爸爸！不知他做何感想！」

「我這輩子從未見他如此震驚，整整十分鐘說不出一句話。媽媽當場病倒，整個家都翻過來了！」

「噢，珍，」伊莉莎白叫道，「那豈不是所有僕人都曉得這事兒了？」

「不曉得，但願別是如此。不過當時的情景，實在很難不走漏風聲。媽媽呼天喊地，我雖然盡力勸慰，但卻使不上力，不知事情有多壞，嚇得我也慌了手腳。」

「妳這樣伺候她，一定累壞了，我看妳氣色不怎麼好。樣樣都讓妳一個人操心煩神，要是我也在就好了！」

「梅蕊和凱蒂都很好心，一定願意替我分憂解勞，是我不忍讓她們受累；一來凱蒂嬌弱，怕她做不來，二來梅蕊用功，難得休息，不好打擾。好在禮拜二父親一走，姨媽就上朗堡來，承蒙她好心，一直陪我到禮拜四才走；她幫了我們不少忙，也給了我們不少安慰。盧卡斯夫人也很好心，禮拜三一早便來慰問過我們，還說我們如果需要幫忙，她和女兒都樂意效勞。」

「她還是待在家裡吧。」伊莉莎白提高嗓子。「或許她是出於好意，但是家門不幸，鄰居相見不如不見。幫忙？做夢！慰問？難受！她們還是在一旁幸災樂禍就好了。」

她又問起父親這趟上倫敦，打算怎麼找到麗迪亞。

「我看他打算到艾蒲森去，」珍說，「他們最後就是在那兒換馬車的，父親打算找馬車夫問消息。不是有人看到他們在科萊棻改乘出租馬車嗎？那輛馬車原本從倫敦載了客人來，父親定是想問出那馬車的編號。據父親的想法，一男一女在倫敦換馬車，一定很引人注目，因此打算到科萊棻去打聽。如果查出那輛馬車在哪家門口放客人下車，便上那兒去問一問，或許能問出馬車的編號和停車的地點。我不曉得他心裡還有哪些盤算。他急急忙忙要走，心緒又亂，能夠問出這些話，已經不容易了。」

第六章

班府上下滿懷希望，企盼翌日早晨接獲班奈特先生來信，但是郵件來了，卻不見父親的消息。家人曉得父親向來懶怠寫信，但在這緊要關頭，不免企盼他提筆，這樣沒消沒息，眾人不得已，只得當他是無喜訊奉告。但縱是如此，若能捎信講明，眾人也高興；何況為了等信，耽擱了葛汀納先生啟程的時辰。

葛汀納先生這一去，眾人以為定能日日接到消息，臨行前，他答應力勸姊夫趁早打道回府，班奈特太太聽了這話兒，很是安心，以為唯有如此，老爺子才得以保命。

葛汀納太太帶著幾個孩子，決意在赫福德郡多住幾天，也是幫著外甥女的意思。她幫忙伺候班奈特太太，空暇時寬慰幾個丫頭。姨媽走動得也勤，照她的說法，她是想來讓大家高興，但她每次來，總說韋翰如何揮金如土，如何無法無天，她一走，班府上下都比她沒來還消沉。

韋翰如今是給看成了過街老鼠，全梅里墩交相詆毀。三個月前，人人當他是天使，如今卻說他賒帳不還，心懷不詭，竊玉偷香，封他採花大盜，說他衣冠禽獸，早懷疑他虛有其表。伊莉莎白對這些話雖是疑信參半，但對妹妹名節已毀深信不疑。珍縱然不信這些，但也幾已不抱希望，此前總以為小兩口定會上蘇格蘭成婚，但拖了那麼久，倘若真的去了，也該聽到消息了。

葛汀納先生禮拜日離開朗堡，禮拜二葛汀納太太接到信。信上說，他一到倫敦便找到姊夫，把姊夫接到家裡住了；姊夫在他到之前，已經上艾蒲森和科萊棻打聽，但問來問去總沒好消息。信上又說，姊夫打定主意，一家旅館一家旅館去問，他以為小兩口初到倫敦，照理會先住旅館，房子再慢慢打算。葛汀納先生以為，這樣根本問不出結果，但姊夫執意如此，少不了幫著他。信上還說，依目前看來，姊夫無意離開倫敦，又說很快會再寫信，文末因而附了一筆：

我已致信福斯特上校，盼其向軍中弟兄打聽，韋翰可有親友知其藏身處；若能得人討教，勢必大有助益。眼前毫無頭緒，無從找起。雖知福斯特上校必傾力相助，然轉念一想，知其親友者，莫若莉西耶？

伊莉莎白明白自己何以受此推崇，可惜沒得交代，受不起此番恭維。她不曾聽說他有什麼親戚，只知他父母過世多年，軍團弟兄或許知情，儘管希望渺茫，但不妨一試。

朗堡一家日日心焦，但說到憂心如焚，莫過於等信。接信是大事，每天都等得好不耐煩。無論信上消息好壞，總是講給大家明白，再盼隔日捎重大消息來。

葛汀納先生第二封信還沒到，一封署名給父親的信卻來了，而且不是從倫敦來，卻是從柯林斯先生那兒來。珍事先受父親囑託，遠行期間，由她代閱信件，於是立即拆信拜讀；伊莉莎白曉得堂兄的信向來古怪，便挨在珍旁邊看。只見信上寫道：

堂叔尊前：

小姪念在與尊府之交情，思及在下之職位，特此援筆悼惜。昨接赫福德郡來信，知悉先生不勝悲苦。小姪夫婦對尊府上下，深感同情。尊府遭此大難，痛心入骨，永難洗清。小姪唯曲盡言辭，備加慰問，聊寬尊懷。傷天下父母之心，莫甚於此！唯冀令嬡早夭為幸。尤可嘆者，據拙荊言，令嬡淫奔無恥，實為平日驕縱所致；然為寬解先生及夫人，姪謂令嬡年紀尚幼，即敗壞至此，足見其天性如此，先生遭此橫禍，著實可憐。不僅小姪夫婦作如是想，狄堡夫人及其千金亦表同感，謂令嬡此次失足，殃及其姊終身幸福，甚感憂慮。此借夫人金口一言：「爾後攀親者，幾希矣。」念及此，姪深感慶幸，憶及去歲十一月，倘若事成，姪必自取其辱，受累不淺。敬祈先生善自寬慰，將此不孝女逐出家門，令其自食惡果。

姪　威廉．柯林斯拜上

葛汀納先生並未立刻來信，直到福斯特上校覆信，這才提筆。信中喜訊全無，無人知曉韋翰往來的親戚，只知他至親凋零，過去雖交遊廣闊，但自從進入民兵團，便與故人疏遠，因此找不出人來問其近況。近來他手頭拮据，故而此番藏匿，一則避麗迪亞親友，二則避債主追討；新近傳出他在布萊頓積欠龐大賭債，福斯特上校以為，至少要一千鎊才能償清。韋翰在本鎮固然債台高築，但遠不如賭債可觀。葛汀納先生毫不隱瞞，將實情說與朗堡知曉，聽得珍心驚肉跳，不禁叫道：「好賭成性！真是始料未及，做夢也夢不到！」

葛汀納先生信上又說，她們的父親可望隔天到家；隔天是禮拜六。原來這對郎舅忙了幾天，毫無斬獲，把班奈特先生搞得垂頭喪氣，因而捱不過小舅子的要求，打道回府，尋女一事，交由葛汀納先生伺機而行。班奈特太太聽聞此事，不甚合意。女兒本以為母親定會滿心歡喜，她不是老擔心父親要跟人家拚命嗎。

不料班奈特太太嚷道：「什麼？老爺子自個兒回來，沒帶麗迪亞回來？他既然沒找到人，怎麼就離開倫敦？他走了，誰去跟韋翰拚命？誰去逼他們成婚？」

葛汀納太太也想家了，因而安排她和班奈特先生同一天動身，她帶孩子往倫敦去，班奈特先生從倫敦回。朗堡這兒打發馬車送她到驛站，再趁便接主人回來。

葛汀納太太臨行前，仍然弄不懂伊莉莎白和她那位德貝郡的朋友。當初在德貝郡不明白，至今依舊不明白。那位朋友的名字，從不曾聽伊莉莎白在面前主動提起。她本來以為，回來朗堡以後，那位朋友便會來信，誰知希望落空。自從伊莉莎白回家後，龐百利那兒音訊全無。

如今班府上下愁雲慘霧，伊莉莎白意志消沉，也是人之常情，誰會猜到**那兒**去？可伊莉莎白既已明白自個兒的心意，不由得想：倘若此生不識達西，面對麗迪亞的醜事還好過些，不至於夜夜不得成眠。

班奈特先生回家來，仍是一派泰然自若，不改寡言本色，對於此行始末，隻字不提。隔了好一會兒，女兒才大著膽子問起。

當時晚飯已過，父親同女兒喝晚茶，伊莉莎白冒昧談及此事，說她心裡難過，父親此行，一定吃了不少苦，且聽他答道：「別說啦。這是我自食苦果，自作自受。」

伊莉莎白說：「您別這樣自責吧。」

「這話勸得有理。人就是太容易自責了！莉西，就讓妳父親一輩子自責這麼一次！我不怕因此不支，反正終究會事過境遷嘛。」

「您以為他們在倫敦嗎？」

「這個自然，除了倫敦，還有哪兒能藏得這樣嚴密呢？」

凱蒂說：「麗迪亞想去倫敦想得緊呢。」

「這下她可樂啦，」父親淡淡地說，「看來她還要在那兒住上一陣子呢。」

他沉默片刻，接下去道：「莉西，我並非惡意印證妳五月勸我的那些話，眼前鬧成這樣，看來妳頗有見識。」

班奈特大小姐進來打岔，她要端茶上去給母親。

「真會裝模作樣，」父親嚷起來了，「她倒好哇！家門不幸，她卻附庸風雅！哪天我也有樣學樣，獨坐書房，頭戴睡帽，身穿寢衣，樣樣都要人服侍……不過我看，我等凱蒂跟人家跑了再說。」

「我才不會跟人家跑，」凱蒂氣急敗壞道，「換作我去布萊頓，一定比麗迪亞規矩。」

「**妳**去布萊頓？那一帶地方，就算只到東堡，我也不讓妳去，給我五十鎊也不要！凱蒂呀，如今父親知道小心了，妳看看我有多小心哪。從今以後，軍官不許踏入我們家門，就是打村子經過也不准。妳們除非跟自己姊妹跳，否則別想參加舞會；至於妳，除非每天都能規矩十分鐘，否則別想踏出家門半步。」

凱蒂聽了信以為真，嚇得哭了起來。

「得啦，得啦，」班奈特先生說，「別傷心吧。從今天起做十年的好姑娘，十年後閱兵典禮我包準帶妳去。」

第七章

這天是班奈特先生回家來第三天，珍和伊莉莎白在屋後的灌木林散步，見管家太太迎面走來，以為母親打發人來叫，於是迎上前去，及至管家太太跟前，才曉得不是叫她們回去。且聽她對班奈特大小姐說：「俺萬不該打擾小姐雅興，但俺聽說，城裡來了好消息，這才冒昧向兩位小姐打聽。」

「希爾太太，此話怎講？我們怎麼沒聽說？」

「哎呀小姐，」希爾太太詫異道，「您難道不曉得，葛汀納先生打發了專差，給老爺送了快信來，已經來了半個鐘頭，信已經到老爺手上啦。」

兩姊妹拔足奔回家，連話也來不及講。她們穿過前廳，跑進早餐廳，再從早餐廳跑進書房，兩處都不見父親，待要上樓梯到母親那兒找他，又碰著男總管，男總管說：

「小姐，若要找老爺，他往林邊去了。」

她們聽了這話，忙忙穿過前廳，跑過草地，追上父親，只見父親徐步從容，朝牧場旁的樹叢走。珍不如伊莉莎白靈巧，也不如伊莉莎白善跑，一會兒便落後了，只見妹妹喘成一團，追上父親，急急嚷道：

「父親，什麼消息？是什麼消息？接到舅父來信了？」

「接到了，還是他打發信差送來的。」

「唔，信裡說什麼？喜訊？噩耗？」

「哪能有什麼喜訊？」他一面說，一面從口袋掏出信來。「妳高興就看看吧。」

伊莉莎白性急，忙忙接過信，珍也趕上來了。

「念出來吧，」父親說，「我也不曉得信裡說了什麼。」

慈愛教堂街，八月二日，禮拜一

姊夫惠鑑：

我終於有消息稟報，只盼你聽了還合意。禮拜六你走了以後，我僥倖打聽出兩口子下落，詳情容見面再稟，眼前只說兩口子總算找著，我見他們……

「這就是了，果然如此！」珍提高嗓子道，「他們果然成婚了！」

伊莉莎白接著念下去：

我見他們尚未成婚，且似乎無此打算；我不揣冒昧，代你談妥定親條件，只消你答應，成婚指日可待。其一，你和姊姊要留給五個女兒的五千鎊遺產，先撥出麗迪亞那份做嫁妝。其二，你有生之年，年年貼給兩口子一百鎊。上述條件，我再三考慮，自認有權代你作主，便趕緊答應下來。我專程派人給你帶信，以便儘快得到回音。你從上面的說明便知，韋翰先生不如謠傳般手頭不濟，此係訛言惑眾；待韋翰先生償清債務，麗迪亞名下除卻嫁妝，尚能分到夫家財產。若你願意全權委任我代理此事，我即命哈葛東先生草擬協議。姊夫不必再進城，大可於府中靜養，我必盡心盡力，妥善處理。唯請姊夫儘快覆信，務必寫得清楚明白。我與拙荊計議，將麗迪亞接來寒舍小住，盼你能答應。甥女今日就到，若有任何決議，容當隨時奉告。

內弟 愛德華．葛汀納拜啟

「有這種事！」伊莉莎白讀完信，提高嗓子道，「他果真要娶麗迪亞為妻？」

「韋翰並非卑鄙小人，原是我們想壞了，」姊姊說，「父親大人，恭喜您啦。」

「您可回信了？」伊莉莎白問。

「還沒，但不快寫不行。」

伊莉莎白切切懇求，事不宜遲，該立刻提筆。

「唉呀！父親大人，」她嚷道，「這就回去寫吧。事關重大，一刻也耽擱不得。」

「讓我代您寫吧，」珍說，「您可是怕麻煩，懶怠動筆。」

「我實在懶得動筆，」他說，「但不寫又不行。」

他一面說，一面掉頭同女兒往屋裡走。

「容我問句話？」伊莉莎白說，「那些條件，不答應不行吧。」

「何止答應！他要得這麼少，我還嫌沒面子哩。」

「看來木已成舟！怎麼偏偏是**他**！」

「是啊，如今木已成舟，除了嫁他，別無辦法。但有兩件事我想弄明白：頭一件，你舅父貼了多少錢才說動他？第二件，我以後拿什麼還人家？」

「貼錢！舅父？」珍嚷道，「父親大人，此話怎講？」

「妳想想，哪個有見識的男人，會為了這點小錢娶麗迪亞？我在世年年才供養他們一百鎊，身後每年利錢也不過五十鎊。」

「這倒是實話，」伊莉莎白說，「之前卻沒想過。韋翰償清債務，還能有餘錢？噢！必定是舅父張羅的！舅父真是慷慨善良，只怕苦了他自己。這可不是小錢哪。」

「是啊，」父親說，「韋翰可不傻，沒有一萬鎊，斷不會娶麗迪亞的。但願我別收了個傻女婿吧。」

「一萬鎊！我的天啊！別說一萬，就是五千也還不起啊！」

班奈特先生沒有回答，三人各懷一腔心事，默默走回家中，父親回書房寫信，姊妹倆走進早餐廳。

「要成親了！」伊莉莎白嚷道，「真是萬萬想不到！謝天謝地！竟然要成親了！雖然幸福渺茫，韋翰品性頑劣，但高興還是高興的。哦，麗迪亞呀！」

「想想倒也安慰，」珍說，「既然韋翰肯娶麗迪亞，想必是真心愛她。舅父幫他清償債務，雖是一片好心，但我以為不至於花到一萬鎊。舅父有一大家子要養，以後難保還要弄璋弄瓦。就是五千鎊，他又怎麼拿得出來？」

「只要弄清楚韋翰欠下多少債，」伊莉莎白說，「又要了多少錢才肯成親，便曉得舅父出了多少力，畢竟韋翰半毛錢也沒有。舅父此恩，永生難報。他們把麗迪亞接回去，供她吃住，保她名節，不知給舅母添了多少麻煩，真真一生一世感念不完。眼下麗迪亞已經在舅父家裡了！人家這樣一片好心，倘若她還不覺慚愧，那實在不配享福。她一見到舅母，不知要羞愧到怎樣呢！」

「我們應該不念舊惡，」珍說，「一心希望他們幸福。韋翰答應娶麗迪亞為妻，足見他已改過自新，往後兩人互敬互愛，一日穩重似一日，從此安安靜靜、規規矩矩，日子一長，誰還記得他們年少輕狂。」

「他們那荒唐行徑，」伊莉莎白回答道，「妳我且忘不了，遑論他人，說了也是白說。」

兩姊妹想起母親還蒙在鼓裡，於是便到書房請示父親，問他願不願意讓母親知曉。父親正埋首寫信，頭也不抬，冷冷說道：

「看妳們高興吧。」

「可以把舅父的信拿上去念給她聽嗎？」

「愛拿什麼就去拿，拿了快走。」

伊莉莎白從寫字臺上拿起那封信，同姊姊一塊兒上了樓，可巧梅蕊和凱蒂也在母親房裡，省得一樁事還要分幾處說。兩姊妹微露喜訊，便照著信上念出來。班奈特太太喜不自禁。珍才念到**成婚**指日可待，她就滿臉堆歡，每念一句，她就雀躍一分，到後來簡直是欣喜若狂，先前怕得怎樣哆哆嗦嗦，眼前便喜得怎樣花枝亂顫。她聽說女兒即將出閣，心滿意足，既不擔心她婚姻不幸，也不顧念她行為不檢。

「我的心肝寶貝麗迪亞！」她提高嗓子，「這真是太好啦！麗迪亞要出嫁啦！我們母女要團圓啦！才十六歲就嫁掉啦！多虧了我那好弟弟！我就知道會這樣！我那弟弟果然好本事！真想見見我的女兒，見見我的女婿！但是嫁衣呢，嫁衣怎麼辦呢！我得趕緊寫信給弟婦。莉西寶貝，下樓去問妳爸爸，要拿多少出來給麗迪亞做嫁衣。慢著，慢著，還是我自己去吧。凱蒂，快搖鈴，要希爾來替我更衣。我的心肝寶貝麗迪亞！等我們母女團圓，不知該有多高興！」

大女兒見她這樣激動，想讓她平平氣，便要她想想這下該欠舅父多少人情。

「這樁事能圓滿落幕，」她說，「大半是舅父的功勞。我們以為，舅父暗中接濟了韋翰先生。」

「哎喲，」母親叫道，「這就對了嘛！這事兒做舅父的不出力，誰來出力？要不是妳舅父有妻有子，財產遲早要歸我們所有，我們也不過拿他這麼一次好處，以前不過只是收收禮物。哎喲！我太高興啦，我馬上就要嫁女兒啦。韋翰太太！叫起來真好聽！她上上個月才滿十六歲哩。珍哪，我激動成這樣，實在沒法寫信，還是我來講，妳來寫吧。錢的事情再跟妳父親商量，但那些東西可耽擱不得啊。」

說著她便咂嘴念道：細棉布、平紋布、麻紗布，恨不能登時將貨色購全，珍費了好一番脣舌才勸住，要她等父親有空再商量，這事兒遲一天也無妨。母親一時高興，連固執也忘了，倒又想起別的花樣。

「我一打扮好，就上梅里墩去，」她說，「把這天大的好消息說與妳們姨母；回程路上，再順道拜訪隆格太太和盧卡斯夫人。凱蒂，下樓去打發人備車。我身子弱，出門透透氣正好。妳們幾個丫頭，有什麼事兒要我替妳們辦？噢！希爾來啦！我的好希爾，妳聽到好消息沒有？麗迪亞小姐要嫁人啦。她出嫁那天，你們大家也喝喝潘趣酒，討個歡喜。」

希爾太太立刻向太太道喜，伊莉莎白也接受她的道賀，但看母親這蠢樣，實在膩煩，便躲回房間，細細想去。

想想麗迪亞的處境，再好也就是這樣，沒到不可收拾已是萬幸，合該謝天謝地。雖說妹妹今後既無幸福可言，又無榮華可享，但回想兩個鐘頭前，眾人還憂心忡忡，如今能夠這樣，已經是萬分僥倖了。

第八章

班奈特先生年輕時就有個願望：要是進帳不花光，每年積攢一些，孩子便能豐衣足食，太太晚年也能衣食無虞；如今這個願望比以往更殷切。倘若當初安排得宜，麗迪亞又何必虧欠舅父，讓人家花錢替她買面子？再說，說動那全國最沒出息的小子娶麗迪亞為妻，何等稱心快意，這滋味不也該讓做父親的獨嘗？

班奈特先生以為，這樁婚事對誰都沒好處，卻全靠內弟成全，未免過意不去；他決定弄明白內弟究竟出了多少力，以便儘快還他人情。

想當年班奈特先生剛成婚，總以為無須儉省，反正生兒子是遲早的事，等兒子成年，父子倆簽個字，朗堡便能保住，孤女寡母的生計也有了著落。但五個女兒接連出世，卻遲遲盼不到兒子；麗迪亞都好幾歲了，班奈特太太仍以為老爺必將得子。後來指望落空，回頭儉省已晚。班奈特太太不善持家，所幸丈夫性好自立，才沒落得寅吃卯糧。

當年班奈特夫婦的婚約上，明定五千鎊歸班奈特太太和子女所有，但子女究竟該怎樣分，端看父母遺囑。眼前麗迪亞那一份須得立刻決定，班奈特先生毫不猶豫同意內弟的建言。他先三言兩語感謝他一片好心，再白紙黑字贊同其作法，表示願意履行講定的條件。本來班奈特先生以為，縱使說動韋翰娶麗迪亞為妻，一定也要給自個兒添上不少麻煩，不料內弟打理得如此俐落。雖說每年要津貼兩口子一百鎊，但算一算也損失不了十鎊；平常麗迪亞吃家裡、用家裡，孩子的媽又要貼錢給她花，每年加一加也幾乎不下一百鎊。而這樁事辦起來毫不費力，又是一大驚喜。眼前他最大的願望，便是能不費事就不費事。開頭他怒不可遏，進城尋女，後來盛怒一過，本性難移，不覺便懶散起來。他匆匆將信寫好，別瞧他平時是慢郎中，遇著事也是急驚風。他在信上請內弟將這筆人情債一一交代，但對麗迪亞還是氣不過，因此一聲問候也沒有。

喜訊立刻傳遍班府上下，不久又傳進鄰居耳裡。四鄰八舍還算有把持，並未面露失望。本來眾人以為，麗迪亞．班奈特小姐幸則遠避他鄉農家，壞則墮落風塵，這樣嚼起舌根多有意思；如今傳說要嫁人，卻也足教人議論紛紛。梅里墩那群惡婆娘，先前好心好意，祝麗迪亞幸福美滿，如今情勢不變，她們祝福不減，只瞧她嫁了這麼個丈夫，可是註定要吃苦終生了。

班奈特太太已經兩個禮拜沒下樓，遇著這大好日子，歡天喜地坐回餐桌上首。她洋洋得意，毫不知羞。嫁女兒是她平生最大心願，她從珍十六歲盼到今天，眼看就要如願以償。如今她一心想的、滿口說的，總不離賓客、嫁衣、僕人、馬車。她成天四處奔忙，幫女兒看房子，也不管小兩口進帳多少，凡是開間太小、氣派不足，她便瞧不上眼。

「海耶花園倒還合適，」她說，「偏偏顧爾丁一家還住著；史鐸克那幢大宅也還行，就是起居室不夠大；艾希沃莊又太遠！我實在捨不得讓她住到十哩外去；再說那柏衛苑，閣樓嚇死人哪。」她丈夫就讓她講，也不岔斷，原是傭人在的緣故；傭人一退下，他便對她說：「班奈特太太，妳要為女兒和女婿租房子，不論是租一幢、還是通通租，我們都得先把話說清楚。這一帶有一幢房子，他們決計別想住；這兩人厚顏無恥，我朗堡絕不接待，以免助長歪風！」

此話一出口，兩人便爭吵不休。班奈特先生說一不二，不久又引出另一事端；班奈特太太大為驚駭，老爺子竟不肯拿錢出來給女兒做嫁衣。他嚴正說道，麗迪亞此次休想從他這邊得到半點疼愛。班奈特太太實在不明白，老爺子竟由怒生恨，女兒都要嫁人了，也不厚待人家；少了新嫁衣，婚禮成何體統，真真是出乎她意料之外。女兒出嫁卻沒有新嫁衣，真不知別人要怎麼想，她愈想就愈覺得丟臉，至於女兒私奔，還沒成親就先同居兩週，她倒沒怎麼放在心上。

伊莉莎白這下後悔莫及，當初不該因為一時難過，教達西先生曉得家裡人為妹妹擔憂；如今妹妹馬上就要嫁人，名正言順將私奔一事粉飾太平，開頭那段不光彩的事蹟，說不定能就此掩飾過去，教局外人永遠蒙在鼓裡。

她不擔心達西大肆張揚；講到守密，她信得過達西。然而，倘若這段家醜換作別人知曉，她說不定會好過些。倒不是擔心此事損己不利，她和達西本來就隔著難以逾越的鴻溝；即使麗迪亞體體面面結了婚，達西先生也決計不會跟這樣一家人攀親，這家人本來就有種種不利，何況又跟他向來不齒的那位冤家結了姻親。

這樣的人家，也難怪他望之卻步。當時在德貝郡，她看出他想討自己歡心，如今遭逢此變，沒有理由盼他愛她如故。她覺得丟臉，覺得傷心；她懊惱，卻不知為何懊惱。她唯恐失去他的敬重，但他的敬重對她已毫無助益。她渴望他的音信，但今後他卻是音信渺茫。她自信能同他幸福白首，但如今兩人卻難以再聚首。

他一定會洋洋得意吧，她常常想；不過四個月前，她傲然拒絕他的求婚，如今卻滿心感激，恨不能欣然答應！他縱然是天下最最寬宏大量的男子，畢竟也是個凡人，遇著這事，哪有不得意的呢。

她漸漸明白，無論才情性情，他倆都是天生一對。兩人儘管見解不同、脾氣迥異，可他必定能令她稱心如意。這樁婚事倘若成了，兩人都能受益。她活潑大方，隨和易處，定能令他心性通達，處世圓融；而他見識超群，博學多聞，對她必定也大有助益。

這樁美滿的婚事如今卻已成泡影，欲知幸福為何物的天下人，從此少了個借鑒的榜樣。而今她家中即將締結的親事，不僅與幸福無緣，還斷送了一段良緣。

今後韋翰和麗迪亞該如何維持生計，她實在無法想像；不過，情欲凌駕道德的婚姻將如何不幸，倒是不難想見。

葛汀納先生馬上回信姊夫，先簡短應酬班奈特先生信上那些感激的話，說他一心只為尊府幸福打算，感激一事切莫再提。他寫這封信的目的，是要告訴他們韋翰先生已經決意退出民兵團。

此乃我的主意，盼他婚事一敲定就走，不論對他或外甥女，皆為明智之舉，相信姊夫必也同意。韋翰先生欲加入正規軍，並已得其舊友引薦，或可在某將軍麾下任職旗手。該軍團目前駐紮北方，遠走他鄉，對韋翰未嘗不利，一則前途有望，二則人生地疏，小兩口得以重新做人。內弟已致信福斯特上校，將上述安排相告，並託其轉告布萊頓一帶債主，我必信守承諾，儘速償清債務，也勞煩姊夫轉告梅里墩債主，隨信附添韋翰開列之名單，上已詳列債款，冀其係據實以告。哈葛東已照吾等吩咐交辦，一週內便可完事，屆時小兩口便可隨軍北上，若姊夫盼骨肉團圓，則另當別論；據內人言，外甥女盼能回家聚首，再動身北上。她安好健康，託內弟代向父母請安。

內弟　葛汀納拜啟

班奈特先生和幾個丫頭以為葛汀納先生說得很對，韋翰離開確實大有好處，唯獨班奈特太太不大高興。麗迪亞要上北方去？她滿心希望女兒女婿住在郡上，出嫁的女兒若能就近陪伴，她這個做媽的豈不快活得意？不料小兩口卻要定居北方，真教她大失所望。麗迪亞才剛和民兵團眾人處熟，又有這麼多相好之人，如今卻要遠走他鄉，未免可惜。

「她跟福斯特太太那麼要好，」她說，「硬是把她送走，未免太不像話！還有幾個年輕小夥子，她也好喜歡。北邊的那些軍官，未必這麼好相處哪。」

葛汀納先生在信中轉述，說麗迪亞盼能先回家聚首，再動身北上，此事開頭遭父親嚴拒，所幸珍和伊莉莎白顧全妹妹體面，一致希望父母承認這樁婚事，因此懇切要求父親，小兩口一成婚，便邀他們上朗堡來；姊妹倆理也直，詞也婉，終於說動父親，就照著她們的意思去辦。這一下母親可高興了，總算在麗迪亞發派邊疆前，能讓鄰人瞧瞧她這嫁出去的女兒。班奈特先生回信妻弟，允許小兩口回娘家拜望；雙方講定婚禮結束後，立刻前往朗堡。伊莉莎白倒是訝異韋翰竟然同意這樣的安排；如果只問自己的意思，她才不想再見到韋翰這個人。

第九章

麗迪亞的婚期到了，珍和伊莉莎白恐怕比她還擔心。家裡打發馬車上倫敦去接人，晚飯時分便能抵達。想到新人要回娘家，兩位姊姊心裡七上八下，珍更是不安得緊，她設身處地，試想這事兒要是出在自己身上，不知作何感想？想想妹妹心裡的難受，愈想愈不好過。

新人到了。班府上下聚集在早餐廳接風。班奈特太太滿臉堆笑，馬車在門前停了下來；班奈特先生板著面孔，幾個丫頭不安惶惑。

麗迪亞的聲音從門廳傳來，早餐廳的門霍然打開，麗迪亞飛奔進門，班奈特太太上前擁抱，衝著後頭的女婿笑，伸手挽著他，祝小兩口新婚愉快。瞧她說得歡天喜地，對小兩口的幸福毫不懷疑。

新人轉身來到班奈特先生跟前，他可不比太太熱忱，只見他神色嚴峻，惜字如金。這對新人如此忝不知恥，不僅老爺冒火，伊莉莎白不齒，連珍也禁不住詫異。歷經此事，麗迪亞卻依然如故，肆無忌憚、潑辣吵嚷。她從這個姊姊跟前轉到那個姊姊跟前，一個捱著一個討恭喜，好不容易大家坐下來，她忙忙環顧四下，見屋裡有些改變，哈哈一笑道，這麼久沒回來啦。

韋翰瞧著一點也不比麗迪亞難受，舉止親切依舊，倘若他品性端正，迎娶合乎規矩，這般笑容可掬、談笑自若拜見岳家，必使人高興萬分。伊莉莎白原不知他無恥至此，一面入座一面暗忖，不知這無恥之徒今後還會多無恥。她面紅耳赤，珍也面紅耳赤。害人發窘的那兩位，倒是面不改色。

新嫁娘歸寧，不愁無話可談，只愁和母親千言萬語講不完。湊巧韋翰坐在伊莉莎白隔壁，便向她問起附近友人近況，問得和顏悅色、自在從容，反弄得她支支吾吾、侷促不安。這對新人儼然滿心歡喜，憶起過往，絲毫不覺難受；麗迪亞更是主動提起姊姊避諱的話題。

「想想也三個月了，」麗迪亞嚷道，「我竟然離家那麼久了！彷彿才過了兩個禮拜似的。可是時間雖短，卻生出不少事。天啊！我走的時候，壓根沒想到竟會結了婚才回來！但我也不是沒想過，倘若真的結了婚，也是挺好玩的。」

父親瞪著眼睛，珍如坐針氈，伊莉莎白心裡的話全寫在臉上，但麗迪亞不聞不問，繼續興高采烈說道：「媽媽，鄰居曉得我今天出嫁嗎？恐怕還不知道吧。我們一路來的時候，趕上了威廉・顧爾丁的敞篷馬車，我打定主意，偏要他曉得我嫁做人婦了；於是，我把靠近他那側的車窗放了下來，再脫下手套，把手擱在車窗上，讓他看看我手上的戒指，再對他點頭微笑什麼的。」

伊莉莎白忍無可忍，忙忙起身走到外頭，直到聽見眾人穿過長廊走到晚宴廳，這才加入大家。她走到晚宴廳門口，只見麗迪亞裝模做樣，匆匆走到母親右首，對她長姊說：「哎，大姊，妳這位子要讓給我了，妳坐到下首去，我已經嫁人了。」

麗迪亞打從進門便毫無愧色，也別指望她日後會曉得慚愧。她的舉止益發放肆，興致益發高昂，一心只想拜望姨母，看看盧卡斯全家，更要挨家挨戶到鄰人家走動，聽人家喊她一聲「韋翰太太」。吃過晚飯，她立刻把戒指亮給希爾太太和兩個女僕看，吹噓自個兒的婚事。

晚飯後，大家回到早餐廳，麗迪亞說：「媽媽，我這丈夫怎麼樣？迷人不迷人？姊姊一定都嫉妒我。但願她們有我一半好運氣。誰叫她們不到布萊頓去，那裡才是找丈夫的地方。太可惜了，媽媽，當初大家一起去多好！」

「說得有理；要是依我的意思，我們早就都去了。但麗迪亞寶貝兒，我捨不得妳要住那麼遠。難道非去不可嗎？」

「當然要去啦！那兒有什麼不好，我喜歡得不得了。你和爸爸、姊姊一定要來看我們。我們要在新堡過冬，那兒也有舞會，我會精心幫姊姊挑選舞伴的。」

「那我真是再高興也沒有了！」母親說。

「妳大可放心回家，留幾個姊姊讓我照顧，保管冬天還沒過完，她們就都有人家啦。」

「妳的好意我心領了，」伊莉莎白說，「可惜我不怎麼欣賞妳找丈夫的方法。」

小兩口頂多只能在娘家作客十天；韋翰先生離開倫敦前就收到委任狀，必須在兩個禮拜之內趕赴軍團報到。

只有班奈特太太惋惜兩口子來去匆匆，因此她抓緊時間，陪女兒到處走動，又時常在家宴客。眾人也樂得高興，家裡有其他客人作伴，也省得那幾個有見識的和那幾個沒見識的大眼瞪小眼。

韋翰的情意，果如伊莉莎白所料——遠不比麗迪亞情深義重。她用不著看眼前，光從小兩口私奔的原因便可想而知。他們當初遠走高飛，原是麗迪亞癡心韋翰多些，而非韋翰狂戀麗迪亞。至於韋翰既然不愛麗迪亞，為何還與她私奔？伊莉莎白一點也不覺得奇怪。她斷定韋翰遠走高飛，實為債務所逼；果真如此，躲債路上若有紅粉相伴，他豈肯坐失良機？

麗迪亞對韋翰意亂情迷，左一聲「親愛的韋翰」，右一聲「親愛的韋翰」，以為他舉世無雙、天下第一，相信九月一日狩獵那天，他射鳥的成績將傲視全國。

麗迪亞剛回娘家不久，某天白天和兩位長姊同坐，且聽她對伊莉莎白說：

「莉西，我還沒跟妳說我結婚的情景呢。我跟媽媽和姊姊說的時候，妳都不在。難道妳不想聽聽這婚禮怎麼辦的嗎？」

「不想，」伊莉莎白回答道，「能隻字不提最好。」

「哎呀！妳這人真奇怪！我偏要把當時的情景說與妳。妳曉得，婚禮在聖革利免教堂，那是韋翰的教區。大家約好十一點鐘碰面，舅父母和我同路，其他人約在教堂碰頭。嚇，到了禮拜一早上，我緊張得要命，生怕要出亂子，把婚期耽擱了，那我可要發瘋了。還有那舅母，我一面換衣服，她一面說教，一張嘴念個沒完，像在念經似的。她念十句，我頂多只聽進一句，因為我一心想著心愛的韋翰，不知他在婚禮上穿不穿那藍色禮服。」

「早餐一如往常，十點開飯。我只覺得一頓飯老是吃不完。說到這裡，順便告訴妳，住在舅舅家的時候，舅父母真是討厭。說來妳可能不信，我在那兒住了兩個禮拜，卻沒出過家門一步，沒有宴會，沒有消遣，什麼都沒有。是啦，夏天大家都出城去了，不過，但是，那小戲院還開著啊。唉，總之，馬車來了，舅父卻給那討厭的哈什麼東先生叫去辦事。要知道，他們倆一碰頭就沒完沒了。哎，我真是嚇壞了，不知如何是好，當天是舅父送嫁，要是誤了鐘點，婚可就結不成了，幸好，他不到十分鐘就回來了，我們便出發上路。不過，後來想一想，就算舅父真給纏住了，我這婚也不至於結不成，還有達西先生可以代勞啊。」

「達西先生！」伊莉莎白大驚失色。

「噢，是呀！他陪韋翰到場參加婚禮。哎，我全忘了！這事兒說好一字不提的！我還發過誓的！不曉得韋翰會怎麼說？這事兒應該要保密的！」

「如果要保密，」珍說，「那就別說了。放心，我不會追問的。」

「噢！當然啦！」伊莉莎白嘴上這樣說，心裡再好奇不過，「我們不會再問下去的。」

「謝謝，」麗迪亞說，「要是妳們再問下去，我一定會通通說出來，那韋翰可要生氣啦。」

這話分明是要人家問下去，伊莉莎白只得跑開，好讓自己無從問起。

但既然起了個頭，怎麼可能就這樣給蒙在鼓裡，至少也得去打聽一下。達西先生竟然參加她妹妹的婚禮！那樣的場面，那樣的新人，他既是八竿子打不著，當然也萬萬不願意到場。她一時把所有古怪的念頭都想齊了，還是想不出個所以然來。她想來想去，那最令她歡喜的想法，便是最顯得他胸襟寬大的想法，但也是最不切實際的。她愈想不透就愈難受，連忙拿起一張紙，寫了封短信給舅母，請她以不洩密為前提，將麗迪亞說溜嘴的那句話解釋一下：

您應該不難想見，我何以好奇箇中緣由。此人與我們非親非故，與我家無甚交情，怎會和二老一同觀禮？請儘快回信，讓我明白原委。倘若誠如麗迪亞所言，此事非保密不可，我也只好糊里糊塗過去了。

「但我可不想糊里糊塗過去，」她寫完最後一句，自言自語道，「親愛的舅母，倘若您不能光明正大告訴我，我迫不得已，只有千方百計去打聽了。」

珍是個十二萬分講究信用的人，決計不會暗地裡找伊莉莎白談論麗迪亞那番話。伊莉莎白以為這樣正好，在收到回信之前，她寧可藏住這段心事。

第十章

伊莉莎白很高興，不多時便收到回音。她一接到信，忙忙往林邊走，省得讓人打擾。她在長凳上坐下，準備讀個痛快。這信寫得這樣長，舅母肯定沒有拒絕她。

慈愛教堂街，九月六日

甥女青鑒：

適接來信，我料此事三言兩語難以述明，決意以半日回覆。此請竟由**妳**提出，我著實訝異。我並非動怒，只不知**妳**何必有此一問？妳若一心假裝不知我的意思，那就恕我失禮吧。妳舅父得知此事，亦驚詫不已，我們認為妳必定知情，否則斷不教他插手此事。若妳實則半點不知，我自必費心闡明。

我自朗堡歸家那天，適逢稀客來訪，即達西先生。他與妳舅父密談多時，我歸來時，事已談畢，故我倒不像**妳**這般好奇。他來告訴妳舅父，已知妳妹妹及韋翰下落，且已面談數回；我以為，我們去德貝郡翌日，他就進城尋人了。據他所言，韋翰之卑鄙行徑未能教世人盡知，使正經小姐提防，全是他的過錯。他引咎責躬，當初以為自己若出言揭露，有失體統，不如日久見人心；此事係他因傲慢致禍，是以義不容辭，挺身而出，盼能將功補過。我以為，他此舉若真**別有**用心，他承認也不失其顏面。

他進城數日，即尋獲妳妹妹；他不像我們全無頭緒，實乃掌握線索，既知可按圖索驥，乃決心隨我們之後進城協尋。他一進城，就去尋楊格太太。她曾為達西小姐伴護，後因事解雇，移居愛德華街，買宅分租。他知楊格太太與韋翰過從甚密，遂進城向其打聽，費時三日，方知妳妹妹下落。楊格太太確知韋翰行蹤，然她若非受賄，斷不肯出賣消息。果然韋翰偕麗迪亞進城之初，即登門拜訪；若非她已無力收留，兩人必然住下。我們這位好心的朋友終於得其去處，按址尋去，先見到韋翰，又求見麗迪亞。他目的是想勸麗迪亞改邪歸正，一和家裡說通，便可速速打道回府；他並允諾傾力協助。但妳妹妹執意不從，寧可拋親棄友、拒其好意，死心塌地跟定韋翰，以為兩人必將成婚，不計較遲早。

麗迪亞一心如此，他只得儘速成其好事，然思及與韋翰的初次談話，此計絕**非其所願**。據韋翰所言，他離開軍團，係賭債所逼，麗迪亞愚蠢，同其出逃，必自食惡果。韋翰意欲馬上辭職，至於其他種種，尚無打算，雖意另投他處，卻不知何以安身，只知將無以為繼。

達西先生問他因何未娶妳妹妹？妳父親雖非大富大貴，亦能略施小惠，未必無益其景況。據韋翰之回答，可知他仍有心攀高結貴；然在此情況下，若能解其燃眉之急，他未嘗不會動心。他倆往返磋商數回，諸多事項得討論。可想而知韋翰欲漫天要價，但總算議定一合理數目。諸事計議完畢，達西先生遂欲將此事告知妳舅父。我歸家前夕，他曾來訪，但妳舅舅外出不遇；他再打聽，得知妳父親下榻寒舍，隔日方啟程返家，他以為妳父親不如妳舅舅，不便共議，是以決意待妳父親歸家後再訪，故未留姓名即揚長而去。直至隔日，亦僅知某先生曾因事來訪。

禮拜六，他來拜望，妳舅舅在家，乃父已打道回府；如前所述，他倆詳談多時，隔日再晤，我亦親見其面。禮拜一，諸事議妥，打發專差致信朗堡。莉西，我們這位客人個性執拗，我以為才是其缺點；眾人對他說長道短，時有所聞，然皆不如「執拗」二字中肯。我以下所言，並非邀功，妳切勿與他人提起。他事必躬親，妳舅父亦欲全盤包辦，主客為此爭執不休，然我以為，實則毋須為這對不肖男女多費唇舌。末了，妳舅父讓步，非但無法為甥女盡心，反而違其心志、無勞居功。今日接到妳的來信，其心大悅；頂替居功之事，經此番解釋，必得真相大白，樂得成人之美。

莉西，此事除珍之外，切莫外傳。他為此事出力多少，妳必知曉。他償清韋翰賭債一千餘鎊，為其在陸軍捐官，餽贈**妳妹妹**一千鎊禮金，皆由他一力承擔。其中緣由，我已於前述明。他深自引咎，謂其當初矜持過分，慮事欠周，致使眾人不識韋翰人品，進而吃虧上當。**此話**雖非無理，然我以為，此事絕非**他**矜持之罪，亦非**他人**矜持之罪。他縱使說得冠冕堂皇，若非鑒於其**別有苦心**，妳舅舅決不肯答應。以上諸事談妥後，他即返龐百利接待親友，待婚禮當日再依約進城辦妥財產事宜。

以上我已將原委說明，妳聽了或許要驚詫，希望不致讓妳不悅。其後麗迪亞於舍下短住，韋翰亦時常走訪，其行止樣貌，皆與我初見時無異，然妳妹妹的言行，卻時常令我不滿。此事我原本不欲告訴，然禮拜三接到珍來信，方知其歸家後依舊故我，是以今如實相告，應不至使妳心生不悅之情。我曾苦口婆心，令其知錯悔改，不使家人難過，不料麗迪亞聽而無聞，令我幾乎動氣，然念及妳與妳姊姊，遂忍氣吞聲。

達西先生依約返回倫敦，出席妳妹妹的婚禮；翌日來寒舍晚飯，隔日或隔兩日即要返回龐百利。他在倫敦期間，待妳舅父母親切如故，深得我心。親愛的莉西，我若趁此跟妳直言對他的喜愛，妳可會生氣？之前我從未敢如此說。他見識超群，幾近完人，唯稍欠活潑，若娶妻得當，必得矯正。

我認為此人口風頗緊，絕口不提妳名字，然謹言似為名士之風？我若出言冒昧，還請見諒，切莫罰我不得踏入某龐莊園；乘車盡覽此園，乃我畢生心願，有敞篷馬車一輛、小馬一對，我即心滿意足。小兒吵嚷不休，近乎半個鐘頭，就此停筆。順候

近好

舅母手書

伊莉莎白讀罷，只覺心潮澎湃，苦樂難辨。她曾經隱約懷疑，猜想達西先生或許成全了麗迪亞的好事；但她一則不敢多想，只怕人家恐難如此好心，一則憂慮此事成真，天大恩情將何以為報？孰知此前種種懸想，如今竟成事實！他不僅特意尾隨他們進城，甚至不辭辛勞四處打聽，向深惡痛絕的婦人求情，勉強同那避之唯恐不及之人碰面、說理、賄賂。他這般仁至義盡，卻是為了個既無情意亦無敬意的丫頭。伊莉莎白在心中默想：他這全是為了我啊。但這希望旋生旋滅，她縱然虛榮一時，以為他仍有意於己，但也難繼續妄想，以為他會愛著一個曾經拒絕他的女人；何況他痛恨與韋翰有任何牽扯，也是自然的，哪能指望他遷就自己，和韋翰結為連襟！他那傲慢，怎容得下這種親戚。他為此事著實出力不少；思及此，伊莉莎白只覺惶愧無地。然而他插手的理由堂皇正大，並非牽強附會，一來他大可內疚抱

愧，二來他家財萬貫，自能慷慨解囊。然而，她雖不願承認達西先生此舉是為了她，卻願意相信達西先生舊情難忘，故而鼎力相助，好讓佳人心安。她心中苦不堪言，想到人家對他們恩重如山，家裡卻永遠無法回報。此次麗迪亞保全名聲、平安歸來，全都歸功於他。唉，她真是心如刀割，想起以前竟對他心懷厭惡，甚至出言唐突！她不勝自愧，又不禁為他自豪，自豪他出於惻隱之心，仗義疏財，克己相助。她把舅母信上那篇恭維讀了又讀，只嫌誇得不夠，但也心滿意足了。她見舅父母都斷定她跟達西先生情深意切，心中不禁竊喜，但也不免惋惜。

她思緒忽斷，猛然起身，原來有人來了。她來不及走上另一條小徑，韋翰便趕了上來。

「恐怕打擾妳散步了，大姨子？」說著他走到她身邊。

「確實如此，」她笑著回道，「但打擾未必就討人嫌。」

「倘若真討人嫌，我可要難過啦。我倆向來要好，如今又親上加親了。」

「是啊。大家都出來了嗎？」

「不曉得。麗迪亞和岳母乘馬車上梅里墩去了。大姨子，聽舅父母說，你們到龐百利去了。」

她答說真的去了。

「妳真有眼福，太教我嫉妒啦！可惜我無福消受，否則這趟去新堡，肯定也順道一訪。妳見過管家太太了吧？可憐的雷諾太太！她過去多喜歡我啊。想來她沒當著你們的面提起我吧。」

「這倒是提了。」

「她怎麼說來著？」

「她說你從軍之後，恐怕……恐怕不大好了。但距離相隔遠了，難保傳話傳錯。」

「這個自然。」他咬著嘴脣。伊莉莎白以為這下他可住嘴了，但過了一會兒又聽他說：

「上個月真出乎意料，竟在城裡碰到達西，還見了好幾次。不知他在城裡做什麼。」

「大概在籌備與狄堡小姐的婚事吧，」伊莉莎白說，「想來一定有什麼特別的事，否則不會挑這時節進城。」

「確是如此。你們在蘭姆墩見到他了？聽舅父母說你們見過。」

「見過，他還介紹我們給他妹妹認識。」

「妳喜歡他妹妹嗎？」

「非常喜歡。」

「聽說她這一兩年長進不少，上次見到她還不是這樣的。我真高興妳喜歡她。但願她出落得益發好了。」

「必是如此；她最難熬的那幾年已經過去了。」

「你們經過津浦墩沒有？」

「我不記得到過那裡。」

「我提的這個村子，本來是我的教區。真是個好地方！那兒的牧師公館真是好！再適合我不過。」

「若你做了牧師，你會喜歡講道嗎？」

「當然喜歡。倘若真做了牧師，講道就是我的本分，即使開頭費點力氣，久了也就應付自如了。雖說過去的事不該後悔……但這差事對我再好也沒有！我生平最大願望，便是清幽度日！可惜事與願違。妳上肯特郡作客時，聽達西談起這事沒有？」

「我從某人口中聽說了，我以為他的話很**靠得住**。聽說那份差事雖然給了你，可也要講條件，全憑主人處置。」

「妳聽說啦！不錯，確實是有這段話；我開頭就告訴過妳，妳可還記得？」

「我還聽說，你從前不似眼前那麼喜歡講道，曾經捐棄神職，後來也就這麼結了。」

「妳還真聽過哩！這話也不是毫無根據。妳可還記得，這事我也跟妳提過，就是我們頭一次談起那次。」

兩人差不多快到家門口了，伊莉莎白走得很快，好趁早擺脫他。她看在妹妹的面子上，不願惹他生氣，只得嫣然一笑，道：

「得了，韋翰先生，大家都是一家人，別為過去的事拌嘴吧。願我們將來同心合意。」

她伸出手；他深情殷切地吻了一下，眼睛卻不知往哪兒擺，兩人這才進屋去了。

第十一章

韋翰先生對這場談話滿意得不得了，此後一免自尋煩惱，二免大姨子生氣，索性閉口不提此事；伊莉莎白也很高興，竟說得他從此語塞了。

轉眼便是他和麗迪亞辭行的日子，班奈特太太倒像生離死別一般，由於班奈特先生執意不讓全家去新堡，因此麗迪亞此行，少說也要一年才回來。

「哦！心肝寶貝麗迪亞，」她嚷道，「我們何年何月才能相見？」

「唉！我也不曉得。也許再過個兩年三載吧。」

「常常給我寫信吧，小乖乖。」

「自然是能寫就寫。但媽媽妳曉得，女人嫁人了，就沒什麼工夫寫信了。姊姊倒是可以常常寫給我，反正她們無事可做。」

韋翰先生的道別比太太有情味得多。他面帶笑容，英姿颯爽，又說了許多漂亮話。

「他倒是個人物，」小兩口一出門，班奈特先生便說，「實在是我生平僅見。既會假笑，又會裝傻，還會逢迎討好，我真是引他為傲；縱使是盧卡斯爵士，也拿不出這麼個寶貝女婿來。」

女兒走了以後，班奈特太太一連鬱悶了幾天。

「我常常想，」她說，「天下傷心事，莫過於親友離別；他們一走，我就像失了依歸。」

「媽媽，這就是嫁女兒的下場，」伊莉莎白說，「妳一定很高興還有四個女兒沒有人家吧。」

「哪有這種事。麗迪亞這一走不是因為嫁人，而是因為女婿的軍團不巧駐紮得遠，要是駐紮得近一些，她也用不著走得這樣匆忙了。」

這事兒雖使得班奈特太太鬱鬱寡歡，但不多時也就好了，她再度心花怒放、滿懷希望，原來郡裡正流傳著一條消息，尼德斐莊園的管家接到命令，主人隔幾天就要回莊打獵，因此命人收拾屋子，他要下來小住幾個禮拜。班奈特太太一聽，渾身亂顫，一會兒望望珍，一會兒笑笑，一會兒搖頭。

「哎呀！哎呀！所以，賓利先生要來啦，妹妹，」——這條消息是菲利普太太帶來的——「哎呀，那敢情好，不過我倒沒怎麼放在心上，他對我們來說什麼也不是，我再也不想見到他。不過，但是，他既然願意回尼德斐莊園，我們當然歡迎。以後的事誰曉得？不過跟我們也很不相干，妳知道我們講好不提這事兒。所以，他真的要回來了？」

「千真萬確，」菲利普太太說，「他那管家太太昨晚上梅里墩去，我瞧她打窗外走過，便跑出屋子向她問個明白，她回說確有其事，最遲禮拜四到，說不準禮拜三就來。她說她正要上肉鋪叫點兒肉，預備禮拜三用，她已經叫了三對鴨子，隨時可以宰。」

班家大小姐聽說他要來，臉色大變。她已經好幾個月沒向伊莉莎白提起他。這天姊妹倆私下一碰頭，她便說：

「莉西，我瞧妳今天一直盯著我，就是姨母來說近況的時候。我也曉得我的臉色不大好，但妳別以為我犯了什麼傻念頭，我只是一時奇怪，怎麼大家都盯著我。妳放心，聽了這條消息，我既不高興，也不難過。可喜的是，他這次是一個人來，所以見到他的次數也就少了。我不怕見到他，只怕別人說閒話。」

伊莉莎白對此事不知做何感想。倘若在德貝郡沒見到賓利，或許會以為他此次下鄉別無用心，無非是打獵而已。但她以為賓利難忘舊情，只不知他此趟回來，究竟是得到他朋友允許？還是自個兒大著膽子跑來？

「真是苦了他了，」她偶然自忖道，「想來也真可憐，分明是光明正大租定的房子，怎麼每次回來，都引人臆測紛紛！不如隨他去吧。」

賓利先生返莊這件事，且不管珍嘴上怎麼說、心裡怎麼想，伊莉莎白一眼便瞧出姊姊心裡起了波瀾，比起往常，可說是魂不守舍、忐忑不安。父母一年前爭執不下的話題，如今又老調重彈。

「賓利先生一到啊，親愛的，」班奈特太太說，「你就去見他。」

「不去，不去。去年妳逼我去，還說只要跑一趟，他就會娶我們家丫頭，結果落得一場空，我再也不給傻子跑腿了。」

太座說他非去不可，那位貴人一到尼德斐莊園，左鄰右舍都會去拜望。

「我才不屑這套禮節，」他說，「他要是想跟我們來往，不會自己上門來嗎？又不是不曉得我們住哪兒。鄰人來來去去，我可沒那閒工夫，鎮日送往迎來。」

「得了，你不去拜訪他，是你自個兒不知禮。不過，但是，我還是可以設宴請他。我心意已決。我這就去邀隆格太太和顧爾丁一家，加上我們自家人，一共十三位，正好湊一桌，還空了個位子給他。」

她存了這麼個主意在心裡，頓時寬慰許多，總算嘔得下氣，勉強容忍丈夫無禮；但想想真沒面子，丈夫不去拜望，害得左鄰右舍搶在前頭，先見著了賓利先生的面。賓利先生返莊的日子在即，珍對妹妹說：

「這下我倒希望他別來才好；他來是無所謂，我見了他，大可裝作若無其事，但我受不了人家老是談起他。媽媽雖是一片好心，但她不曉得，或許誰也不曉得——我聽了那些話，心裡有多難受。如今也只能捱日子，直到他離開尼德斐莊園為止！」

「我真想說幾句話來安慰妳，」伊莉莎白說，「可惜一句也說不出。妳一定明白我的心意。一般人見別人難受，總是勸人家忍著點，心裡也就過意得去了。但我卻沒法子這樣勸妳，因為妳太能容忍了。」

賓利先生總算到了。班奈特太太千方百計，又得傭人相助，因此獲得消息最早，煩神卻也最久。她成天掐算日子，看看還得隔幾天才能下帖，在那之前，想來是無緣相見。但他到赫福德郡第三天，班奈特太太便從更衣室的窗口見他騎馬進了牧場，一路往朗堡騎來。

幾個丫頭急忙給叫去沾母親的喜。珍拘定主意，文風不動坐在桌旁；伊莉莎白為了敷衍母親，便走到窗邊，一看——達西先生也來了，便回頭坐回姊姊身邊。

「媽媽，還有位先生跟他同路，」凱蒂說，「會是誰呀？」

「總不外乎是他朋友吧，小乖乖。這誰曉得。」

「嚇！」凱蒂說，「豈不是從前老跟著他的那一位，姓什麼來著……就是那個高高的、眼睛長在頭頂的。」

「哎唷！達西先生哪！我敢說肯定是他。哎，我們家雖然歡迎賓利先生的朋友，但這個人我一見到就討厭。」

珍望著伊莉莎白，一來詫異，二來憂心。她不曉得他倆在德貝郡的邂逅，因此只替妹妹感到尷尬，以為這是自從他寫信解釋後，妹妹頭一次見到他。姊妹倆心裡都不大自在，一則替對方發窘，二則自覺狼狽。母親在一旁嘮叨不休，說她討厭達西先生，但他到底是賓利先生朋友，不得不以禮接待。這些話姊妹倆都沒聽見。伊莉莎白此般難為情，實則另有苦衷，料珍再也猜不著；伊莉莎白始終不敢將舅母的信拿給珍看，也不敢把自個兒由恨生愛的轉折說給珍聽。珍只曉得妹妹請達西先生碰壁，把人家的寬宏大量看成小肚雞腸，殊不知妹妹另有隱情。伊莉莎白曉得家裡欠他莫大的恩情，也曉得自個兒對他另眼相看，這份情意縱不如珍對賓利那般溫柔繾綣，至少也像珍對賓利那樣合於情理。她納罕他竟然也來了——到尼德斐莊園來了，上朗堡來了，主動看她來了，她納罕得實在厲害，跟在德貝郡見到他作風大變一樣厲害。

思及此，方才刷白的臉不僅恢復血色，甚至容光煥發、秋波帶笑。沒想到時間隔了這麼久，他的情意始終不渝。但她仍不免思疑。

「且看他如何應對進退，」她心想，「屆時再抱希望還不遲。」

她坐在桌旁專心做針線，力作鎮定，眼皮抬也不抬。後來禁不住好奇，想望望姊姊的臉色，只見家僕趕去應門迎客，姊姊的臉蛋雖不如平時紅潤，但神情比料想的還鎮定。兩位先生一進門，她臉上便泛起紅暈，但還是落落大方起身相迎，既沒有一絲怨懟，也沒有半分諂媚。

伊莉莎白和兩位寒暄幾句，便重新坐下拿起針線，做得比平常還起勁。方才她大著膽子瞥了達西一眼，只見他一如往常板著面孔，竟不似在龐百利的樣子，倒像以往在赫福德郡那副神氣，或許是在她母親面前，終究不比在舅父母面前吧。她這樣想固然傷心，但也不無道理。

方才她也望了望賓利，一眼便瞧出他半是高興、半是忸怩。班奈特太太待他殷勤得過分，臊得兩個女兒沒處躲，相形之下，她對他那位朋友卻是勉強敷衍、百般冷淡。

伊莉莎白曉得母親欠達西先生恩情，她那掌上明珠的名譽，多虧了他才得以保全，母親這般厚此薄彼，看得她格外痛心。

達西向她問起葛汀納夫婦近況，她回答得不免有些慌張，底下便沒話了。他沒坐在伊莉莎白旁邊，或許是因此才沉默寡言，但他在德貝郡卻不是這樣。那時他若不便跟她說話，便同她舅父母攀談；眼前好幾分鐘過去了，卻沒聽他出個聲。她不時按捺不住好奇，抬起眼皮望望他，只見他一會兒看看珍、一會兒望向自己，大半時間則盯著地板。比起上次見面，他這次顯然心事重重，也不急於討好眾人。她一面失望，一面生氣自己何必失望。

「難道我還指望他討好我家人嗎！」她心想。「但他何必要來？」

她沒有心思跟別人談話，一心只有他，卻又沒有勇氣向他開口。

她問候他的妹妹，接著又無話可說。

「賓利先生，你這一走可真久啊。」班奈特太太說。

賓利先生連忙稱是。

「我還擔心你一去不回哩。傳說你到九月底就打算把房子退租，不過，但是，但願不是真的吧。你走了以後，這一帶發生好多事。盧卡斯大小姐嫁到別處去了，我有個女兒也出閣了，這你聽說了吧。是啦，準是從報紙上看來的。《泰晤士早報》和《信使晚報》都登出來啦，但寫得簡直不像話，只說『喬治．韋翰君與麗迪亞．班奈特近日完婚』，也沒說她父親哪位、家住哪裡等等，虧得還是舍弟葛汀納先生擬的稿，真不明白他怎麼辦事的。你看到了吧？」

賓利說看到了，又向她道喜，伊莉莎白連眼皮也不敢抬，達西先生做何表情，她一點也不明白。

「高興當然高興啦，女兒嫁了個好姑爺，」班奈特太太接下去說，「可是，賓利先生，我真難過她嫁得這麼遠，同女婿到新堡去了，這地方好像挺北邊的？他們這一去，不知多久才回來。女婿的軍團就駐紮在那兒。我想你聽說了吧？他退出民兵團，加入正規軍。幸虧他那幾個朋友，可我這女婿那麼優秀，朋友應該再多幾個才是。」

伊莉莎白曉得這話是說給達西先生聽的，頓時滿面羞愧，坐立難安。但這番話卻也神效，竟引得她開口攀談起來。她問賓利是否打算在鄉下小住一陣，他說打算住幾個禮拜。

「賓利先生，等你把你莊上的鳥兒都打完了，」她母親說，「請上我們這裡來，班奈特先生園子裡的鳥，你愛打多少就打多少。他一定樂得做這個人情，還要把最好的鷓鴣留給你哩。」

伊莉莎白真是尷尬萬分，母親未免殷勤太過！眼前雖是好事在即，但去年她們何嘗不也滿懷希望，怕只怕舊事重演，萬事落空，徒留懊喪。此刻她以為，無論是珍也好，她自己也好，即使是幸福終生，也無法補償眼前的痛苦難堪。

「我生平最大心願，」她心裡想，「便是再也不與他們為伍。跟他們往來不論再愉快，也彌補不了眼前的難堪！但願永不相見吧！」

但這眼前的痛苦，雖說是幸福終生也難以補償，但短短幾分鐘便煙消雲散，只見姊姊的花容月貌，又讓那位舊情復燃。他剛進門時，跟她聊不上幾句，但是坐愈久就愈殷勤。他見珍嫵媚如昔，嫻淑如舊，雖不若去年健談，但依舊落落大方。珍怕人家察覺異樣，努力搬了話來講，但究竟心事太重，不知不覺便沉默起來。

兩位客人起身告辭，班奈特太太滿心想著先前的盤算，趕緊邀兩位過幾天來朗堡吃晚飯。

「賓利先生，你還欠我一次回拜呢，」她說，「你去年冬天進城，答應一回來就上我們這兒來吃飯。你瞧，我還記得哩。但你卻一直沒來赴約，真教我大失所望。」

賓利一聽，不禁一愣，這才道了歉，說是有事耽擱了，兩人便告辭而去。

班奈特太太本來想留兩位吃晚飯，但想想平日的菜色雖然豐盛，但不添兩道大菜，未免說不過去；畢竟這一位是自個兒亟欲攀親的人家，而那一位家財萬貫，拿家常菜出來招待，人家哪裡看得上眼呢？

第十二章

客人一去，伊莉莎白便走到屋外換換心情；換言之，她想靜一靜，好教自個兒想想那些愈想愈煩心的事。達西先生的應對，一則叫她詫異，二則叫她生氣。

「怎麼，如果他來只是為了裝啞巴、板面孔、端架子，」她說，「那又何必來？」

她想來想去，怎麼想都不滿意。

「他在倫敦時，對舅父母既討好、又和氣，怎麼對我卻完全兩樣？倘若他怕見我，那又何必來？倘若他無心於我，那又何必沉默？真真可恨！我再也不去想他了。」

她這決心不得不貫徹了一會兒，原來她姊姊笑盈盈走來，看來兩位貴客來訪頗得其心。

「好啦，」她說，「見過面之後，總算是如釋重負。如今我曉得了我的能耐，下次他再來，便不再鬧彆扭了。真高興他禮拜二要來吃飯，這下眾人總算明白，我和他不過是泛泛之交罷了。」

「是啦，好個泛泛之交！」伊莉莎白笑道，「姊姊，當心點兒吧！」

「我的好妹子，妳當我少不更事，怕我有危險不成？」

「我瞧妳岌岌可危，害得人家一往情深啦。」

班府上下直到禮拜二才又見到兩位先生，這幾天班奈特太太天天盤算，她見賓利先生來訪那半個鐘頭，興致既高、禮貌也好，心下又活動起來。

禮拜二那天，朗堡來了許多客人；主人家引頸企盼的兩位貴客，都準時結束遊獵，按時赴約。兩人一進飯廳，伊莉莎白急忙看賓利坐不坐老位子，以往每逢宴會，他都坐在姊姊旁邊。她母親機關算盡，也打著相同的主意，遂故意不請他坐主位。剛走進飯廳時，見他還有些猶豫；但珍湊巧回眸一望，又湊巧嫣然一笑，他拿定主意，在她身邊坐下。

伊莉莎白看了好不得意，趕緊望了望他那位朋友，只見他一派大方瀟脫，還以為他早已開恩讓賓利稱心如意，不料卻瞧見賓利也望了他一眼，臉上半是笑、半是懼。

宴席上，賓利跟珍的應對進退，在在表露出愛慕之意，雖然不似以往露骨，但伊莉莎白以為只要他作得了主，他和姊姊的好事就近了。此事雖非十拿九穩，但是看他那樣殷勤，她也高興；她的心情這樣好，實屬不易，畢竟她實在沒什麼興致，只見那宴會桌有多長，達西先生離她就有多遠。他坐在母親隔壁；她以為這兩位碰在一起，非但不能相得益彰，唯有索然無味而已。她離他們那麼遠，實在聽不見兩位講些什麼，只看出他們鮮少交談，偶爾談上幾句，也非常拘謹冷淡。看看母親那樣怠慢人家，再想想他對家裡情深義重，真教伊莉莎白分外難受，幾番想不惜一切告訴他，他的大恩大德，家裡人並非全不曉得，也並非都不知感激。

她希望晚上彼此能親熱些，不要辜負他來這一趟，但願兩人多說些話，別只是迎客時那幾句寒暄。飲宴席散，女人先退席，到交誼廳等男人下飯桌，伊莉莎白心中焦躁，如坐針氈，只覺厭倦沉悶，懶怠與人交談。她一心盼望他們進來，今晚是否能盡興，就全看此時了。

「倘使他再不來接近我，」她嘀咕，「我便永遠不理睬他。」

兩位貴客進來了，看他那副神情，不像會辜負她一片心意。可是，天哪！太太小姐把桌子團團圍住，班奈特大小姐斟茶，伊莉莎白倒咖啡，眾人挨挨擠擠，伊莉莎白旁邊連張椅子也擺不下。兩位男客進來後，某某小姐捱到伊莉莎白身邊咕咕唧唧：「他們別想來湊熱鬧，妳也不想讓他們來吧？」

達西走到交誼廳另一頭。他走到哪，伊莉莎白那雙眼睛跟到哪，隨便看到他同誰說話，她都眼紅，簡直沒法耐著性子給客人倒咖啡；不多時又由妒生恨，埋怨自個兒不該這樣傻。

「想當初他可是碰了一鼻子灰！我怎麼會這麼傻，竟指望他舊情復燃？哪個男人可以這樣不顧面子，向同一個女人求兩次婚？這可是丟臉丟到家啦！」

她見他親自把咖啡杯送回來，這才稍稍提起勁，逮住機會道：

「令妹還在龐百利嗎？」

「還在，她會一直待到聖誕節。」

「就她一個人？朋友都走了吧？」

「有安詩蕾太太陪著她。那幾位朋友三個禮拜前到士嘉堡消暑了。」

她想不出其他話來講，但只要他願意，兩人自有辦法談下去。他在她身邊杵了幾分鐘，不發一語；後來，某某小姐又跟伊莉莎白咬起耳朵，他便拿腳走開了。

茶具撤走、牌桌擺好，女客起身，伊莉莎白盼著他快來找她，偏偏希望落空，只見他給母親硬拉去打惠斯特牌，轉眼便和其他三家坐上牌桌。伊莉莎白頓時了無生趣，只得和達西一人一張牌桌，只見他頻頻向她這邊看，害他輸得跟她一樣慘。

班奈特太太原計留兩位尼德斐莊園的貴客吃消夜，不巧他們吩咐備車吩咐得比誰都早，因此無緣挽留。

「我說丫頭啊，」客人一走，班奈特太太道，「說說看今晚如何？我認為再順利也沒有。一桌菜擺得漂漂亮亮，鹿肉烤得恰到好處，大家都說，從沒見過這麼肥的腰腿肉，湯要比上禮拜在盧家莊請的好上五十倍，就連達西先生也說那鷓鴣弄得極好，人家可是請了兩、三個法國廚子在家裡哩。還有哪，珍，妳今晚真是特別漂亮，隆格太太也這麼說，我問她妳美不美，妳猜她怎麼著？『哎呀！班奈特太太，咱們遲早要見她嫁進尼德斐莊園哪。』她真是這麼說來著。隆格太太真是大好人，幾個姪女也都規規矩矩，長得一點也不漂亮，我愈看就愈投緣。」

簡而言之，班奈特太太今晚樂不可支。她把賓利對珍的一舉一動全看在眼裡，深信珍必能手到擒來。她一心指望這門親事的好處，不免高興到得意忘形，隔天不見他來求婚，一時心灰意懶。

「今晚真是愜意，」班奈特大小姐對伊莉莎白說，「客人選得極好，彼此都很投機，只盼往後能時常相聚。」

伊莉莎白微微一笑。

「莉西，妳別笑，也別瞎猜，這教我面子往哪兒擺。妳放心，我只欣賞他的談吐，只當他是隨和明理的青年，除此之外不作他想。從他的應對進退來看，並沒有要討我歡心的意思，這樣正合我意。只不過他的談吐實在高妙，個性又特別討喜。」

「好個狠心的姊姊，」伊莉莎白說，「既不讓人家笑，偏偏又要逗人發笑。」

「有些事還真難教人相信！」

「有些事還真無法教人相信！」

「為何妳偏要以為是我不承認自個兒的心意？」

「這可把我問住了。我們雖然都喜歡替人家出主意，可是人家早就有個主意在那裡。是我不好。如果妳執意對他沒有意思，就別再來找**我**傾訴吧。」

第十三章

繼班府宴客後，隔了幾天，賓利先生再度登門，隻身前來拜訪。他那位朋友一早上倫敦去了，十日之內就會回來。他在班府坐了一個多鐘頭，興致相當好。班奈特太太留他吃晚飯，他頻頻道歉，說在別處有約了。

「等你下次來，」她說，「但願有幸蒙你賞光。」

他說了「隨時都樂意」等應酬話，只要她答應，一有機會就來拜望。

「明天行嗎？」

行，他明天沒事，慨然接受邀約。

他果然來了，來得非常早，太太小姐還沒打扮好。班奈特太太跑進女兒房間，身上穿著晨衣，頭髮只梳一半，大聲嚷道：「親愛的珍，快些下樓去。他來啦——賓利先生來啦，他真的來啦。快呀，快呀。欸，莎菈，去大小姐那兒，幫她更衣，別管莉西小姐的頭髮啦。」

「我們好了就下去，」珍說，「但凱蒂保管更快些，她上樓梳妝半個鐘頭了。」

「哦！別管凱蒂吧！與她可不相干！快一點，快呀！妳那腰帶上哪兒去啦？」

母親一走，珍卻不肯先下樓，定要一位妹妹陪著。

到了晚上，班奈特太太顯然又急於讓小兩口獨處。晚茶過後，班奈特先生照例進了書房，梅蕊上樓彈琴，五個礙事的走了兩個，班奈特太太對伊莉莎白和凱蒂使眼色，兩人始終會意不過來。伊莉莎白正眼也不瞧她，好不容易凱蒂瞧見了，直率問道：「怎麼啦，媽媽？做什麼對我眨眼？要我做什麼嗎？」

「沒事，丫頭，沒事。誰對妳眨眼來著。」她又坐了五分鐘，見這良機千載難逢，不容錯過，霍然起身，對凱蒂說：

「跟我來，我們說幾句話。」說著便把凱蒂帶開。珍急忙向伊莉莎白使眼色，表示受不住母親這樣擺布，懇求伊莉莎白別依她。不一會兒，門開了一半，班奈特太太喊道：

「莉西，我們說幾句話。」

伊莉莎白只得出去。

「還是讓他們兩個獨處吧，」才走進門廊，母親便說，「凱蒂和我要上樓，到我梳妝間坐一坐。」

伊莉莎白沒和母親理論，卻站在走廊不走，等母親和凱蒂走遠了，才又回到交誼廳。

這天班奈特太太的苦心可都白費了。賓利樣樣都好，就是沒向她女兒求婚。他隨和爽朗，班府上下無不合意，替晚宴增色不少。他竭力忍受班奈特太太雞婆多事，面不改色聽她蠢話連篇，教她女兒好生感激。

他幾乎不用主人家邀請，便自己留下來吃消夜；告辭前，又順著班奈特太太的意，將計就計，約定隔天同她丈夫到莊上打獵。

這天之後，珍再也不說自己沒那個意思。姊妹倆對賓利雖然隻字不提，但是伊莉莎白就寢時，欣然認為好事將近，除非達西先生提早回來，那又另當別論。不過事到如今，達西先生想必也已經認可了。

賓利準時赴約，言出必行，同班奈特先生消磨了整個大白天。這位班家老爺要比料想中隨和些。他見賓利既不搭架子、也沒出洋相，實在挑不出錯處來嘲笑，也找不到理由來冷落，是以話也多了，脾氣也不古怪了。賓利同他回班府吃晚飯，班奈特太太又想施巧計，支開眾人，讓他和她女兒獨處。伊莉莎白有封信要寫，晚茶過後，便到早餐廳去，她見眾人都在交誼廳打牌，不怕母親又出巧招。

她寫好信，回到交誼廳，一看，大吃一驚，母親恐怕比她料想得還精明。她一開門，便見姊姊和賓利緊挨在壁爐前，談得煞是起勁；這還不可疑，且看那兩位慌慌張張扭過頭，又急急忙忙抽開身，心裡便有數了。**他們**這情景儘管窘，但**伊莉莎白**豈不更窘。兩人一語不發，伊莉莎白本已坐下，正想起身走開，賓利霍然起身，跟珍悄悄說了幾個字，出去了。

珍向來瞞不過伊莉莎白，姊妹倆說說體己話，向為一大樂事，她立刻抱住妹妹，興高采烈承認自己是天下最幸福的人。

她又說：「太幸福了！真是幸福太過！怎麼能這麼幸福。喔！但願人人都跟我一樣幸福。」

伊莉莎白連忙道喜，道得那樣真摯、那樣熱烈、那樣歡欣，言語難以道盡。她每說一句好話，珍就快樂一分。但珍不能在此耽擱，縱使萬語千言，也不必急於一時。

「我得趕緊去找母親，」珍嚷道，「她牽腸掛肚地等著，決計不能辜負她一片好意，也決計不能讓別人傳話，我要親自說與她。他已經去跟爸爸說了。噢，莉西，想想我要宣布的事，家裡聽了要多高興！實是幸福太過，怎生消受！」

她連忙上母親那兒去，母親有意早早散了牌戲，跟凱蒂在樓上閒坐。

伊莉莎白獨自留在交誼廳，笑逐顏開，如今這事總算順利完了，家裡人為了這件事，日日煩神，月月懸心。

「這樣一來，」她說，「他朋友再也不必處心積慮，他妹妹也無須扯謊耍弄。這結局真是太幸福、太高妙、太公道了。」

不多時，賓利也來了；那樁事，他開門見山，三言兩語便和她父親談妥。

「令姊呢？」他一打開門，便連忙問道。

「跟我母親在樓上，包管一會兒便下來。」

他關上門，走到她跟前，接受小姨子道喜。伊莉莎白這喜道得真心實意，樂得兩家併做一家，兩人熱切地握了手；到姊姊下樓前，伊莉莎白聽他將滿腹的話搬出來說，說他如何幸福，說珍如何無瑕。

這篇話雖是出自情人之口，但她相信賓利並非瞎說，而是有憑有據，一則珍溫婉無雙，二則兩人互為知己，看法相同，趣味相近。

這晚眾人無不歡天喜地。班奈特大小姐喜上眉梢，更添嫵媚。凱蒂傻笑不止，只盼早日輪到自個兒。班奈特太太滿口嘉許，連聲贊同，只恨怎麼也說不盡興，但她談來談去也就這麼幾句，足足說了半個鐘頭有餘。吃消夜時，班奈特先生也來了，看其談吐舉止，便知他好不得意。

然而，他閉口不提此事，直到貴客走了，才忙忙轉身對女兒說：

「珍，恭喜妳，才子佳人、天假良緣哪。」

珍走到父親跟前，吻了吻他的面頰，多謝他的好意。

「好孩子，」他說，「真高興妳有了個好歸宿，相信必定會幸福美滿。你倆性子相近，遇事遷就，事事要拿不定主張；性子隨和，天天要讓傭人欺負；慷慨大方，年年要寅吃卯糧。」

「但願不會如此。我若不精打細算，怎麼說得過去呢？」

「寅吃卯糧？我的好老爺啊，」太座嚷道，「你這是什麼話？他每年利錢收入四、五千鎊，說不定還不止哩。」接著又對女兒說：「喔！珍寶貝！我太高興啦！今晚肯定無法闔眼！我早料到會這樣！都說了這是遲早的事。妳生得這樣好看，總不會平白浪費。還記得第一眼見到他，就是去年他來赫福德郡的時候，我當下就覺得你倆是天生一對。哎呀！他這樣俊的青年，真是世間少有啊！」

韋翰和麗迪亞早給拋到九霄雲外，她眼裡只剩珍這個掌上明珠，餘者都不在心上。三妹和四妹馬上跟珍求這求那，希望將來分點好處；梅蕊想上尼德斐莊園的書房，凱蒂央求姊姊冬天多開舞會。

從此賓利天天上朗堡拜望，常常早飯沒吃就過來，天天吃過消夜才離開，除非哪家人不識大體，不怕討班奈特太太嫌，邀他上家裡吃飯，他才去應酬一下。

伊莉莎白簡直找不到時間跟姊姊說話。只要賓利在，珍根本無心理會別人。但伊莉莎白倒覺得自個兒挺管用的，畢竟姊姊和賓利偶爾還是得分開。姊姊一不在，賓利便巴著伊莉莎白說珍的好；賓利一回家，姊姊也開口閉口都是情郎。

「他太令我高興了，」某天晚上，珍說，「他說他完全不曉得我今年春天去了倫敦。我當時還懷疑哩。」

「我何嘗不懷疑，」伊莉莎白說，「他有沒有說是什麼緣故？」

「定是他姊妹所為。她們不贊成他和我要好，這也難怪，畢竟他大可擇個樣樣都比我強的女孩。但一等她們見我們幸福美滿，便會心滿意足，與我重修舊好，但絕不比從前知心了。」

「這也太記恨了，」伊莉莎白說，「我頭一次聽妳講這樣小氣的話。妳心腸太好啦！倘若妳又讓那假仁假義的賓利小姐欺騙，我可要惱了！」

「妳信不信，莉西，去年十一月他進城，對我是一片癡心，若不是信了別人的話，以為我無心於他，否則早就回來了！」

「他確實有些不是，想來是過謙所致。」

她這樣一說，珍自然要歌頌他謙虛自牧，小看了自個兒的長處。

伊莉莎白高興的是，賓利並未出賣朋友，說他從中作梗；珍儘管寬容厚道，但聽了這事，難免要有成見。

「這真是天大的福氣！」珍嚷道，「喔！伊莉莎白，家裡人這麼多，怎麼偏偏就我享福？但願妳也幸福！但願能找到這樣的好人來配妳才好！」

「縱使給我四十個這樣的好人，我也不會像妳這樣高興。除非我脾氣像妳，善良像妳，屆時再配個好人瞧瞧吧。也罷，我還是自求多福。倘若我走運，遲早又會撞見個柯林斯先生。」

朗堡這一家有喜，自然瞞不了多久。班奈特太太貿然將喜事悄悄說與菲利普太太，菲利普太太也貿然將此事說與梅里墩的街坊四鄰。頃刻之間，班府成了天下最有福氣的一家人，不過幾個禮拜以前，麗迪亞私奔，眾人才說班府倒了八輩子的楣哩。

第十四章

賓利和珍訂婚約莫過了一個禮拜，這天上午，賓利和班府女眷在小飯廳同坐，忽而眾人望向窗外，只聞車聲轆轆，一輛駟馬大車從草坡上駛來。天還那麼早，不該有來客，再看那馬車和僕從，也與街坊四鄰不同。馬是驛站的馬，馬車相當眼生，僕從的制服前所未見，來者斷定是生人。賓利勸班奈特大小姐避開生客纏擾，同他上那矮林子散步。兩人走開後，三位女眷猶自猜疑，猜來猜去總不合意，總算廳門大開，客人進來。凱薩琳・狄堡夫人大駕光臨。

眾人早知必會大吃一驚，可是此番詫異實在意料之外。班奈特太太和凱蒂雖然同夫人素昧生平，卻比伊莉莎白受寵若驚。

她走進廳室，氣燄囂張，更勝以往，毫不理會伊莉莎白問候，只稍稍側個頭，便一聲不響上座。方才夫人進門，伊莉莎白立將夫人名諱報與母親，夫人卻未開口請伊莉莎白引見。

班奈特太太大為驚異，家裡竟來了這麼一位貴客；心裡儘管得意，禮數倒沒忘記，接待得極為周到。夫人不聲不響坐了一時半刻，厲聲對伊莉莎白說：

「近來都好吧，班奈特小姐。這位想必是妳母親？」

伊莉莎白簡略地應了一聲是。

「那位想必是妳妹妹？」

「正是，夫人，」班奈特太太樂得同夫人搭話，「這是我四女兒，么女新近嫁了人，長女也說定了人家，眼下正和那家少爺在散步，不久兩家便作一家了。」

「你這莊子挺小的。」狄堡夫人沉默了半晌，才吐出這幾個字。

「夫人，我們這兒哪能跟若馨莊園比呢；但比起盧家莊，想必要大得多了。」

「妳這起居室夏夜恐怕坐不住，窗子都朝西。」

班奈特太太告訴她，他們晚飯後從不來這兒坐。接著又說：

「冒昧請教夫人，柯林斯夫婦可好？」

「都很好。前天晚上才見過。」

伊莉莎白滿心以為夫人要拿夏洛特的信出來，夫人遠道而來，無非是為此。但等了半天卻沒見到信，這可叫她不明白了。

班奈特太太恭恭敬敬請夫人用點心，但狄堡夫人執意不肯，毫不客氣；只見她霍然起身，對伊莉莎白說道：

「班奈特小姐，府上好像有片林子，在草坪另一側，還不大難看，我想去轉一轉，麻煩妳陪我走一趟？」

「去吧，乖孩子，」母親提著嗓子說，「那幾條林徑，都帶夫人走走，還有那幾間草屋，夫人一定會喜歡。」

伊莉莎白領命，先回房拿陽傘，再下樓陪貴客。主客經過走廊，狄堡夫人先推開飯廳的門，又推開客廳的門，看了幾眼，說還過得去，再繼續向前走。

夫人的馬車停在門邊，伊莉莎白見其貼身待女坐在裡頭。兩人默默沿著鵝卵石鋪道往林邊走。伊莉莎白拿定主張，決計不主動和夫人搭話，實是她驕橫恣肆，面目可憎。

「我以前怎麼會以為她像她外甥？」她看著夫人的臉，不禁想道。

兩人一進樹林，狄堡夫人劈頭就說：

「班奈特小姐，妳總不會不明白我為何而來。妳有腦袋，也有良心，想一想總該明白。」

伊莉莎白大驚失色。

「夫人，恐怕您誤會了。我完全不明白，今日怎麼有此榮幸見到您。」

「班奈特小姐，」夫人聲色俱厲道，「妳好大的膽子，竟敢來戲弄我。任憑妳嬉皮笑臉，我總歸是正色危言。我這人向來心直嘴快，遇著此事，更無拐彎抹角之理。有一條駭人聽聞的消息，兩天前傳進我耳裡，聽說不光是妳姊姊飛上枝頭，就連妳，伊莉莎白．班奈特小姐，也要同我那外甥攀親，也就是我的親外甥達西先生。雖然我明知這是無稽之談，倘若信了這話，無異於冤枉他，但我還是當機立斷，決定親自走一遭，把我的意思說與妳。」

「您若不信，」伊莉莎白滿臉飛紅，一則詫異，一則鄙夷，「何苦大老遠跑這麼一趟？請問您有何指教？」

「我定要妳立刻去闢謠。」

「您這樣大老遠跑來朗堡，拜望我和我家裡人，」伊莉莎白輕描淡寫道，「人家看著，豈不要弄假成真？果真有這種傳聞嗎？」

「什麼果真！妳真要裝聾作啞不成？這不全是妳家裡人鬧出來的嗎？妳不曉得這條消息已經鬧得滿城風雨了嗎？」

「我從來沒有聽說過。」

「聽妳說得信誓旦旦！能否也請妳這般說一聲，這謠言全是空穴來風？」

「我不敢自詡心直嘴快如您。您儘管問，我未必要答。」

「豈有此理！班奈特小姐，我非要妳說個明白。我外甥向妳求婚沒有？」

「夫人，您不是說這是無稽之談嗎？」

「理應是無稽之談，絕對是無稽之談，他總該還有點理智在。可妳千方百計撩撥他，也許他一時意亂情迷，害得他對不起自己、對不起家裡，都是教妳調唆的。」

「倘若果真是我調唆的，又怎輪得到我來說？」

「班奈特小姐，妳曉得我是誰嗎？我可聽不慣人家沒大沒小。我算是他最親的長輩，有權過問他的終身大事。」

「但您無權過問我的終身大事，再說您此種行止，休想要我坦白。」

「妳聽仔細了。這門親事，妳妄想高攀，無異於癡人說夢，永遠別想成事。達西先生早和我女兒訂親了。這下妳還有什麼話說？」

「就只一句：倘若他果真訂了親，您何必疑心他向我求婚。」

狄堡夫人遲疑片刻，道：

「他們這親事不一樣。他們差不多是指腹為婚的，這是雙方母親最大的心願，他們還在襁褓中，我們兩姊妹便說好了。如今心願就要實現，兄妹倆即將成婚，怎料來了個小門小戶的丫頭從中作梗？何況這丫頭跟他家裡非親非故！難道妳全不顧他親人的心願？不顧他和狄堡小姐的婚約？不顧一點兒分寸和顏面？我不是早告訴過妳，他自幼便和他表妹訂親了？」

「我確實有所耳聞。但此事與我何干？倘若沒有別的理由，我絕不會因此卻步，不過是他母親和姨母要他娶狄堡小姐，兩位費盡心思，訂下這門親事，成不成終究要看別人。倘若達西先生不曾答應，也無意與表妹成親，他大可自擇良配。倘若他看上我，我為何不能答應？」

「為了面子，為了守禮，為了審慎……更是為了利益。是的，班奈特小姐，正是利益二字。妳這般一意孤行，跟眾人過不去，休想他親友認妳；人家只會譴責妳、奚落妳、鄙夷妳。妳同他結褵無異於自取其辱；人家甚至連妳的名字也不屑提。」

「這下場確實悽慘，」伊莉莎白說，「但做了達西先生的太太，尚且有享不盡的幸福美滿，終究無須為這點小事追悔。」

「好個冥頑不靈、不識好歹的丫頭！我都為妳害臊！今年春天我待妳也不薄，妳就這麼報答我嗎？難道妳竟不知感激？來，坐下。妳要曉得，班奈特小姐，我這一趟來，不達目的勢不罷休。我從聽不進別人的想法，也絕不讓人不稱我的心願。」

「照這樣看來，夫人您只是更加狼狽，對我倒是無妨。」

「我說話不許打岔！給我聽好了。我女兒和我外甥乃是天造地設，雙方母親同為伯爵之後，父親雖無爵位世襲，但歷代皆為望族。雙方家道殷實，眾口皆稱小兩口姻緣前定，誰來把他們拆散？不過是個丫頭癡心妄想，既沒顯赫的家世，也沒萬貫的家財，真是豈有此理！是可忍，孰不可忍？倘若妳有點腦子，肯為自個兒打算，就不該忘記自己的出身。」

「跟您的外甥成親，就是忘了自己的出身？他是鄉紳之後，我是鄉紳之女。我們條件般配。」

「不錯。妳確實是鄉紳之女。可妳母親是什麼人？妳的姨父母和舅父母又是什麼人？別以為我不曉得他們的底細。」

「沒有顯貴親戚又如何？」伊莉莎白說，「只要您外甥不計較，便與您毫不相干。」

「妳就明白告訴我，妳同他訂親沒有？」

伊莉莎白雖然不想稱狄堡夫人的願，但思索片刻後，只得說：

「沒有。」

狄堡夫人顯然很高興。

「那妳能答應我，永遠不同他訂親？」

「這我可沒法答應。」

「班奈特小姐，我真是錯愕。妳居然如此蠻不講理。妳可別想得太美，我不會打退堂鼓的。我就跟妳耗在這兒，直到妳答應為止。」

「我是決計不答應的。我可不會讓人嚇一嚇，就答應這種荒唐事。聽夫人的意思，是想要達西先生娶令嬡。就算我答應您，他倆難道就會因此成親？倘使他看中了我，而我拒絕了他，他難道就會轉向令嬡求親？狄堡夫人，恕我直言，您要我答應的事未免不近情理，而您提出的理由又未免微不足道。倘若您以為這篇話能勸退我，那您可就看錯人了。您外甥是否願意您過問他的事，我不曉得；但您絕對無權過問我的事。因此，請您別再拿這樁事來糾纏我。」

「急什麼，我話還沒說完呢。我之所以反對這門親事，還有一個理由。妳么妹淫奔一事，別以為我不曉得，我可是一清二楚。人家跟妳妹子草率完婚，全賴妳父親和舅父花錢了事，這樣一個丫頭，也配做我外甥的妻妹？這丫頭的丈夫，是從前我妹夫底下管家的兒子，這樣也配和我外甥做連襟？天地良心！妳打的是什麼主意？龐百利的門第豈能這樣任人糟蹋？」

「您這話總該說到頭了，」伊莉莎白恨道，「您這樣千方百計地侮辱我，請您讓我回去吧。」

她一面起身一面說，狄堡夫人也站了起來，兩人一同往回走。夫人這下怒不可遏。

「妳這丫頭，完全不顧我外甥的名譽和聲望！真是沒心沒肝、自私自利！妳也不想想，他若娶妳進門，往後怎麼做人？」

「狄堡夫人，我已無可奉告。您明白我的意思了。」

「妳是打定主意，非他不嫁嗎？」

「我可沒說過這種話。我是打定主意為自個兒的幸福打算，不要您這樣的外人來插手。」

「好啊。妳堅決不肯依我。妳這是離經叛道、忘恩負義，執意要毀他一世英名，教他為天下人恥笑。」

「這事談不上什麼離經叛道、忘恩負義，」伊莉莎白答道，「我同達西先生成婚，並未違背倫常。再說到他家裡人和天下人吧，倘若他家裡人怨他娶我，我也不會放在心上；而天下人大多通情達理，不見得就會恥笑他。」

「妳果真這樣想！妳果真心意已決！很好。這下我曉得該怎麼對付了。班奈特小姐，妳這樣眼高於頂，別想有好下場。我不過是來試探妳，沒想到妳竟如此不可理喻。妳只管放心，我言出必行。」

狄堡夫人一路講到馬車門前，急忙轉身補上一句：

「我就不告辭了，班奈特小姐，回莊後也不會致信問候妳母親。妳這樣不識抬舉，真教我大動肝火。」

伊莉莎白沒搭話，也沒請夫人進屋裡坐，只管不聲不響地往屋裡走，上樓時，便聽見馬車駛遠了。她母親在房門口等得好不心急，連忙問夫人怎麼沒回來歇一歇。

「她說不進來，」伊莉莎白說，「要走了。」

「夫人真是高雅！她肯上我們這兒來，真是太客氣了！人家來這一趟，不過是要說柯林斯夫婦很好。夫人或許還要上什麼地方去，半途經過梅里墩，順道過來看看妳。她沒有跟妳說什麼吧？」

伊莉莎白不得不撒了個小謊，要她說她們談了什麼，她實在說不出口。

第十五章

這趟拜望非比尋常，擾得伊莉莎白心煩意亂，難以平靜，無法不去回想。看來狄堡夫人不辭辛勞，遠從若馨莊園趕來，為的就是拆散她和達西先生。她大可來搞鬼！但訂親的謠傳從何而起，卻教伊莉莎白百思不得其解；想了半天，想起**他**是賓利的摯友，而**她**是珍的妹妹，這就足以讓眾人大作文章，盼望兩家親上加親。她也不是沒想過，姊姊結婚以後，她和達西先生碰面的機會就多了。因此，盧家莊的芳鄰（伊莉莎白以為，一定是他們跟柯林斯夫婦通信，謠言才會吹進狄堡夫人耳裡）便白紙黑字寫下來，彷彿好事將近，但她自己只覺得有些希望而已。

不過，想想狄堡夫人那番話，心中不禁忐忑不安，夫人執意過問此事，不知會生出什麼後果。夫人一心阻撓這門親事，聽她的意思，準會去轉求她的外甥，把同她成親的種種害處說與他，至於他聽完作何感想，她可不敢說。她不曉得他和姨母感情如何？是否對姨母言聽計從？可是按照情理，他一定比她瞧得起那位夫人。他姨母只消一一數落這門親事的害處，說這兩家門不當戶不對，便能戳中他的痛處。他向來看重門第，是以夫人那一大篇話，伊莉莎白看來理屈詞窮，卻要給他看成理直氣壯。

倘若他原本就猶豫不決，舉棋不定，再讓這位至親這麼一勸，定會立刻打消猶豫，快刀斬亂麻，以維護門第為樂。倘若果真如此，他必定一去不返。狄堡夫人路過城裡，或許會順道去找他，屆時縱使他和賓利先生有約在先，答應十日之內返回尼德斐莊園，這下也只得作罷。

「因此，倘若數日之內，賓利先生接到他的來信，託辭不能踐約，」她又想，「我心裡就該有數，從此死心，不再指望他此情不渝。明明他就要打動我的心，倘若他卻以追悔此事為樂，我便不該再追悔此人。」

家裡人聽說來客是誰，驚奇不已，但大多同班奈特太太所想，以為夫人只是路過拜訪，因此才沒有纏著伊莉莎白問長問短。

翌日早晨，伊莉莎白下樓，遇見父親從書房裡走出來，手裡拿著一封信。

「莉西，」父親連忙叫她，「我正要找妳，到我書房來一下。」

她跟著父親進了書房，納罕父親找她談什麼，想來多少和他手上那封信有關，愈想愈好奇，該不會是狄堡夫人寄來的？想著不免洩氣，勢必得費一番脣舌向父親解釋。

她跟著父親走到壁爐邊，兩人一同坐下。父親說：

「我今天早上收到一封信，大吃一驚；信上講的大半是妳的事，因此妳很該聽一聽。我先前怎麼都不曉得，原來我有**兩個**女兒要嫁人。恭喜妳釣到金龜婿啊。」

伊莉莎白漲紅了臉，原來這封信是那位外甥寫的，而不是姨母寫的。她一時不知該高興他寫信來表露心跡，還是該生氣他沒直接寫給自己；正猶豫間，只聽父親接著說：

「妳好像心裡有數。小姐對這種事果然有眼色，但便是機靈如妳，也未必曉得妳那愛慕者的姓名。這封信是柯林斯先生寫的。」

「柯林斯先生！**他**有什麼可寫的？」

「自然是與妳有關啦。他開頭先恭喜妳姊姊好事將近，大概是好心的盧家莊那兒向他饒舌的。我無意拿妳的耐性來開玩笑，這些話我就不念了，談到妳的部分是這樣寫的：小姪夫婦已為尊府喜事竭誠道賀，以下容姪再稟一事，此事出處同上。據聞尊府大小姐出閣不久，二小姐也將改姓，且二小姐所擇之佳婿，富貴顯達，睥睨全國。（莉西，妳猜得出這指的是誰嗎？）此君年紀輕輕即叨天之佑，享盡世人之所希，非但家道殷實，門第高貴，且有委任神職之莫大權力，然姪不得不告先生及伊莉莎白堂妹，此君雖為乘龍快婿，他若向尊府提親，切莫輕率應承，以免自取其禍。（莉西，想到此君是何人了嗎？下面就要提到了。）姪不揣冒昧，告誡先生，實因此君之姨母狄堡夫人反對此事之故。」

「**達西先生**正是此君！莉西，這下可嚇到妳了。柯林斯和盧家莊也真是，我們家熟人也不少，任憑他們隨便挑，撒起謊來也周延些。達西先生一見女人就嫌，連正眼也沒瞧過妳一眼！這謊可是太離譜啦！」

伊莉莎白也想湊合著打趣，卻連笑都勉強，只覺父親的俏皮話，從未如此不入耳。

「不覺得很滑稽嗎？」

「是啊！請再唸下去。」

「昨夜姪向夫人提及此門親事，夫人紆尊降貴，不吝見告其隱衷。夫人以為，與令嬡聯姻，有失體統。姪自謂責無旁貸，應及早奉勸堂妹，冀堂妹與此君能深明大局，切莫草率私訂終身！」柯林斯先生還說：「姪殊為欣慰，小堂妹淫奔一事已粉飾太平，猶所慮者，唯其婚前同居，醜聞遠揚。姪侍奉神職，自當義不容辭，直抒一己之錯愕，姪聞彼等完婚後，即至尊府拜望，蓋先生此舉，無異於為虎作倀。姪若為貴村牧師，必然堅決反對。先生身為基督教徒，當寬恕為懷，然務必拒見其人，拒聞其名。」

「這就是他所謂的寬恕！底下寫的是夏洛特的近況和他即將得子。可是，莉西，妳怎麼好像不愛聽。妳總不會也有那小姐脾氣，聽到無稽之談就生氣。人生在世，要是不讓鄰人開開玩笑，回頭來又取笑別人，那還有什麼意思？」

「喔！」伊莉莎白嚷道，「這事真是滑稽透頂，但也實在古怪！」

「是啊！正是因為古怪，所以才滑稽。倘若挑了別人來掰謊，那可就沒意思啦；實在**他**對妳明明毫無意思，**妳**對他又是厭惡透頂，這才鬧出這麼一樁笑話來！我這人儘管痛恨寫信，但斷斷不會和柯林斯先生斷絕書信往來。每每讀到他的信，總覺得他比韋翰還討我喜歡，這人之可笑，遠勝我那位女婿之虛偽放肆。莉西，容我問妳一聲，狄堡夫人對這事怎麼說？她是不是大老遠跑來反對啊？」

對於父親問話，女兒笑而不答。班奈特先生以為此事全是空穴來風，是以並未追問，這才沒教女兒為難。伊莉莎白從不知強顏歡笑竟如此困難。這場面分明該嘻嘻笑笑，心裡卻只想啼啼哭哭。父親狠狠羞辱了她，竟說達西先生對她毫無意思。她不禁怪父親沒眼色，但又擔心不是父親見識**不夠**，卻是自己癡心**太過**。

第十六章

賓利先生並未如伊莉莎白所料，接到朋友託辭不能踐約的來信，反倒在狄堡夫人來訪後幾天，帶著達西上朗堡來。兩位貴客來得很早。伊莉莎白提心吊膽，唯恐母親說出狄堡夫人來訪一事，所幸還來不及開口，賓利便為了和珍獨處，建議眾人出門散步。此事轉眼說定，不過班奈特太太不慣走，梅蕊也騰不出時間，其餘五人便一道出門。賓利和珍很快就讓人超前，自個兒落在後邊，讓伊莉莎白、凱蒂、達西去應酬。但這三人卻不大說話，凱蒂給達西嚇得不敢開口；伊莉莎白默默盤算要孤注一擲，達西或許也是如此打算。

眾人往盧家莊走，因為凱蒂想去找瑪利亞。伊莉莎白覺得用不著大家都去，因此凱蒂走了之後，她便大著膽子同達西一道走；眼看正是拿出決心的時候，連忙一鼓作氣道：

「達西先生，我這個人向來自私，只圖自個兒痛快，顧不得你傷心難過。這事兒我憋不住了，一定要謝謝你對我妹妹恩重如山，自從聽聞此事，我便急於向你致上萬分感謝；倘若我家裡也曉得此事，此番必會代替家裡致謝。」

「我真是失禮，萬分抱歉，」達西說著，又是詫異，又是激動，「妳竟然也曉得，只怕妳會錯意，心裡不自在，不料葛汀納太太如此靠不住。」

「別怪我舅母。是麗迪亞不留神，露出了口風，我才曉得你也牽連在內，自然便去問個明白。我要再三感謝你，以我們班府的名義，感謝你出於憐憫，為了尋人赴湯蹈火、受盡委屈。」

「倘若妳真要謝我，」達西說，「就自個兒謝我吧。當初之所以這麼做，大半是為了使妳高興，其餘都還在其次。妳府上用不著感謝我。我儘管尊敬妳家人，但我一心想的只有**妳**而已。」

伊莉莎白羞得說不出半個字。過了片刻，達西又說：「大方如妳，想來必不會戲弄我。倘若妳的想法仍和四月一樣，請立刻說出來。**我**熱情依舊，心願如昔，但只要妳一個字，我便不再提起此事。」

伊莉莎白既替他尷尬，又替他焦急，不開口不行，連忙繞著彎讓他曉得，彼一時，此一時，她想法早已生變，如今滿懷感激，高高興興接受他一番盛情。他聽了這回答，陶然開懷，宛若熱戀的情人，熱情如火向她傾訴衷曲；伊莉莎白倘若勇於迎上他的目光，便知他這熱烈的傾吐、煥發的神采，讓他彷彿變了個人。她雖然沒看見他的神情，卻聽得見他的聲音，他向她表白心意，在歷經波折後始終不渝，讓這段感情彌足珍貴。

他們不顧方向往前走，有太多事要想，太多情要訴，太多話要說，無暇顧及其他。她隨即曉得，兩人此番兩情相悅，全得歸功他姨母出力；夫人回程路過倫敦，果真去找他，說去了朗堡一趟，和伊莉莎白懇談了一番，還把伊莉莎白的話一個字一個字說與他。夫人以為，伊莉莎白這話說得乖張放肆，外甥聽了，定會答應打消親事。但夫人也真晦氣，怎知此事竟適得其反。

「我以為事情有了轉機，」他說，「之前幾乎死心。我瞭解妳的脾氣，倘若妳當真鐵了心不嫁我，定會心直嘴快，開門見山向我姨母坦白。」

伊莉莎白滿臉飛紅，一面笑，一面說：「是啊，你曉得我**心直嘴快**，連**那種話**也說得出來。我既能指著你的鼻子罵你，自然也敢在你親戚面前放肆。」

「妳說的那些話，哪一句不是我咎由自取？妳的指斥雖是誤信傳言，但我當時的言行舉止，不容原諒，活該讓人痛罵。想起此事，著實懊惱。」

「那天晚上的事，我們就別搶著自責了，」伊莉莎白說，「真要追究起來，兩人都有失體統，但願我們從此都有所進益，做人也客氣了。」

「我心裡實在過意不去。數月至今，每每想起我當時的一言一行、一舉一動，都叫我痛心疾首、口舌難宣。妳罵得真是一針見血，教我永生難忘。『倘若你拿出紳士風度的話。』妳不曉得這句話罵得我多難受。不過，憑良心講，我也是過後才明白，妳罵得確實有理。」

「想不到我竟罵得你銘心刻骨，教你如此傷心難過。」

「妳這話我倒是信的。想必妳當時以為我麻木不仁，我想得沒錯吧。我忘不了妳滿臉怒色，說不論我用什麼辦法向妳求婚，妳都不會動心。」

「喔！別把我的話背出來吧。回憶往事，於事無補。我竟對你說了那些話，真是慚愧得無地自容。」

達西提起那封解釋信。「讀了我的信，」他說，「是否立刻對我改觀？信上說的事，妳都相信嗎？」

她細說那封信讓她改觀不少，對他的成見也漸漸消除。

「我下筆時，」他說，「雖然曉得妳看了要難受，但實在萬不得已，只盼妳早日把信毀了。其中有幾句話，尤其開頭那幾句，我真怕妳再去讀。當中的措辭，妳看了定要怨我。」

「倘若你怕我看了要變心，那封信確實該燒；不過，我這人雖然有些善變，也不至於看了信就翻臉。」

「我下筆寫信時，」達西說，「自謂心平氣和，從容自若；寫完才明白，實在是滿紙怨氣。」

「開頭幾句或許有幾分怨懟，但結尾則不然，那可是一片慈悲呢。但快別再想了吧。無論寫信的也好，看信的也罷，皆已今是昨非，一切不悅，應該早日忘懷。你該學學我的豁達，回憶過往時，只管往那開心的事去想。」

「我不能說妳這叫豁達。妳呢，根本反省不出一點錯處，只覺事事心滿意足，這與其說是豁達，不如說是心無罣礙。但**我**卻不是這樣。前塵往事時常縈繞我心，實在不能不想，也不應該不想。我雖以博愛立身，卻以自私處世。從小家裡教了我許多規矩，但卻沒人矯正我的脾氣；他們教我許多準則，卻任我驕傲自大。我不幸身為獨子，好多年裡家裡只有我一個孩子，嬌生慣養；雖然母親善良、父親慈祥，但卻縱容我自私自利、目中無人，姑息我自掃門前雪，放縱我鄙薄天下人，當人家的才學見識皆不如我。我就這般目中無人，從八歲活到二十八歲。所幸我已痛改前非，親愛的伊莉莎白，可愛的伊莉莎白，這全多虧了妳！我對妳感佩之至！妳訓了我一頓，開頭雖然難以消受，回頭卻是獲益良多。妳辱罵得確實有理。我跑去向妳求婚，以為妳必會答應，妳卻讓我明白，既然佳人芳心值得一博，就不該一派自命不凡，孤芳自賞不足以使人傾心。」

「你當真以為我會答應？」

「確實如此。妳定要笑我自負吧？我當時以為妳巴不得我向妳求婚呢。」

「看來是我表錯了情，但我並非存心欺騙，或許是我動輒調笑，害人會錯了意。你一定恨我入骨吧。」

「恨妳？我開頭也許氣妳，但後來便曉得究竟該氣誰了。」

「斗膽問你一句：上回我們在龐百利邂逅，你怎麼看待我呢？你怪我不該去嗎？」

「怎麼會？我只是覺得意外。」

「你意外，**我**更意外，承蒙你百般抬舉；說句良心話，我自謂不配受你款待，更沒想到你竟然禮遇備至。」

「我當下的用意，」達西說，「是要做到禮數周全，讓妳曉得我為人寬宏，不念舊惡，也希望妳寬恕我，對我改觀，曉得我已誠心改過。至於我何時舊情復燃，實在難說，約莫就是見到妳那半個鐘頭吧。」

他又說，喬安娜很高興交她這個朋友，後來忽然斷了往來，大失所望；談及此，不免聊起那罪魁禍首。伊莉莎白這才明白，他早在離開旅館之前，便決意尾隨她離開德貝郡，上倫敦找她妹妹去；當時他板著臉孔，若有所思，並非為了小情小愛而天人交戰，而是一心為了尋人在轉念頭。

她又謝了他一次，但此事不堪回首，便未再往下細談。

兩人悠然步行了好幾哩，哪裡有心思去想走了多遠，後來看了看錶，才驚覺很該回家了。

「賓利和珍不知怎樣了？」兩人納罕了一陣，便談起另一對佳偶。達西很高興好友訂婚，賓利早已將喜訊說與他。

「我非得問問你是否大感意外？」伊莉莎白說。

「一點也不意外。我臨走時，便預感他倆好事將近。」

「所以你早已允准啦。真讓我猜著了。」

他辯駁他並非「允准」，但在她聽來，確實就是這麼回事。

「上倫敦前夕，」他說，「我跟賓利把話說開。我實在不該拖那麼久。我告訴他我為何從中作梗，多管閒事。他驚詫不已，想不到居然有這種事。我還告訴他，原來是我想錯了，竟以為妳姊姊對他沒意思；還說我看出他對珍始終無法忘情，相信兩人必能幸福美滿。」

伊莉莎白忍俊不禁，聽見他竟能任意指揮朋友。
「你說我姊姊有意於他，」她說，「這是你自個兒看出來的？還是春天時聽我說的？」
「是我自個兒看出來的。我這兩次到妳家作客，仔細看了一下，看出她確實一片真心。」
「你說我姊姊一片真心，他立刻相信？」
「確實。賓利為人虛心，怯於在大事上自作主張，總要我幫他出主意，這才迫使我向他坦承一切，儘管他聽了難免要生氣，但我不容自己繼續隱瞞。我告訴他，冬天裡妳姊姊在倫敦待了三個月，我明明曉得此事，卻有意瞞著他。他氣壞了。但他也氣不了多久，不過氣到疑雲破除，曉得妳姊姊一片癡心，便歡天喜地原諒我了。」
伊莉莎白不禁想說：賓利先生真可愛，這麼容易任人擺布，真真是難得！但她及時忍住，想起達西還開不起玩笑，現在開他玩笑未免太早。他又繼續談賓利將來會多幸福，不過到底比不上他自個兒幸福，兩人一路談回屋裡，步入走廊，方才分開。

第十七章

「親愛的莉西，你們走到哪裡去了？」伊莉莎白一進門，馬上讓珍問住，入座之後，家裡人也紛紛詢問，她只得說，兩人隨處走走，走著走著，便不知走到哪兒去了。她說這話時，滿臉飛紅，即使如此，眾人依舊不疑有他。

這天晚上平靜無事。說定親事的有說有笑；私許終身的不聲不響。達西生來喜怒不形於色；伊莉莎白心亂如麻，雖然曉得幸福，卻不覺得幸福，除了眼前這一陣尷尬，還有種種麻煩等在後頭。家裡人若曉得這門親事，不知要作何感想。除了珍以外，家裡人非但不喜歡他，只怕還要討厭他，任憑他家財萬貫、地位顯赫，也無法挽救。

是夜，伊莉莎白向珍傾訴衷腸。班奈特大小姐向來不多疑，但乍聞此事，仍難免疑心。

「妳在開玩笑吧，莉西！這怎麼可能？跟達西先生訂婚！妳休想騙我，不會有這種事。」

「一開頭就碰壁！我可是對妳寄予厚望，要是連妳都不信，誰還來信我。哎呀！我說的是真的，絕無半句虛假。他還愛著我，我答應他了。」

珍看著她，半信半疑：「喔！莉西，這怎麼可能？又不是不曉得妳多討厭他。」

「這妳就有所不知。過去的事就別再提了。我以前雖然不愛他，但我現在確實愛他。遇上這種事，沒記性倒好。今後我再也不去想起這件事了。」

班奈特大小姐仍然一臉錯愕。伊莉莎白更加一本正經，跟她說這是事實。

「天啊！真有此事？這下我不得不相信妳了，」珍不禁提高了嗓子，「好莉西，親愛的莉西，我要……恭喜妳，我真的恭喜妳，但妳確定嗎？這樣問雖然很失禮，但是妳確定嫁給他會幸福嗎？」

「當然幸福啦，我們說好了要當神仙眷屬。可是妳高興嗎，珍？妳願意他當妳妹夫嗎？」

「萬分願意，賓利和我再高興也沒有。這件事我們也不是沒想過，但總以為不可能。妳可是真心愛他？噢，莉西，做什麼都行，但沒有愛，萬萬不能結婚，妳確定妳感覺到那樣的愛了嗎？」

「是啊！只怕妳覺得我愛他愛得沒分寸，待我把詳情告訴妳吧。」

「這話是什麼意思？」

「唉，我不得不承認，我愛他勝過愛賓利，恐怕妳要生氣了？」

「好妹妹，請妳正正經經，我想同妳談正經事。凡是可以對我說的，趕快跟我說個明白。先說妳什麼時候喜歡上他的？」

「是漸漸喜歡上的，說不出是從什麼時候開始，但也許可以從看到龐百利莊園那天算起。」

姊姊又叫她正經點，這次總算奏效；伊莉莎白鄭重其事，表示自己一片真心，班奈特大小姐聽了這番話，便別無所求了。

「這下我可高興了，」她說，「因為妳會跟我一樣幸福。我向來欣賞他。單單憑他愛妳這一點，我始終都要尊敬他；而今他既是賓利的朋友，又是妳的夫婿，這世上除了妳和賓利，我最愛的就是他了。可是莉西，妳竟然守口如瓶，就這樣瞞著我。龐百利和蘭姆墩的事，一點兒也沒有跟我說！還是我從別人那裡聽來的，不是聽妳說的。」

伊莉莎白只得坦承保密的原因，一則她不願提起賓利，二則她躊躇不定，不願談及達西；而今，她再也不想隱瞞達西對家裡的恩情，遂將此事和盤托出，暢談了大半夜。

「天哪！」隔天一早，班奈特太太站在窗邊嚷道，「那討厭的達西先生又跟著我們賓利往這兒來啦！他怎麼這麼煩人，老是往我們這裡跑？我以為他這趟是下鄉來打獵，沒想到卻老纏著我們。這是該拿他怎麼辦才好？莉西，請妳再陪他出去轉一轉，省得他礙著賓利。」

伊莉莎白禁不住要笑，母親這條妙計，她正求之不得，但她不免氣惱，母親做什麼老是這樣說他。

兩位先生一進門，賓利便意味深長地望著她，又興高采烈地跟她握手，顯然是知情了；不多時，他果然嚷道：「班奈特太太，這一帶還有什麼曲徑小道，好請莉西今天再去迷路？」

「達西先生、莉西、凱蒂，」班奈特太太說，「今天都上奧克寒山去。這段長路走起來頗有意思，達西先生還沒有見過那兒的風景呢。」

「這他們去走再好也沒有，」賓利說，「但凱蒂肯定吃不消。是不是，凱蒂？」

凱蒂坦承寧願留在家裡。達西好奇奧克寒山的風景，伊莉莎白默默同意在心。她上樓準備換裝，班奈特太太跟在後頭道：

「對不起，莉西，害得妳跟那討厭的傢伙獨處，但妳別計較，這都是為了珍好；妳不用跟他攀談，只消隨便敷衍幾句，別太費心思啦。」

兩人在奧克寒山上講定，晚上就去問班奈特先生的意思，母親那兒則由伊莉莎白去說；不知她聽了做何感想，或許縱使他有錢有勢，也敵不過母親對他的厭惡。然而，無論母親堅決反對也好，欣喜若狂也好，肯定都會不識進退，顯出她毫無見識。不管母親笑得花枝亂顫，或是氣得破口大罵，伊莉莎白都不願達西看到。

晚飯過後，班奈特先生進了書房，達西先生起身跟上，伊莉莎白一見此景，心中忐忑。她不怕父親反對，卻怕父親不高興。她是父親的掌上明珠，倘若她弄來了這麼一個夫婿，嫁進了這麼一戶人家，卻使父親憂慮惋惜，那是她萬萬不願意的。她心焦如焚坐在交誼廳，好不容易看見達西先生笑容滿面回來，這才鬆了口氣。不多時，達西先生走到她跟凱蒂那一桌，假意看她做活計，耳語道：「趕緊去找妳父親，他在書房等妳。」她便忙忙走開。

父親正在書房踱步，愁容滿面，一臉嚴肅。「莉西，」他說，「妳這是做什麼？妳可是糊塗了？怎麼會要這個人？妳不是一向討厭他？」

這下她真是後悔莫及，倘若以前不要那麼偏激，說話不要那麼難聽，如今也用不著那麼狼狽，還得費心表白解釋。但事到如今也只能多費唇舌，張惶失措告訴父親，她確實愛上了達西。

「換句話說，妳決意非他不嫁啦。他確實有錢，這下妳的衣服比姊姊多，馬車也比姊姊多，這樣妳就會幸福嗎？」

「您反對這門親事可有哪些理由？」伊莉莎白說，「除了我不愛他之外？」

「一點兒也沒有。眾人都曉得他傲慢又討厭，但這也不打緊，只要妳真心愛他。」

「我是真心的，我真心喜歡他。」伊莉莎白噙淚道：「我愛他。他驕傲但不自大，可親又可愛。您不曉得他真正的為人。請您別這麼說他，我聽了真難過。」

「莉西，」父親說，「我已經答應他了。像他那樣的人，既是紆尊降貴來問，我豈有拒絕的理。倘若妳決心嫁他，我也答應妳。但我勸妳還是仔細想一想。我曉得妳的性子，除非妳誠心敬重妳的丈夫，甘心做小伏低，否則難有幸福和尊嚴可言。妳這樣機靈古怪，倘若夫婿不如妳，那可不妙，難免要丟臉受罪。好孩子，我不想眼睜睜看妳瞧不起夫婿，而後為妳傷心。妳曉得這不是鬧著玩的。」

伊莉莎白深受感動，回話也正經了，反反覆覆說她中意達西，說對他的敬愛與日俱增，相信他的愛並非一朝一夕，而是連月來的淬鍊累積。她一股勁兒舉出他種種好處，父親這才打消猶疑，甘心答應這門親事。

「好吧，孩子，」父親看她說完了，便說，「我沒有意見了。果真如此，他確實配娶妳。倘若不是這樣，莉西，我斷不會把妳嫁出去。」

為了讓父親完全改觀，她供出達西自願挽救麗迪亞名聲一事，父親聽了，大為詫異。

「今晚真是無奇不有！原來都是達西安排的！他拿出了錢財，撮合了婚事，還清了債款，找來了差事！這樣正好！省了我多少麻煩和錢財。此事若是妳舅父所為，這人情我非還不可，而且我看我早就還了。熱戀的青年就是什麼都要自作主張。我明天就說要還他錢，他一定會氣急敗壞，說他怎樣疼妳，這事兒就結了。」

他想起幾天前她神情侷促，聽他念柯林斯先生的信，不禁又調侃她一番，這才讓她出去；她走到門邊，他又說：「外邊若有人要向梅蕊和凱蒂提親，讓他們進來，我正閒著呢。」

伊莉莎白總算放下心中的大石頭，回閨房坐了半個鐘頭，定一定心，這才神色自若和眾人共處一室。今晚事發突然，還來不及高興，便已平靜過去；伊莉莎白再無大事掛心，但覺自在從容。

伊莉莎白見母親上樓更衣就寢，便跟著上樓，將這大事說與她。班奈特太太的反應非比尋常。她乍聞此事，聲色不動，閉口不答，過了好一會兒，總算聽見女兒的話，隱隱約約明白家裡似乎有喜，似乎又添了個女婿，最後終於會意過來，坐也不是，站也不是，一會兒詫異，一會兒祝禱。

「天啊！老天保佑！想想看！天啊！達西先生！誰想得到！當真有此事？喔！莉西寶貝！妳可要大富大貴啦！私房錢啊、珠寶啊、馬車啊！珍根本沒得比……無足掛齒啊。哎呀！我好高興！真高興。這女婿真好！生得又俊，長得又高！噢，好莉西！請代我向他求饒，原諒我以前那麼討厭他！希望他不會計較。我的寶貝莉西，他在城裡還有房子哪！應有盡有哪！三個女兒出嫁啦！一萬鎊利錢哪！噢，天啊！這下怎麼辦哪。我要發瘋啦！」

這話顯然就是贊成了。伊莉莎白暗自慶幸，這篇得意忘形的話，除了她之外，再沒別人聽見。不久她走出房來，可是回房不到三分鐘，母親又趕來了。

「我的心肝，」母親嚷道，「我滿心記掛著這事兒！每年一萬鎊利錢，說不準還更多！簡直闊得像個爵爺！而且還有特許結婚證……妳趕緊用特許結婚證早日成親吧。哎呀，寶貝莉西，告訴我，達西先生愛吃哪幾樣菜，明天我就請人準備起來。」

看這態勢，母親又要在那位面前大出洋相。伊莉莎白心想，雖然已經抓住他的心，家裡也已經點頭，但恐怕還有些美中不足。然而事出意料，隔天一切順利。班奈特太太極其敬畏這位新姑爺，不敢貿然同他說話，不過盡盡丈母娘的本分、獻獻殷勤，對這位新姑爺是言聽計從。

伊莉莎白很是高興，父親大費周折親近女婿，不久又對她說，這女婿他愈看愈得意。

「三個女婿我都賞識，」他說，「其中韋翰或許最深得我心；但我以為，妳那丈夫，跟珍的丈夫一樣討我喜歡。」

第十八章

伊莉莎白興致一高，馬上淘氣起來，央著達西先生說愛上她的經過。「怎麼會愛上我呢？」她說，「我曉得你愛上我之後，這條情路走得好不瀟灑；但當初究竟怎麼愛上我的？」

「我說不出是什麼時間、什麼地點、哪一句話、哪個表情，我愛妳愛了太久，驀然回首，方知已在情網之中。」

「我的美貌你不動心，再說到我的舉止——我對你從不客氣，每次同你說話，就想教你難堪。請你老實告訴我，你是不是愛我唐突無禮啊？」

「我愛妳古靈精怪。」

「唐突無禮就說唐突無禮吧，反正也差不多。憑良心講，我看你是膩煩人家對你殷勤客套、唯唯諾諾，討厭人家每說一句話、每想一樁事，都想博得你歡心。我之所以吸引你、打動你，全是因為我與眾不同。若不是你心腸好，早就恨我入骨啦；儘管你老是板著一張臉，內心畢竟是公平正直，瞧不起那些討好獻媚之徒。好啦，我都替你解釋好了，我全盤想過一遍，愈想愈覺這解釋再合理不過，反正你壓根不曉得我的長處；不過忙著戀愛的人，哪裡想得到這些。」

「那時珍在尼德斐莊園病了，妳對她那樣溫柔體貼，不正是妳的長處嗎？」

「珍這麼好！誰會不盡心照顧？但你說是長處就長處吧。我的長處全靠你誇獎啦，你可要盡力吹捧哪；為了報答你，我也會多多揶揄你、盡力跟你抬槓。不如就先讓我問問你：你後來怎麼這樣忸忸怩怩？那次你同賓利來我家拜望，後來又上我家吃飯，怎麼見了我就躲？尤其是來拜望那一次，怎麼擺出那副神氣，好似不把我擺在心上？」

「因為妳拉長了臉，一言不發，又不給我機會。」

「可是我尷尬啊。」

「我又何嘗不是。」

「你來吃飯那次，怎麼也不來找我說話？」

「要是愛妳愛得少些，話就能說得多些。」

「好巧不巧，你竟想得出這麼有理的答案，而我偏偏又這樣知理，竟承認你的回答。我想，要是我不理你，你不知要瀟灑到幾時；要是我不問你一聲，誰知你要磨蹭多久才開口。幸好我拖定主意，感謝你對麗迪亞的大恩大德，這才絕處逢生，怕只怕未免太奏效，不知人家怎麼看待這寓意？難道我們的幸福，竟源自於失信？這樁事我很不該知曉，縱使知曉，也不該向你提起，這個成何體統。」

「別煩心啦，我看這寓意挺良善的。分明是我姨母蠻不講理，想要拆散我們，這才打消我種種疑慮。我們的幸福，並非始自於妳謝我；我壓根不要妳開口。是我姨母那篇話，讓我重燃希望，打定主意非弄個明白不可。」

「狄堡夫人為人熱心，這次幫了大忙，肯定高興。但請問你，你這趟下來尼德斐莊園做什麼？專程騎馬來朗堡發窘？還是有什麼正經的盤算？」

「我其實是來看**妳**，看有沒有希望追求妳，只是嘴上聲稱來看妳姊姊對賓利有無情意，倘若有，便老實將我做的好事和盤托出。」

「你有沒有勇氣告訴狄堡夫人，她大難臨頭啦？」

「伊莉莎白，我缺的是時間，不是勇氣，但此事勢在必行，若能給我一張紙，我立刻告訴去。」

「倘若我沒有信要回，定會坐在你身邊，誇獎你字跡工整，就像某位小姐那樣。可惜我也有一位舅母，再不回信不行。」

且說前些時候，伊莉莎白不願坦白她和達西不如舅母所想親暱，遲遲未回舅母那封長信；如今有了喜訊，舅母聽了想必歡喜。伊莉莎白想想反覺尷尬，竟讓舅父母遲了三天才接到佳音，立刻提筆回信如下：

舅母侍下：

甥女本想早日回信，感謝您一番好心，捎來一封長信，將事情始末一五一十交代清楚，合了甥女的心意。但甥女看了信，著實氣惱，難以下筆，實是您言過其實之故。不過事到如今，您愛怎麼想就怎麼想，只管馳騁遐思，往談情說愛那上頭想去，我只差還沒嫁人，其餘任憑您怎麼想總不會錯。您定要再寫封信來誇獎他，上回那封誇得太少啦。我要多謝您沒去湖區，我定是傻了才想去那偏遠之地！您說要幾匹小馬駕車，載您逛逛龐百利的園子，真是再好也沒有，往後我們天天上那兒逛去。如今甥女是天底下最幸福的女人，這話或許別人也說過，但論起名正言順，誰也不如我，我甚至比珍還幸福。她只是微笑，我卻是大笑。達西先生全心問候您，但他的心早已不全，因為都讓我占去啦。今年全家都來龐百利過聖誕節吧。敬頌

福安

甥女敬上

達西先生寫給狄堡夫人的信，文風截然不同；而班奈特先生回給柯林斯先生的信，格調又與這兩封信迥異。

賢姪青覽：

勞煩賢姪再次恭賀，吾家次女即將當上達西夫人，尚請賢姪寬慰狄堡夫人。然而，換作是我，定擁戴夫人外甥，因其膏澤更在夫人之上。順問

近好

叔手書

賓利小姐致信祝賀兄長喜事將近，寫得親切有味，虛情假意，甚至向珍道喜，信中重彈舊調，滿紙關切，雖然騙不了珍，卻仍觸動其心弦。珍縱不信她，卻仍回了一封信，措辭親切，使她受之有愧。

達西小姐接獲喜訊，歡天喜地，不在兄長之下。她那封賀喜信，洋洋灑灑寫滿四張，猶不足傳達她滿心歡愉，企盼與嫂嫂相親相愛。

柯林斯先生的回信還沒來，柯林斯太太的道喜也尚未到，朗堡便聽說柯林斯夫婦返抵盧家莊。兩人此番驟然歸寧，緣由立時人盡皆曉。原來狄堡夫人接到外甥來信，大發雷霆，但是此門親事，夏洛特卻樂見其成，只得回鄉避避風頭。伊莉莎白以為，能與閨中密友重逢，誠為喜上加喜，可惜兩人碰面代價不小，需得親見夫婿讓堂兄阿諛奉承。孰料達西卻從容以對，就連盧卡斯爵士恭維他抱得美人歸，相約今後在宮中相見，他也聽得下去；縱使無奈聳個肩，也會待盧卡斯爵士走遠。

相較之下，菲利普太太談吐庸俗，大大考驗達西的耐性。菲利普太太一如其姊，見賓利先生性情好，說起話來不免放肆；對達西則敬畏備至，慎而寡言，可是一旦開口，仍舊教人不敢恭維，看來敬畏達西雖使她文靜，卻終究不能使她文雅。伊莉莎白竭盡所能，不讓達西受這些人纏擾，盡量讓兩人獨處，找言語有味的家人談天。這番應酬縱使狼狽，教戀愛興味索然，卻讓她對未來寄予厚望，一心盼望離開這些庸人，到龐百利自在風雅一輩子。

第十九章

大女兒和二女兒出嫁那一天，正是班奈特太太為人母最高興的一天。不難想見，以後她去尼德斐莊園探望大女兒，或是談起嫁到龐百利莊園的二女兒，將是多麼驕傲、多麼得意。筆者又何嘗不想看在她家人的分上，說她因為一償宿願，一口氣嫁了三個女兒，此後少了脾氣、多了見識，變成通情達理的婦人？但幸虧實情並非如此，否則她老爺哪裡還有家庭樂趣可言？她的神經偶爾還是會衰弱，而且蠢笨一如往常。

班奈特先生非常想念二女兒，平時雖然足不出戶，但因為疼愛伊莉莎白，故而時常去看望。他喜歡上龐百利走走，尤其愛挑出其不意的時候去。

賓利先生和珍只在尼德斐莊園住了一年。這地方離娘家和梅里墩的親戚實在太近，縱使隨和如他、溫順如她，也不甚合意。賓利姊妹的心願因此如願以償，賓利總算在德貝郡鄰郡買了幢房子，從此珍和伊莉莎白相隔不到三十哩，真真是錦上添花。

凱蒂三天兩頭就往兩位姊姊家裡跑，著實獲益不少。往來的人物格調高了，人自然也進益了。她的性子本來就不如麗迪亞驕縱，眼下少了麗迪亞作榜樣，又多了兩位姊姊照管，不但脾氣溫順了，見識廣博了，言語也有味了。為免她和麗迪亞學壞，家裡少不得小心管教，雖然麗迪亞時常邀她去玩，說有多少舞會、多少青年，但父親總是不讓她去。

眼下班府只剩梅蕊，如今也無暇彈琴讀書，因為班奈特太太不甘寂寞，不時要拉她出門應酬，她雖然不得不依，但每回出外作客，總要在人家客廳說教。少了姊妹跟她爭妍比美，父親不禁懷疑，對於這番轉變，她倒是樂得逆來順受。

再說韋翰和麗迪亞，這兩口子的性格倒未因姊姊嫁人而改變。韋翰處變不驚，自個兒的忘恩負義、滿口謊言，現在想必都教伊莉莎白知道了，儘管如此，仍指望她能勸達西接濟；這從麗迪亞的祝賀信便可瞧出八九分，即使不是韋翰的意思，也是他太太的意思。信上是這樣寫的：

親愛的莉西：

新婚大喜。妳愛達西先生若有我愛韋翰的一半，一定會非常幸福。有妳這樣一位富有的姊姊，真是莫大的安慰。妳閒來無事不妨想想我們，韋翰想必亟欲在宮中謀個軍缺，再說要是再沒人幫忙，我們恐怕無以為繼。什麼差使都行，年收入三、四百鎊即可。此事不必向姊夫提起，倘若妳不願意。

妹字

伊莉莎白看了，果然不願意，便回了封信，打消了她的念頭，但接濟她倒還是肯的，不過平時吃穿用度節省些，把私房錢積攢下來寄去給妹妹。她曉得韋翰每年收入不滿一百鎊，兩口子又揮霍無度，只顧眼前，不顧今後，當然無以為繼。每逢韋翰軍隊拔營，伊莉莎白或珍總會接到信，請她們略盡綿薄之力，替兩口子償付帳款。即使天下太平，韋翰退伍返鄉，兩口子依然東飄西蕩，哪兒便宜就住哪兒，但始終入不敷出。韋翰一會兒便情意轉淡，不久麗迪亞也和他生分了。她雖然年紀小、教養差，但畢竟是嫁了人，還是顧著自己為人婦的名聲。達西雖然不讓韋翰踏入龐百利，但礙於伊莉莎白的情面，依舊幫他謀了個一官半職。麗迪亞偶爾上龐百利作客，韋翰則在倫敦或去巴斯尋歡作樂。到了賓利家裡，小兩口就時常賴著不走，縱使賓利再沒脾氣，也給攪得不大高興，甚至說要下逐客令。

賓利小姐好不難堪，達西竟然娶了伊莉莎白。但她以為，萬不可和這樣的人家斷絕往來，是以不念前嫌，比從前更喜愛喬安娜，對達西殷勤一如既往，而為了不欠伊莉莎白人情，也竭誠以禮相待。

眼下喬安娜長住在龐百利，和嫂嫂相親相愛，一如達西所樂見。她們姑嫂之間和睦融洽，也是遂了兩人的心願。喬安娜對伊莉莎白推崇備至，雖然開頭聽嫂嫂打趣哥哥，不禁驚詫乃至於驚恐；她向來尊敬哥哥，近乎敬他如父，想不到他竟讓嫂嫂戲謔調笑。以前弄不懂的事，如今方才漸漸明白；經過伊莉莎白的陶治，她曉得妻子可以同丈夫調皮，但做哥哥的絕不肯小自己十多歲的妹妹放肆。

狄堡夫人對外甥這門親事氣憤難平，而她這人心直嘴快，外甥寫信來報喜，她倒回信訓了他一頓，把伊莉莎白罵得尤其難聽，兩家一時斷絕往來。後來還是伊莉莎白說動達西，要他不念舊惡，和姨母言歸於好。姨母雖然欲迎還拒，但總算前嫌盡釋，不知是不敵對外甥的疼愛，還是不敵對外甥媳婦的好奇，想看看她如何做人，於是紆尊降貴來拜望兩口子，儘管龐百利的門戶讓女主人及其親戚玷汙，她也不在乎了。

他們同葛汀納夫婦始終友好，不僅是伊莉莎白，就是達西也衷心歡喜。小兩口對舅父母衷心感激，多虧他們帶伊莉莎白到德貝郡，才成全了這段美滿婚姻。

情色是真正的道德，愛是她唯一的信仰。

身體就是她的靈魂——受多少痛，她的愛就有多重。

最動人的SM經典文學，睽違二十年重新出版！

文學史上第一本從女性角度出發，毫無保留描繪女性最深沉慾望的情色經典！

法國情色文學專家賴軍維副教授專文導讀

詩人顏艾琳／推薦

◆

★1955年獲法國文學大獎「雙叟文學獎」（le prix des Deux Magots）

★二十世紀70年代已譯為20多國語言出版，全球熱銷數百萬冊

★1975年，《艾曼紐》導演賈斯特・傑克金（Just Jaeckin）改編為電影上映。

★1981年，日本異色大師寺山修司改編《O孃》拍 電影《上海異人娼館》。

傲慢與偏見
Pride & prejudice

作　　者　珍・奧斯汀（Jane Austen）
譯　　者　張思婷
封面設計　許晉維
內文排版　高巧怡
行銷企畫　江紫涓、蕭浩仰
行銷統籌　駱漢琪
業務發行　邱紹溢
營運顧問　郭其彬
特約編輯　謝孟蓉
責任編輯　吳佳珍
總 編 輯　李亞南
出　　版　漫遊者文化事業股份有限公司
地　　址　台北市大同區重慶北路二段88號2樓之6
電　　話　（02）27152022
傳　　真　（02）27152021
服務信箱　service@azothbooks.com
營運統籌　大雁出版基地
地　　址　新北市新店區北新路三段207之3號5樓
電　　話　（02）8913-1005
傳　　真　（02）8913-1056
劃撥帳號　50022001
戶　　名　漫遊者文化事業股份有限公司
二版一刷　2015 年 09 月
二版三十二刷(1) 2024年 4 月
定　　價　新台幣280 元

ISBN　978-986-5671-65-5

國家圖書館出版品預行編目(CIP)資料

傲慢與偏見 / 珍・奧斯汀(Jane Austen)著 ; 張思婷譯. -- 初版. -- 臺北市 : 漫遊者文化出版 : 大雁文化發行, 2015.09
352 面 ; 13.8X21 公分
譯自 : Pride and Prejudice
ISBN 978-986-5671-65-5(平裝)

873.57　　104016807

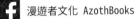